A OGNI MOMENTO

UN ROMANZO DELLA SERIE "MANIPOLARE IL SISTEMA"

Brenna Aubrey

Traduzione: Mirella Banfi

SILVER GRIFFON ASSOCIATES
ORANGE, CA, USA

ISBN 978-1-940951-55-3
Silver Griffon Associates
P.O. Box 7383
Orange, CA 92863
www.BrennaAubrey.it

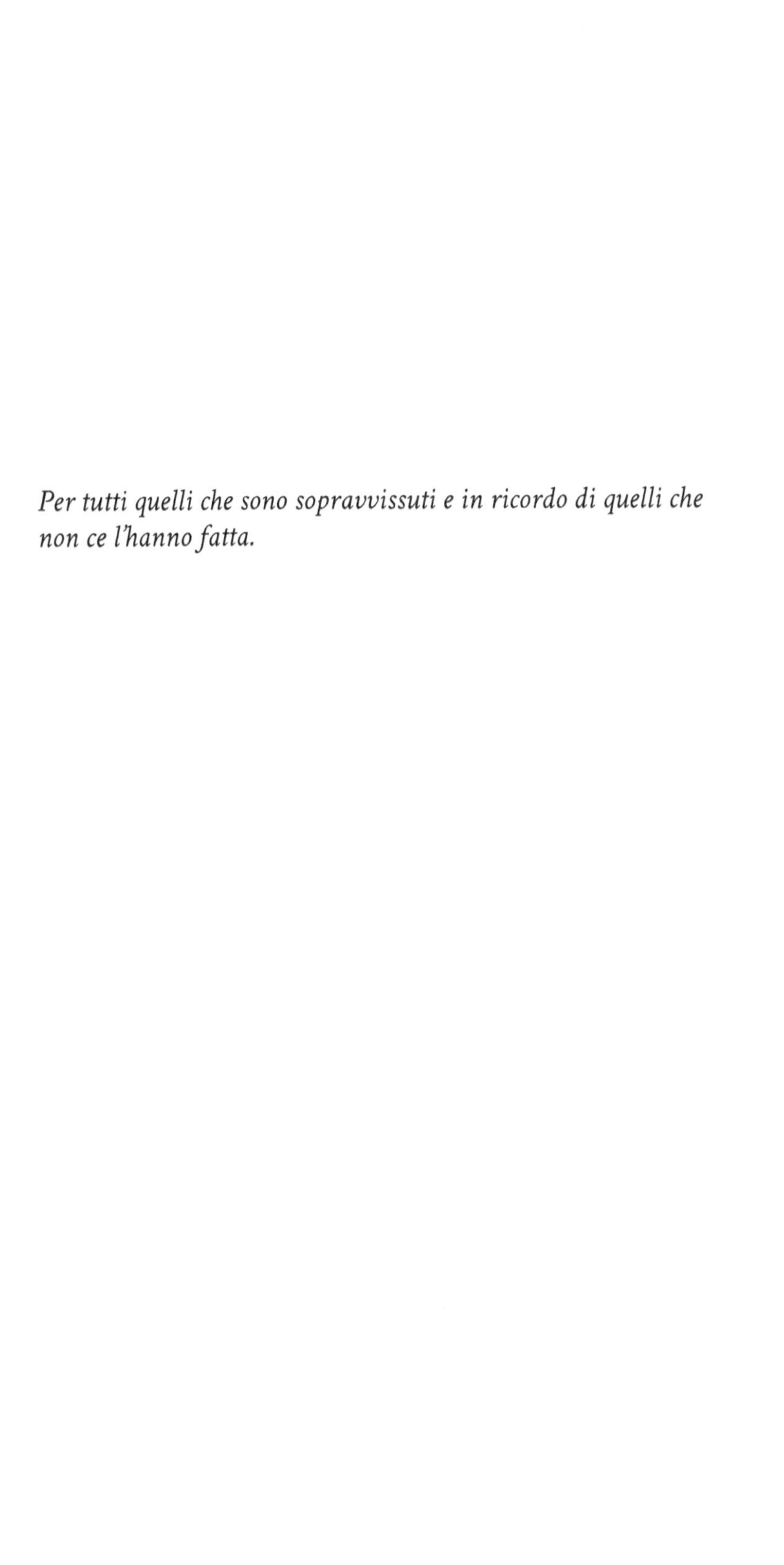

Per tutti quelli che sono sopravvissuti e in ricordo di quelli che non ce l'hanno fatta.

Riconoscimenti

Devo molti ringraziamenti a coloro che mi hanno aiutato a dare alla luce questo libro: Sabrina Darby, Courtney Milan, Kate Mckinley, Minx Malone, Tessa Dare, Natasha Boyd, Leigh Lavalle, and Carey Baldwin. Un enorme grazie al mio team di produzione: Eliza Dee, S. G. Thomas, e Sarah Hansen. Un grazie ai miei colleghi autori per il loro sostegno Bella Andre, Roxie Rivera, Mimi Strong, Maya Rodale, Marquita Valentine, Elena Dillon, Debra Holland, Michelle Pickett, S.M. Butler, Viv Daniels. Urrah per quelli del NAAU, gli Awesome Authors, le signore del LOL, gli amici del SPRT e le Romance Divas.

Mille grazie a tutti i lettori e i blogger che hanno amato, letto, recensito e parlato dei libri della serie Manipolare il sistema. Adam e Mia sono altrettanto vostri che miei. <3
E grazie anche alla mia famiglia. A mio marito, a volte affettuosamente definito "l'editore". Baci e abbracci ai miei piccoli, eroi per qualche futura fortunata eroina. Vi vorrò sempre bene. Xoxox.

RESPAWN

'*Respawn,* resuscitare, avere una seconda occasione, e tutto ciò che i videogiochi possono insegnarci sulla vita" – postato sul blog di *Girl Geek.*

I MAL DI TESTA DA DOPOSBORNIA, DOPO LA PRIMA CONVENTION annuale della Draco sono passati e ci siamo finalmente messi in pari con il sonno. L'attesa per la prossima espansione di Dragon Epoch è resa ancora più emozionante dalla missione segreta, che rimane tale e che è sempre lì, appena fuori dalla nostra portata. Colgo quest'occasione per osservare che alcune verità del mondo dei videogiochi possono insegnarci le fredde, dure realtà della vita.

Sembra un'idea strana, vero? State pensando che Girl Geek ha finalmente perso la testa. Voi giocate per scaricare la tensione e passare un po' di tempo con i vostri amici online e divertirvi. Lezioni di vita Girl Geek? Sei folle!

Ma pensate a quando vi trovate davanti a una missione difficile, un nemico che sembra impossibile da sconfiggere o a una segreta piena di trappole che proprio non riuscite ad attraversare. Una volta che la vita del vostro personaggio è ridotta a zero, che cosa succede? Respawn!

Riapparite nel punto di partenza come un fantasma e dopo un breve periodo di attesa, le proprietà e la salute del vostro personaggio tornano intatti. Usate quello che avete imparato nel precedente incontro con quel mostro il cui attacco vi ha colto di sorpresa, o quella trappola che vi ha fatto finire inchiodati al muro da una lancia. Tornate a quell'incontro sapendo di più e forse, dopo una decina (o magari qualche centinaio) di tentativi, raggiungete l'obiettivo che vi eravate prefissati.

Non sarebbe splendido se la vita avesse un tasto respawn?

Oops, avete accidentalmente detto alla vostra ragazza la verità su come sembra il suo sedere con quel paio di jeans? O magari vi siete presi quel tremendo secondo per guardarle veramente il sedere quando ve l'ha chiesto? Errore! E sono sicura che a questo punto ne starete pagando le conseguenze. Ma se ci fosse la possibilità di premere il tasto respawn, potreste tornare a quel secondo netto sapendo che quell'esitazione, quel secondo extra per dare effettivamente un'occhiata, farà sì che lei vi stacchi la testa a morsi. Tasto respawn. «No, baby, sei assolutamente splendida con quei jeans nuovi!» Lezione imparata!

Più gli errori sono seri più cresce l'attrattiva di avere una seconda chance. Perché non dovremmo poter rinascere dopo aver fatto un casino, per poter ricominciare, anche se significa apparire come un fantasma in bikini di maglia di ferro?

Siamo fortunati che il nostro beneamato Dragon Epoch non abbia una modalità hardcore, che porta alla temutissima morte permanente. Una permadeath sarebbe un modo maledettamente deprimente di finire il gioco. Il tuo mercenario barbaro di cinquantesimo livello è appena morto? È ora di ricominciare nel prato come mago di fuoco di primo livello, a raccogliere narcisi gialli per il generale Sylvan Wood. Ma anche così, nel peggiore dei casi, potete ricominciare con un nuovo personaggio, disfarvi di tutto il vostro bagaglio e fare tabula rasa.

Non vi piacerebbe poter premere un tasto e far ripartire da capo alcune parti della vostra vita?

Imparando, facciamo un casino dopo l'altro. E mentre procediamo alla cieca nel cammino della nostra vita senza quel meraviglioso tasto respawn, diventa praticamente impossibile disfare proprio quegli stessi casini che stiamo creando mentre impariamo quelle importantissime lezioni.

Mi piacerebbe avere un tasto respawn per la vita. È ora di ricominciare da capo.

CAPITOLO UNO
MIA

ERA LA STORIA DI COME AVEVO ASSOLUTAMENTE E completamente incasinato la mia vita. Immagino che il cancro potesse avere una parte di colpa in tutto quel casino, ma la mia vita aveva cominciato a deragliare prima che arrivasse la malattia. Vorrei poter incolpare il cancro, ma non era un cancro al cervello. No, a quanto pare qualcosa era andato storto nella mia testa *prima* che il cancro apparisse.

Avevo sempre cercato di essere ottimista. Ero sempre riuscita a reagire. Padre assente? Madre malata? Rette scolastiche mostruose? Avevo indetto un'asta per vendere la mia verginità e procurarmi i soldi che mi servivano.

In passato, ero sempre riuscita a trovare un modo per scampare alle situazioni di merda. Ma a questo… a questo… non ero preparata e mi aveva travolto. Non riuscivo a pensare a niente in modo coerente. Ora eravamo nel bel mezzo di un incubo e non avevo un tasto per ricominciare. Vista l'espressione vacua, da zombie, negli occhi scuri di Adam, si capiva che anche lui ne avrebbe voluto uno.

Eravamo finalmente arrivati a lunedì mattina, dopo un fine settimana da incubo. Avevamo entrambi appena scoperto che ero incinta e Adam aveva appena scoperto che avevo il cancro. Lo guardai senza voltare la testa. Aveva gli occhi fissi sulla strada, entrambe le mani che stringevano il volante di vinile bianco della sua Porsche d'annata. Non poteva vedermi mentre lo scrutavo, ma non avevo dubbi: nonostante le apparenze era distratto. Lo rivelavano il suo atteggiamento rigido e la concentrazione sulla guida. Il suo cervello lavorava di continuo, come uno dei suoi computer. Non si spegneva mai e, adesso, era in modalità risoluzione problemi.

Purtroppo, non tutti i problemi si potevano risolvere, perfino per un ragazzo prodigio dell'informatica.

«Allora, mhmm, vorrei che mi aspetti in sala d'attesa...» dissi.

Gli si gonfiò la guancia quando strinse la mascella. «Ho parecchie domande per il medico.»

«Ma... ma dovrà visitarmi e...»

Ridicolo. Sembravo fuori di testa. Beh, ero esausta, ma il pensiero di premettergli di vedermi senza la maglietta... no. No e basta.

Adam mi guardò con la coda dell'occhio, probabilmente per decidere se fossi seria. Respirai a fondo, sperando che non fosse dell'umore giusto per discutere, perché, diavolo, proprio non me la sentivo.

Arrivammo allo studio del medico e lui parcheggiò. Poi, prima di scendere, si voltò verso di me. «Per favore, lascia che entri. Aspetterò che ti sia spogliata prima di entrare, ma, davvero... voglio veramente essere presente.»

Guardai a lungo fuori dal finestrino. Era giusto, in effetti. Riguardava anche il suo futuro. «Okay. Io...»

Mi prese la mano. «Non c'è bisogno che spieghi niente. Capisco. Ma è importante. Dobbiamo conoscere tutti i fatti, okay?»

Abbassai gli occhi e annuii. Sapevo che cosa significava "conoscere tutti i fatti". Adam era determinato a convincermi che la mia decisione di portare a termine la gravidanza era sbagliata. Certo, mi aveva assicurato che toccava a me decidere, che sarebbe stato d'accordo con qualsiasi cosa avessi deciso alla fine, ma non ero ancora sicura al cento per cento che non sarebbe intervenuto per controllare la situazione come faceva sempre. Inspirai a lungo.

Lui mi toccò la guancia con le dita leggere come piume e poi si voltò e aprì la portiera. Prima che potesse fare il giro per aprire la mia, io era già saltata fuori dall'auto. Non disse niente quando arrivò dalla mia parte, alzò le sopracciglia e poi chiuse la portiera alle mie spalle.

«Adam...»

«Sì?»

«Grazie. Sono contenta che tu sia qui... ma ho bisogno che tu non faccia come al solito, che non tenti di controllare tutto.»

Adam strinse le labbra, poi annuì. «Mi comporterò bene, te lo prometto.»

Lo baciai sulla guancia e lui mi rivolse un debole sorriso. Mi prese la mano ed entrammo insieme.

Le cose erano ancora un po' difficili tra di noi, ma infinitamente migliori di come fossero da mesi. Perlomeno stavamo cercando di mantenere il controllo durante l'orribile serie di eventi che ci stava capitando. Avevamo passato gli ultimi giorni costantemente insieme e l'atmosfera era tesa ma accettabile.

Ma la tensione, nella sala visite di quel medico, si sarebbe potuta tagliare con un coltello.

Quando il dottor Metcalfe entrò e mi chiese di aprire il camice di carta per esaminarmi, diedi un'occhiata imbarazzata in direzione di Adam. Lui abbassò la testa, concentrandosi sul suo tablet. Il medico guardò la cicatrice e la rientranza sul mio seno sinistro, dove avevano asportato il tessuto e commentò che era "guarito bene". Poi effettuò il solito esame del seno.

«Qualche indolenzimento?» chiese.

Io strinsi le labbra, poi deglutii il nodo che avevo in gola. «Sì, in effetti.»

Il medico si raddrizzò ed io sistemai la carta per coprirmi. «Quale seno?»

«Entrambi.»

«Una posizione in particolare?»

Mi schiarii la voce, evitando lo sguardo di Adam, dall'altra parte della stanza. «Dappertutto.»

Il medico mi guardò preoccupato. «Potrebbe...»

«Sono incinta» dissi in fretta, prima che potesse finire la frase.

Il dottor Metcalfe si risucchiò in bocca il labbro inferiore e guardò nuovamente la mia cartella. «Qui non dice...»

«L'ho appena scoperto. Con un test di gravidanza.»

«E il suo ultimo ciclo è stato...?»

E poi dovetti scendere nei particolari, che non avevo il ciclo da mesi per via del trattamento ormonale cui ero stata sottoposta. Come avevo pensato che significasse che non rischiavo di restare incinta. Lui scosse la testa. «Poteva comunque ovulare anche con la terapia ormonale.»

Già, ovvio. Repressi un singhiozzo frustrato e mi strofinai la fronte. Il dottor Metcalfe sembrò superare il suo momentaneo stupore.

«Beh, questo significa ovviamente che non possiamo cominciare la chemioterapia come previsto.»

Con la coda dell'occhio vidi Adam che s'irrigidiva sulla sedia. Si schiarì la voce e si avvicinò al lettino. Io mi strinsi più forte in quello stupido camice di carta.

«Che opzioni ha?»

Il medico mi diede un'occhiata furtiva prima di rispondere. «Dipende se deciderà o meno di interrompere la gravidanza.»

«E se non lo facessi?»

«Allora aspetteremmo fino alla quattordicesima settimana… di quante settimane ha detto che è?»

«Sei settimane» rispose Adam. Mi voltai di scatto a guardarlo. Lo aveva calcolato, a quanto pareva. Grazie al cielo, perché io non ne avevo idea.

Le sopracciglia del medico spararono verso l'alto. «Significherebbe ritardare le cure di almeno otto settimane.»

«Che rischi ci sono se aspetta?» chiese Adam. Era rigido e guardava il medico come se stesse facendo una trattativa d'affari. Era quasi come se io non ci fossi.

«Con il suo tipo di tumore al seno, se fosse in grado di cominciare adesso, senza questa complicazione e con un intero ciclo di chemio, avrebbe l'ottantacinque percento di possibilità di sopravvivere.»

Il medico adesso aveva la completa attenzione di Adam, che sembrava concentrato su tutto ciò che il dottor Metcalfe stava dicendo, con la mascella serrata, palesemente scontento di quel numero, l'85%, che io conoscevo già.

«E adesso? Se continuasse con la gravidanza e rimandasse la chemioterapia? Come cambierebbe la prognosi?»

Il medico mi guardò e fece un respiro profondo. «Difficile a dirsi. Vuole un numero esatto? Non glielo posso dare. Volete una stima approssimativa? Ha un carcinoma sensibile agli ormoni e non solo sta ritardando il trattamento ma sta anche esponendo il tessuto mammario agli ormoni della gravidanza. Inoltre, se deciderà di cominciare la chemio nel secondo trimestre, dovrà usare un farmaco meno aggressivo, che non è altrettanto efficace per il suo tipo di cancro. Al massimo, direi una probabilità di sopravvivenza del cinquantacinque percento.»

Restai a bocca aperta, sentendo il cuore, e lo stomaco, precipitarmi nei piedi. Le cose si stavano muovendo al rallentatore. Ero come in un sogno, sott'acqua. Adam stava bombardando il medico di domande, alla velocità con cui lui riusciva a rispondere ed io mi stavo ritirando in me stessa. La loro conversazione echeggiava in lontananza. Sbattei gli occhi, cercando di combattere lo shock, la rabbia, il senso d'impotenza. *Non era un buon momento per vomitare l'anima.*

Mentre parlavano, scesi dal lettino e mi precipitai verso il lavandino, curvandomi sopra, cercando pateticamente di tenere chiuso il "camice" di carta mentre il mio stomaco si rovesciava.

Quando finalmente mi raddrizzai, dopo essermi sciacquata la bocca, quasi caddi per il giramento di testa. Sentii le mani che mi afferravano le spalle per tenermi in piedi. Mi appoggiai al corpo solido che mi sosteneva da dietro. Le sue mani scivolarono intorno a me e fu doloroso e dolce. Mi appoggiai a lui. Rilassandomi, calmandomi. Ma, dentro, mi sentivo fragile e irritabile. Il suo tocco mi confortava e allo stesso tempo mi faceva male.

«Tutto bene?» sussurrò Adam.

Non riuscivo a parlare. Non mi fidavo di riuscire a farlo. Scrollai le spalle.

«Il medico è uscito. Puoi vestirti se vuoi. Avevi altre domande da fargli? Ha detto che possiamo andare nel suo ufficio, se hai bisogno di parlargli.»

Scossi la testa. Adam mi lasciò andare lentamente. Quando persi il conforto delle sue braccia intorno a me avrei voluto piangere. Mi era mancato tanto. E ora era tornato, ma in circostanze simili non era proprio una cosa da festeggiare. C'era quel dolore che non voleva andarsene, il dolore che avevo provato ogni singolo giorno da quando avevamo rotto.

Ingoiai l'emozione che mi saliva alla gola. Adam era teso. Lo sentivo in ogni suo muscolo mentre aspettava accanto a me. Si stava preparando a dar battaglia. Sapeva che sarebbe stata epica. E non aveva torto.

Mi voltai, asciugandomi la bocca con il dorso della mano e andai a prendere il mio stupido reggiseno imbottito e la maglietta.

«Potresti voltarti per favore?» gli chiesi, con la voce rauca.

Adam mi guardò con i suoi occhi indecifrabili. Era una richiesta ridicola, in effetti. Aveva visto il mio corpo nudo centinaia di volte, e lo aveva toccato quasi altrettanto spesso. Dio, come lo aveva toccato. Sentii le guance in fiamme ricordandolo e distolsi gli occhi.

Adam si voltò, afferrando il tablet e scrivendo furiosamente. Probabilmente stava controllando alcuni dei termini che aveva usato il medico.

Mi tolsi il camice di carta che mi copriva il torace e mi guardai il seno. Quello destro era perfetto, intatto, il sinistro aveva una brutta cicatrice rossa e un affossamento a forma di cucchiaio dove avevano rimosso il tessuto. Diedi un'occhiata alla schiena di Adam. Forse avrebbe trovato disgustosa quella deturpazione. Non era mai stato avaro di apprezzamenti sul mio seno. M'infilai il reggiseno e lo agganciai. Non era un reggiseno sexy, come quelle cosine di pizzo che mi piaceva indossare quando avevo abbastanza soldi per concedermele. Questo assomigliava al reggiseno di una vecchia. Robusto, sostenitivo. Funzionale.

Le cure contro il cancro mi stavano lentamente ma sicuramente rubando la mia gioventù, tra le cicatrici sul corpo, la terapia ormonale e la chemio, la bestia che più mi terrorizzava e che era lì, minacciosa come uno di quei giganteschi draghi disegnati sulle antiche mappe. Presto sarei stata rinsecchita e perfino più calva di mia nonna.

Da figlia di una sopravvissuta al cancro, sapevo che cosa mi aspettava con la chemioterapia. Avevo visto tutto quello che aveva patito mia madre. Il pensiero mi faceva torcere le budella. Forse la gravidanza era stata il mio ultimo, inconscio, tentativo di procrastinare. Sapendo ciò che sapevo, probabilmente sarei saltata giù da un balcone e mi sarei rotta entrambe le gambe pur di ritardare l'inevitabile.

Quando mi fui infilata la maglietta, Adam si voltò, chiudendo un'app sul suo tablet e aprendone un'altra. Sembrava un calendario.

«Il tuo prossimo appuntamento è all'una.»

Alzai di colpo la testa mentre prendevo la borsa. «Il prossimo appuntamento?»

«La seconda opinione di cui abbiamo parlato. Dovrai firmare alcuni documenti mentre usciamo, per poter aver accesso alla tua cartella clinica.»

Firmai i documenti e trasferirono copia della mia cartella su una chiavetta che Adam aveva consegnato al personale dell'ufficio. Quando gliela porsero, l'afferrai e me la infilai in tasca. Non avevo nessuna intenzione di permettergli di vedere le fotografie della mia tetta sfigurata. Diavolo, no!

Dato che Jordan, il miglior amico di Adam, notorio playboy, gli aveva recentemente procurato "appuntamenti bollenti", probabilmente Adam era stato gomito a gomito (e la mia unica speranza era che non ci fossero stati contatti con altre parti del corpo) con modelle e attrici. Per non dire del branco di stagiste al lavoro, che avevo mentalmente soprannominato "il fanclub di Adam". Si divertivano a catalogare quello che indossava in ufficio e dare un voto ogni giorno a quanto era sexy. Era stato l'inferno dover restare lì e ascoltare quelle stronzate giorno dopo giorno, cercando di ignorarle.

Non che pensassi che fosse mai uscito con una di quelle stagiste. Dovevano avere diciotto o diciannove anni. Ma avevano corpi perfetti ed ero sicura che a nessuna di loro avessero tolto una bella zolla dal seno sinistro. E nessuna di loro sarebbe presto stata più calva del capitano Jean-Luc Picard della nave stellare *Enterprise*.

Colsi un paio di volte Adam che mi guardava. Beh, meglio dire che lo *sentii* che mi guardava. Gli occhi scuri di Adam avevano un modo di attirare gli occhi degli altri come fossero magneti.

«Che cosa c'è?» gli chiesi alla fine.

Adam scosse la testa, mi aprì la portiera dell'auto e aspettò pazientemente che salissi.

Io mi fermai un momento e ripiegai le braccia sul petto, voltandomi a guardarlo. «Tu stai macchinando qualcosa.»

Mi guardò sorpreso. «Perché lo credi?»

«A parte il fatto che tu stai *sempre* macchinando qualcosa, non hai ancora menzionato le percentuali della prognosi del dottor Metcalfe.»

Adam appoggiò un braccio sul bordo della portiera aperta e mi guardò, mi guardò *veramente* in quel modo che di solito trovavo minaccioso. «Che cosa c'è da dire, Mia?» Poi fece un respiro profondo e distolse gli occhi. «Quei numeri parlano da soli. Sei una donna intelligente. E, se tutto va bene, un giorno sarai un'oncologa. Se fossi al posto di quel medico, *tu* che cosa raccomanderesti di fare a una tua paziente?»

Di colpo mi ritrovai senza fiato, come se una morsa si fosse stretta intorno al petto. Invece di rispondere, lasciai cadere le braccia lungo i fianchi e sprofondai nel sedile del passeggero. Adam chiuse piano la portiera e andò a mettersi dietro il volante. Io abbassai la testa, massaggiandomi le tempie, sentendo l'inizio del mal di testa. Non mi sfuggì il fatto che avesse usato la frase "se tutto va bene". C'erano buone probabilità che, se avessi proseguito con la gravidanza, non avrei cominciato l'università in un prossimo futuro.

Non mise in moto l'auto, rimase solo seduto a fissarmi. Io premetti la schiena contro il sedile, guardandolo. Scossi la testa. «Non ci riesco. È solo un'opinione, una stima. Magari la sua percentuale non è nemmeno corretta.»

Restammo a fissarci per un po', anche quando era ormai diventato imbarazzante. Avrei voluto che si avvicinasse e mi abbracciasse. Ed era strano... se desideravo tanto che mi tenesse tra le braccia, perché non glielo stavo chiedendo o, meglio ancora, perché non mi chinavo in avanti e non lo abbracciavo io? Deglutii e sbattei le palpebre, con gli occhi che pungevano.

«Devo fermarmi per qualche minuto in ufficio per prendere un po' della mia roba» disse.

«Non vai a lavorare, oggi?»

Adam mi guardò come se fossi pazza per averlo chiesto e si voltò per mettere in moto l'auto.

Venti minuti dopo, nel complesso della Draco Multimedia, la società di Adam, abbassai il finestrino dell'auto dicendogli che avrei aspettato mentre lui faceva le sue cose in ufficio. Mi promise che non ci sarebbero voluti più di dieci o quindici minuti ma sapevo benissimo come funzionavano le cose. La sua segretaria lo avrebbe colto al volo per fargli firmare dei documenti o qualcuno lo avrebbe chiamato o lo avrebbero fermato una dozzina di volte mentre andava in ufficio. Sarei potuta andare con lui, ma volevo evitare quell'imbarazzante ritorno al lavoro. Il venerdì precedente, avevo raccolto in tutta fretta le mie cose dalla scrivania, senza dare spiegazioni al mio capo, Mac, e alle stagiste con le quali lavoravo, che mi avevano fissato a bocca aperta. Ma non mi era importato. Tutto quello a cui riuscivo a pensare in quel momento era il test di gravidanza che avevo appena fatto e il duro scontro con Adam nel suo ufficio.

Passai il tempo giocando col telefono per evitare di dover pensare a tutto quello che stava succedendo. Avevo pensato già troppo per tutto il fine settimana e cominciavo a esserne stufa e nauseata.

Ma dovetti interrompere il gioco quando Heath, il mio coinquilino e miglior amico mi mandò un messaggio.

Ehi, sei andata al tuo appuntamento con il medico, oggi?

Gli mandai la risposta.

Sì, adesso vado al secondo appuntamento.

Da sola?

No, Adam è con me.

OK, sarò a casa quando arrivi.

Proprio come aveva promesso, nonostante i miei timori, Adam tornò circa un quarto d'ora dopo, con la borsa del laptop sulla spalla robusta. Salì in macchina e andammo al secondo appuntamento.

Il secondo medico riceveva in un'elegante struttura medica a Newport Beach, proprio vicino all'Hoag Hospital (metà country club, metà clinica medica dedicata ai ricchi e, a volte, ai famosi). La ricerca di Adam per "il migliore" in OC doveva averlo portato lì.

Dopo aver passato venti minuti a sfogliare i miei test e le cartelle, la dottoressa mi guardò con un'espressione cupa. Le sue percentuali non erano buone come quelle del dottor Metcalfe.

Meno del cinquanta percento se avessi proseguito con la gravidanza. Era maledettamente seria e decisa a che non seguissi quella strada.

«Raccomando vivamente di interrompere la gravidanza e iniziare immediatamente la chemioterapia.»

E fu allora che, accasciata sul lettino tecnologico, sentii le lacrime che mi riempivano gli occhi. Guardai Adam negli occhi, vedendolo dietro un velo. Aveva il volto freddo, impassibile. Lo immaginai che mi diceva "Te lo avevo detto". Distolsi gli occhi e sbattei le palpebre, senza riuscire a respirare.

Mi sembrava che tutto il mondo intorno a me stesse sprofondando.

Capitolo Due
Adam

O SSERVAI ATTENTAMENTE EMILIA MENTRE IL MEDICO LE comunicava la sua prognosi. Cercava coraggiosamente di nascondere la sua reazione emotiva che sapevo molto vicina a esplodere. Il medico si scusò ed io mi alzai, avvicinandomi a lei mentre era seduta sul lettino. Emilia non alzò gli occhi né si mosse, tenne gli occhi fissi sulla media distanza, con la mente lontana nello spazio e nel tempo.

Deglutii, sentendo il vecchio senso di colpa che quasi mi soffocava, ma, per necessità, dovetti metterlo da parte. Non potevo permettere alle emozioni di mettersi in mezzo, non in quel momento. Era un momento critico e dovevamo agire in fretta. La mia sola preoccupazione era la salute di Emilia e la sua sopravvivenza. Ci saremmo potuti occupare dopo di tutto il resto, una volta che fosse tornata sana. E speravo che a quel punto ci sarebbero stati abbastanza pezzi di noi da raccogliere e rimettere insieme.

Pregavo un Dio in cui non credevo veramente che desse retta a ciò che le avevano detto i medici. Dato che avevo avuto il tempo di riprendermi dallo shock di scoprire che non solo era incinta, ma che aveva il cancro, avevo analizzato il modo in cui mi ero comportato, decidendo che avrei dovuto fare esattamente l'opposto di quello che avevo fatto.

Quindi avevo passato tutto il fine settimana pianificando una strategia e arrivando a formulare un piano. Quelle visite mediche facevano parte del piano. Speravo, più che saperlo, che avrebbe seguito il consiglio dei medici. Emilia era una donna molto intelligente ma in quel momento era mossa puramente dalle emozioni. Da quando, sabato mattina, avevamo discusso sulla necessità di interrompere la gravidanza, davanti al suo netto rifiuto, avevo deciso di fare un passo indietro e starle vicino. Non avevamo riparlato dell'argomento perché temevo che più ne avessimo discusso, più lei avrebbe puntato i piedi.

Speravo che desse retta ai medici, ma, se non l'avesse fatto, non avrei rinunciato, avrei trovato qualcosa o *qualcuno* a cui lei avrebbe dato retta. Quindi avevo programmato un piano B.

Emilia restò in silenzio per tutto il tragitto fino al parcheggio. Le aprii la portiera e lei salì in auto, con le spalle basse. Quando mi misi al volante, lei stava fissando diritto davanti a sé. Le presi una mano. Era fredda e senza vita ed Emilia non mi restituì la stretta quando le avvolsi la mano attorno.

«Mia» le dissi a voce bassa. «Stai bene?»

Lei sbatté gli occhi. «Tu che ne dici?»

«Mi dispiace.»

«Non è colpa tua.» Si nascose il volto tra le mani e rise amaramente. «Scommetto che vorresti esserti messo con quella modella di Jordan invece di finire tra le lenzuola con me.»

La presi tra le braccia. Lei mi appoggiò la testa sulla spalla. «Adesso stai solo dicendo stupidaggini.»

Lei mi afferrò le spalle, tenendomi stretto. «Adam, mi dispiace.»

«Non voglio che ti scusi. Tutto ciò che voglio è che tu abbia le migliori chance possibili.»

Dopo essere rimasti abbracciati a lungo in silenzio, Emilia mormorò: «Puoi portarmi a casa adesso?»

Esitai. Casa. Per me, casa sua era la mia, dove avevamo vissuto insieme fino alla rottura, due mesi prima. E mi faceva male rendermi conto che per lei "casa" significava l'appartamento di Heath. Mi voltai a darle un bacio sulla guancia, poi mi tirai indietro.

Misi in moto l'auto, mentre davo inizio al mio piano B, che non prevedeva di portarla a casa di Heath.

Quando arrivai alla statale, grazie a Dio Emilia stava sonnecchiando sul sedile accanto a me. Sapevo che era esausta. Avevo tenuto chiusa la capotta per evitare il vento all'interno dell'auto, per non tenerla sveglia. Non dormiva a sufficienza da un po'. Le cadde avanti la testa e tutto ciò che riuscivo a vedere erano quei ridicoli capelli piumosi che di recente aveva ossigenato fino a farli diventare quasi bianchi e poi tinti in un arcobaleno di colori per adeguarli al vestito da fatina che aveva indossato per la festa in costume alla convention di Las Vegas. La colorazione dei capelli era permanente, probabilmente perché sapeva che sarebbero caduti presto a causa della chemioterapia che avrebbe dovuto iniziare quella settimana. Sembrava una sbiadita rock star punk degli anni Novanta.

Presi la strada più lunga, quindi non cominciò a svegliarsi finché non uscii dalla statale. Invece di dirigermi direttamente alla Chapman Avenue, alla casa di Heath, svoltai a destra verso North Tustin e la casa di mio zio.

Emilia sbatté gli occhi, svegliandosi e chiese ancora un po' intontita: «Perché stiamo andando a casa di Peter?»

Quando non risposi, lei mi fissò furiosa, capendo ciò che stavo per fare. Si raddrizzò nel sedile. «Adam, ferma la macchina.»

Invece cambiai marcia, diedi gas e mi diressi su per la collina, verso la scuola superiore.

«Adam» disse a denti stretti.

«Dovrai parlarle, prima o poi.»

Lei sibilò tra i denti come se le avessi appena dato un pugno nello stomaco. «Ferma. Questa. Maledetta. Macchina.»

Eravamo a circa due isolati dalla casa di Peter. Mi fermai accanto al marciapiede e spensi il motore. Esitai, fissando fuori dal finestrino davanti a me, stringendo il volante. Emilia era seduta rigida accanto a me e ribolliva di rabbia. Ero stato pronto a rischiare la sua rabbia perché, se Kim era l'unica che poteva farle entrare un po' di buonsenso in testa, allora era lei la mia arma segreta. A quel punto, avrei fatto tutto quello che era necessario, tanto ero disperato.

Aspettai che riprendesse fiato, aveva le guance ancora più pallide del solito, le nocche bianche dove stringeva il sedile.

Tolsi le mani dal volante, guardandola cauto.

«Mia, è tua madre. Devi dirglielo.»

Lei si premette il palmo delle mani tremanti sulla fronte. «Io non *devo* fare niente.»

Feci un respiro profondo, per calmarmi, fissando fuori dal parabrezza, cercando di ricompormi.

Lei si agitò sul sedile accanto a me. «Riportami a casa di Heath, per favore.»

Dopo una lunga pausa, si voltò a fissarmi, ansiosa.

«Ti riporterò a casa di Heath a una condizione. Prima mi dovrai ascoltare.»

Emilia strinse le labbra e poi finalmente annuì, evitando di guardarmi negli occhi.

«Quando eravamo solo amici online, mi ricordo di essere restato in linea con te fino alle sei del mattino, la notte in cui avevi scoperto che tua madre aveva il cancro. Lo ricordi?»

Lei si morse il labbro. «Ovviamente.»

«So quanto sia stato doloroso per te. So anche che adesso stai cercando di proteggerla...»

«Non ribaltarlo su di me, adesso. *Tu* sei arrabbiato con me perché non ti ho detto niente, ma quello che devi capire...»

Alzai una mano per fermarla. «Adesso non stiamo parlando di me, Mia. Stiamo parlando di tua madre. Lei ha il diritto di saperlo. Ha il diritto di essere lei quella forte per te, di aiutarti. Avrai bisogno degli altri. Ed è probabilmente tremendamente difficile per te ammetterlo.»

Emilia si strofinò la fronte con una mano tremante. «So che ho bisogno... ma... io... Dio, mi ricordo come mi sono sentita quando me l'ha detto. Ricordo cosa si prova a essere la persona impotente che sta lì, senza poter fare una sola maledetta cosa. È stata la cosa peggiore che abbia mai provato in vita mia e volevo risparmiarla a lei...» Si voltò a guardarmi. «E a te.»

Mi morsi la lingua per tenere la risposta irritata dove doveva stare, nella mia bocca chiusa. *Già, perché scoprirlo in quel modo, invece che detto da te, è stato fantastico.*

Emilia spalancò gli occhi davanti alla mia reazione. Apparentemente aveva visto quello che stavo pensando ed io mi maledissi da solo per non aver nascosto meglio i miei pensieri. Una volta lo facevo così bene.

Fece un respiro profondo. «So che è stata la mia vigliaccheria. Non riesco a spiegarti che cosa mi stava passando per la testa, perché sembra così ridicolo. È cominciato con una piccola cosa. Prima un sospetto, la biopsia. Ma poi è arrivata la diagnosi e io... fu come se, avendo il cancro, vi stessi deludendo tutti. C'erano già dei problemi tra di noi e poi quello... pensavo che ci avrebbe definitivamente distrutti. Era come se fossi merce guasta.»

Espirai forte per la sorpresa, ma non dissi niente. Emilia deglutì, dandomi un'occhiata nervosa prima di continuare.

«So che sembrano scuse stupide.»

«Sì, sono scuse» risposi a bassa voce. «Non c'è mai un buon momento perché ti capiti qualcosa di così tremendo. Ma chiudere fuori tutti? È *così* che lo hai reso più difficile per tutti gli altri, e per te stessa. Perché, facendolo, ci hai reso ancora più impotenti. E che tu lo voglia ammettere o no, hai bisogno del nostro aiuto.»

Emilia sospirò. «Pensavo veramente che si sarebbe trattato di un veloce intervento chirurgico e qualche radiazione. Quindi non pensavo che fosse veramente necessario infastidire nessuno...»

La guardai male. Non potei farne a meno. Un cazzo di *cancro* e lei non voleva "infastidirci".

«Non pensiamo al passato, okay. È passato. Parliamo di oggi. Di adesso. Tua madre deve saperlo. Ha il diritto di saperlo. E ha il diritto di sentirselo dire da te.» *Allo stesso modo in cui io avevo il diritto di sentirmelo dire...*

Emilia scosse la testa. «Non obbligarmi.»

«Non ti obbligherò. Ma prova a riflettere. E se lei non ti avesse mai detto del suo cancro? Tu eri a scuola. Avrebbe potuto tenertelo nascosto per mesi, senza problemi. Come ti saresti sentita dopo aver scoperto che aveva affrontato tutto da sola? Lei lo scoprirà, prima o poi. Non potrai nasconderglielo per sempre. Per favore, Mia.»

Emilia si premette il palmo delle mani sugli occhi e cominciò a singhiozzare, tremando in tutto il corpo. «Ho paura, Adam! Okay? Non so che cosa mi spaventa di più, dirle del cancro o della gravidanza.»

Le tolsi le mani dalla faccia, stringendone una tra le mie dita. «Io sarò lì. Ti aiuterò.»

Rimase in silenzio per un lungo momento. Fece un profondo respiro, con la testa bassa e finalmente annuì. «Okay» mormorò, stringendomi a sua volta la mano.

Dopo una lunga pausa, staccai la mano dalla sua e mi girai per mettere nuovamente in moto l'auto. Qualche minuto dopo, parcheggiai nel vialetto di Peter. Kim era rimasta per un altro giorno quando l'avevo contattata, il giorno prima, chiedendoglielo. Anche Heath sarebbe arrivato da lì a poco. Eravamo il gruppo di soccorso di Emilia.

Capitolo Tre
Mia

Scesi lentamente dall'auto, con i muscoli rigidi per l'irritazione. Adam si era preparato per gestire la situazione nello stesso modo prepotente con cui gestiva tutto, finché non aveva accettato la mia preghiera di fermarsi. Ma io non ero pronta per il suo ragionamento calmo e razionale. Le sue preghiere gentili. Era una cosa diversa...

Respirai a fondo, con il cuore che batteva forte. Adam esitò, restandomi vicino. Io fissai la porta con la cornice rossa della casa di Peter, sapendo che mia madre era lì, sapendo che stavo per lasciar cadere una bomba quando lei aveva appena trovato un nuovo amore e le cose cominciavano ad andarle bene. «Dammi un minuto» mormorai.

Adam non si mosse, distolse lo sguardo e si mise le mani in tasca. «Prenditi tutto il tempo che vuoi.»

Adam aveva ragione, era ora che lo dicessi a mia madre. Mi chiedevo da un po' quando avrei potuto dirglielo e avevo continuato a rimandare. Tanto valeva farla finita in sol colpo, per quanto doloroso.

Mi sentivo un macigno nello stomaco e mi mancava il fiato quando annuii e lui si voltò per andare alla porta. Lo seguii passivamente sui gradini del portico. Adam aprì la porta senza bussare, come faceva sempre, e chiamò: «Ehi, siamo arrivati».

La mamma fu la prima persona che vidi e Adam si fece da parte perché potesse salutarmi, gettandomi le braccia al collo. Capii dalla sua faccia che non sapeva niente. Aveva un'espressione preoccupata e incerta. Mi sarebbe piaciuto pensare che sapevo come sarebbe stata la sua faccia se avesse saputo della diagnosi. Avevo visto quella faccia un migliaio di volte quando immaginavo di dirglielo. Nella mia testa, non andavo mai oltre le prime parole prima di crollare completamente al pensiero di doverla distruggere in quel modo.

Sapevo come mi ero sentita io due anni prima, quando avevano fatto a lei la diagnosi. Mi aveva massacrato e la mamma era appena stata dichiarata guarita anche lei. E se lo stress della mia diagnosi l'avesse fatta ammalare di nuovo?

Mi staccai, senza riuscire a guardarla negli occhi. Lei mi mise le mani sulle guance. «Mia» disse piano. «Qualunque cosa sia, la supereremo, okay? Io sono qui per te.»

Guardai i suoi occhi castani, così simili ai miei, e non riuscii a frenarmi. Cominciai a singhiozzare. Di nuovo.

Lei mi abbracciò. Ora eravamo da sole in cucina. Adam si era già allontanato. Appoggiai la faccia sulle spalle di mia madre e cercai di soffocare il pianto come meglio potevo, ma stavo tremando così forte che non riuscivo a pensare, tanto meno a contenermi.

«Ssst» mi disse mia madre, lisciandomi i capelli come faceva quando ero una bambina.

Mi portò nel soggiorno dove c'erano Adam e Peter, seduti davanti a noi. La mamma mi fece sedere accanto a lei sul divano. In qualche modo, la presenza di altri mi costrinse a cercare di ricompormi e smettere di piangere come una bambina. Adam si alzò, prese una scatola di fazzolettini di carta e la mise sul tavolino davanti a me. Ne presi una manciata e mi asciugai il volto.

«Adam, forse dovremmo uscire» disse Peter a bassa voce.

«No» dissi finalmente io con la voce che tremava. «Va tutto bene. Dovreste restare qui per lei.»

Mi rivolsi a mia madre, che aveva aggrottato la fronte a quelle parole. Le mise le mani sulle spalle, tirai su col naso e raddrizzai la schiena, cercando di trovare il coraggio di dire quelle orribili parole. «Io… uh…» cominciai con voce tremante. Mi schiarii la voce. «Ho il cancro, mamma.»

Dapprima mia madre non reagì. Poi, dopo un indugio di tre secondi, sembrò che qualcuno le avesse camminato sui piedi con stivali dalle suole di ferro e lei cercasse di non mostrare reazioni.

Quindi respirai a fondo e continuai. «È, ehm, un carcinoma, al secondo stadio, al seno sinistro. Ho subito una nodulectomia in ottobre e una terapia ormonale e, uhm, devo cominciare la chemioterapia.»

Mia madre strinse le labbra fino a farle sparire dentro la bocca e si capiva che stava facendo del suo meglio per non piangere. Stava cercando di fare quello che avevo fatto io quando mi aveva riferito la sua diagnosi.

Dopo aver tentato per un minuto di contenersi, crollò. «Oh, Dio, bambina» disse, prendendomi tra le braccia, tirandomi vicina. Nessuno poteva capire che cosa aspettasse un paziente oncologico come qualcuno che era sopravvissuto al cancro. Mia madre conosceva intimamente ogni attimo di tortura che mi aspettava.

Quasi ogni attimo di tortura.

«Perché non me l'hai detto?» chiese, con la voce dura.

«Non l'ho detto a nessuno.»

«Nemmeno ad Adam?» chiese, staccandosi e guardandolo.

E fu a quel punto che mi sentii come spazzatura per la prima volta. Avevo pensato che mi stavo comportando da persona forte, per loro. Avevo pensato di aver scelto di affrontare coraggiosamente la mia battaglia, una battaglia che potevo combattere solo io, senza pesare su di loro.

Era la prima volta che mi rendevo conto di quanto fossi stata egoista.

Mi tirai indietro e guardai Adam. Aveva il volto impassibile, ma gli occhi erano carichi di accuse e dolore. Tornai a guardare mia madre. «L'ho detto solo a Heath.»

Mia madre scosse la testa. Era chiaro che non capiva. Mi vennero in mente un milione di scuse. Ero spaventata. Non sapevo che cosa fare. Ero confusa. Volevo essere forte. Volevo combattere il cancro alle mie condizioni.

Ma ogni scusa era polvere e cenere. Senza significato per le persone che mi volevano bene.

«Quindi hai costretto Heath a nascondercelo? Oh, Mia, è stato così ingiusto nei suoi confronti. Ma...» Mi mise una mano sul braccio, scuotendomi la spalla perché la guardassi di nuovo. «Ora non è il momento di discutere come ti sei comportata. Ora, parliamo di quello che verrà. Quando comincerai la chemioterapia? E dove?»

Mi raddrizzai, allontanandomi da lei, continuando a guardarla. Non riuscivo a incrociare lo sguardo che mi stava inchiodando dall'altra parte della stanza. Era su questo che aveva contato Adam. Sapeva che mi avrebbe spezzato il cuore dirle che intendevo rifiutare la chemio. Strinsi i denti, cercando di ingoiare quella pillola amara.

«Kim, c'è una complicazione» disse Adam con la voce bassa. «Mia non può cominciare la chemio questa settimana perché è incinta.» Io chiusi gli occhi, più che altro per non vedere la reazione di mia madre. Ma ero una tale codarda, perché il sollievo che provai quando Adam parlò al posto mio fu enorme. Gli sarei caduta ai piedi per la gratitudine.

Mia madre voltò di colpo la testa verso di me. Aprì la bocca per dire qualcosa, ma apparentemente incapace di trovare le parole, la richiuse. Impallidì, diventando più bianca della parete alle sue spalle.

Suonò il campanello e Adam si alzò, uscendo in fretta sul corridoio. Peter si chinò in avanti. «Kim, posso portarti un bicchier d'acqua o qualcos'altro?»

Quando lei scosse vigorosamente la testa, Peter si tirò indietro, osservandola attentamente. Mia madre si voltò verso di me, a bocca aperta, spalancandola e chiudendola come un pesce.

Adam rientrò nella stanza con Heath, che andò immediatamente da mia madre. Lei si alzò e gli si buttò praticamente tra le braccia, stringendolo forte e piangendo sulla sua spalla. Adam doveva aver avvertito Heath di venire. Mi resi conto di quanto avessi ragione quando avevo detto ad Adam che sapevo che stava macchinando qualcosa. Aveva programmato quell'incontro in modo che ci fossero tutti e potessero dirmi quello che dovevo fare. Gli lanciai un'occhiata ma fui distratta dai singhiozzi di mia madre.

Li guardai, sentendomi come se un coltello mi avesse trapassato lo sterno. Sentii un'ondata di nausea e il mio stomaco si rovesciò. Dovetti ringoiare un'amara boccata di bile.

La mamma si staccò finalmente da Heath e si spostò sul divano per fargli posto. Poi si voltò verso di me, asciugandosi la faccia con il dorso della mano. Heath si chinò in avanti, afferrò qualche fazzolettino e glielo passò. Lei si asciugò gli occhi. Senza guardarlo, gli disse: «Heath, mi dispiace di essere stata così furiosa con te a Natale, quando non hai voluto dirmi che cosa stava succedendo a Mia. Deve essere stato un peso enorme per te».

Heath le mise una mano sulla schiena, senza dire niente. Sembrava stesse per mettersi a piangere anche lui. Io mi premetti le mani sugli occhi, come per contenere le lacrime.

«Vuoi parlare di ciò che hai intenzione di fare?» mi chiese mia madre.

Ero troppo fifona per scoprirmi gli occhi. Dopo qualche minuto di silenzio, borbottai: «So quello che voglio fare». Feci un respiro profondo, tolsi le mani dagli occhi e mi misi diritta. Guardai Adam. Era immobile come una statua, impassibile e imperscrutabile com'era stato nello studio del medico. «Ma significa non fare la chemioterapia.»

La mamma mi afferrò la mano e se la mise in grembo, stringendola forte. «Mia, ti serve la chemio.»

Espirai tremando e scossi la testa. Non riuscivo a dirlo. Non riuscivo a dirle che sua figlia stava scegliendo di rinunciare alla terapia. Vidi con la coda dell'occhio che Adam si alzava e voltava le spalle alla stanza, rigido, e guardava fuori dalla finestra. Studiai le sue spalle tese.

«Mamma, e se tu avessi scelto di non avermi? Non riesco a farlo.»

Mia madre restò a bocca aperta. «Le mie circostanze erano completamente diverse. Non stavo lottando per la mia vita, Mia. Non puoi paragonarti a me!»

«Potrei non essere più in grado di avere figli, dopo la chemio…»

«E per quello vale la pena di rinunciare alla *tua* vita? Una vita piena? Hai ventidue anni… sei ancora una bambina anche tu!»

Aprii la bocca per rispondere ma lei m'interruppe, afferrandomi saldamente la spalla, come se ne dipendesse la sua vita. «Hai una vita intera davanti a te. Andrai all'università per studiare medicina. Sarai un medico. Salverai delle vite. Ma adesso hai una vita, la più importante, da salvare: *la tua*.»

Cercai di riprendere a respirare. Mi sembrava di avere il petto compresso sotto tonnellate di acciaio. Era un incubo. Volevano tutti la stessa cosa. Nessuno, nemmeno uno di loro, riusciva a vedere il problema dalla sua prospettiva.

Poi sentì un'altra voce, un altro sussurro dentro la sua testa, non meritavo anch'io le migliori chance di vivere?

Prima della diagnosi, prima di quella chiamata dallo studio del medico, ero in cima al mondo. Stavo aspettando le risposte dalle varie facoltà di medicina, ero stata accettata da quella che avevo sognato, e avevo un uomo meraviglioso che mi amava, e che amavo. Sentii nuovamente il dolore per quella perdita diffondersi nel mio petto. Quel dolore che era stato un mio costante compagno per i mesi passati, insieme agli infiniti esami del sangue e ai farmaci crudeli che avevo dovuto mettermi in corpo. E ciò che mi aspettava era molto più duro.

«È veramente così brutto credere nel diritto del mio bambino di vivere?» chiesi con una vocina sottile.

La mamma mi guardò, raggelata. Poi mi toccò la guancia. «No, tesoro, non è brutto, assolutamente. Ma, devo implorarti di ricordare il diritto della *mia* bambina di vivere, di continuare la sua vita. Non sacrificare la *mia* bambina, ti prego.»

Mi sentii improvvisamente soffocare sotto il peso degli occhi di tutti su di me. Tutti, eccetto Adam, mi guardavano come aspettandosi un pronunciamento... una decisione.

Mi misi le mani sulle tempie, strofinandole. «Ho bisogno di pensare. Non posso prendere una decisione come questa, adesso. Per favore. Riesci a capire?»

Mia madre mi guardò, con gli occhi così tristi che mi spezzarono il cuore. Dovette mordersi il labbro per evitare che tremasse. Ma annuì.

«Okay» disse. «Hai ancora un po' di tempo? Per favore, per favore, non escluderci ancora, okay? È tutto quello che ti chiedo. Ti imploro, lascia che ti vogliamo bene.»

Lascia che ti vogliamo bene. Era quello che avevo fatto? Escluderli, rifiutando loro il diritto di provare quei sentimenti? Mi voltai a guardare Adam, che mi stava osservando con gli occhi scuri velati. Ci fissammo attraverso la stanza e dentro di me mi sentii pesante, stretta. Quasi non riuscivo a respirare. Non volevo pensarci. Non volevo farlo. Volevo restare ferma e aspettare che le cose succedessero. Non avevo voglia di ponderare quelle scelte difficili. La mia vita stava cominciando a sembrarmi un fallimento epico. E ci sarebbero stati altri fallimenti lungo la via prima di poter ricominciare, se mai mi fosse rimasta la volontà di farlo.

Dissi a tutti che ero esausta e avevo bisogno di dormire. Era una settimana che dormivo male. Da quando avevo scoperto di essere incinta e dopo lo scontro esplosivo con Adam. Il giorno in cui aveva scoperto del cancro. Quando aveva scoperto tutto.

L'indomani era l'ultimo giorno dell'anno e non avevo nessuna voglia di salutare un anno nuovo, che sarebbe stato pieno di tristezza, crepacuore e tensione tra Adam e me.

Andai a mettermi accanto alla portiera dell'auto di Adam prima di decidere che probabilmente sarebbe stato più pratico andare a casa con Heath, dato che ora vivevo con lui. L'atmosfera tra me e Heath era tesa fin da prima della grande sfuriata. Erano settimane che mi faceva pressioni perché raccontassi tutto. E avevo rifiutato. Avevo sfruttato la sua lealtà per farlo stare zitto. Aveva dovuto affrontare Adam e mia madre che chiedevano risposte su quello che mi stava veramente succedendo. Avevo un debito enorme nei suoi confronti.

Feci per andare verso l'auto di Heath quando sentii una mano afferrarmi il braccio in alto, fermandomi. Peter era fermo sui gradini davanti a casa con il braccio sulle spalle di mia madre e Heath le stava parlando a bassa voce mentre lei piagnucolava in una manciata di fazzolettini.

Mi voltai a guardare Adam, che mi strinse la mano sulla spalla per poi farla scivolare lungo il braccio. «Stai bene?»

Sospirai e distolsi lo sguardo. «Ero furiosa con te per avermi portato qua... per aver organizzato tutto.» Ingoiai l'enorme nodo che mi si era formato in gola. «Ma ora mi sembra che mi abbiano tolto un peso dal petto.»

Lui annuì. «Mi dispiace averti sconvolto.»

Almeno non disse che me l'ero meritato. Lo guardai in volto di nuovo prima di distogliere gli occhi. Sapevo perfettamente che era ancora arrabbiato con me. Nascondeva i suoi sentimenti talmente bene che a volte ci voleva un'occhiata, una brevissima contrazione dei muscoli del volto, o un lampo ancora più breve nei suoi occhi, per capire che cosa gli stava passando per la testa.

Sapevo di averlo ferito. C'eravamo feriti a vicenda. Tanto. E potevo solo vedere davanti a me altro dolore prima di poter cominciare a guarire, se mai ci fossimo riusciti. Una nuova ondata di senso di colpa mi chiuse nuovamente la gola. Se Adam poteva mettere da parte la sua rabbia in un momento come quello, allora potevo farlo anch'io.

Adam si schiarì la voce. «So che in questo momento sei troppo stanca, ma potremmo parlare domani mattina?»

Mi chiesi se avesse qualcosa di nuovo da dire. Sarebbe stata una ripetizione delle stesse cose? Avrebbe urlato ancora e insistito che interrompessi la gravidanza? Sentivo la stanchezza pervadermi, schiacciarmi. Tutto quello che volevo in quel momento era smettere di sforzarmi, di combattere. Scoprii che, nonostante tutto, lo volevo con me, volevo che mi tenesse stretta. Quasi gli chiesi se non potevo andare a casa con lui quella sera stessa.

«Mhmm. Sì, certo.»

«Vengo a prenderti per andare a fare colazione?»

Non facevo colazione da oltre una settimana. Era il momento del giorno in cui stavo peggio. Ma non avevo veramente voglia di cominciare a discutere con lui. Per quanto avessi tentato di evitarlo nelle settimane passate, sembrava che adesso avessi bisogno della sua presenza come dell'aria che respiravo. Avrei potuto mangiare un pezzetto di pane tostato e un po' di succo d'arancia, se significava che avremmo potuto passare un po' di tempo insieme.

«Sì, vieni quando vuoi.»

Adam si chinò a baciarmi la guancia. Quando fu vicino, sentii un soffio del suo odore meraviglioso e il mio cuore mancò un battito. Gli misi le mani intorno alla vita e lo tirai vicino. Lui esitò, fu solo per un secondo, ma lo sentii. Il suo portamento era rigido prima che si rilassasse e le sue braccia scivolassero sulla mia schiena per fermarsi sulle scapole e poi quell'impercettibile movimento mentre voltava la testa per odorarmi i capelli. Premetti la faccia sulla sua spalla e lui mi tenne stretta. Chiusi gli occhi e godetti per un momento quell'odore salato di oceano e di uomo. Lo respirai.

Era bello. Così bello. Ma finì in fretta come era cominciato. Adam si staccò da me, prima di scatto, poi lentamente, come se si fosse rammentato di non essere troppo brusco, come se avesse davanti un cucciolo fragile o un gattino. Mi fece male, fisicamente. Quella separazione fu come una lama affondata nel cuore.

«Adam, mi dispiace» sussurrai.

Lui allungò la mano e mi accarezzò la guancia. «Anche a me.»

Lo sguardo che ci scambiammo alla luce morente mi fece stringere il petto e minacciò di far scendere le nuove lacrime che mi bruciavano in fondo agli occhi.

Un *respawn* e un nuovo inizio a questo punto sarebbero stati fantastici. Se solo…

Se solo avessi potuto riportare le cose a quel giorno in cui avevo ricevuto la lettera di accettazione dalla Hopkins. Avrei *veramente* potuto gestire meglio la faccenda. Ma ero stata talmente presa da quel successo, quel successo monumentale che era stata la mia unica speranza e il mio unico sogno negli ultimi anni. Una cosa che avevo pensato di aver fallito miseramente quando avevo fallito il test d'ingresso la prima volta.

Era stato quello il punto in cui avevamo cominciato entrambi a fare un enorme, stupido errore dopo l'altro.

Adam mi spinse una ciocca di capelli dietro l'orecchio. «Dobbiamo smetterla di ripeterlo, okay? Stiamo andando avanti. Basta recriminazioni, giusto? Era la *tua* regola, dopotutto.»

Sorrisi ironicamente. «E a te piacciono le regole, vero?»

«La vita è fatta di regole. Perfino i giochi le hanno.»

Annuii. Non era più un gioco, tutt'altro. Aprii la bocca e quasi, *quasi,* gli chiesi se potevo andare a casa con lui quella sera. Volevo che mi tenesse tra le braccia. Volevo sentirlo sdraiato accanto a me, ascoltare il suono tranquillo del suo respiro mentre dormiva. Era passato molto tempo. Troppo.

Ma avevo troppa paura che rispondesse di no, quindi sperai silenziosamente che me lo chiedesse lui.

«Dormi bene» mi disse con la voce dolce.

Chiusi gli occhi, sentendo qualcosa dentro che precipitava. Le cose non erano più le stesse e non sarebbero state le stesse per molto tempo, forse mai. C'era qualcosa che mancava, qualcosa di guardingo nella sua voce e nel modo in cui mi guardava. E in quell'istante capii esattamente che cos'era: la fiducia.

Non si fidava più di me. E no, nemmeno io mi fidavo completamente di lui.

«Anche tu» gli risposi.

Mi accompagnò alla Jeep di Heath e mi aprì la portiera. In passato, aveva sempre insistito per essere lui quello che mi accompagnava a casa, perfino quando sapeva che Heath avrebbe comunque fatto la stessa strada. Ma non quella sera.

CAPITOLO QUATTRO
ADAM

OPO UN'ALTRA LUNGA NOTTE INSONNE, MI TROVAI A guidare verso Orange quasi in automatico. Probabilmente avrei potuto fare quel tragitto con gli occhi chiusi. E non avevo quasi mai percorso quella strada prima di cominciare a vedere Emilia.

Era la mattina dell'ultimo giorno dell'anno e il traffico era meno intenso del solito. La gente probabilmente avrebbe lavorato solo mezza giornata (come quelli che erano ancora al lavoro alla Draco) e stava programmando i festeggiamenti, con tante belle speranze per il nuovo anno.

Mi chiesi come poteva essere. Perché, da qualunque parte lo guardassi, il nuovo anno che avevamo davanti non si prospettava molto allegro. Emilia ed io avevamo ricominciato a parlarci, almeno. Ma la nostra fragile relazione era sul punto di essere colpita duramente, *molto* duramente, da una grande ondata di merda. Non c'era molto da festeggiare per noi.

Mi fermai a una pasticceria e comprai alcune cose per la colazione, poi andai a prenderla a casa di Heath.

Aprì lei la porta. Aveva quegli strani capelli multicolore legati in una coda di cavallo che passava attraverso il foro posteriore da un berretto da baseball con il logo della Draco. Indossava jeans larghi e una giacca di denim. Mi rivolse un pallido sorriso quando mi vide.

«Ehi» disse.

«Ehi. Pensavo che potremmo andare a fare colazione nel parco. E magari parlare?»

Emilia impallidì visibilmente quando menzionai la colazione, perfino le sue perfette labbra rosa divennero quasi bianche. Sembrò sul punto di vomitarmi sulle scarpe. Ma il suo sorriso non vacillò e lei annuì piano.

Mentre tornavamo verso l'auto, mise la mano fredda nella mia. Io chiusi le dita, quasi senza pensarci. Avrei dovuto essere incazzato con lei. Una parte di me voleva che restassi arrabbiato con lei. Ma la parte maggiore riusciva a vederla com'era: sperduta, sola e terrorizzata, esattamente com'ero io, ed era la donna che amavo più di tutto al mondo.

Guidai fino a un parco vicino che aveva delle colline e grandi alberi e sentieri, una fila di pini lunga più di un chilometro e mezzo e un posto semi-privato dove sederci a un tavolo da picnic vuoto. Emilia si sedette davanti a me, tenendo la testa bassa mentre sistemavo il vassoio con il caffè e i dolci.

Emilia diede un'occhiata alla scatola. «Spero che non ti offenderai se non mangio niente.»

«Non mi offenderò, ma credo che dovresti mangiare qualcosa. Hai bisogno di restare in forze.»

Emilia arcuò le sopracciglia. «Potrò farlo questo pomeriggio, quando resterà giù.»

Feci una smorfia, prendendo una delle tazze. «Beh, almeno un po' di caffè.»

Guardò la tazza di caffè e poi distolse gli occhi. «Non dovrei.»

Restai di ghiaccio, con la tazza a metà strada verso la bocca. Sapevo che cosa voleva dire con quelle due parole e mi fecero infuriare e spaventare a morte allo stesso tempo. Appoggiai con forza la tazza, senza parlare.

Lei mi guardò, senza sorprendersi per la mia reazione. Probabilmente, a quel punto ero pallido come lei.

«Allora hai già preso una decisione» dissi seccamente, con la voce morta come si sentiva il resto di me in quel momento.

Emilia distolse gli occhi, dondolandosi. Due corridori ci passarono davanti, un po' troppo vicino. Li guardai furioso. Emilia tossicchiò nella mano e poi fece un profondo respiro.

«So che ho detto che è il mio corpo e una decisione mia, ed è così, ma... non ho intenzione di escluderti.»

Unii le mani sul tavolo davanti a me, fissandole invece di guardare lei. «Allora che cosa significa?»

Emilia mi fissò, ma anche con il peso dei suoi occhi su di me non alzai la testa. «Significa che ne parleremo. Tranquillamente, senza urlare. Faremo quello che non siamo stati capaci di fare per mesi: *comunicheremo*.»

A quel punto alzai la testa e i nostri sguardi s'incrociarono. Fu potente, come un colpo fisico. Sentii il petto che si stringeva, impedendomi di respirare. Le presi il polso delicato e lo strinsi. «Grazie.»

Emilia non sorrise. «Aspetta a ringraziarmi.»

Trattenni il fiato.

«Voglio continuare la gravidanza.»

Deglutii il nodo grande come una pallina da golf che mi si era formato in gola. «Quindi questa è la fine della discussione?»

Emilia scosse la testa. «No, è l'inizio. Ora mi dirai quello che vuoi *tu*.»

Sbattei gli occhi. «Io voglio *te*. Ti voglio sana. Voglio che tu abbia le migliori chance possibili di sopravvivere. L'ottantacinque percento non è il migliore dei numeri, ma almeno è migliore di...»

Lei tolse la mano dalla mia. «No. Non fare così. Non parlare di numeri e percentuali. Dimmi che cosa *provi*. Dimmi quello che vuoi.»

Strinsi i denti, frustrato. «Non posso non parlare di numeri, Mia, okay? Tutto nella mia vita è fatto di numeri e percentuali. Tutto. È il mio lavoro. È così che funziona il mio cervello.»

Lei tirò il fiato e distolse gli occhi mentre una brezza leggera afferrava alcune ciocche leggere di quei capelli bianchi e multicolori, facendole danzare intorno alle sue spalle. «Stiamo parlando di un embrione. Di una nuova vita, un piccolo te e me. In otto mesi sarà un bambino, il *nostro* bambino. Come ti fa sentire?»

L'unica sensazione che avevo dentro era gelido torpore, terrore certo. «Sento solo fredda paura, a essere onesto. Non posso perderti.»

Emilia aggrottò le sopracciglia scure. «Se interrompiamo questa, potrei non essere mai in grado di avere un altro bambino. Potresti non diventare mai padre.»

Scossi la testa e distolsi gli occhi. «Tanto per cominciare, quella non è la cosa più importante per me in questo momento.»

«Lo sarà, un giorno.»

«Forse. Ma io so che cosa voglio *adesso*. Ho *bisogno* che tu sia di nuovo sana. Ho bisogno che tu faccia tutto quello che puoi per combatterlo.»

Emilia sbatté le palpebre. «Okay, e qual era l'altra cosa?»

«L'altra cosa è che c'è più di un modo per diventare un genitore. Se e quando diventerà importante per me, ci sono altri modi.»

«Per *te*, forse, ma non per me. Con la chemio, ci sono buone possibilità che il mio corpo entri in una menopausa precoce permanente.»

Mi spostai sul sedile duro. «Ho passato l'intera giornata ieri a fare ricerche proprio su questo. Non puoi fare un'estrazione di ovuli a causa degli ormoni e la tempistica, ma puoi far congelare parte del tuo tessuto ovarico...»

Emilia non mi stava guardando. Aveva il volto inespressivo, come se fosse assente.

«Mia» dissi, scuotendole la mano. Lei alzò gli occhi e guardò *attraverso* me.

«Non mi stai dicendo niente che non possa scoprire da sola su Google o il mio medico. Non mi stai dicendo quello che solo *tu* puoi dirmi.»

«Non posso dirti quello che tu vuoi sentire. Che sono felice che tu sia incinta. Non è così.»

Lei espirò piano, chiaramente frustrata. «Non voglio che mi dica quello che voglio sentire. Voglio che mi dica come ti *senti*. Che cosa provi?»

Feci una pausa, mi guardai intorno, studiai le ombre lunghe che il mattino stava gettando sul sentiero dietro di noi. Mi schiarii la voce, improvvisamente stretta. «Ho paura.»

Emilia fece un brusco cenno affermativo. «E?»

«È tutto quello che c'è. Paura. Io ti amo e ho bisogno che tu sopravviva. Ho bisogno che tu abbia le migliori possibilità di riuscirci.»

«E... riguardo al bambino?»

«Non è un bambino.»

«Tra otto mesi...»

«Tra otto mesi, se potessi decidere io, tu avrai completato la chemioterapia e sarai dichiarata guarita, ed io potrò finalmente ricominciare a respirare.»

Emilia si accigliò. «Non ho mai avuto granché in fatto di famiglia. Siamo sempre state solo mia madre ed io. Avrei voluto fratelli e sorelle, crescendo, o magari anche cugini e zii e zie. Avevo mia nonna e la vedevo ogni tanto, ma... ho sempre desiderato una famiglia. Pensavo che, una volta diventata medico, magari avrei avuto un figlio...»

«Tu ed io possiamo essere una famiglia. Abbiamo l'un l'altro.»

Alzò la mano e si strofinò la fronte. «Un giorno vorrai di più.»

«Adesso non è "un giorno", adesso è ora.»

Mi guardò con l'esasperazione negli occhi. «Un giorno *io* vorrò qualcosa di più. E questa è la mia unica possibilità.»

«Sei giovane. Non dovresti essere obbligata ad affrontare questa montagna di merda adesso, ma è così. La vita non è giusta.»

«Adam» disse a voce bassa, che tremò pronunciando la seconda sillaba del mio nome. Aspettai mentre si ricomponeva, si schiariva la voce. «C'è comunque la possibilità che non ce la faccia. E se così fosse, avresti il bambino, il *nostro* bambino.»

Strinsi il pugno sul tavolo di fronte a me. «Non ho intenzione di rispondere perché quella *non* è una possibilità. Dovrò prendere in prestito le parole di tua madre. Per favore, non sacrificarti. Hai tanto per cui vivere. La facoltà di medicina in autunno...»

Scosse la testa. «Non andrò all'università.»

M'irrigidii, a quel punto ero completamente frustrato. «Smettila. Stai rinunciando al tuo sogno, adesso? Stai già permettendo al cancro di vincere.»

«Io voglio vivere. Non sto rinunciando.»

Tirai il fiato e poi lo rilasciai lentamente. Niente manipolazioni. Se avessi tentato, questa fragile porta che si era aperta tra di noi si sarebbe chiusa di colpo e sbarrata. Avevo già imparato che cercare di manipolarla per farle fare quello che volevo peggiorava solo le cose. Avevo mandato tutto a puttane in passato, ma non ero un imbecille, almeno imparavo dai miei errori.

Le presi nuovamente la mano. «Non posso fingere di capire come sia per te. So solo com'è da fuori. Ma per l'amor del cielo, siamo in tanti a volere il meglio per te. Siamo in tanti ad avere *bisogno* di te. Io, tua madre, Heath, tutti i tuoi amici…»

Emilia abbassò la testa e la visiera del berretto le nascose la faccia.

«Mia» sussurrai. «Mi dispiace che non sia possibile avere tutto. Dio sa quanto vorrei che potessimo. Ma dobbiamo scegliere la cosa più importante, adesso. E per me sei tu. Spero che sia *tu* anche per te stessa.»

Mia si portò la mano libera al volto e si limitò ad annuire.

Mi alzai dalla mia parte del tavolo per andare a sedermi sulla panca accanto a lei.

Mia si appoggiò a me prima ancora che le mettessi il braccio intorno. Sembrò afflosciarsi, rilassarsi immediatamente. Dovetti praticamente stringerla a me per tenerla diritta. Si voltò e mi premette la faccia sul petto. Io le strinsi le braccia intorno.

La tenni così per lunghi, lunghissimi minuti. Emilia afferrò la mia maglietta e si aggrappò come fosse un'ancora di salvezza.

Non si muoveva e non riuscivo quasi nemmeno a sentirla respirare. E avrei dato fino all'ultimo centesimo che avevo per sapere che cosa le stava passando per la testa. Stavo trattenendo anch'io il fiato, sperando che facesse la scelta che avevo bisogno che facesse.

Voltò la testa di lato, appoggiando la guancia sulla mia clavicola. Non stava piangendo, ma quando parlò la voce tremava. «Se lo farò, lo rimpiangerò per sempre.»

«Se lo farai, e vivrai per rimpiangerlo, addossa a me quel peso. Lo porterò sulle mie spalle. Sono forti. Lo sopporteranno.»

Emilia sospirò ed io continuai a tenerla stretta.

«Ho bisogno di tempo» sussurrò dopo qualche minuto che sembrò eterno.

«Non ne hai molto.»

«Per favore, Adam» mi disse, con la voce attutita dalla mia spalla.

Aprii la bocca, avrei voluto spingerla a prendere subito una decisione per poter agire immediatamente, ma non potevo. Doveva venire da lei. Ed ero completamente impotente, non potevo prendere in mano la situazione.

«Qualunque cosa succeda, comunque tu decida...» La mia voce si affievolì e dovetti schiarirmi la voce. «Io ti amo.»

«Lo so.»

«Vuoi passare la giornata insieme a me o vuoi restare da sola?»

«Possiamo restare insieme?»

La strinsi, chinandomi per darle un bacio sul viso. «Certamente.»

Non avevo idea di che cosa avrebbe portato il domani. Non avevo idea se questo dolore ci avrebbe prima o poi diviso per sempre, ma per il momento, per ora, lei voleva che restassimo insieme, e lo volevo anch'io.

E forse, solo forse, avremmo potuto creare qualche ricordo gradevole, con cui poter dimenticare questa nuvola nera che incombeva su di noi e vivere il momento, stare insieme, essere innamorati.

CAPITOLO CINQUE
MIA

Passammo la vigilia di Capodanno nella saletta audiovisivi di Adam, il suo piccolo cinema privato. Guardammo lo speciale di Natale del *Doctor Who* con quasi una settimana di ritardo. Poi ci ingozzammo di repliche di *Battlestar Galactica*, fingendo che l'ultimo, orribile episodio non esistesse. Quindi ci inventammo le nostre storie su ciò che sarebbe successo ai personaggi invece di farli atterrare su una terra primitiva quarantamila anni nel passato e decidere di morire lì, da agricoltori e cavernicoli.

Quando mi appisolai sulla poltrona, Adam mi portò in braccio per i due piani di scale fino in camera sua, deponendomi gentilmente sul letto. Prima di arrivare ero di nuovo parzialmente sveglia.

«È passata mezzanotte?» gli chiesi con la voce sonnolenta.

«Sono le dodici e un quarto.»

«Mhmm, è già l'anno nuovo.»

Il letto si abbassò quando Adam sprofondò accanto a me. «Sì» disse, scostandomi i capelli dalla faccia.

Si schiarì la voce. «Vuoi dormire vestita?»

«Posso avere una delle tue t-shirt?»

Adam si alzò e prese una maglietta dal cassetto, afferrandone nel contempo una per sé, insieme a un paio di pantaloni del pigiama. Lo guardai mentre si spogliava, il suo bel corpo messo in rilievo dalla luce tenue e argentea della luna che entrava dalle finestre. Il suo torace e i suoi addominali erano un vero spettacolo… che mi era mancato. Mi si strinse la gola e di colpo fui completamente sveglia e desiderosa di averlo vicino a me. Potevo anche essere malata e incinta, ma non ero morta. Non ancora, comunque.

Una volta vestito, Adam venne dalla mia parte del letto ed io mi misi sulla schiena. Lui mi slacciò i jeans. Aveva intenzione di spogliarmi? Oh, era troppo, ma non mi mossi. Mi piaceva la sensazione delle sue mani su di me. L'ultima volta… beh, meglio non pensare all'ultima volta, giusto? Eravamo stati entrambi ubriachi fradici e ci aveva portato al disastro.

Ma, ripeto, non ero morta e lo desideravo ancora talmente tanto da far male. Lui aveva la cintura dei miei jeans in mano, pronto a tirarli giù lungo le mie gambe. «Alza» mormorò.

Ed io lo feci, come una bambina incapace e tremai quando il denim scivolò lungo le gambe, esponendole alla sua vista. Ad Adam piacevano molto le mie gambe. Lo sapevo. Ma alla luce scarsa non riuscivo a vedere che cosa stesse guardando o se stesse guardandole. Forse era troppo concentrato su quello che stava facendo?

Mi sedetti per togliermi la maglietta. «Puoi guardare da un'altra parte, per favore?» sussurrai.

Adam non disse niente, restò solo immobile. Io mi schiarii la voce e spiegai. «È… mi dispiace. Mi sento brutta, lì.»

Detestavo l'idea che vedesse la mia deturpazione, il suo possibile disgusto davanti alle mie cicatrici, ai piccoli segni neri che erano stati tatuati sulla mia pelle per indicare i punti che richiedevano la radioterapia. L'idea della lunga, brutta cicatrice ancora quasi rossa, lungo il lato del mio seno sinistro, dove si raggrinziva intorno al tessuto mammario mancante.

Adam alzò una mano verso il mio viso, mi accarezzò una guancia. «Non c'è la minima possibilità che tu possa essere brutta. Per me sei sempre stata solo bella.»

Le sue parole me lo fecero amare ancora di più, ma prima che potessi rispondergli, lui si spostò nel letto e distolse lo sguardo. Non dissi niente, ma mi affrettai a togliermi la maglietta e il reggiseno e m'infilai la sua enorme t-shirt come se fosse una camicia da notte. Prima che Adam potesse voltarsi, gli misi le mani intorno al collo e gli baciai la guancia ruvida.

Mi piaceva veramente molto la sensazione di carta vetrata delle sue guance quando mi baciava di notte o al mattino presto, prima di farsi la barba. Dopo aver fatto l'amore, avevo la pelle sensibile dovunque mi avesse baciato, e assaporavo il promemoria lievemente doloroso che lui e la sua barba corta erano stati lì.

Avrei voluto essere in grado di spegnere tutto, il dolore che provavo costantemente, i pensieri che minacciavano di farmi impazzire. Volevo sentire... lui, le sue mani e i suoi baci dappertutto. Ma quando lui si voltò e mi baciò le labbra, la sua bocca restò chiusa, nonostante i miei sforzi. Ricaddi sul letto, tirandolo giù con me. «Ho bisogno di te dissi» con un bel po' più di un accenno di preghiera nella voce.

Invece di stendersi sopra di me, Adam si mise di fianco, continuando a baciarmi, togliendo la bocca dalla mia per tempestarmi di baci la mascella e il collo. Sentii il suo desiderio che si svegliava contro la mia gamba, ma non c'era passione nel modo in cui mi stava baciando. Era più... affetto.

«Per favore?»

Lui non rispose immediatamente, ma smise di baciarmi, tirandomi verso di sé. Era eretto, quindi sapevo che il suo corpo mi voleva, ma, a quanto pareva, il suo cervello non era d'accordo.

«Sono stanco...» disse. Ma sapevo che non era quello il motivo. Conoscevo Adam e lui rinunciava raramente, no, cancella, *non* rinunciava *mai* alla possibilità di fare sesso, almeno durante i brevi mesi che avevamo passato insieme come una coppia sana.

«Sei ancora arrabbiato con me» dissi. Non era una domanda.

Adam esitò. «No.»

«Allora...?»

«È troppo presto. È... mi dispiace, ma non riesco a smettere di essere preoccupato per te, in queste condizioni.»

Annuii, senza riuscire a spiegare e nemmeno a capire il dolore che mi pungeva come mille aghi in fondo alla gola.

Adam sembrò sentirlo. «Mia, ti desidero, veramente. Ma non dovremmo fare niente stanotte.»

Era difficile spiegare l'amarezza che cancellò il dolore. Forse non era il momento giusto. Forse era perché tutto era così incerto...

Ma lui non era sincero con me. Era arrabbiato, risentito. Io avevo bisogno di lui, ma non gli importava. Feci un respiro profondo e le sue mani furono gentili mentre mi guidava ad appoggiarmi a lui per dormire.

Mi rammentai che anche lui aveva bisogno di tempo. Quel suo cervello funzionava sempre, e probabilmente non si sarebbe fermato finché qualcosa non fosse stato definito tra di noi... in un modo o nell'altro.

Non avevamo idea di come sarebbe stato il nostro futuro fra due giorni. Ma, tra le sue braccia, mi ero sempre sentita bella, come la donna più importante, desiderata e meravigliosa al mondo. Il centro del suo universo.

Gli appoggiai la testa sulla spalla e lui mi abbracciò. Avrei voluto che le cose tornassero a com'erano, prima che ci lasciassimo.

Lo desideravo più di qualunque altra cosa al mondo.

Ma non sarebbe mai successo. La nostra normalità, quei pochi, brevi mesi di felicità, erano rovinati per sempre.

Premetti la guancia al centro del suo petto e mi addormentai, cullata dal battito del suo cuore.

*****

Quando mi svegliai, dalle finestre entrava una luce forte e il letto accanto a me era vuoto. Sentivo l'acqua scorrere nella doccia quindi mi stesi sulla schiena e guardai il soffitto spiovente. Mi ero tormentata per prendere una decisione epocale, e non ero abbastanza matura per prenderla.

Il mio certificato di nascita poteva dichiarare che avevo ventidue anni, ma dentro di me mi sentivo una ragazzina, immatura, spaventata. Che aveva paura di uscire dal suo guscio, di aprirsi, di correre rischi. In fondo in fondo, ero quella ragazzina dentro il corpo di una donna. Tutti quanti intorno a me sembravano essere molto più in gamba, molto più in sintonia con il loro essere adulti. Specialmente Adam.

Forse non aveva sempre ragione, ma era sempre sicuro di ciò che voleva e di ciò che faceva. Chiusi gli occhi, sentendo una fitta di dolore mentre pensavo a lui.

Senza rendermene conto, mi misi le mani sulla pancia. Avevo un bambino dentro di me. Fino a cinque giorni prima, non sapevo nemmeno che esistesse. Ma ora che lo sapevo, lo volevo più di qualunque altra cosa, forse perfino più della mia stessa vita. Ma come potevo spiegarlo ad Adam, o a mia madre, e a chiunque altro?

E com'era possibile che lo volessi più della mia stessa vita? Avevo una mente scientifica. Questa forma di vita non era vitale e presto il mio corpo non sarebbe stato un posto ospitale per i suoi stessi sistemi, per non parlare poi di un essere che dipendeva completamente da esso. L'opzione cui stavo pensando non aveva assolutamente senso per il mio cervello da biologa. La mia mente scientifica sapeva che non era ancora un bambino. Sapeva che una gravidanza su quattro finiva spontaneamente, spesso prima ancora che la donna sapesse di essere incinta.

Poteva succedere lo stesso anche a me. Non era una decisione che potessi prendere alla leggera, ma potevo essere solo io a decidere?

Ero una femminista e credevo fermamente nel diritto di ogni donna a scegliere. Ogni donna meritava di decidere che cosa sarebbe accaduto al suo corpo. Avrei lottato per il diritto di una donna a scegliere, e non avrei mai e poi mai deciso per qualcun'altra. Era una cosa così personale, così legata alle circostanze. Ma con quello che avevo davanti, era poi veramente una scelta?

Era quello che mi bruciava di più, quello che mi lasciava quasi senza fiato per il senso d'impotenza. Mi era stata tolta la capacità di scegliere.

Perché la mia vita non riguardava solo *me*. Riguardava anche quelli che mi volevano bene: Adam, mia madre, i miei amici. Riguardava anche il mio futuro, tutti gli anni che avevo ancora da vivere per me... per loro.

La rabbia e l'amarezza mi bruciavano in fondo agli occhi. Avrei fatto quella scelta per loro, perché li amavo e perché volevo vivere per loro. Ma non era giusto. Era *ingiusto*. Per salvare la mia vita dovevo distruggere quella minuscola vita dentro di me prima che avesse una possibilità.

E quando Adam uscì dal bagno, con un asciugamano intorno alla vita e un altro sulle spalle per asciugarsi i capelli, mi trovò così. Sdraiata sulla schiena, con entrambe le mani sullo stomaco, con un'espressione vuota, i suoi occhi scuri si concentrarono sulle mie mani, e li strinse leggermente prima di voltarsi. Aveva capito in fretta che cosa mi stava passando per la testa. Non era così difficile.

Stava passando per la testa di entrambi, costantemente, da giorni.

Mi sedetti, fissando fuori dalla finestra mentre si vestiva. Quando finì, venne a sedersi sul letto accanto a me.

«Ehi» disse.

«Buongiorno.»

«Vuoi fare colazione?»

Scossi la testa.

«Nemmeno un po' di tè e una fetta di pane tostato?»

Scossi ancora più forte la testa.

«Sei verdognola.»

Annuii.

«E non stai parlando.»

Ci guardammo negli occhi. Il cuore mi salì in gola. Lo sentivo distante, guardingo. Lo desideravo tanto. Volevo restare lì, e stare con lui. Volevo il suo amore. E sembrava meno accessibile ora di quanto lo fosse mai stato. Come un sogno lontano che non avevo mai avuto nessuna speranza di realizzare.

E quello che desideravo più di ogni altra cosa era vivere. Per lui. Per mia madre. Per i miei amici. Poi avrei pensato a un modo per vivere con me stessa.

«La farò» gracchiai dopo un po'.

Adam mi guardò perplesso. «Cosa?»

«L'interruzione di gravidanza. La farò.»

Adam sembrò sul punto di crollare per il sollievo. Non si mosse, non sorrise, non respirò per un lungo minuto. Si limitò a guardarmi.

«Domani?» mi chiese.

Annuii.

Sospirò. «Okay.»

Dentro, mi sentivo gelata. Intorpidita. Perché dovevo sentirmi in colpa perché volevo salvare la mia vita? Non riuscii a rispondere a quella domanda. Parte di me avrebbe voluto avvizzire e morire lì. Parte di me, la parte maggiore, si stava armando per l'epica battaglia che avevo davanti.

«Ho bisogno di te» dissi. «Ho bisogno del tuo aiuto.»

Adam mi mise la mano sul volto, accarezzandomi la guancia. «Io sono qui. Sarò sempre qui.» Caddi contro di lui e lui mi tenne stretta. Chiusi gli occhi e cercai di non pensare a quella parte di me che si era rannicchiata e si stava dondolando in un angolo, e che desiderava piangere per la perdita che dovevamo affrontare.

CAPITOLO SEI
ADAM

EMILIA PASSÒ IL RESTO DEL GIORNO DI CAPODANNO NELLA sua stanza a casa di Heath, dove l'avevo accompagnata. C'era anche Connor, il nuovo boyfriend di Heath ed erano sul divano a guardare *Sherlock*. Restai qualche minuto a scambiare convenevoli con loro. L'atmosfera tra me e Heath era ancora tesa. Ero incazzato con lui perché aveva aiutato Emilia a mantenere il segreto. E lui era incazzato con me per averla messa incinta.

Lo avremmo superato, prima o poi. Lo speravo, almeno, perché Heath mi piaceva. Ciò nonostante, avevo in programma di privarlo della sua coinquilina. Avrei dovuto discutere molto presto con Emilia la nostra situazione abitativa. Una volta che le cose si fossero calmate, avrei trovato gli argomenti giusti per convincerla a tornare a vivere con me. Avevo bisogno di averla vicino, di sapere che sarebbe stata bene. Avevo bisogno di prendermi cura di lei.

Ma per il momento, dovevo lasciarla da sola per un po'. Aveva preso una decisione dolorosa e anche se ero così sollevato da non riuscire nemmeno a pensare razionalmente, sapevo che lei avrebbe avuto un mucchio di dubbi e che si sarebbe odiata. Speravo che non durasse troppo a lungo. Aveva bisogno di tutta la sua forza, di tutto il suo coraggio per affrontare quello che la aspettava.

La seguii nella sua stanza. «Allora... devo venire a prenderti domani mattina?»

Emilia stava raccogliendo i vestiti sporchi dal pavimento e gettandoli nella cesta, scusandosi per il disordine.

Si schiarì la voce. «Sì... dovrò prendere un appuntamento.»

«Io... uh... l'ho già fatto, stamattina, quando me lo hai detto.»

Si mise diritta e mi guardò per un lungo momento pieno di tensione.

Io mi agitai, spostando il peso tra i piedi. «Sei... sei d'accordo?»

Emilia strinse le labbra e respirò a fondo, prima di espirare.

«Non puoi semplicemente...»

Restai di ghiaccio. Maledizione, avevo fatto un altro casino. Mi passai la mano tra i capelli. «Mi dispiace. Non ci ho nemmeno pensato. Stavo cercando di esserti... volevo evitarti il fastidio di doverlo fare. So quanto sia difficile per te... o almeno sto cercando di capire quanto sia difficile.»

Emilia aggrottò la fronte e poi si chinò per sedersi sul letto, senza parlare. Poi batté sul posto accanto a sé. Mi sedetti lentamente.

Lei mi guardò, con la faccia scura. «Non possiamo continuare a comportarci in questo modo... a ripetere gli stessi errori. So che le tue intenzioni erano buone. So che stavi cercando di aiutarmi... ma guardalo dal mio punto di vista. Sembra che ti sia buttato e abbia preso l'appuntamento così in fretta perché temevi che avrei cambiato idea.»

Deglutii. Forse quel pensiero mi era passato per la testa, ma non era il motivo per cui l'avevo fatto. «Mi dispiace. Ho fatto un casino.» Poi sospirai, con la gola che si chiudeva. «Puoi, sai...»

Emilia chinò la testa di lato, guardandomi senza capire.

La paura mi faceva sembrare che il cuore mi trafiggesse il petto a ogni battito. «Puoi cambiare idea.»

Emilia sbatté gli occhi e poi distolse lo sguardo. «Comunque decida, ci sarà lo sguardo di qualcuno che non riuscirò ad affrontare, il vostro, o il mio nello specchio.»

Avevo bisogno che lo facesse, tutti noi ne avevamo bisogno, e quindi, darle quella via d'uscita era tutto quello che potevo fare. E sì, avevo pronunciato quelle parole perché ero obbligato, perché non avevo idea di come dovesse essere stare nei suoi panni.

«Tu sei forte, Mia. Supererai tutto ed io starò con te a ogni passo, se mi vorrai.»

I suoi occhi continuavano a essere pieni di dolore, ma sulla bocca le fiorì un lieve sorriso. Appoggiò la testa sulla mia spalla. «Sì, ti voglio.»

Chiusi gli occhi, voltai la testa, odorai i suoi capelli, quel profumo di pesche e vaniglia che mi faceva impazzire. Sentii fortissimo il bisogno di proteggerla, con tutto me stesso. Ma per quanto giurassi di prendermi cura di lei, ero impotente a proteggerla dalla minaccia più grande di tutte.

Ci accordammo per venirla a prendere il mattino seguente e me ne andai. Ci fu un momento imbarazzato quando pensai che volesse chiedermi un bacio per salutarla. E lo avrei fatto, ma Heath mise dentro la testa in quel momento per assicurarsi che Emilia stesse bene, o probabilmente per assicurarsi che non stessi cercando di fare qualcosa con lei, vista l'occhiataccia che mi rivolse.

Il secondo oncologo che l'aveva vista ci aveva dato le coordinate di un medico che si sarebbe occupato immediatamente della procedura, viste le circostanze. Era quello lo studio che avevo chiamato quel pomeriggio. Avevo anche contattato l'oncologo per fissare un appuntamento dopo l'interruzione di gravidanza.

Arrivai a casa di Heath l'indomani mattina presto. Era una giornata fredda, che prometteva umidità più tardi. Una sorta di giornata buia, triste. Veramente adatta per quello che stavamo per fare.

Non mi ero permesso di lasciarmi coinvolgere emotivamente. Ero in modalità di risoluzione dei problemi. Dovevo essere forte per lei. Era il mio lavoro, ed era un lavoro che prendevo seriamente. Speravo solo che lei riuscisse a fare ciò che le avevo chiesto: caricare il suo peso sulle mie spalle. Ero pronto a sopportarlo. Emilia una volta l'aveva chiamato un bambino, un figlio, *nostro* figlio. Ma io mi rifiutavo di pensarla in quel modo. Invece, era un ostacolo sulla sua strada per riguadagnare la salute, una possibile minaccia alla sua vita. Non mi sarei permesso di pensarla in modo diverso.

Parlammo poco durante il tragitto fino allo studio del medico. Lei tenne chino il volto pallido, fissandosi le mani strette in grembo. Io non tentai nemmeno di chiacchierare. Emilia non alzò gli occhi una sola volta, e quella fu la prima volta in cui cominciai a chiedermi quali effetti a lungo termine avrebbe avuto quella faccenda su di lei, oltre al cancro. Avrebbe influenzato la sua volontà di lottare? Strinsi le labbra. Un passo alla volta. Ci saremmo occupati dopo di quel problema.

Compilai i moduli quando arrivammo, lasciando in bianco le informazioni che non avevo perché le completasse lei, come la sua storia clinica. Il medico la visitò brevemente per confermare la data del concepimento. Poi le consegnò un bicchierino di plastica con due pillole e un bicchiere d'acqua.

«Dovrà tornare per un esame e un'altra dose di farmaco tra due giorni e un esame del sangue tra sette giorni. Ricordi di seguire le linee guida che le ho consegnato in caso di sintomi inusuali.»

Emilia annuì, assente, e prese il bicchiere d'acqua con una mano e le pillole con l'altra. Il medico uscì dalla stanza e restammo da soli. Non mi aveva guardato o parlato da quando eravamo arrivati nello studio. Ora fissò le pillole come fossero serpenti a sonagli pronti a colpire.

«Non ci riesco.»

La solita gelida paura mi chiuse la gola. Stava cambiando idea. «Mia...»

Lei aggrottò la fronte, concentrandosi sulle pillole e la sua mano cominciò a tremare. «Pensavo che ci sarei riuscita.»

Le misi gentilmente le mani sulle spalle e mi chinai per guardarla negli occhi. «Guardami.»

Ma lei non lo fece. «Diciotto di agosto. È la data prevista per la nascita. Ho controllato.» Le tremava il labbro.

Spostai le mani sulle sue guance, tenendola lì. Finalmente alzò la testa per guardarmi.

Aveva i begli occhi pieni di lacrime e mi spezzò il cuore. Le respinse coraggiosamente e deglutì. Io le accarezzai la guancia con il pollice.

«Adam...» sussurrò. «Non ci riesco.»

Concentrai la mia attenzione su di lei, così che fosse il fulcro, il mio intero mondo per quei pochi critici momenti. «Puoi farcela, Mia. Io ho bisogno di te, tantissimo. *Per favore.*» Persi la voce e non riuscii più a dire una parola con la gola chiusa, ostruita dalla paura e dal dolore.

Emilia restò immobile, con gli occhi bassi. Le ultime tracce di colore che aveva avuto sulle guance erano sparite da un pezzo. Era così pallida, in effetti, che sembrava potesse svenire da un momento all'altro.

Deglutii. «Ti serve un minuto? Io uscirò. Io... io farò tutto quello che ti serve. E...» Ingoiai una grande boccata d'aria, sentendo di colpo la nausea. «Se non puoi... se hai cambiato idea, io ti starò comunque vicino.»

Alzò di colpo gli occhi per guardarmi... come per assicurarsi se fossi o meno serio. Lo ero, ma, mio Dio, pregavo su tutto ciò che c'era perché non scegliesse di portare a termine la gravidanza. Ci fissammo negli occhi. «Lo faresti?» riuscì a dire con voce soffocata.

«Ti voglio nella mia vita il più a lungo possibile... in un modo o nell'altro. La scelta tocca a te. Tu sai come la penso. Ma non posso insistere, oltre a dirti quanto tu conti per me. E non riesco nemmeno a trovare le parole per dirtelo in un modo adeguato. Ma uscirò e sarò appena fuori dalla porta per darti un momento per riflettere.»

«No» disse, con la voce che era un mezzo singhiozzo. «Ho bisogno che tu mi tenga stretta. Per favore. Stringimi senza dire niente.»

Annuii, prendendola tra le braccia. Lei si voltò per appoggiare la schiena sul mio petto ed io le misi il mento sopra la testa, avvolgendole le braccia intorno alla vita. Sembrava magra, fragile, come se potesse rompersi.

«Più stretta» sussurrò. *La cura per tutto quello che mi affligge,* aveva detto una volta parlando dei miei abbracci. Ora le mie parole non avevano alcun potere. Sapeva che cosa volevo... ma ciò che volevo io non significava niente in quel momento. Ero perso, alla sua mercé.

Per un lungo, silenzioso momento, Emilia rimase immobile, senza emettere un suono. Non stava piangendo. Non stava tremando.

Poi, dopo una fila di strazianti minuti, si portò il bicchierino con le pillole alle labbra. Cominciò a tremare e, piangendo, mormorò piano: «Mi dispiace... mi dispiace tanto».

Tirò indietro di colpo la testa, portò il bicchiere con l'acqua alla bocca e bevve. Poi si afflosciò tra le mie braccia. Sembrò veramente come se stesse crollando. Stava rabbrividendo in tutto il corpo. Affondai la testa nei suoi capelli e lei si calmò. Desiderai che esistesse un modo per trasferire a lei la mia forza e la mia salute. Ne avrebbe avuto bisogno per la battaglia che doveva affrontare. Avrebbe avuto bisogno di tutto ciò che poteva ottenere.

Ma, prima di tutto, doveva guarire da *questo*. Aveva bisogno di non sentirsi in colpa, anche se avesse significato incolpare me.

Dopo un po' si staccò, andò al lavandino e si buttò un po' d'acqua in faccia. Notai che non stava piangendo, non aveva sparso una lacrima da quando mi aveva detto, il giorno prima, che avrebbe interrotto la gravidanza. Non sapevo se fosse un buon segno o un pessimo presagio.

Piegata sopra il lavandino come se potesse caderci dentro, sembrava stesse male. Poi cominciò a ridere, un suono ironico, doloroso, come se stesse ridendo e piangendo contemporaneamente. «Ho la nausea, per la gravidanza. Ma se vomito, le pillole non funzioneranno. Che buffo, eh?»

Si prese il volto tra le mani. Io le andai vicino. «Sei sicura di star bene?» Era una domanda stupida. Era ovvio che non stava bene. Sotto un mucchio di aspetti.

Irrigidendosi, Emilia si allontanò dal lavandino, e da me. «Sto bene» disse con la voce piatta, roca. «Portami a casa, per favore.»

Mi sentii morire. «Certo. Posso… vuoi che resti con te?»

Lei abbassò gli occhi. «Non sarò una compagnia piacevole.»

«Sono qui per *te*, non viceversa.»

«Ma Heath…»

«… sono sicuro che capirà.» Mi grattai la guancia per un momento, scrutandola, chiedendomi perché quell'atteggiamento evasivo. Stava già cominciando a incolpare me?

La riportai a casa di Heath. I crampi stavano già cominciando ed era pallida come il gesso. La accompagnai nella sua stanza e lei si sdraiò sul letto senza che dovessi chiederglielo.

«Esco a comprare i farmaci e qualche altra cosa. Mandami un messaggio se ti serve qualcosa. Tornerò prestissimo.»

Tornai un'ora dopo e le porsi il farmaco, che lei si rifiutò di prendere, dicendomi che il dolore non era così forte. Era raggomitolata nel letto, aveva la fronte fredda e sudata e perfino io capivo che il dolore era considerevole.

«Mia, per favore, prendi le tue medicine.»

«Sì, ma non adesso. Per favore, non insistere.»

Aprii il laptop e usai le mie credenziali speciali per darle l'accesso a Dragon Epoch. Era la versione beta della nuova espansione, non ancora rilasciata, per la quale ci sarebbero voluti ancora alcuni mesi. Lei si sedette, interessata, mentre le mostravo alcune delle nuove caratteristiche. Era china sul mio braccio e respirava pesantemente. Dovetti lottare per non cercare di insistere che prendesse le pillole, chiedendomi perché sembrasse contraria agli antidolorifici quando non aveva avuto remore nell'iniettarsi il farmaco durante i primi trattamenti contro il cancro. Dopo un po' si sdraiò, con gli occhi semichiusi.

«Adam» sussurrò. Riposi il computer e mi voltai a guardarla. «Puoi tenermi stretta per un po'?»

«Certamente» le disse, sdraiandomi accanto a lei, che si voltò verso la parete, appoggiando la schiena al mio petto. «Va tutto bene?» le chiesi piano.

Ci mise un po' a rispondermi. Quando alla fine lo fece, sembrava intontita, sull'orlo dell'esaurimento. «Ho bisogno di dormire, per tanto, tanto tempo. Quando mi sveglierò, sarà tutto finito. Forse mi sveglierò e scoprirò che è stato solo un incubo.»

Non risposi, sentendo che si stava rilassando tra le mie braccia. Mi chiesi quale parte dell'ultimo anno desiderava che non fosse mai esistita. Rimpiangeva noi due e il dolore che la nostra relazione incasinata aveva portato nella sua vita? Aveva lottato così a lungo per evitare di lasciarsi travolgere. Forse, in qualche modo, lei aveva saputo qualcosa che io non sapevo. Forse, una volta che fosse stata di nuovo bene, avrebbe deciso che non era salutare per lei.

Spinsi da parte quel pensiero inquietante, ricordandomi che ero lì per lei. Io ero quello sano. L'avrei protetta fino al mio ultimo respiro, se fosse stato necessario.

CAPITOLO SETTE
MIA

M I SEMBRAVA CHE IL MIO CORPO SI STESSE SPEZZANDO in due e il mio cuore insieme a lui. Per una settimana, avevo lasciato la stanza solo per andare in bagno. Heath mi portava da mangiare, e anche Adam. E mangiavo qualcosa, perché nessuno dei due mi avrebbe lasciato in pace finché non l'avessi fatto. Ma non prendevo gli antidolorifici e Adam cominciò a discutere, prima che lo zittissi.

Poi preferii togliere un paio di pillole dal flacone, che buttavo quando non era lì a vedere. Ma non era stupido. Mi era impossibile nascondere il dolore e sapeva che non sarebbe stato così forte se avessi preso i farmaci.

Dopo la nostra discussione, ricevevo solo lunghe occhiate preoccupate quando pensava che non le avrei notate. Non ero contro i farmaci, in genere. Ma per questo… beh… non riuscivo a spiegarlo completamente. Qualcosa dentro di me mi obbligava a sentire tutte le sensazioni di quello che stava succedendo, anche il dolore fisico. Temevo di essere insensibile a tutto. Quindi mi obbligai a sentire tutto.

Perché una cosa che non potevo permettermi era di cadere in depressione. Avrebbe vanificato lo scopo per cui lo stavo facendo: la depressione mi avrebbe solo impedito di sopravvivere al cancro. E dovevo sopravvivere, specialmente dopo quello che avevo fatto. L'avevo fatto per tutti quelli che mi volevano bene, quindi, proprio per quello, non mi sarei arresa.

Ma Adam non capiva e a me mancavano le parole per spiegarglielo. Tutto quello che riuscivo a sentire, nei suoi muscoli contratti quando veniva a trovarmi, tenendomi tra le braccia quando glielo chiedevo, era ansia, preoccupazione, e, sì, un profondo senso di colpa. Rendeva difficile parlarci e, per essere sincera, penso che nessuno dei due lo avrebbe fatto, anche se avessimo voluto.

In uno dei giorni in cui Adam dovette andare in ufficio per qualche ora il pomeriggio, e in un momento in cui mi sentivo abbastanza bene da migrare verso il divano e guardare la TV, venne a trovarmi il cugino di Adam, William, con una scatola di plastica infilata sotto il braccio.

«Ciao, Mia» disse con un cenno del capo occupando una sedia davanti al divano dov'ero sdraiata. Nelle situazioni sociali, i suoi manierismi erano formali e forzati. Oramai ero abituata alle sue fisime autistiche, ma a volte capivo che mettevano a disagio Heath. Mi sedetti, cercando mentalmente di ricordare se mi fossi spazzolata i capelli quella mattina. Ci passai una mano sopra, imbarazzata, raccogliendoli in una specie di coda. William non lo notò nemmeno.

«Come ti senti?» chiese, con gli occhi puntati sul pavimento davanti a lui.

William non sapeva della gravidanza o precisamente perché mi sentissi sempre giù di corda in quel periodo. Ma Peter e mia madre gli avevano detto del cancro. Glielo avevano rivelato con cautela ma mia madre mi aveva informato che era rimasto sconvolto e aveva sofferto di un attacco d'ansia. Peter era stato in grado di calmarlo, ma ne avevano discusso e avevano deciso che sarebbe stato meglio che non mi venisse a trovare finché non avesse deciso che se la sentiva.

A quanto pareva, quello era il giorno. Quindi avrei dovuto fare uno sforzo supplementare per metterlo a suo agio. Anche se, teoricamente, l'idea avrebbe dovuto farmi sentire esausta, in realtà era confortante sapere che potevo accantonare la mia tristezza e preoccuparmi per qualcun altro, almeno per un po'.

«Va tutto bene, William.»

Lui annuì, alzando gli occhi fino al mio mento prima di distoglierli di nuovo. Si strofinò le mani sul davanti dei jeans e sembrò aver esaurito gli argomenti di conversazione.

«Come va il lavoro?»

Grugnì e alzò le spalle. «Va bene. C'è parecchio da fare. C'è una scadenza da rispettare per la nuova espansione.»

«Sì, non vedo l'ora che esca.»

«È un peccato che tu non la veda.»

Sorrisi alla sua interpretazione letterale. Di solito cercavo di non usare modi di dire con lui, perché non erano il suo forte.

William strofinò il palmo delle mani sui jeans ancora un paio di volte prima di chinarsi e afferrare la scatola che aveva appoggiato accanto a lui quando era entrato. «Ho qualcosa per te.» E mi presentò la scatola.

La presi. «Oh, grazie.»

Sembrava uno di quei contenitori a scomparti per le attrezzature da pesca. Lo sapevo perché Heath ne aveva una simile, che era effettivamente piena della roba che si portava quando andava in campeggio. Rivolsi a William un'occhiata spaventata e lui disse: «Vuoi che te la apra io?»

«Uhm, no, va bene. Sai che io non vado a pescare, vero?»

William mi guardò come se avessi parlato in marziano. Così, invece di dire altro, aprii il contenitore. Dentro, ogni piccolo scomparto progettato per contenere le attrezzature da pesca, era stato riempito con pezzetti di gommapiuma ritagliata su misura. E in mezzo a ciascun pezzo di gommapiuma c'era una statuina di peltro, le statuine che William amava dipingere nella sua vecchia stanza quando andava nella casa di suo padre.

Ne toccai una, togliendola delicatamente dal suo posto. «Oh, William… sono così belle.» Una dozzina di statuine dipinte con cura, tutte in pose diverse e che rappresentavano diversi tipi di personaggio. C'era un giullare e un cavaliere con l'armatura, uno studioso e un uomo che aveva in mano una mappa e un sestante.

«Sono quelle che avevi ammirato quando sei venuta a trovarci.»

Sbattei le palpebre, tornando a guardare nel contenitore, e notai che aveva perfettamente ragione. Erano le statuine che, in passato, avevo tolto dallo scaffale dietro al suo tavolo da lavoro per guardarle più da vicino. Tra le centinaia di statuine che c'erano, aveva ricordato ognuna di quelle che avevo ammirato in special modo.

Tolsi le statuine dal contenitore e le sistemai sul tavolino davanti a me. «Troverò loro un posto speciale. Per poterle vedere sempre. Deve esserci voluta un'infinità di tempo per dipingerle.»

«Non un'infinità. Altrimenti non ne avrei mai finita più di una. A seconda del personaggio, ci vogliono dalle sei alle nove ore per completarle. Prima, devo passare il primer, poi do il colore principale…»

E continuò così per dieci minuti, spiegando instancabilmente ogni passo, mentre io annuivo e sorridevo, esaminando ogni volta una statuina diversa.

A un certo punto Heath gli portò una birra, forse sperando di interrompere il suo monologo ma William non si zittì finché non arrivò Adam. Alla vista del cugino si mostrò visibilmente a disagio.

«Ehi, Liam» disse Adam, sedendosi sul divano accanto a me e chinandosi per darmi un bacio sulla guancia.

William gli rivolse un freddo cenno con la testa. Alzai le sopracciglia e Adam si acciglò, fingendo di non notare di essere stato snobbato.

William guardò l'orologio e poi, con sgomento, la bottiglia di birra quasi vuota. «Devo aspettare altri quarantacinque minuti circa per metabolizzare la birra prima di poter guidare per andare a casa.»

«Penso che tu possa guidare anche adesso, William» disse Heath. «Sei alto ed era solo una…»

Ma Adam lo interruppe con un gesto della mano. «Lascia perdere, Heath e lascialo semplicemente restare. Non serve a niente discutere.»

Heath si alzò per andare a rispondere a un messaggio ed io presi la mano di Adam. William ci guardava con interesse e quindi continuai a tenere Adam per mano e a sorridere. «Visto, William? Va tutto bene tra di noi. Non devi più essere arrabbiato con Adam, okay?»

«Ero arrabbiato con entrambi» rispose semplicemente lui. «Vi stavate entrambi comportando da immaturi.»

Adam ed io ci scambiammo un'occhiata sorpresa. Non era stata mia intenzione toccare quel tasto. Ci fu un silenzio imbarazzato, ma poi William continuò. «Se vi foste parlati, non avreste avuto tutti i problemi che ci sono stati.»

«Hai assolutamente ragione» disse Adam, stringendomi la mano. «Ma non vogliamo parlarne proprio adesso. Non è produttivo.»

William fissò suo cugino stringendo leggermente gli occhi e poi annuì. «Voi due... come avete fatto a cominciare a uscire insieme?»

A disagio, Adam ed io ci scambiammo una lunga occhiata. Dei nostri amici, solo Heath conosceva le circostanze del nostro inizio: l'asta per la mia verginità, che Adam aveva vinto nascondendo il fatto di essere già mio amico online da oltre un anno. Era tutto un casino complicato che era: a) troppo difficile da spiegare; b) troppo imbarazzante da spiegare; c) non erano affari suoi; o d) tutte le alternative suddette.

«Ci siamo incontrati nel gioco, Liam. Te l'ho detto» disse Adam.

«Sì, ma allora eravate solo amici. Quando le hai chiesto di uscire con te e com'è successo?»

Mi spostai sul divano e dovetti lottare per non ridere davanti al disagio palese di Adam. Era divertente, in effetti, vederlo sudare un po', ma decisi di andare in suo soccorso e rispondere. «Adam ed io abbiamo deciso di incontrarci, ci siamo frequentati per un po', come amici e poi... si è trasformato in qualcosa di più.»

Adam alzò per un attimo le sopracciglia scure, sentendo la mia cauta versione della verità, che William sembrò accettare. Il cugino di Adam restò perplesso per un attimo, poi si strofinò il pollice sulla fronte. «Allora come si passa dal conoscere qualcuno, magari essere amici, ad avere una relazione romantica?»

Adam aprì la bocca per parlare, poi la chiuse. Sembrò assolutamente perso, incapace di rispondere. A quel punto stavo cercando di non ridere nascondendo la bocca dietro la mano libera. William lo stava proprio chiedendo alla persona sbagliata! Adam non aveva mai avuto relazioni romantiche, prima di me. Solo una serie d'incontri, negli anni, con varie partner che io, non molto affettuosamente chiamavo le sue "trombamiche". In effetti, la nostra mutua inesperienza in quel settore era la ragione maggiore per cui la nostra relazione aveva incontrato tanti problemi e così in fretta.

Tornai a rivolgermi al cugino di Adam. «William? Sono curiosa, c'è qualcuno a cui vorresti chiedere di uscire?»

William abbassò gli occhi, con un lieve sorriso sulle labbra, e poi si raddrizzò sulla sedia. «Sì.»

Poi si alzò e prese le sue chiavi. «Sono passati solo quaranta minuti, ma gli ultimi cinque mi serviranno per arrivare all'auto.»

Feci per alzarmi, ma Adam mi fermò.

«William, puoi usare quindici secondi per abbracciarmi?» gli chiesi. E lui si chinò, rigido, e mi permise di abbracciarlo. «Grazie per le statuine. Le adoro.»

E se ne andò. Adam chiuse la porta e si sedette nuovamente accanto a me con un sorriso sulle labbra, scuotendo la testa. «Quel poveretto proprio non sa che io sono l'ultima persona a cui chiedere consigli sulle donne.»

«Mhmm» dissi, chinandomi per appoggiargli la testa sulla spalla, felice della sensazione del suo braccio intorno a me. «Penso che tu te la cavi piuttosto bene con le donne... *troppo* bene, in effetti.»

Adam scoppiò a ridere e non molto tempo dopo, mi accompagnò a letto e mi rimboccò le coperte. Ma notai, quando pensava che io avessi gli occhi chiusi, che aveva preso il flacone delle pillole, controllandone il livello.

***

Una settimana dopo, con l'aiuto dell'esame del sangue, dichiararono ufficialmente che non ero più incinta e quindi ero pronta per iniziare i cicli di chemio. E fu sinceramente così prosaico, come se mi avessero detto che il mio conteggio dei globuli rossi era basso, o roba simile.

Cercai di mostrarmi coraggiosa con tutti quelli che mi circondavano. Per assicurarmi che non mi si leggesse in volto la sensazione di completa, vuota inutilità per quello che avevo fatto. Heath mi controllava regolarmente. Mia madre veniva tutti i giorni a passare qualche ora con me. Parlavamo d'altro, mai di quello che stava accadendo al mio corpo... di come avevo permesso alla mia lotta contro il cancro di uccidere la piccola vita dentro di me, ogni piccola cellula che si stava dividendo rapidamente.

E Adam. Passava un mucchio di tempo a casa mia. L'atmosfera rimase tesa tra lui e Heath per i primi giorni, ma poi sembrò tornare normale.

Adam ed io, all'apparenza, andavamo perfettamente d'accordo. Ma sotto sotto c'era imbarazzo, come se tra di noi ci fosse una barriera invisibile. Ironico, visto che avevamo entrambi rivelato tutti i nostri segreti. Sembrava che ci fossimo finalmente aperti, eppure nessuno dei due riusciva veramente a guardare l'altro e vederlo per ciò che era realmente.

Sarebbe migliorato? Oppure la fine della nostra relazione era solo questione di tempo? Avevamo molti più fardelli di quelli che avrebbero dovuto avere due persone della nostra età. E in quel momento stavamo attraversando il periodo peggiore. Mi preoccupavo per come sarebbe stato il *nostro* futuro, più di quanto mi preoccupassi di come sarebbe stato il *mio*. Davo per scontato che sarei stata ancora in giro per preoccuparmene.

A volte lo coglievo che mi fissava, con gli occhi scuri quasi illeggibili, ma riuscivo a rilevare una preoccupazione acuta. Quell'espressione mi faceva male al cuore. Non dubitavo che mi amasse ancora. Ma ora in quell'amore sembrava mancare un ingrediente essenziale. Ci eravamo feriti a vicenda e lui non era ancora riuscito a guardare oltre, nonostante tutti i suoi sinceri sforzi per concentrarsi sui problemi più grossi nella nostra vita attuale.

«Allora» cominciò Adam mentre eravamo seduti uno accanto all'altro sul mio letto, ciascuno con un laptop sulle gambe. Ero ancora un po' debole per il dolore ma abbastanza consapevole da cogliere le sottigliezze del suo comportamento. «Con tutto quello che sta succedendo, non ho avuto l'opportunità di dirti che hanno sbloccato la missione segreta.»

Io esitai, scrutandolo in viso. Lui stava guardando lo schermo e scrivendo alla sua velocità folle.

«Io, ehm, lo so» dissi.

Lui smise di scrivere e mi guardò con un sorrisino. «Lo so che lo sai.»

Sbattei gli occhi. «Come fai a sapere che sono stata io?»

«Hai lasciato il tuo computer acceso sulla schermata di login l'altro giorno, ed io conoscevo il nome del personaggio che l'aveva sbloccata.»

Alzai un sopracciglio. «Allora, che cosa significa? Hai intenzione di disabilitare il mio account?»

Adam mi guardò sorpreso. «Perché dovrei farlo?»

«In modo che non ne parli sul mio blog.»

Adam si limitò ad alzare le spalle. «Puoi parlarne se vuoi. E puoi parlarne come vuoi.»

Lo guardai con diffidenza. «Vuol dire... che ti sta bene se rivelo tutti i segreti?»

Lui mi guardò di nuovo. «Non posso controllare come riveli il tuo scoop.»

Mhmm... ci doveva essere qualcosa che non mi stava dicendo. O forse era il mio stesso disagio al pensiero di parlare del progetto su cui aveva lavorato tanto. «Ma è la tua grande missione segreta. Tu adori quella missione.»

«È stata fatta per i giocatori. Era ora. Penserò a qualcosa di nuovo e ancora più frustrante.»

Sbuffai. «Ancora più frustrante? Non credo che sia possibile.»

«Mi conosci, no? È possibilissimo.»

Annuii. «Sì, già, tu hai monopolizzato il mercato della frustrazione.»

«Inoltre l'hai sbloccata ma non l'hai risolta. E non sai nemmeno qual è lo scopo della missione.»

«Sì, lo so... Salvare la povera, incapace principessa elfica Ally... uh... Alloreah'ala... o qualunque sia la pronuncia del suo nome. A proposito, *tu* come lo pronunci?»

Adam alzò le spalle. «Non ne ho idea. Ho messo insieme un po' di vocali e un apostrofo per farlo sembrare elfico. Tu sai come si pronuncia almeno la metà dei nomi elfici nei libri di Tolkien?»

Gli sorrisi. «No. Ma so che questa missione è del tipo standard: salvare la principessa.»

La sua bocca sensuale si alzò gli angoli. «Non lo sai con certezza.»

«Che altro potrebbe essere? È stata catturata e trascinata via, imprigionata sotto le montagne dai brutti e cattivi troll. È ovvio che questa missione sia di andare a salvarla.»

Adam si appoggiò alla parete, guardandomi. «Okay, se vuoi pensarla così.»

Strinsi gli occhi fissandolo e il suo sorriso si allargò. «Sei uno stronzo» gli dissi.

Sulla guancia, a sinistra della bocca, apparve la meravigliosa fossetta che amavo tanto.

Gli diedi uno schiaffo, forte, sul bicipite con il dorso della mano e tornai al post che dovevo pubblicare sul mio blog, un commento su un altro gioco che stavo testando. Avevo cominciato l'articolo e poi l'avevo lasciato in sospeso a causa dei recenti avvenimenti caotici. Avevo quasi finito quando Adam, che sembrava aver finito quello su cui stava lavorando, si voltò a guardarmi.

«C'è qualcosa di cui volevo parlarti» cominciò a dire. Io alzai un dito per chiedergli di lasciarmi finire di scrivere prima di premere "salva" e chiudere il computer.

Mi voltai anch'io a guardarlo. «Vuoi che mi trasferisca a casa tua» dissi tranquillamente.

Lui sembrò sorpreso. «Mhmm, sì. È un bel trucco. Adesso hai imparato a leggere i pensieri?»

Gli sorrisi. Mi sarebbe piaciuto. Avrei veramente adorato sapere che cosa gli passava per la testa la maggior parte delle volte. Era talmente bravo a nascondere i suoi pensieri e i suoi sentimenti.

«No. Ma ti conosco abbastanza bene da poter predire che ci avresti provato molto presto.»

«Non sto "provando". Volevo sapere se… beh, mi piacerebbe prendermi cura di te.»

Esitai. Le cose non erano andate molto bene tra di noi l'ultima volta che avevamo vissuto insieme e non volevo turbare la fragile intesa che sembravamo avere adesso. «Non mi serve qualcuno che si prenda cura di me.»

Adam strinse le labbra. «Stronzate.»

«Forse sono abbastanza forte da cavarmela da sola.»

Vidi l'irritazione lampeggiare nei suoi occhi prima che distogliesse lo sguardo. «Forse. Ma forse ci sono delle persone che vorrebbero comunque aiutarti.»

Sospirai. «Lascia che ci pensi. L'ultima volta che abbiamo vissuto insieme…»

«Non sarà come l'ultima volta. Farò tutto quello che potrò per evitarlo.»

Era teso e gli appoggiai la testa sulla spalla. «Mi dispiace. So che vuoi prenderti cura di me. Ma vorrei poter mantenere la mia indipendenza ancora per un po'.»

Nonostante ciò che gli avevo detto, sapevo che presto sarei stata veramente male e alla mercé di chiunque avesse avuto voglia di aiutarmi.

＊

La notte prima del piccolo intervento per l'inserimento del catetere per la chemioterapia (e asportare una porzione del mio tessuto ovarico da congelare per l'eventuale uso successivo – anche se la procedura era ancora sperimentale), Adam dovette lavorare. Presumevo che stesse sbrigando tutto il possibile e mettendo in moto le cose in modo da potersi prendere più tempo da passare con me dopo.

Io ero seduta sul divano a leggere l'ultimo libro del Trono di Spade mentre Heath si dava da fare per l'appartamento. Sembrava stesse organizzando e spostando in giro delle cose. Quando prelevò la quarta scatola di robaccia da portare in garage, alzai gli occhi. «Ehi, che cosa sta succedendo?»

Lui alzò le spalle senza guardarmi. «Sto solo facendo un po' di spazio. Sta diventando un po' troppo ingombro e il mio deposito è quasi pieno.»

Alzai le sopracciglia. Heath non era la persona più ordinata che conoscessi e di solito passava il tempo libero giocando ai videogiochi invece di pulire. Pagava qualcuno per venire a fare le pulizie una volta la settimana.

Mi schiarii la voce. «Va tutto bene?»

«Non dovrei essere *io* a chiederlo a *te*?»

«Me lo stavo solo chiedendo. Non vedo Connor da qualche giorno. Va tutto bene con lui?»

Heath sospirò e si sedette. «Connor stava diventando un po'… esigente.»

Mi chinai in avanti, allarmata. «Che cosa vuol dire "stava"? Non hai rotto con lui, vero?»

Heath mi guardò e poi distolse lo sguardo. «No. Io non sono *te*, dopotutto.»

Mi tirai indietro, avvilita. Bruciava. «Immagino di essermelo meritato.»

Lui si passò la mano tra i capelli. «Mi dispiace.»

Non dissi niente, invece giochicchiai con il bordo delle pagine del mio libro e deglutii il nodo che mi si era formato in gola. Le parole di Heath facevano male, ma era vero, meritavo il suo commento. Avevo rotto con Adam dopo un litigio, anche se importante. Lui aveva fatto una cosa che aveva tradito la mia fiducia ma, invece di dargli la possibilità di spiegarsi, o almeno concedergli una seconda chance, lo avevo respinto. Avevo pensato che sarebbe stato più facile. Era quasi come se quel litigio mi avesse dato la scusa di risparmiargli tutta la faccenda del cancro. Avevo voluto combattere quella battaglia da sola, giurando che ero abbastanza forte da superare tutto senza l'aiuto di nessuno. Ma mi ero appoggiata a Heath, molto più di quanto avrei dovuto.

Alzai gli occhi per guardarlo. Era amareggiato? Mi si strinse la gola. Heath si alzò e venne a sedersi accanto a me. Ci fissammo e poi lui tese un braccio. «Mi dispiace, vieni qua, bambolina.»

Mi chinai in avanti e lui mi abbracciò. «Spero che le cose vadano bene tra te e Connor» dissi, guardando nel vuoto oltre la sua spalla massiccia mentre mi abbracciava.

Lui mi lasciò andare ed io mi tirai indietro. «Andrà tutto bene. Vuole passare più tempo con me e non ci sono abbastanza ore in un giorno.»

Strinsi le labbra, osservandolo. Ciò che non stava dicendo era che si sentiva obbligato a restare in casa per occuparsi di me e accompagnarmi ai miei appuntamenti. Anche se gli avevo detto, ripetutamente, che non era necessario.

Gli afferrai la mano. «Ti ringrazio per aver sopportato la mia idiozia.»

«Mhmm. Già, in effetti, non ti stavo facendo un favore.»

Sbattei le palpebre, con gli occhi che bruciavano. «Ti ringrazio per avermi sempre sostenuto, anche se non sono perfetta.»

Lui non disse niente.

«Heath?»

Lui alzò gli occhi. «Sì?»

«Mi dispiace. Non te l'ho mai detto prima, durante tutta questa storia. Mi dispiace. Ti ho messo in una situazione di merda.»

«Avevi paura. Lo capisco.»

«Ho ancora paura.»

Heath strinse gli occhi fissandomi. «Già, abbiamo tutti paura. Ma la differenza è che la maggior parte delle volte non permettiamo alla paura di farci fare cose stupide. Chi era che diceva che il coraggio non è non la mancanza della paura, ma il trionfo su di essa?»

Sospirai, strofinandomi la fronte. «Nelson Mandela, o Eleanor Roosevelt, o qualcuno del genere.»

«Difficile confondere quei due» disse Heath ridendo. «Sto cercando di dirti che non puoi permettere alla paura di condizionarti sempre. Devi farle fronte e superarla. Lasciare che ti aiuti a crescere come persona.»

Sorrisi, fingendo di dargli un pugno. «Da quando sei diventato così saggio?»

«Saggio e saccente, non c'è molta differenza.»

«Giusto.» Gli sorrisi anch'io. «Perché non chiedi a Connor di venire a vivere qui?»

Mi guardò con la coda dell'occhio. «Ci stavo pensando...»

Scoppiai a ridere. «Allora è per quello che ti sei dato a quel lavoro di pulizia senza precedenti? Sgombrare per far posto alla roba del boyfriend?»

«Allora non ti dispiacerebbe?»

«Perché dovrebbe? Questa è casa *tua*. Hai il diritto di chiedere al tuo boyfriend di vivere con te.»

«Tu ed io eravamo coinquilini prima che Brian ed io ci mettessimo insieme. Poi io me ne sono andato, costringendoti a trasferirti in quella topaia di monolocale.»

«Non era una topaia!»

«Sai che cosa voglio dire. Non voglio che pensi che se Connor si trasferisce qui tu te ne debba andare.»

Mi chinai e gli diedi un colpetto sulla spalla. «Beh, grazie. Lo apprezzo. Adesso chiediglielo.»

Quando mi tirò vicina per abbracciarmi, ringraziandomi, non riuscivo a smettere di pensare alle sue parole sulla paura. Era esattamente ciò che mi aveva impedito di accettare l'offerta di Adam di trasferirmi a vivere con lui. La paura di ciò che mi aspettava mi avrebbe portato a fare altre pessime scelte?

CAPITOLO OTTO
ADAM

EMILIA SI SOTTOPOSE AL PICCOLO INTERVENTO E POI, pochi giorni dopo, ci presentammo all'ospedale per il suo primo ciclo di chemioterapia. Avrebbe dovuto subire un totale di dodici trattamenti, uno alla settimana per tre mesi.

Quella mattina, all'alba delle otto, eravamo seduti in una stanza privata all'UCI Medical Center mentre un'infermiera controllava una lista e pungeva il dito di Emilia per un veloce esame del sangue. Emilia non parlava molto. Era seduta in una comoda poltrona reclinabile con una grossa piantana porta flebo accanto e aveva lo stesso sguardo fisso e vuoto che aveva da giorni. I suoi occhi dorati non brillavano più da… quant'era, settimane? Mesi? Quasi non sembrava più la stessa Mia di cui mi ero innamorato. Era come se stesse diventando l'ombra di se stessa.

Tese il braccio e mi afferrò la mano. «Non eri obbligato a venire, sai… ma grazie.»

Non ero obbligato a venire? Che cazzo voleva dire? La guardai torvo. «Quindi volevi affrontare tutto da sola?»

Lei alzò le spalle. «Mi dispiace, non volevo dire quello.»

«Ma hai specificatamente chiesto a me e a tua madre di non dire ai tuoi amici che saresti venuta qua oggi. C'era qualche ragione per non avvisarli?»

Emilia fece un respiro profondo e poi espirò lentamente. «Non è facile...»

«Chiedere aiuto? Sì, sto notando che per te è quasi maledettamente impossibile.»

Fece una smorfia, evitando di guardarmi.

«Hai provato a pensare che non è solo *il desiderio* di aiutarti, ma che è *il bisogno* di aiutarti? Sentire che in qualche modo stiamo facendo qualcosa e non ce ne stiamo fermi in un angolo, sentendoci completamente impotenti e tagliati fuori?»

Emilia sbatté gli occhi e aggrottò la fronte, come se l'idea non l'avesse nemmeno sfiorata. «Non voglio più escluderti.»

Sospirai. «È una delle cose che non può più continuare tra di noi come nel passato. Come quando ho preso l'appuntamento per te senza chiedertelo. Posso interpretare male le tue intenzioni esattamente come puoi fare tu con me. Tu non vuoi mostrare di essere debole chiedendo aiuto, quindi dici che non hai bisogno di me. Oppure non *vuoi* avere bisogno di me, e degli altri tuoi amici.»

Emilia mi fissò negli occhi, con le sopracciglia aggrottate, e sulla fronte le apparve quella piccola ruga. «Mi dispiace. Hai ragione.» sospirò a lungo come se le facesse male ammetterlo.

Mi misi la mano dietro l'orecchio, dicendo: «Che cos'hai detto?»

Sorrisi, e lei fece una smorfia, mostrandomi la lingua. «Lo dirò una volta sola.»

«Parlando seriamente, però, Mia... permettici di aiutarti. Per favore?»

Ci fissammo a lungo, in silenzio e poi lei lasciò andare il fiato che stava trattenendo. «Tenterò. Farò del mio meglio.»

«No! Provare no! Fare, o non fare! Non c'è provare!» E le rivolsi un sorriso sdolcinato.

Finalmente ottenni un sorriso radioso. «Come dici tu, Maestro Yoda.»

Controllai l'orologio.

«Tua madre sarà qui a minuti.»

Di colpo Emilia sembrò spaventata e si agitò sulla grande poltrona reclinabile. Le accarezzai la guancia. «Andrà tutto bene.»

«Diventerò Vomitina de' Rigurgitis.»

Feci una smorfia. «Bellissima immagine.»

«Lo è anche quella di me piegata sul WC per le prossime ventiquattro ore. Non è il caso che tu mi stia intorno.»

Alzai le sopracciglia e mi schiarii la gola.

Le sue labbra formarono una "O" perfetta quando si rese conto perché la stavo correggendo. Poi scosse la testa. «Wow, mi viene proprio automatico.»

La madre di Emilia entrò nella stanza proprio in quel momento, già con un sorriso coraggioso stampato sulla faccia. «Ehi, tu!» disse con la voce allegra. Si chinò a baciare sua figlia sulla guancia. «Ti ho portato un po' di roba da casa.» Kim le porse una borsa con un animaletto di peluche malandato, dei calzini pelosi e una tazza termica di plastica, vuota, con la cannuccia, da riempire di acqua gelata, presumibilmente perché Emilia potesse tenersi idratata durante il trattamento.

Emilia arrossì come un pomodoro. «Mamma!» gemette, afferrando il cagnolino di peluche e infilandoselo in fretta dietro la schiena. Mi diede un'occhiata ed io faticai a non ridere.

«È il tuo cagnolino di peluche?» le chiesi. «Che carino.»

Emilia strinse gli occhi e alzò un pugno. «Non dire niente, mister, o lo rimpiangerai!»

«Mia!» la rimproverò Kim.

Emilia le mostrò la lingua. «Basta interruzioni da parte del comitato per l'umiliazione, prego.»

Sogghignai. «Potrei spaventarmi per le tue minacce violente se mettessero qualcosa tipo il siero per i super-soldati in quella flebo.»

Lei guardò la sacca sul vassoio, piena di un farmaco arancio fluorescente, pronto per essere iniettato nel suo corpo. Con una smorfia, disse: «Sembra radioattiva. Forse mi trasformerà in Spider-woman.»

Le sorrisi. «Molto più sexy di Vomitina de' Rigurgitis.»

«Senza dubbio.»

Dopo qualche altra battuta, Emilia sembrò più a suo agio, ma a me si strinse il cuore in petto quando l'infermiera rientrò, spiegò il procedimento e inserì la flebo nel catetere sul petto di Emilia. Finsi di non notarlo quando Emilia tolse in silenzio il cane di peluche da dietro la schiena e lo strinse a sé.

Invece, mi alzai e andai alla finestra, infilai le mani in tasca e cercai di mascherare la preoccupazione, la paura e il crepacuore prima di voltarmi nuovamente verso di lei.

Capitolo Nove
Mia

"Non tutti i segreti rimangono tali per sempre" – Postato sul blog di *Girl Geek*.

AVETE MAI AVUTO UN SEGRETO CHE MORIVATE DALLA VOGLIA DI raccontare, sapendo però che farlo vi avrebbe procurato grossi guai? Che cosa c'è nel peso di un segreto che rende così soddisfacente liberarsene?

Beh... io ho un segreto. Potrebbe avere qualcosa a che fare con quel *segreto. Sapete quale.*

E non c'entra Victoria's Secret, anche se l'armatura bikini di maglia di ferro sembra proprio disegnata da loro. A volte mi aspetto che il mio personaggio arrivi zompando lungo una passerella con delle ali d'angelo appiccicate sulla schiena, tutta coperta di bava maschile.

E non è il Segreto per Tutti dalla Leggenda di Zelda.

E non è il livello bovino segreto in Diablo.

E no, non vi stavo prendendo in giro. Ho un segreto. Un segreto su Dragon Epoch. Quel *segreto.*

Ma diversamente da siti di hacker che preferiscono usare il crowdsourcing *per risolvere in poche ore missioni rimaste nascoste a lungo, vi farò da guida invece che da guru.*

Avete percorso ogni centimetro delle Montagne Dorate, ucciso ogni mostro generato dal computer un trilione di volte, esaminato ogni minuscolo pezzo di bottino, interrogato ogni personaggio non giocatore in quella zona e in ogni altra zona adiacente?

Beh, non mi meraviglia che siate frustrati. State guardando nel posto sbagliato.

Il primo indizio di Girl Geek è di cominciare dall'inizio.

E se non mi credete, posterò delle schermate (ovviamente con i dettagli rivelatori sfocati) che dimostrano che ho sbloccato la missione segreta.

Ora, se volete scusarmi, ho una principessa da salvare.

✳✳✳

Penso sia stato durante il secondo giorno DC (Dopo la Chemio) che finalmente mi ripresi al buio della mia stanza nell'appartamento di Heath. Non avevo modo di accertarmi della data. Avrebbe potuto essere il terzo giorno, o il quinto o il decimo, per quanto ne sapevo. Ma sapevo che avevo una sete boia. Avrei potuto bermi tutto un lago, ma la bottiglia d'acqua sul mio comodino era vuota.

Quindi mi avventurai fuori dal piccolo rifugio della mia stanza. Mi facevano male le giunture e mi sembrava che la pelle delle mani fosse troppo stretta. Segni classici di ritenzione idrica. Probabilmente avrei cominciato a sciabordare come una balena prima di espellerla tutta.

Per non parlare del fuoco che avevo nel petto o il mal di testa pulsante. In quel momento non sapevo quale fosse la cosa peggiore, il cancro o i farmaci per combatterlo. La chemio mi stava facendo desiderare una morte rapida. Mi veniva da piangere al pensiero degli altri undici round.

Barcollai verso la cucina, con la bottiglia in mano. Ero a metà strada quando dovetti fermarmi, esausta. Nell'appartamento c'era un silenzio di tomba e penombra, eccetto la luce che arrivava dal soggiorno. Heath doveva essere uscito. Buon per lui… ed ecco la mia chance di dimostrare che non avevo bisogno di un babysitter come una bambinetta.

Mi raddrizzai dopo qualche minuto, feci ancora qualche passo prima di sbattere contro l'anta di un armadio in corridoio. All'improvviso, accanto a me ci fu qualcuno.

Aprii la bocca per sbraitare che odiavo la vita, il mondo e tutto quanto conteneva, inclusa l'aria che stavo al momento respirando. «Heath…»

Mi girò la testa quando la voltai, notando che la persona accanto a me, non era alta come Heath e aveva i capelli neri invece che biondi.

«Hai bisogno di altra acqua? Non ti ho sentito uscire dalla stanza» disse Adam, allungando la mano verso la mia bottiglia di metallo. «Avrei dovuto controllare, ma stavi dormendo e non volevo svegliarti.»

Tirai indietro la bottiglia quando fece per penderla. «Che cosa ci fai qui?»

«Sto dando a Heath una serata libera. Gli ho detto che mi sarei accampato qui nel caso tu avessi avuto bisogno di qualcosa. Heath è andato al cinema con Connor.»

«L'avrei riempita da sola.»

«Ma ci sono qui io per quello.»

Sospettavo che fosse rimasto lì per tutto il fine settimana, e non solo per quella sera, per concedere una pausa a Heath.

Mi prese la bottiglia dalla mano ed io la lasciai andare facendo solo un po' di resistenza. «Vuoi del ghiaccio?»

Annuii e lui mi guidò a sedermi sul divano in soggiorno, dov'era stato lui. Sentii il calore che aveva lasciato il suo corpo e invece di irritarmi, perché stavo già bruciando, affondai in quel tepore. Sentii una pressione in fondo alla gola, un bruciore in fondo agli occhi. Feci un sospiro tremolante. Avevo mille emozioni che si scontravano dentro di me, che facevano scintille come atomi bloccati in una reazione chimica.

Adam tornò con la bottiglia piena di acqua gelata e me la porse. Tirai le ginocchia sotto di me sul divano e lui si sedette accanto a me, studiandomi attentamente. «Ti senti bene?»

«Oh, sto da Dio» gli risposi roca, tra un sorso disperato e l'altro. «Riesco a capire perché la chemio sconfigge il cancro. È talmente orribile e merdosa che perfino *io* non vorrei stare dentro il mio corpo. Sono sicura che sia per quello che il cancro decide di andarsene fuori dalle scatole.»

Adam sorrise con poco entusiasmo, come se ridere alla mia battuta potesse essere esagerato, forse perfino irrispettoso. Mi strofinai le mani. Le sentivo gonfie, eppure non lo erano.

«Ti fanno male le mani?»

«Mi fa male tutto. Penso di avere anche l'emicrania.»

Aggrottò le sopracciglia. «Mi dispiace. Almeno so quanto quella faccia schifo.»

Scossi la testa. «Seriamente, non riesco a credere che tu debba sopportare questa merda tutte le volte» dissi, premendomi una mano sulla fronte, contro il dolore pulsante.

«S'impara a conviverci» disse lui, continuando a osservarmi. «Hai dormito parecchio. Addirittura per giorni di fila.»

Continuai a massaggiarmi la fronte, l'unica parte del mio viso che sopportavo di toccare. «Già, che giorno è?»

«Domenica sera.»

Due giorni. Avevo perso due giorni. Soffiai fuori il fiato. «Cazzo.»

«Devi mangiare qualcosa.»

Rabbrividii e scossi la testa.

«Per favore, posso portarti qualsiasi cosa. Anche se è solo un pezzo di pane secco.»

Lo guardai aggrottando la fronte.

«Oppure... no, immagino.»

Sentivo le palpebre pesanti e la testa continuava a martellare, ma non volevo tornare al buio e restare di nuovo tutta sola. Ero sicura di puzzare, dopo due giorni a letto. Era un bene che non potessi sentire io il mio odore.

«Che cosa stavi facendo?»

Adam alzò le spalle. «Stavo solo giochicchiando sul tablet.»

«Non sei annoiato a morte, dopo essere rimasto qui seduto per tutto il fine settimana?»

Mi fissò con quel suo sguardo scuro. «No, perché? Stai cercando di liberarti di me?»

«Penso che ci vorrebbero parecchi candelotti di dinamite e un paio d'incudini per liberarmi di te.»

Adam sorrise. «Quindi assomiglio a quel coyote dei cartoni animati?»

«Già, eccetto che in questi giorni Roadrunner non riesce a correre molto forte.» Gli appoggiai la testa sulla spalla.

«Già, sembra piuttosto esausto, devo ammetterlo. Immagino che non avrò bisogno del mio skateboard Acme motorizzato per dargli la caccia, dopotutto.» Si spostò, tirandomi contro di lui. Chiusi gli occhi.

Era bello, nonostante tutta la marea di schifosità che succedeva nel mio corpo. Deglutii. «Forse ha smesso di correre perché non vuole più che lo rincorrano.»

«Allora, quando ha intenzione di trasferirsi a vivere con il coyote in modo che possa prendersi cura di lei?»

Mi accigliai nonostante la mente poco lucida. In realtà ero quasi sorpresa che non ne avesse parlato prima. «Beep. Beep» mormorai con una breve risatina, sperando che mi permettesse di svicolare con un minimo di grazia.

Adam non rispose, continuando a passarmi leggermente la mano sulla schiena. «Di che cosa hai bisogno? Vuoi restare qui e guardare un film, o...?»

Le mie palpebre diventavano più pesanti a ogni secondo. «È bello restare qui... proprio qui...» Le parole si stavano ingarbugliando, e la lingua mi sembrò di colpo troppo spessa.

Adam spostò la testa e mi baciò i capelli. «Okay. Possiamo restare semplicemente seduti così, allora.»

Mi addormentai al suono della voce che proveniva dal suo torace ampio, felice di sentirlo vibrare sotto la mia guancia.

Capitolo Dieci
ADAM

Mi appoggiai allo schienale e la guardai dormire. Sapevo che avrei dovuto portarla in camera sua. Non avrebbe riposato come doveva appoggiata a me. Ma continuavo a ripetermi: «Solo altri cinque minuti.» Voltai la testa e le annusai i capelli. Avevano il *suo* odore, sincero e non diluito, non mascherato dai prodotti per i capelli. Chiusi gli occhi, ancora con quella sensazione di avere una morsa intorno al cuore. Il senso dell'olfatto era un potente custode di vividi ricordi. Assaporai quelli che si risvegliarono a quel piccolo soffio. La prima volta che l'avevo baciata nel corridoio del suo piccolo monolocale, la prima volta in cui l'avevo veramente toccata ad Amsterdam, con quello splendido, luccicante abito nero. La sensazione della sua pelle sana, luminosa, sotto le mie mani.

Allontanai la testa, voltandomi a guardare la parete. Non volevo continuare a torturarmi. Quei tempi felici, quei brevi lampi del nostro recente passato, rendevano solo più doloroso il duro presente.

Guardai il suo volto pallido, desiderando di essere io quello che si prendeva cura di lei. Che potessi fare più che occuparmi di lei per quelle misere ore quella sera. La tenni tra le braccia per quasi un'ora prima che Heath e Connor tornassero ed entrassero nella stanza senza fare rumore.

«Ha mangiato qualcosa?» sussurrò Heath.

Scossi la testa ma indicai la bottiglia d'acqua. Connor la prese e andò in cucina a riempirla.

Mi districai lentamente da Emilia, scostandola dal mio petto e poi, piegandomi, la presi in braccio per portarla nella sua stanza. Cercai di non pensare a quanto fosse più leggera nelle mie braccia, a quanto sembrasse più fragile. La posai delicatamente sul letto e quando mi raddrizzai per andar via, lei allungò la mano e mi afferrò stretto il polso.

«Adam» disse. Mi fermai e mi sedetti accanto a lei sul letto, accarezzandole la guancia. «Ho bisogno di te.»

Qualcosa, in quella semplice ammissione, mi colpì come un pugno nello stomaco. Feci un respiro profondo. «Non vado da nessuna parte.»

Sembrò soddisfatta di sentirmelo dire e il suo respiro diventò più regolare e ritmico. Mi chinai a baciarla.

Mi sentivo impotente, inutile. Ed erano due sensazioni a cui non ero abituato. Sensazioni che mi facevano infuriare. Sensazioni che di solito evitavo a tutti i costi. Sapevo come mantenere emotivamente le distanze. E con quella risoluzione in mente, decisi di fare così.

La lasciai quando Heath entrò per prendere il mio posto, con la bottiglia d'acqua piena. Poi andai a casa, dove il mio lavoro per quella sera era appena cominciato.

Capitolo Undici
Mia

«**D**EVI FARLO, MIA.»

Sospirai, guardando mia madre che stava finendo di piegare la mia biancheria. Ero rintanata in un angolo della mia stanzetta a casa di Heath, seduta in una poltrona con un romanzo sulle ginocchia, mentre mia madre finiva di abbinare i miei calzini.

«Non *devo* farlo. Potrei semplicemente…»

«Non è giusto nei confronti di Heath. E nemmeno nei confronti di Adam.»

Mia madre stava cercando di convincermi a trasferirmi di nuovo a casa di Adam. Lei doveva tornare a occuparsi del ranch. La sua giumenta preferita doveva partorire da un giorno all'altro e il custode non era in grado di occuparsene. E, in ogni caso, era rimasta lontano per parecchie settimane oltre il previsto, data la mia inaspettata bomba-cancro.

Giocherellai con il libro, voltando le pagine a caso. «Forse.»

«Di che cosa hai paura?»

Che la storia si ripetesse? Di ricominciare a litigare? «L'ultima volta abbiamo deciso tutto in fretta. Penso che possa portare sfortuna. So che sembra stupido e superstizioso, ma…»

Mia madre fece un mezzo sorriso mentre rifletteva. Mi guardò con gli occhi socchiusi. «Quanto impegno ci avevi messo, Mia?»

Mi accigliai. «E questo che cosa vorrebbe dire?»

Lei prese una pila di magliette piegate e aprì un cassetto. «Beh, da quanto ho capito, te ne sei andata dopo un litigio. Non è che ti abbia buttato fuori lui.»

Strinsi le labbra. Mia madre non sapeva nemmeno la metà di quello che era successo tra Adam e me. Sentii il calore dell'indignazione che mi saliva in gola. Mi sentii giudicata. «Mi aveva dato un ultimatum. Ed io non li accetto.»

Lei scosse la testa. «Non sto dicendo che anche Adam non abbia commesso degli errori. Li avete commessi entrambi.»

Irritata, parlai a denti stretti. «Ma in qualche modo i miei errori sono peggiori dei suoi?»

Mia madre tornò a sedersi sul letto, con le mani sulle ginocchia. «Non è così, ma l'ultima volta che ho controllato, Adam non stava tentando di nascondere una malattia seria a tutti quelli vicini a lui.»

Sentii l'aria che mi usciva dai polmoni. Ecco. Mi ero chiesta quando lo avrebbe fatto, quando avrebbe affrontato quell'argomento. A quanto pareva, aveva deciso che mi sentivo abbastanza bene per sopportarlo. «So che sei ancora arrabbiata con me e so di meritarmelo, ma...»

«Mia, non sono arrabbiata, piuttosto sono... delusa, ferita. Conosco te e la tua leggendaria testardaggine, bambina. Ti conosco da sempre. Ma ora devi smetterla. A un certo punto dovrai crescere e renderti conto che non tutto può andare come vorresti, in ogni occasione.»

Mi sentii travolgere da un'ondata di amarezza. «Le cose non sono andate proprio come avrei voluto, di recente.»

L'espressione di mia madre divenne seria così di colpo che pensai che stesse per scoppiare in lacrime. Mi si strinse lo stomaco vedendola. «Vorrei con tutto il cuore poterci fare qualcosa, Mia. Sinceramente.»

Sbattei le palpebre, sentendo improvvisamente le lacrime che mi bruciavano il fondo degli occhi. «Mi dispiace, mamma. Mi dispiace di averti ferita. Mi dispiace di aver ferito tutti voi.»

Lei si morse il labbro, osservandomi. «So che ti dispiace. So che stai cercando di fare del tuo meglio.»

Apparentemente, il mio meglio non bastava. Non proprio. Abbassai la testa, evitando il suo sguardo, sperando che lasciasse perdere, che non parlasse ancora di trasferirmi a casa di Adam.

Lei non parlò per parecchi minuti. Poi, come se non avesse niente di meglio da fare. Si voltò e raccolse i miei calzini, cominciando a ficcarli nel primo cassetto, dove non c'era abbastanza spazio. Mi strofinai la fronte.

«Allora, non lo prenderai nemmeno in considerazione?» si decise a chiedere.

«Perché pensi che sia una così bella idea?» Ripiegai le braccia sul petto. Il miglior modo di non rispondere a una domanda era di farne un'altra. Ma sapevo che anche lei non era nuova a quella tattica.

Lei mi guardò con gli occhi stretti. «Perché non *puoi* farcela da sola. Ti conosco. So che vuoi fare tutto da sola. Dio sa che essere tua madre è stata un'esperienza frustrante con quella tua testardaggine. Insistevi ad allacciarti le scarpe da sola anche quando non sapevi farlo. Poi inciampavi finché ti sbucciavi le ginocchia, prima di permettere a qualcuno di allacciartele. Ma un conto è avere sei anni. Un altro è affrontare le terapie che ti aspettano senza nessun aiuto.»

«Ma ho Heath...» E anche mentre lo dicevo, sapevo che aveva ragione lei... non era giusto. Mia madre m'interruppe immediatamente.

«Hai già messo un peso enorme sulle sue spalle, Mia. A volte penso che stia per crollare sotto quel macigno. Devi dargli una tregua. E devi dargli la possibilità di passare un po' di tempo con il suo boyfriend, senza doverti fare da infermiere.»

Sospirai. «Sono tutte buone ragioni. Io... mhmm... ci penserò, okay?»

Mia madre strinse ancora gli occhi. «Non posso andarmene finché non saprò che sarai in buone mani, dato che non potrò occuparmi io di te. Potrai chiamarmi a casa di Peter quando avrai preso una decisione.»

«Ma, mamma, e se Rusty dovesse entrare in travaglio...»

Mia madre alzò le spalle e fu allora che capii che faceva sul serio. «I cavalli partoriscono allo stato brado, senza aiuto, da migliaia di anni.»

Restai a bocca aperta. «Mamma...»

Lei alzò le sopracciglia. «Hai preso la testardaggine da qualcuno, bambina. Non provarci nemmeno.»

Abbassai la testa continuando a strofinarmi la fronte. Inesplicabilmente, le lacrime mi bruciavano gli occhi, lacrime che non dovevano scendere sulle mie guance. Sbattei violentemente le palpebre, non lo avrei permesso.

«Di che cosa hai paura, Mia?»

Risucchiai una boccata d'aria e scossi la testa, alzando le spalle. «Di fare un nuovo disastro? Perché anche se non è una completa rovina, è tutto appeso a un filo.»

«Avete avuto una quantità di problemi enormi in un tempo brevissimo.»

«È come se tutto fosse sfuocato» mormorai, sbattendo gli occhi. La mia vista sembrava una metafora della mia vita. «È come se un momento prima tutto fosse perfetto. Meraviglioso. Tutti quei pezzi che andavano al loro posto, e poi...»

«E poi?»

«Adam sta con me solo perché sono malata? Solo per via di tutto quello che è successo?»

Mia madre indicò il posto accanto a lei sul letto ed io alzai gli occhi. Lei annuì, rassicurante ed io mi alzai e andai a sedermi con lei, che mi mise un braccio sulle spalle. «Ti dirò la verità. Non lo so. Tu non lo sai. Heath non lo sa. L'unico che lo sa? Devi fare a *lui* questa domanda.»

Non dissi niente per un po', fissando senza vederla la moquette sotto i nostri piedi.

«E tu? Stai con lui solo perché sei malata? Per via di tutto quello che sta succedendo?»

C'erano ancora quelle sensazioni, quella palla ingarbugliata al centro del petto che mi rendeva difficile respirare. Non volevo parlarne con lei. Scossi la testa. Immaginai che se fossi rimasta seduta per qualche ora, senza pensare a nient'altro, e avessi dipanato quella palla come se fosse una matassa ingarbugliata di pezzi di filo e ne avessi esaminato ogni capo, forse avrei potuto dirle che cosa significava ogni sfumatura, ogni fitta: amore, dolore, desiderio, distanza, solitudine, sfiducia, rimpianto, senso di colpa. Erano tutti lì, annodati. E il mio cuore era sensibile e vulnerabile.

«Ho paura che trasferirmi là, vivere insieme, possa essere proprio ciò che ci farà fallire.»

«Oppure potrebbe rendervi più forti. Forse dovresti credere di più in te stessa.»

Mi presi la testa tra le mani. «Perché devo affrontarlo proprio adesso?»

«Non devi fare altro che lasciare che le persone che ti vogliono bene si prendano cura di te. Il tuo lavoro, adesso, è stare meglio. Okay?»

«Mamma, devi tornare al ranch.»

Lei mi guardò. «E tu?»

Evitai di guardarla. «Parlerò con Adam.»

Lei sembrò rilassarsi accanto a me. «Bene.»

***

Più tardi, quel giorno, Adam arrivò dopo aver lavorato qualche ora in ufficio, mi portò una scatola di girelle alla cannella, pane alla cannella e chewing-gum alla cannella. Dato che avevo ripreso un pochino di appetito dopo il primo round di chemio, avevo voglia di cannella per liberarmi dal sapore rugginoso e metallico che avevo in bocca. Lo avevo menzionato quella mattina quando Adam aveva chiamato per sentire come stavo e adesso era lì, come una sorta di Fata della Cannella che portava doni.

Aveva preso un sandwich per sé e ci sedemmo al tavolo in cucina. Heath era andato a casa di Connor, a prendere qualche scatola per aiutarlo a trasferirsi. Io mordicchiai la mia girella alla cannella, leccando la glassa dalle dita. Adam mi osservava attentamente, cercando di non darlo a vedere. Riuscii a mangiare quasi un terzo del dolce prima di metterlo da parte.

«Latte?»

«Non posso, è sulla lista dei cibi vietati» dissi, riferendomi alle mie restrizioni dietetiche.

Adam annuì, masticando pensieroso. Io non riuscivo a tenere ferme le mani. «Mhmm» dissi dopo un po'.

Adam finì di masticare e deglutì, guardandomi speranzoso.

«Se… se la tua offerta è ancora valida… io vorrei accettarla.»

Adam si pulì la bocca con un tovagliolo, con gli occhi che si illuminavano. «Sì, certo che è ancora valida.»

«Volevo solo dirti una cosa, però.» Mi schiarii la voce. «Mhmm… ho un po' paura, per via di quello che è successo l'ultima volta.»

Adam allungò una mano sul tavolo e afferrò la mia. «L'ultima volta era diverso. Abbiamo entrambi fatto degli errori di merda.»

Annuii. «Okay.»

«Nessuna recriminazione, ricordi? Io penso che possiamo metterci una pietra sopra. E tu?»

Annuii, lentamente, insicura. «Lo spero, almeno» dissi.

Lui stava muovendo la mano sopra la mia, tracciando pigramente dei disegni sul mio palmo con il dito indice. Il suo tocco bruciava. Chiusi le dita sulle sue, ma non sapevo se lo stessi afferrando per tirarlo più vicino o per fermarlo. Era tutto così confuso.

«Prendi la borsa e lo spazzolino da denti. Andiamo.»

Alzai gli occhi, sbalordita. «Adesso?»

«Certo, perché no?»

«Mhmm…»

Adam si alzò, rimise nella scatola i dolci che restavano, mettendo poi tutto nel sacchetto con cui li aveva portati. «Vieni. Farò venire qui il mio assistente domani per prendere il resto della tua roba.»

«Ma...»

Adam si fermò e si voltò a guardarmi, aspettando che finissi.

Ricordai quella sera quando avevo finalmente detto a mia madre che ero malata. Quando la cosa che desideravo più di tutto era andare a casa con lui, che mi tenesse abbracciata. Avevo un vago ricordo di due sere prima, quando ero emersa dal coma indotto dalla chemio e lui era lì, accampato sul divano da tutto il fine settimana. Mi aveva riportato nella mia stanza ed io non avevo voluto lasciarlo andare, non lo avevo lasciato andare finché non mi ero addormentata.

Feci un respiro profondo. Era ora di smetterla di avere paura. «Sì... io, uh... prendo una maglietta e qualche vestito per domani.»

Adam fece un sorrisino e annuì. «Vado a mettere queste cose in macchina e torno a prendere la tua roba. Torno subito.»

Con le mani che tremavano, raccolsi in fretta ciò che mi serviva e mandai un messaggio a Heath per fargli sapere dove sarei stata. E poi saltai in macchina e partimmo.

Mezz'ora dopo arrivammo al ponte che attraversava quel minuscolo tratto di baia che ci avrebbe portato a Bay Island. Adam insistette che prendessimo una del piccolo esercito di automobiline elettriche in attesa alla fine del ponte invece di camminare per i cento metri fino alla sua casa. Quando esitai, lui insistette, dicendo che sembravo stanca.

Io probabilmente avevo un aspetto di merda, perché quello era il mio nuovo look, grazie alla chemioterapia. E non ero ancora diventata calva, anche se sapevo che sarebbe successo molto presto. Sarei riuscita a camminare, ma non volevo discutere. Adam voleva prendersi cura di me. Si preoccupava. Quindi lo avrei fatto contento. Dopo tutto quello che avevamo passato, mi resi conto che discutere su una cosa così semplice e banale era semplicemente inutile. C'erano cose più importanti nella vita su cui concentrarsi.

Scendemmo e Adam prese il mio zaino, afferrandolo come se lo zaino ed io insieme potessimo svanire se non ci avesse tenuti stretti. Aspettava da parecchio di sentirmi dire sì, che sarei andata a stare da lui. Anche se non lo dimostrava, capivo che era contento che avessi finalmente accettato. Per quale altro motivo sarebbe corso fuori dall'appartamento di Heath se non perché temeva che avrei cambiato idea, se fossi rimasta ancora una notte?

Era pomeriggio tardi quando arrivammo davanti alla sua porta con le nostre ombre lunghe che ci precedevano. C'era una brezza fresca che arrivava dalla baia e mi assalì l'odore familiare della Back Bay. Solo nella California del Sud, durante un inverno insolitamente caldo, potevamo vantarci di avere 27 gradi a gennaio, mentre il resto del paese era sepolto da un'enorme coltre di ghiaccio.

Adam aprì la porta e la tenne aperta per me, guidandomi con una mano appoggiata leggermente sulla schiena. I miei muscoli si tesero sotto il suo tocco, di colpo conscia da quanto desiderassi qualcosa di più di un semplice abbraccio o di una stretta di mano. Ora che l'orrore della prima dose di chemio era quasi svanito, mi sentivo solo leggermente da schifo invece di augurarmi una morte rapida e indolore.

Stavo ristabilendomi. Lo avevo letto. Dopo ogni trattamento, ci sarebbe voluto più tempo per ristabilirmi, con sempre meno giorni in cui mi sarei sentita bene tra una chemio e l'altra. Cercai di non pensare a che cosa mi aspettava, scegliendo invece di adottare la nuova filosofia di vivere giorno per giorno. Giurai che non mi sarei preoccupata di cosa sarebbe arrivato il giorno dopo, scegliendo di accettare e apprezzare quello che avevo in quel momento.

E oggi avevo un uomo attento, e molto sexy, ai miei ordini. Stanotte avremmo dormito nello stesso letto ed era troppo tempo che non sentivo il suo tocco in quel modo. Avevo il cuore che batteva forte nell'attesa. E non importava che avessi sempre un noioso mal di testa o che le mie giunture fossero ancora un po' rigide. Ero ancora viva, dannazione, e, almeno per oggi, perché non approfittarne?

Adam controllò l'orologio quando esitai nell'ingresso. A parte la sera di Capodanno, non ero stata lì da quasi due mesi, da subito dopo il viaggio a Las Vegas e l'orribile litigio che avevamo avuto quando aveva scoperto le siringhe con gli antidolorifici nella mia borsa. Deglutii un nodo che mi si era formato in gola e mi guardai attorno. Tutto era esattamente come prima. La casa sembrava non abitata e immacolata come sempre.

«Signorina Emilia!» tubò la governante di Adam, Cora, uscendo dalla cucina e salutandomi con il suo solito sorriso radioso, con un abbraccio e un bacio sulla guancia.

Poi mi mise le mani sulle guance. «Mi sembra stanca. Ho preparato qualcosa per cena. Il signor Drake mi aveva avvisato che stavate arrivando.»

Alzai un sopracciglio, rivolta ad Adam, che alzò le spalle. «Le ho mandato un messaggio quando sono uscito per mettere la roba in macchina.»

«La cena è in frigorifero. Potete riscaldarla quando volete.»

Parlò con Adam, dicendogli che la cuoca sarebbe arrivata il mattino seguente per preparare la colazione. Lui le disse che doveva preparare una lista delle mie restrizioni dietetiche.

«Ehi, io salgo a rinfrescarmi» dissi, interrompendoli.

Mi voltai per superarli quando Adam mi prese per il polso mentre finiva di dare a Cora le istruzioni da passare alla cuoca.

Mi fermai, agitandomi accanto a lui. Mi diede un'occhiata. «Solo un minuto, okay?»

Il viso di Cora s'illuminò. «Il signor Drake ha una sorpresa per lei.»

Mi voltai a guardarlo. Lui fece una smorfia rivolto a Cora, come se avesse detto qualcosa che non doveva.

Lei alzò le mani in segno di resa e scosse la testa. «Vado, vado. È a posto per domani?»

«Sì, è tutto a posto. Grazie di tutto» disse Adam, mentre mi scortava verso le scale.

Gli lanciai un'occhiata. «Vivevo qui, nel caso tu lo abbia dimenticato. Conosco la strada per arrivare in camera.»

Adam aveva un sorrisetto sulla bocca sexy, che nascose quasi immediatamente. «Non è lì che stiamo andando.»

Perplessa, lo seguii sulle scale. Sapevo che non era il caso di chiedergli di che diavolo stesse parlando. Con Adam, tutto veniva rivelato al momento giusto, giusto secondo lui, ovviamente. Così, quando nel corridoio svoltò a sinistra invece che a destra verso la camera padronale, mi grattai mentalmente la testa.

Tenendomi per mano, Adam mi condusse nella suite degli ospiti. «Entri nel mio TARDIS, signorina.»

«È più grande all'interno!» dissi quasi automaticamente, guardando a occhi spalancati per la meraviglia la trasformazione della stanza.

Adam sogghignò. «È quello che ha detto *lei*.»

Feci una smorfia. «Pervertito.»

Per tutto il tempo in cui avevo vissuto lì prima, il mese prima che Adam partisse per la sua escursione, il mese per percorrere la Pacific Trail e il mese successivo quando eravamo insieme prima che decidessi di trasferirmi, ero stata in quella stanza solo poche volte. La suite era spaziosa quasi come quella che avevo diviso con Adam.

Ma adesso era completamente diversa. Era stata riarredata e in qualche caso ristrutturata. Le finestre erano diverse, enormi, e salivano fino al soffitto partendo da nuovi sedili sotto-finestra della stessa larghezza. Tutta la stanza era in due tonalità di verde, il mio colore preferito, e panna. Tutto era tenue, delicato, con tocchi di verde foresta e verde menta. C'era una comoda dormeuse in un angolo con una scrivania a scomparsa, completa con un nuovissimo laptop. Il bagno, che era già favoloso prima, era stato ristrutturato per adeguarsi alla stanza. Aveva una magnifica doccia rivestita di piastrelle nei colori delle gemme ma notai che erano stati aggiunti dei getti di vapore e che la vasca da bagno incastrata nel pavimento era nuova. Era a filo del pavimento e dietro aveva un nuovo camino a gas, inserito nella parete. Era una vasca a sfioro, con un bordo tutto intorno che permetteva all'acqua di uscire dal bordo e finire nello scarico.

«È incredibile!» dissi. «Ti sei dato da fare in questi mesi.»

Adam sorrise. «Nelle ultime tre settimane, a dire il vero. Il mio arredatore ha organizzato tutto in fretta.»

Lo guardai ironica. «Aspettavi qualche ospite importante?»

«Sì» rispose, guardandomi attentamente. «Te.»

Il mio cuore mancò qualche battito, ma non ero sicura se fosse per il piacere o il disappunto. Aveva fatto tutto, un'impresa enorme in un lasso di tempo così breve, una modifica importante della sua casa, per *me*. Ma era perché ci vivessi... perché ci restassi. Per dormirci. Da sola. Mentre lui avrebbe dormito dall'altra parte del corridoio.

Gli voltai le spalle perché non vedesse le emozioni contrastanti sul mio viso, uscii dal bagno e tornai nella bella stanza. Fissai il panorama della parte di Back Bay di Newport Harbor fuori dalle enormi finestre. Le barche a vela stavano rientrando dopo una lunga giornata di svago sull'oceano. Piccole barche elettriche, cariche di turisti e gente del posto, viaggiavano lentamente nelle acque calme, manovrando intorno alle barche a motore più grandi.

«La parte migliore di questa stanza sono le finestre» disse Adam, arrivandomi alle spalle.

«Sono delle belle finestre» dissi a bassa voce.

Lui prese quello che sembrava un telecomando dal comodino con il ripiano di marmo. «Ma non sono sempre finestre. A volte diventano pareti.» Premette un tasto e all'improvviso le finestre divennero opache e di un colore panna, come se facessero parte del muro. Restammo quasi al buio, con l'unica luce che arrivava dal lucernario del bagno dietro di noi.

«Che cosa diavolo è successo?» chiesi, confusa.

«Non servono più tende oscuranti. Basta premere un tasto di sera e la stanza resterà al buio finché non premerai un altro tasto al mattino. Oppure puoi anche mettere un timer in modo che diventino trasparenti a una cert'ora del giorno. Oppure, se vuoi che entri solo un po' di luce...» Premette un altro tasto e le finestre tornarono, solo la luce era attenuata con un effetto di vetro satinato.

«Posso proiettare film e videochiamate come le finestre di Tony Starks?»

Adam sorrise. «Non ancora. Quando inventeranno le finestre alla Iron Man, la *mia* stanza sarà la prima dove le installerò.»

Eccola di nuovo, quella fitta al petto quando disse *la mia* stanza. C'era la mia stanza e c'era la sua. Non c'era la *nostra* stanza. Voleva dire che non c'era più un "noi"? Gli voltai nuovamente le spalle.

«Non sono solo finestre, però. Servono anche da illuminazione.» schiacciò un altro tasto e le finestre diventarono nuovamente opache, ma brillarono con una luce dorata che imitava l'illuminazione indiretta. Premette un altro tasto e apparve una fila di piccole luci bianche lungo gli angoli dove le pareti si univano al soffitto.

Andai verso una bassa libreria che si estendeva per tutta la lunghezza della parete perpendicolare alle finestre e ai sedili. In alto c'era una serie di fotografie incorniciate. Una del mio cavallo, Snowball, che era ancora al ranch, ad Anza. Una di me e Heath quando eravamo andati in gita a Palm Springs, quando eravamo in seconda superiore. Una di mia madre sulla sua giumenta preferita, Rusty. E una delle splendide fotografie del tramonto nel deserto che Heath aveva fatto nell'Anza-Borrego State Park. E una di Adam e me in piedi vicino alle Diamond Falls, la spettacolare cataratta a St. Lucia, la mattina dopo la prima volta che avevamo fatto l'amore. Mi si strinse il petto guardandola. Eravamo così felici, così innamorati, anche se a quel punto nessuno dei due lo avrebbe ammesso, né con l'altro e nemmeno con se stesso. Presi la fotografia, ammaliata dal fatto che quelle due persone fossero le stesse che erano lì, in quella stanza, che andavano d'amore e d'accordo anche se si sentivano lontane chilometri l'una dall'altra.

«Allora, che cosa ne pensi?»

Deglutii e rimisi a posto la fotografia. Non osavo parlargli del mio disappunto. Aveva fatto un lavoro magnifico, meraviglioso. Un gesto veramente gentile. Mi appiccicai un sorriso sulla faccia e mi voltai verso di lui.

«Non riesco a credere che lo abbia fatto. Non sapevi nemmeno se sarei tornata.»

Lui appoggiò il telecomando e alzò le spalle. «Beh, lo speravo. E volevo essere sicuro che fossi comoda. Quindi, l'ho fatto fare, casomai servisse.»

Casomai. Aveva speso migliaia e migliaia di dollari per una ristrutturazione d'urgenza solo "casomai".

Adam si avvicinò a me, mi fissò negli occhi. Io stavo ancora fingendo di sorridere radiosa. Mi mise una mano sulla guancia e i miei occhi si chiusero da soli. Ogni tocco da parte sua era magia pura, come mille parole, sentimenti e gesti tutti racchiusi in un secondo netto. Le sue dita mi sfiorarono la guancia. «Come ho detto, voglio prendermi cura di te.»

Era vero, voleva prendersi cura di me, da quindici metri di distanza, dall'altra parte di un lungo corridoio e separati da due porte.

Fece una smorfia. «Va tutto bene? Sembri distratta.»

«Credo di aver bisogno di vomitare. E non è il caso che tu lo veda.» Cercai di reprimere l'ondata di nausea che mi stava travolgendo come uno tsunami.

Mi voltai, entrai in bagno e m'inginocchiai, nella familiare posizione di preghiera davanti agli dei di porcellana. Anche se i primissimi, orribili giorni dopo il primo round di chemio erano alle mie spalle, mi sentivo ancora male, almeno una volta al giorno, a volte di più. Forse era quello il vero motivo per cui Adam aveva deciso di installarmi nella mia stanza, in modo da non dovermi sentire vomitare ogni giorno. E forse, per fortuna, avrebbe significato che sarebbe rimasto nell'altra stanza mentre lo facevo.

Capitolo Dodici
Adam

RESTAI PER UN ATTIMO INCHIODATO SUL POSTO MENTRE Emilia vomitava nel wc. Ero bloccato dall'incertezza, perché la prima cosa che avrei voluto fare era andare a confortarla, ma lei mi aveva specificatamente ordinato di restare lontano.

Andai nello spogliatoio e presi una coperta e qualche cuscino e glieli portai. Era sconcertante, perché non aveva praticamente mangiato niente mentre era da Heath. Che cosa diavolo poteva avere nello stomaco da vomitare?

Era carponi, con la testa sopra il WC e i lunghi capelli sciolti intorno a lei. Glieli tirai indietro.

«Che cosa non hai capito nella frase "non c'è bisogno che lo veda"?» disse con la voce soffocata, ma dal suo tono si capiva che era più costernata che irritata o arrabbiata. Non mi spostai, le tenni semplicemente i capelli mentre le mettevo accanto la coperta e i cuscini.

«A che cosa servono?» mi chiese.

«Per le tue ginocchia, e la coperta nel caso che faccia freddo sul pavimento.»

Fece un altro verso soffocato e poi si rialzò, pulendosi la bocca con il dorso della mano. Riempii d'acqua un bicchiere e glielo porsi perché potesse sciacquarsi la bocca. «Sei incredibilmente dolce.»

Mi sedetti accanto a lei sul pavimento. «Ssst. Non farlo sapere in giro. Comunque il mio team di sviluppo non ci crederebbe.»

Dopo essersi sciacquata la bocca, Emilia si rilassò e mi osservò con quel suo sguardo enigmatico. Sembrava… triste. Sentii qualcosa stringermi il petto. In quei giorni sembrava sempre triste.

Appoggiandosi ai talloni, mi rivolse un sorriso spento. Le presi il bicchiere vuoto. «Hai bisogno di aiuto per alzarti?»

Lei stava giocherellando con i capelli, facendosi passare tra le dita la parte che le avevo tenuto dietro la testa. «Io, mhmm, preferirei restare qui ancora un po', nel caso…»

Dandomi un'occhiata, prese uno dei cuscini che le avevo portato e se lo ficcò sotto il sedere, sospirando soddisfatta. Appoggiò l'altro contro la parete e si appoggiò.

«Mhmm, forse potrei procurarti una poltroncina dove sederti per questi episodi.»

«Una poltrona da toilette?» disse sorridendo. «Al tuo arredatore verrebbe un infarto.»

Io alzai le spalle, appoggiandomi al mio pezzo di parete rivestita di marmo, con il freddo che penetrava attraverso la camicia. Ero lieto che lei avesse la coperta per tenerla calda. Non stavo scherzando. Avrei mandato un'email al mio arredatore per trovare qualcosa che andasse bene. Poteva chiamarla poltrona da toilette, o divano da gabinetto, o in qualunque altro modo.

«Allora, c'era un'altra cosa che volevo darti» dissi. Presi una scatoletta dal taschino della camicia.

Lei diede un'occhiata e deglutì e mi resi conto che la sua esitazione era dovuta al fatto che era un astuccio da gioielliere.

Non erano successe belle cose l'ultima volta che le avevo dato un astuccio da gioielliere. Lo aprii, per placare la sua paura che fosse un altro anello di fidanzamento. Inoltre chi mai avrebbe fatto una proposta di matrimonio sopra un WC?

«Prendila, non morde.»

Lei mi mostrò la lingua. «Attento, amico, non vorrai che ti respiri addosso il mio fiato vomitoso.»

«No, ho la sensazione che potrebbe essere un'arma letale.»

«Non esiste un drago che tu possa immaginare, nemmeno con la tua mente contorta, che abbia un alito più letale.»

Mi chinai in avanti e lei tolse il gioiello dalla scatola, con la catena d'oro che penzolava. Guardò l'oggetto e poi alzò gli occhi, fissandomi con un'espressione interrogativa. «Una bussola?»

Annuii.

Un altro lavoro d'urgenza, questa volta dal gioielliere, che aveva disegnato la faccia di un'antica bussola d'oro con un fondo piatto di lapislazzuli blu scuro e, sulla superficie, la sagoma di una costellazione fatta con piccoli diamanti.

«Sembra il logo della tua società.»

Ero lieto che l'avesse riconosciuto. «Quasi. Sono entrambi basati sulla costellazione del dragone.»

Emilia annuì, sfiorando la superficie con le dita. «Ha un significato speciale, allora, a parte essere il nome della tua ditta?»

«Volevo che lo avessi, come promemoria.»

Lei si mise al collo la collana e la bussola si appoggiò sul suo petto. La catena era lunga e pendeva appena sopra il suo seno sopra la t-shirt grigia e larga che indossava. «Che cosa dovrebbe ricordarmi?»

«Quella del dragone è una costellazione accanto alla stella polare. È sempre nel cielo, a qualunque ora del giorno e in qualunque stagione.»

Lei annuì, guardandomi, con un'espressione illeggibile. Le dita lisciarono la superficie di vetro. «Uh, uh...» disse, e sembrava un bambino che stesse ascoltando una storia e invitasse chi la raccontava ad andare avanti.

«È la costellazione perduta dello zodiaco.» Indicai i diamanti che rappresentavano una stella nella testa del drago. «Questa è Thuban. Quattromila anni fa, era lei la stella polare. Ora è stata dimenticata perché l'asse terrestre si è spostato. L'ho scelta come simbolo per la mia società perché mi ricordava di non distogliere mai gli occhi dal mio obiettivo, il mio vero nord. Quindi ho pensato di prenderla come promemoria per te.»

Emilia si concentrò sulla piccola ricostruzione della costellazione. «Il mio vero nord. E che cos'è?»

Avrei tanto voluto fornirle io la risposta. Noi. Siamo *noi*, avrei voluto dire. La osservai per un lungo momento, sperando che potesse capirlo da sola. Non era una cosa che potessi dirle io. «Dovrai capirlo da sola. È perché ricordi di essere forte, di avere speranza, di continuare a essere la guerriera che sei.»

Il suo labbro inferiore le sparì nella bocca, e aveva gli occhi pieni di lacrime. Il resto sembrava di ghiaccio. Poi, all'improvviso, balzò verso di me talmente in fretta che pensai che mi si sarebbe schiantata contro. Ma lei mi strinse le braccia intorno al collo, talmente forte da minacciare di impedirmi di respirare.

«Piano, adesso» le dissi ridendo. Wow, la collana aveva ottenuto una reazione mille volte migliore dell'anello di fidanzamento. Quella volta avevo veramente fatto un casino.

Mi tenne stretto, con le ginocchia praticamente sulle mie gambe. La abbracciai, senza stringere. Lei si dondolò tra le mie braccia prima di voltare la testa. «Se non avessi l'alito da vomito, ti bacerei così forte, adesso.»

Mi voltai, le baciai la guancia e la lasciai andare. «Basta vomito per ora?»

«Probabilmente. Vado a lavarmi i denti.»

Mi alzai e uscii dal bagno, mentre lei frugava nella borsa e si lavava i denti. Stavo giocherellando con quelle fichissime finestre quando rientrò. «Le ho fatte installare anche nella mia stanza. Poi andranno in tutta la casa. Ma ho dovuto ordinarle e devo aspettare che le producano. Oltre a tutto controllano quanto calore entra nella stanza, e possono diventare monodirezionali, in modo che la gente non possa guardar dentro mentre tu guardi fuori.»

«Sei un fanatico dei gadget» disse, guardando le finestre che passavano da opache a satinate, a trasparenti per poi tornare come prima, una volta di colpo e un'altra volta gradualmente.

Premetti qualche altro tasto. «Lo dici come se fosse una cosa brutta. Questo telecomando è anche un interfono.»

«Un interfono? Significa che non dobbiamo urlare da una parte all'altra del corridoio per chiamarci?» E la sua voce tremò un po' mentre lo diceva. La guardai, ma finsi di non notarlo. Stavo ancora ricevendo delle strane vibrazioni nervose da lei. Aveva detto che temeva che avremmo intrapreso la stessa strada di merda che avevamo percorso prima. Accidenti, no, se potevo evitarlo. Speravo di avere messo in atto abbastanza salvaguardie per impedirlo.

«Già, nel caso in cui… beh, nel caso in cui avessi bisogno di me.» Le mostrai qual era il tasto da premere. «Ce n'è uno nel tuo bagno ed io ne ho uno nella mia stanza, nel mio ufficio e anche dabbasso.»

«Non posso semplicemente suonare un campanello? E farmi portare un vassoio, con te vestito solo con uno Speedo e un farfallino?»

Riuscii a non ridere. «Io non porto gli Speedo.»

Lei mi guardò scherzosa. «Un vero peccato.»

Di colpo, sentii il calore salirmi al collo. Il modo in cui mi stava guardando... dovetti fare un respiro profondo e rammentarmi che era malata. Ci sarebbe stato tempo per *quello*, nonostante il mio corpo protestasse ferocemente. L'avevo appena vista sul pavimento, che vomitava.

Prima di poter infilare un altro pensiero di protesta, però lei si mosse cautamente verso di me, mettendomi le mani intorno al collo, unendole per poi tirarmi giù per un bacio.

Sentii il sapore di menta piperita del suo dentifricio e un altro gusto, forte e medicinale, come se avesse usato un collutorio. Le sue mani si strinsero intorno al mio collo e il bacio diventò più profondo quando Emilia aprì la bocca. Premette il petto contro di me e... aspetta, che cosa dovevo ricordare?

Le mie mani finirono intorno alla sua vita e la premetti contro di me. Emilia stava dicendo qualcosa, ma quasi non la sentii sopra il ruggito del desiderio nelle mie orecchie. Mi stava ringraziando per la stanza, dicendomi che le ero mancato. Aprii la bocca e la assaggiai con la lingua. Inclinai la testa per avere qualcosa di più e...

Mi stava sfuggendo di mano. Tirai indietro gentilmente la testa e lei si alzò sulla punta dei piedi per seguirmi. Quindi feci un respiro profondo e feci un passo indietro, continuando a tenerla intorno alla vita. Lei mi fissò con quegli adorabili occhi castano dorato, con un sorriso tremulo sulle labbra.

«È stato così dolce da parte tua» sussurrò. «Non riesco... non riesco a credere che lo abbia fatto. Ma...» distolse in fretta gli occhi.

«Ma cosa?» la invitai. Se voleva che comunicassimo meglio, non c'era un momento più adatto di quello per cominciare a migliorare.

Lei si tirò indietro, sembrando improvvisamente imbarazzata. Strinse i denti sul suo sensuale labbro inferiore e aggrottò le sopracciglia, come riflettendo. «Pensavo solo che noi... che io...» Fece un respiro profondo ed io aspettai, innervosito dalla direzione in cui ci stava portando quella conversazione. «Quando mi hai chiesto di tornare, pensavo volessi che fossimo di nuovo una coppia.»

Le misi le mani sulle guance per tenerla ferma. «Dobbiamo lavorare sulla nostra relazione. Sono d'accordo. Ma adesso si tratta di rimetterti in salute. Non voglio che tu ti senta sotto pressione. Non voglio permettere alle difficoltà che abbiamo avuto di intromettersi nella tua guarigione.»

«Che cosa ti fa pensare che succederebbe?»

Lasciai cadere le braccia lungo i fianchi. «Questo non è un buon momento per i drammi. E ce ne sono stati troppi tra di noi. È come hai detto prima... che non possiamo continuare a ripetere gli stessi errori. Quindi dobbiamo stare attenti.»

Emilia mi stava guardando, nascondendo a fatica il suo disappunto, giocherellando con la bussola mentre mi fissava a occhi sgranati. «Quindi è perché in precedenza ti ho respinto?»

Scossi la testa. «No, non si tratta di chiuderti fuori, Mia. Questa stanza dovrebbe essere un posto tutto tuo, il tuo piccolo rifugio. In modo che tu possa guarire.»

«E tu non starai qui con me.» La sua voce era sommessa, tranquilla, ma tremava appena un po'. Non era difficile percepire il suo dolore.

«Certo che starò qui... quando lo vorrai tu. Ma penso che sia veramente importante restare positivi e andare adagio.»

Emilia alzò le sopracciglia, sorpresa, e dall'espressione dei suoi occhi sembrava stesse capendo. «Andare adagio?»

«Quindi, un passo per volta, okay? Abbiamo una strada lunga davanti a noi e parecchio tempo per percorrerla. Ma non oggi. Capiremo come muoverci, ma la cosa più importante adesso sei tu, la tua salute, la tua felicità, il tuo benessere... okay?»

Emilia annuì lentamente, anche se non sembrava completamente d'accordo con quel piano. «Voglio fare un tentativo» disse piano.

«Bene.» E sorrisi.

«Ma a volte potrei sentirmi sola» cominciò a dire, con un sorrisino sulle labbra.

«Mhmm...» dissi, fingendo di riflettere. «Non hai portato il tuo cagnolino di peluche per tenerti compagnia?»

Lei mi diede una manata sul braccio e ci mettemmo a ridere insieme. Non molto dopo, scendemmo in cucina, mano nella mano.

***

Emilia fece la seconda chemio pochi giorni dopo. Questa volta c'erano Heath e le sue due migliori amiche, Alex e Jenna, insieme a sua madre e a me. Ma dopo, invece di tornare a casa di Heath, obbligandomi a trovare delle scuse per accamparmi sul suo divano per tutto il fine settimana, lei tornò a casa mia, al suo posto.

CAPITOLO TREDICI
MIA

"Meta Gaming, o le vite che conducono i nostri personaggi, quando noi non ci siamo" Postato sul blog di *Girl Geek*.

RICORDO LA PRIMA VOLTA IN CUI HO CARICATO UN GIOCO DI simulazione, sapete, quelli in cui i vostri personaggi simulano la vita vera. Hanno una casa, un lavoro, relazioni. E tutte queste cose richiedono del lavoro per mantenerle. Far tenere la casa in ordine e far pulire la toilette al vostro personaggio. Alzarsi alle sei del mattino e vestirsi per andare a lavorare. All'inizio era molto divertente. Passai lunghe ore quei primi pochi giorni inchiodata davanti al computer, cliccando e cliccando, trascurando di mangiare e pulire veramente la mia casa. Poi non ho più toccato quel gioco. Mi ero resa conto che le vite dei miei personaggi erano più noiose perfino della mia.

Questo non succede con gli altri giochi che conosciamo e amiamo. Le avventure eccitanti, sfrecciare attraverso le strade di LA su un'auto rubata o catapultarsi nello spazio per esplorare l'universo nella propria nave spaziale. O... andare in missione attraverso Yondareth con un'arma magica in mano.

Ma che cosa succede quando premiamo il tasto di log-off? Nel mondo dei videogiochi di ruolo multigiocatore, dove migliaia di persone interagiscono su un server, il mondo continua, ma il vostro personaggio svanisce fino a che non vi collegherete un'altra volta. È come se il vostro personaggio si prendesse una breve vacanza dalla vita, entrando in stasi.

E se, invece di quelle fantastiche avventure che vivono i nostri personaggi, o anche le più banali, quelle dei famosi giochi di simulazione, ci collegassimo a un gioco dove il nostro personaggio si collega a un gioco per giocare a un videogioco?

Non sarebbe una forma estrema di meta-escapismo?

***

Il secondo round di chemio non mi mise a terra per troppo tempo. Grazie al cielo. Speravo fosse di buon auspicio per il futuro. Avevo una scheda sul comodino accanto al letto. Aveva dodici riquadri e due ora erano spuntati. Due fatti, altri dieci da fare. *Uccidetemi subito, per favore.*

O forse stavo aspettando che entrassero in gioco i miei superpoteri. L'oncologo addetto alla chemio, un uomo meraviglioso con la tipica calvizie maschile, ammirò la mia criniera di capelli, avvertendomi che sarebbero probabilmente caduti presto. Passandosi la mano sulle sue chiazze nude, disse: «Almeno i suoi ricresceranno!»

Ovviamente gli scherzi non valevano un cancro, ma li preferivo all'autocommiserazione.

Voltai la scheda a faccia in giù sul comodino; non avevo nessuna voglia di pensare ai dieci round che mi restavano. Invece studiai il gruppo di statuine che mi aveva regalato William. Erano dipinte in modo così preciso, dettagliato, con le ombreggiature perfette. Perfino la piccola base su cui erano appoggiate era dipinta in modo da simulare l'erba o la terra o la pietra. C'era la Guida con la mappa e il sestante. La Guardia del corpo completa di armatura. Il Giullare con il suo buffo cappello e i vestiti dai colori sgargianti. A volte passavo ore a fissarli, a risistemarli. Fingendo che rappresentassero le persone nella mia vita.

Passavo anche un sacco di tempo a giocare a Dragon Epoch. Dato che erano i momenti in cui nessuno dei miei amici, eccetto Adam, poteva collegarsi, lavoravo sulla missione segreta, intoccabile per lui. Sapevo che non era il caso di chiedergli suggerimenti o cercare di ottenere altri indizi. Una volta aveva pensato di essere fin troppo generoso dandomi l'elusiva parola "giallo" come indizio. Alla fine si era rivelato un indizio valido, ma talmente generico da essere quasi inutile.

Dopo la nostra chiacchierata sul chiedere aiuto, e il semplice fatto che *avevo* costantemente bisogno di aiuto, lavorare sulla missione era un modo per far valere la mia indipendenza e fare qualcosa da sola. Passavo lunghe ore a letto, con il laptop sulle ginocchia, cercando risposte su come procedere con la missione.

Ma non arrivavo da nessuna parte e appena mi sentii meglio, la frustrazione mi spinse fuori dal letto. Decisi di fare una doccia.

Anche se mi ero preparata per l'inevitabile perdita, fu comunque uno shock quando mi rimase in mano la prima ciocca di capelli. Era secca e morta come le foglie d'autunno e abbandonò la mia testa senza resistenza.

Tirai forte il fiato, attraversata da una pungente fitta di allarme, con il cuore che batteva forte nel petto per la paura. Ne strappai altre quattro o cinque manciate e le lasciai cadere sul pavimento. Anche se questa perdita non era niente rispetto a quella che avevo già subito, era comunque qualcosa che mi ricordava tutto quello che il cancro mi stava portando via. Questa perdita poteva anche essere temporanea, ma serviva da fondamentale promemoria di tutto ciò che avevo perso. Respiravo affannosamente e le lacrime mi bruciavano gli occhi.

Lo scarico stava cominciando a intasarsi con l'acqua che usciva dal soffione quando finalmente smisi di tirare e strapparmi i capelli. Mi toccai il cranio a chiazze. La pelle lì era delicata, sensibile.

Penso di aver tentato di essere coraggiosa per almeno sessanta secondi, ma mi lasciai travolgere in fretta e cominciai a tremare per la rabbia e l'angoscia, con le lacrime che scendevano sulle guance come le gocce dal soffione della doccia. Fanculo, cancro, per essere riuscito a rubarmi ancora un'altra cosa... i capelli e tutto ciò che rappresentavano: giovinezza, bellezza, femminilità.

Quando la doccia cominciò a traboccare sul pavimento del bagno, ero crollata e singhiozzavo cercando di estrarre i capelli dallo scarico per sturarlo.

Il mondo intorno a me cominciò a girare e mi si rovesciò lo stomaco. Avevo voglia di vomitare, ma riuscii a contenermi. Non ebbi altrettanto successo con le lacrime e a causa loro non riuscivo a vedere che cosa diavolo stavo facendo e l'acqua cominciò a diventare fredda mentre io diventavo sempre più frenetica.

All'improvviso sentii una ventata di aria fredda e l'acqua smise di scendere. Rimasi rannicchiata sul pavimento della doccia, ripiegata su me stessa, un relitto.

Adam s'inginocchiò nell'acqua accanto a me. «Mia, alzati.»

Ma io non mi mossi. Mi nascosi la faccia tra le mani. «Non voglio che mi veda.»

«Ti ho già vista nuda. Dai, vieni, stai tremando.»

«Portami un asciugamano» piagnucolai.

Aveva già visto tutto, era vero. Ma non così, non quella versione segnata, danneggiata, pelle e ossa. Lo avrei disgustato. Lo sapevo. Mi disgustavo da sola tutte le volte che mi vedevo allo specchio.

Quella pappamolle codarda era ben lontana dalla donna sicura di sé che una volta si era tolta il costume da bagno per mostrarsi a lui prima di invitarlo a fare la doccia con lei. Allora ero stata sicura del mio corpo. Lo avevo desiderato e avevo voluto che lui desiderasse me. E lui mi aveva desiderato, *tanto*.

Questo corpo apparteneva a una donna malata. Un guscio. Una piagnucolante, patetica pappamolle. Perché insieme a tutte le perdite fisiche: il peso, la gravidanza e ora i capelli, c'erano le perdite che non si vedevano: la sicurezza, l'indipendenza, l'autonomia. Il cancro mi stava lentamente ma sicuramente spezzando. Non conoscevo quella ragazza. Non era *me*. Era la cosa più lontana da me che avrei potuto immaginare. E non avevo dubbi che anche lui la pensasse allo stesso modo. Mandai giù quella vergogna sempre presente. Mi pungeva la gola come un pezzo di vetro frastagliato.

Due secondi dopo, Adam aveva un asciugamano teso davanti a me, con la testa girata di lato per non vedere. «Alzati, non sto guardando.»

Lentamente, mi alzai e andai verso l'asciugamano, avvolgendomelo addosso. Lui tenne la testa voltata mentre andava a prendere il morbido accappatoio dal gancio nell'angolo e lo alzava per invitarmi a mettermelo. Poi si voltò e guardò la doccia, che era ancora intasata. Afferrò il cestino dei rifiuti ed entrò nella doccia piena d'acqua, con le gambe dei jeans oramai completamente fradice. Sturò lo scarico, togliendo le ciocche di capelli. L'acqua ricominciò a scorrere velocemente.

Tremando, osservavo nello specchio la sua faccia impassibile. «Pulirò *io* questo disastro. Per favore, lasciamelo fare.»

Adam non mi guardò, afferrò altri asciugamani per raccogliere l'acqua sul pavimento. «No.»

«Ma…»

«Tu non pulirai *niente*. Non tentarci nemmeno.»

«Adam…»

Lui si fermò, si raddrizzò e mi guardò nello specchio, ancora con il cestino dei rifiuti in mano. Incrociò il mio sguardo, con il volto mortalmente serio. «Non discutere con me, Mia. Tu non pulirai niente. Sei un'ospite. I miei ospiti non puliscono.»

Un'ospite. Quella parola suonava così strana. Avevo vissuto lì. Per tre mesi quella era stata casa mia. Adam una volta l'aveva definita casa *nostra*. Ma ora ero un'ospite. Andarmene via indignata doveva avermi declassato al rango di ospite.

Adam si voltò e finì di asciugare, poi prese gli asciugamani bagnati e li buttò nel secondo lavabo. «Dirò a Cora di far venire il personale delle pulizie in mattinata.»

Non avevo avuto l'opportunità di guardare il mio riflesso nello specchio fino a quel momento. Ciò che vidi quasi mi tolse il fiato per lo shock. La mia testa sembrava una pecora che avesse qualche strana malattia della pelle. Ciuffi di capelli appesi a un filo. Grosse chiazze completamente calve e qualche ciuffo ancora saldamente al suo posto.

Mi stavo preparando per quel momento da quando mi avevano prescritto la chemioterapia. Ma mi colpì comunque, togliendomi il fiato. Tirai su col naso e sbattei gli occhi, combattendo fieramente contro le lacrime. Adam finì di rassettare il bagno e poi si raddrizzò, guardandomi mentre mi esaminavo allo specchio.

«Mia, fai un respiro profondo.»

E così feci. Era tremolante e debole, come il resto di me. «Sembro una lebbrosa.»

Adam si mise dietro di me, allungando le braccia per allacciarmi l'accappatoio che avevo lasciato aperto (ma, grazie al cielo, ero ancora coperta dall'asciugamano). La sensazione delle sue braccia intorno a me era emozionante ed estranea allo stesso tempo. Avrei voluto che mi stringesse, che mi sussurrasse all'orecchio che per lui ero ancora bella. Evitai il suo sguardo nello specchio.

Non ero più bella per nessuno.

«Vieni con me» disse Adam, prendendomi per mano e portandomi fuori dal bagno. Mi tirò attraverso la mia stanza e nel corridoio fino alla sua suite.

«Dove stiamo andando?»

«Nella mia stanza» rispose tranquillamente.

«Questo lo vedo. Perché?»

«Fidati di me.»

Lasciai che mi tirasse con la mano stretta nella sua. Attraversammo la sua stanza ed entrammo nel suo bagno. Adam si fermò e si chinò a prendere qualcosa dall'armadietto in basso. Quando si raddrizzò aveva un sorriso ironico.

Mio malgrado scoppiai a ridere quando vidi che cosa aveva in mano. Una macchinetta taglia capelli elettrica.

«Posso avere l'onore?» disse Adam agitandomela davanti. «Ho sempre sognato di poter rasare la testa di una bella donna.»

«Schizzato.» Strinsi gli occhi guardandolo. «Chiudi quel cazzo di becco e accendi quel coso.»

Lui sogghignò. «Oh, sì, per favore, dimmi le porcherie. Fammi male, baby.»

Gli diedi scherzosamente uno schiaffo sul torace con il dorso della mano. Presi un asciugamano e lo appoggiai sopra il lavabo. «Non voglio essere responsabile per l'intasamento di un altro scarico.»

Poi mi piegai sopra l'asciugamano mentre lui inseriva la spina della macchinetta. La appoggiò delicatamente contro la nuca, spostandola in avanti. Era fredda e mi pizzicava il cuoio capelluto, ronzando contro la pelle sensibile. Chiusi gli occhi, aspettando che finisse.

«Dio sia lodato. Ci siamo liberati di quei capelli bianchi con quel rosa e il viola. Orribili capelli da *My little pony*. Non sono mai stato tanto contento di veder sparire dei capelli.»

Ingoiai una risata. «Erano biondo platino, stupidone.»

«Stupidone! Ah, puoi fare di meglio. Forza, dai, colpisci duro.»

La macchinetta scivolò dietro l'orecchio, facendomi il solletico. Cominciai a ridere. «Bastardo. Stronzo. Coglione.»

«Ti sto rasando tutti i capelli. Sarai la versione femminile di Humpty Dumpty.»

«Fanculo, testa di cazzo» dissi a denti stretti.

«Maledizione, il riflesso della luce sulla tua testa mi sta accecando. Non riesco a vedere niente.»

Appoggiò apposta la macchinetta contro la mia nuca sensibile ed io strillai, ridendo. «Cazzo a spillo.»

«Tuo marito è Mastro Lindo?»

«Sarà meglio che ti metta a correre appena finito questa merda, perché quando ti acchiapperò, ti prenderò a calci in culo.»

«Sembra eccitante» rispose Adam, spegnendo la macchinetta. «Fatto.»

Io non mi mossi per qualche minuto, facendo respiri profondi.

«Sei pronta? Hai bisogno di un discorso d'incoraggiamento?»

«Chiudi il becco, stronzo» dissi, poi mi schiarii la voce, mi raddrizzai e mi guardai allo specchio.

Sì, ero senza parole. Sembravo il dottor Male del film *Austin Powers*. Il mio sguardo volò ad Adam, che mi stava osservando attentamente, probabilmente aspettandosi un altro crollo.

Quindi alzai il mignolo, me lo portai alle labbra e dissi: «Lo chiamerò mini-me», nella migliore imitazione di Mike Meyers che riuscii a inventarmi.

Il bel viso di Adam si aprì in un sorriso. Si rilassò, come se si sentisse sollevato.

Alzai la mano a toccarmi il cuoio capelluto nudo. «Merda, è così strano.»

Lui mi mostrò la macchinetta taglia capelli. «Vuoi rasare i miei adesso?»

«Non pensarci nemmeno. Come farebbero le piccole, arrapate stagiste a fantasticare di passarti le dita tra i capelli se fossi calvo come me?» *E come farei io a fantasticare sulla stessa cosa?* Aggiunsi mentalmente.

Adam sbuffò in tutta risposta. Mi passai nuovamente la mano sulla testa. «Prova a toccare questa roba. È stranissimo.»

Adam depose la macchinetta e passò obbediente la mano sulla mia testa. Mi diede un'occhiata sensuale nello specchio. Una che, in altre circostanze, mi avrebbe convinto in fretta a togliermi le mutandine. «Merda, mi sto eccitando.»

Gli diedi una leggera gomitata nello stomaco duro come la pietra e lui ansimò come se l'avessi colpito con una trave.

«Sei la donna calva più sexy che abbia mai visto.»

«Fottiti.»

Lui alzò le mani in segno di resa. «Che c'è? Sono serio. Ilia, dal primissimo film di *Star Trek*? L'hai visto? Quello degli anni Settanta?»

Strinsi gli occhi guardandolo. «Molto, molto tempo fa.»

«Già, era quella tipa Deltana. Talmente seducente che fare sesso con lei uccideva ogni maschio umano che cercava di scoparla. Comunque non era sexy come te.»

Mi voltai a guardarlo, incrociando le braccia sul petto. «Dici un mucchio di stronzate.»

«Non è vero. Hai visto *V per Vendetta*? La ragazza calva in quel film, Natalie Portman. Era sexy. Molto sexy. Ma, ripeto… non quanto te.»

Piegai la testa, cercando di nascondere il fatto che stavo ridendo. «Conosci altre donne calve?»

«Demi Moore in *G. I. Jane*. Nemmeno vicina al tuo livello di figaggine.»

«Hai fatto una ricerca su Internet per scoprirle o cosa?»

Adam mi diede un'occhiata divertita. «Guardo un mucchio di film.»

Tornai a guardarmi allo specchio, passandomi una mano sul cuoio capelluto. Adam venne alle mie spalle e mi mise nuovamente una mano sulla testa. Si piegò verso di me come se volesse baciarmi. Il mio cuore accelerò e piegai leggermente indietro la testa, aspettando il bacio. Mi avrebbe baciato? Mi desiderava ancora?

Ma prima che mi toccasse, lo guardai irrigidirsi e tirarsi indietro quasi altrettanto in fretta. Incrociammo gli sguardi ed io deglutii.

«Ripley» disse.

«Cosa?»

«Ripley, in *Alien*. Sai... Sigourney Weaver.»

Lo guardai con una smorfia sul volto. «Lei aveva i capelli.»

«No, non nel terzo film, era calva... calva come te.»

«Hai veramente visto il terzo film? Ho sentito dire che faceva cagare.»

«Tu sei comunque più sexy della calva Ripley nel film Alien che faceva cagare.» alzò le spalle. «Ho visto anche un mucchio di brutti film.»

Mi guardai di nuovo. «Almeno per ora ho ancora le sopracciglia e le ciglia... per ora.»

Adam alzò di nuovo le spalle. «Magari resteranno.»

Lo guardai, alzando anch'io le spalle. «Forse sì o forse no. Non è che abbia intenzione di far colpo su qualcuno.» *Eccetto lui.*

«Metterai una parrucca?»

Il pensiero di mettere una pesante parrucca sulla testa non mi attirava per niente. Mi avrebbe fatto sudare e francamente non ne vedevo lo scopo. «Penso che porterò il cappuccio tutti i giorni.»

Adam piegò la testa, studiandomi. «Non è una cattiva idea. Penso di avere un paio di berretti di maglia. Qualcosa da mettere quando fuori non ci sono trenta gradi.»

«Non sopporto l'idea di una parrucca.»

«Oppure potresti portare una bandana. Ma dovresti stare attenta a che colore porti a seconda della parte di OC in cui ti trovi.»

Gli feci un finto segnale da gang. «Già, perché ci sono molte gang a Newport Beach.»

Adam mi sorrise, e il mio cuore mancò un battito. Assomigliava tanto al tizio di cui mi ero innamorata. Quell'uomo brillante e sexy con il sorriso da bambino birichino.

«Penso che stasera richieda gelato e *Farscape*.»

Lo guardai sorpresa. «*Farscape*?»

Adam mi guardò alzando le sopracciglia. «Seriamente? Non hai mai visto *Farscape*? È semplicemente la migliore fiction di fantascienza mai data in TV. Dovrò obbligarti a guardarne una maratona una volta o l'altra, in modo che tu possa apprezzarne la genialità. E anche lì c'è una donna calva e sexy. Zahn. Non sexy come te, ovviamente. Ed è azzurra.»

«Lieta di sapere di essere più sexy di una donna azzurra calva.»

Solo, non potevo mangiare il gelato. La dieta della chemio non permetteva latticini, e nemmeno la soia. In quel senso ero doppiamente fottuta. E nemmeno yogurt gelato. Adam borbottò qualcosa sull'ordinare una macchina per le granite.

Restammo seduti sulle poltrone nella sua sala audiovisiva a guardare gli episodi di quella serie degli inizi degli anni 2000. Riuscii a guardare i primi due episodi, il bizzarro ma fantastico viaggio, realizzato sorprendentemente bene, di John Crichton, il brillante, muscoloso astronauta terrestre che inavvertitamente scopre come creare un condotto spazio-temporale e finisce dall'altra parte dell'universo, dove le piante si sono evolute in umanoidi, astronavi gigantesche sono creature che una volta erano vive e dove una razza strana, prepotente che assomiglia esattamente a quella umana, chiamata i Pacificatori, comanda con un tirannico pugno di ferro.

Era tardi quando finì il secondo episodio. Adam spense il grande schermo TV e venne a mettersi davanti a me. «A letto, adesso, pelatina.»

«Adesso potrei proprio darti un calcio nelle palle» brontolai sbadigliando.

«Sì, fai proprio paura, visto che non riesci nemmeno a tenere gli occhi aperti.»

«Dov'è il mio fucile da paintball? Potrei veramente *spararti* nelle palle adesso.»

Adam ansimò, come ricordando il dolore. «Guarda che scatenerai la mia sindrome da stress post traumatico da paintball, se parli in quel modo.»

Diedi un calcio poco convinto nella direzione generale del suo inguine e lui mi afferrò la caviglia, ridendo.

«A letto. Adesso.»

Non avevo l'energia per discutere. Era stata una giornata lunga e angosciante.

***

La mattina seguente, una donna minuta come un folletto con i capelli biondi e i tacchi più alti che avessi mai visto, arrivò a casa con parecchie sacche portabiti sulla spalla. L'avevo già incontrata una volta, quando vivevo con Adam, prima della rottura. Era Sonia, la personal shopper di Adam, che arrivava più o meno ogni mese con dei vestiti nuovi per lui.

Quello era stato il giorno in cui avevo scoperto che quello che pensavo fosse il senso dello stile di Adam non era per niente suo. Lui si appoggiava a Sonia per farsi vestire. E lei faceva un buon lavoro. Non solo aveva un gusto perfetto, ma sapeva abbastanza di lui da decidere il suo stile particolare. Non che Adam avrebbe mai indossato qualcosa che non voleva e di solito rimandava indietro alcuni vestiti tutte le volte che c'era una consegna.

Sonia di solito si limitava a far consegnare a casa i vestiti dal negozio dove lavorava nel centro commerciale esclusivo e di alto livello di Newport, Fashion Island. Ma quel giorno era venuta di persona e più tardi avevo scoperto che era stato Adam a chiederle di passare.

Perché Sonia non era solo la personal shopper di Adam, era anche la mia. E anche se l'idea di qualcuno che comprasse i vestiti per me all'inizio non mi aveva entusiasmato, specialmente quando aveva cominciato a parlare delle soluzioni per coprire la testa e delle parrucche, i suoi suggerimenti m'incuriosirono in fretta.

Mi prese le misure e guardammo un po' di riviste. Mi fece una lunga serie di domande sul mio senso dello stile e aveva portato dei campioni di colore. Mi mostrò le varie cose che avrei potuto mettere in testa, dai foulard annodati in modo creativo ai berretti ai "buff", cappelli di maglia sottile, a tubo, che seguivano la forma del mio cranio.

Quando se ne andò, abbracciai stretto Adam e gli diedi un bacio, ringraziandolo. A dire il vero non avevo bisogno di scuse per volergli stare vicino, ma approfittavo di tutte quelle che potevo.

Capitolo Quattordici
Adam

Nei giorni seguenti, sembrò che tutto quello che Emilia faceva fosse dormire, mangiare e guardare episodi di *Farscape* con me. Non ero sicuro se fosse il normale affaticamento dovuto alla chemioterapia o se si trattasse di depressione. Sbrigavo in fretta il mio lavoro nei momenti in cui lei dormiva, scegliendo di non andare in ufficio. Ogni due o tre giorni, Jordan, il mio direttore finanziario, mi portava i documenti importanti che dovevo vedere e, dovevo dargliene atto, chiedeva di Emilia e sembrava preoccupato per lei.

Anche se mi aspettavo "il discorso" che alla fine mi fece.

«Allora, uh… posso chiederti che cosa sta succedendo tra voi due?»

Lo guardai sopra i documenti che aveva allineato per farmeli firmare, senza rispondergli.

«Voi due siete, uh… sai…?»

Cominciai a firmare. «Amici? Sì, siamo amici.»

«Ma non state… insieme…»

«E perché dovrebbe riguardarti?» gli chiesi, togliendo il primo foglio dalla pila e continuando con il secondo.

Lui alzò una mano e distolse nervosamente lo sguardo. «Okay… sto solo cercando di proteggerti, amico. Dopo l'ultima volta…»

Strinsi i denti. «Questa non è l'ultima volta.»

«Ne sei sicuro? Adam tu hai un cuore grande e so che ti senti dispiaciuto per lei, ma sono mesi che ti tiene sulle spine.»

La penna si bloccò ed io mi raddrizzai. «Non mi sento dispiaciuto per lei. Io la amo. Abbiamo superato il passato… o almeno stiamo cercando di farlo, finché dei benintenzionati sollevano di nuovo l'argomento.»

Jordan fece un respiro profondo. «Bene. Okay. Solo… stai attento, okay? Non sai come… andranno le cose.» La sua voce morì poco a poco, e fece una smorfia come se, sentendo quello che stava dicendo, si fosse reso conto di quanto era ridicolo.

Come se dovesse ricordarmi che non sapevo come sarebbero finite le cose. Lo aveva già fatto la sua percentuale dell'ottantacinque percento. Quel numero aleggiava al margine dei miei pensieri ogni maledetto giorno. Mi aveva fatto restare senza parole la prima volta che lo avevo sentito nello studio del medico e lo avevo sepolto sotto una maschera coraggiosa da allora. Ovvio che non sapessi come sarebbe andata finire, ma non mi serviva che Jordan mi rammentasse quella paura fin troppo reale.

Non dissi niente per un bel po', demolendo in fretta la montagna di carte, dando una scorsa a ogni foglio per accertarmi di che cosa stavo firmando. Quando finii, rimisi il cappuccio alla penna e lo guardai.

«Ascolta, capisco quello che stai cercando di dire, ma sto bene, e starà bene anche lei. Ce la farà.»

Jordan annuì, si chinò a prendere il mucchio di carte e poi si fermò, guardandomi. «Sì, ce la farà. E dopo? Cosa succederà dopo?»

«Mi rendo conto che Emilia non è la tua persona preferita...» Probabilmente perché lui preferiva le sue donne stupide come galline ed Emilia aveva un quoziente intellettivo molto superiore al limite di Jordan per una donna. Alcuni uomini erano veramente intimiditi da una donna intelligente. Ma in quel momento non lo sopportavo, per quanto fosse ben intenzionato. Strinsi i denti. «Emilia ha bisogno di amici in questo momento, di sostegno. Perché non puoi farlo, invece di criticarla costantemente?»

Jordan fece una smorfia, senza parlare, spostando il peso da una gamba all'altra.

«So che i miei suggerimenti in passato hanno solo peggiorato le cose per te, ma, beh, se mai vorrai parlarne, io ci sarò per te.»

«I tuoi consigli fanno veramente schifo.» Scoppiai a ridere e lui piegò la testa, sorridendo autoironico.

«Ehi! Mi chiedevo se volessi...» Emilia svoltò l'angolo del corridoio ed entrò nel mio ufficio, ovviamente ignara che ci fosse Jordan. Si fermò sulla porta e fissò Jordan che a volte chiamava la sua nemesi.

Rimasero fermi a fissarsi in silenzio. Lei non aveva niente in testa e Jordan era la prima persona, a parte me, sua madre e la mia governante, che la vedeva senza capelli.

«Ehi, Jordan» riuscì a dire pateticamente, rossa in viso, con il rossore che si stava estendendo alla testa nuda.

«Mia!» disse lui con una voce squillante, come se la nostra precedente conversazione non avesse mai avuto luogo. «Wow, sei...»

«Calva?» lo interruppe Emilia, mettendosi una mano sulla testa, imbarazzata. «Lucida?»

Jordan esitò, impacciato, «Stavo per dire che sei in condizioni migliori di come mi aspettassi dopo due settimane di chemio.»

Mia alzò le sopracciglia. «Oh... oh... grazie.»

«Spero che tu ti senta bene.»

Emilia strinse leggermente le labbra, senza guardarmi. «Mi sento benissimo, in effetti. Mai sentita meglio.»

Jordan non reagì alla palese bugia. Buon per lui. Si mosse a disagio per un momento e poi indicò la pila di carte che aveva in mano. «Sarà meglio che vada, ma sono stato contento di poterti salutare. Sono lieto di vedere che te la stai cavando così bene.»

Sul volto di Emilia apparve per un attimo una smorfia, ma poi lo ringraziò, Jordan prese la sua roba e se ne andò.

«Wow» disse Emilia quando sentì chiudersi la porta d'ingresso. Si voltò verso di me con un sorriso sardonico sulle labbra. «Deve pensare che sia in punto di morte o roba simile.»

Feci una smorfia. «No, non è vero. Cosa te lo fa credere?»

«Jordan non è *mai* stato così gentile con me.»

Mi misi a ridere, e rise anche lei.

«Immagino che se continuerà a essere così gentile, la prossima volta dovrò preoccuparmi di incipriarmi la testa.» Si strofinò ancora una volta il cranio nudo.

«Svergognata! Mostrare tutta quella pelle!»

Lei mi mostrò la lingua.

«Ora mi stai solo torturando» le dissi.

Lei si avvicinò alla scrivania, camminando in modo esageratamente sensuale, ondeggiando i fianchi sottili nei leggings e si mise accanto a me. «Funziona?» mi sussurrò all'orecchio mettendomi le braccia intorno al collo.

«Fffforse.» Chiusi il laptop e roteai la sedia per guardarla, mettendole le braccia intorno alla vita e deponendo un piccolo bacio sulla sua guancia mentre lei si sedeva sulle mie ginocchia. Lei sollevò le ginocchia, appoggiandosi al mio torace.

«Wow» dissi, di colpo molto a disagio per quella vicinanza. Avevo scherzato, ma era passato un po' di tempo e ora lei era seduta su di me con dei leggings molto sexy e una maglietta sottile. Dovetti combattere una battaglia mentale con me stesso per non palparle il sedere. Perché, accidenti, ne avevo proprio voglia.

«Che succede?» le chiesi, un po' incerto.

Lei si spostò contro di me, mandando una fitta non spiacevole nelle mie parti a sud. «Niente, volevo solo salutarti.»

«Okay» dissi, cercando un modo di farla alzare senza ferire i suoi sentimenti.

«Non vai in ufficio oggi?»

«Nooo.»

«Perché no?»

«Hai un altro round domani. Pensavo che potremmo fare qualcosa prima… prima che tu non ti senta altrettanto bene.»

Emilia sospirò. Alzò una mano e la premette di piatto contro il mio petto, strofinando leggermente. Io mi morsi la guancia e cercai di pensare a qualcosa che non fosse che erano passati mesi dall'ultima volta che avevo fatto sesso.

«Va tutto bene?» le chiesi.

«Certo. Mai andata meglio.»

«Adesso non ci sono qui Jordan o tua madre. Non hai bisogno di mentire con me.»

«No, sto bene, veramente. Ho solo ricevuto una strana email.»

«Da chi?

«Da un altro blogger di videogiochi. Il proprietario di GameGlomerate. Vuole rilevare Girl Geek.»

«Stai scherzando?» M'irrigidii, tirandomi indietro per guardarla in faccia.

Emilia sorrise. «Ti dico un sacco di cazzate, ma non questa volta.»

«Quei tizi sono teste di cazzo. Perché vogliono in *tuo* blog?»

Lei mi guardò imbronciata e poi riappoggiò la testa sulla mia spalla. Giocherellò con un bottone accanto al colletto della mia camicia. «Non fare quella faccia sorpresa. È un bel blog.»

«È un blog eccellente. Ma che cosa hanno intenzione di farci?»

Emilia scrollò le spalle. Evitando di guardarmi negli occhi. «Penso che stiano comprando diversi piccoli blog popolari per espandere la loro piattaforma e variare il tipo di lettori.»

Mi misi a ridere. «Potrebbero semplicemente farlo alla vecchia maniera, scrivendo i loro articoli. Ma non saranno mai brillanti come te.»

Emilia non disse niente per un po', continuando a giocherellare con la mia camicia. La guardai attentamente. «Non starai pensando di farlo, vero?»

Lei alzò le spalle.

«Tu non venderai il tuo blog, Mia.»

Lei alzò gli occhi. «È il *mio* blog.»

«Davvero tollereresti che qualcuno arrivi e acquisisca la piattaforma che ti ci sono voluti anni a creare? Tutto quello che hai scritto, il legame con i tuoi lettori, gli altri blogger e i commentatori. Che cosa faresti senza il blog? Perché dovresti venderlo? Non hai bisogno di soldi.»

Lei rimase in silenzio per un po', poi mi slacciò in silenzio un bottone, aprendomi la camicia sul collo. «Non ho detto che ho intenzione di venderlo. Ma a volte... scrivere su DE può diventare inopportuno... specialmente con tutto il nuovo traffico che sto ricevendo per via della missione segreta.»

Deglutii e distolsi gli occhi. La mano di Emilia scivolò al bottone seguente alla base del mio collo.

«Che cosa c'è di tanto strano?»

Lei alzò le spalle. «Sembra sbagliato, in un certo senso... perché tu ed io siamo... perché viviamo insieme.» Non mi sfuggì la sua acrobazia verbale. Nemmeno lei sapeva come stessero le cose tra di noi.

Slacciò il secondo bottone. Decisi che sarebbe stato più sicuro cambiare argomento e farla alzare dalle mie ginocchia. «Ehi, stavo pensando che dovremmo prendere la barchetta elettrica e andare fino alla fine del molo. O possiamo andare nella Fun Zone...»

«Oppure potremmo restare qui» disse lei infilandomi una mano nella camicia.

Feci un respiro profondo, ordinando ai miei ormoni di calmarsi. La sua mano sulla mia pelle nuda stava avendo degli strani effetti sulla mia capacità di pensare. La presi e la tolsi gentilmente da sotto la mia camicia.

«Non andiamo online con Heath e Kat, oggi?» Heath non poteva raggiungerci perché aveva un raffreddore ed Emilia non poteva frequentare nessuno che avesse un qualunque tipo di malattia. La chemioterapia l'aveva resa estremamente suscettibile ai batteri e ai virus, indebolendo il suo sistema immunitario.

Fece una smorfia, osservandomi. «Sì, pensavo che volessero collegarsi.»

«Bene, vuoi uscire e fare una passeggiata prima? Sarai confinata in casa per un po' da domani.»

Emilia sbatté gli occhi e scese dalle mie ginocchia, rimettendosi in piedi. Io quasi sospirai di sollievo.

«Sì, certo, andiamo.»

Mi alzai e le passai accanto per andare a prendere le felpe e mettermi le scarpe. Cercai di ignorare l'occhiata perplessa che mi rivolse. Era un misto di sorpresa e dolore. Ero consapevole di aver appena respinto le sue avance, e che probabilmente avevo ferito i suoi sentimenti. Presi mentalmente nota di parlargliene. Più tardi. Non subito.

Perché in quel momento, se non fossi uscito da lì, avrei probabilmente fatto qualcosa di cui mi sarei pentito, qualcosa che volevo *veramente* fare, tipo tirarmela in grembo e baciarla fino a farle dimenticare chi era. Le avevo assicurato che saremmo andati adagio e probabilmente c'era un disastro che ci aspettava dietro l'angolo, se non mi fossi attenuto a quella decisione. Quindi ordinai al mio corpo di calmarsi mentre uscivamo all'aria fresca, dove non c'era il pericolo di tentazioni.

Capitolo Quindici
Mia

«**P**RENDI QUESTO, COGLIONAZZO DALLA FACCIA verde!» urlai nel microfono della cuffia. Sparando un altro incantesimo di fuoco, impastai un orco vagabondo contro la parete della fortezza che stavamo attraversando combattendo. Obbediente, l'orco prese fuoco e sparì.

«Come sei violenta, Mia.» All'orecchio mi arrivò la voce ridente di Heath.

«Sono proprio di quell'umore» risposi, usando un altro incantesimo di alto livello su un mostro di bassissimo livello e quindi vaporizzandolo. Non c'è niente di più pauroso di una donna sessualmente frustrata che è appena stata respinta dall'oggetto del suo desiderio.

«Che succede, amica?» chiese Kat. «Va tutto bene?»

Strinsi i denti e sparai un altro incantesimo esagerato. «Magnificamente.»

«Okay. Allora, qualcuno sa quando si collegherà FallenOne?»

Mi morsi la lingua. Dopo la nostra passeggiata sulla spiaggia, Adam mi aveva lasciato cominciare con il nostro gruppo mentre lui finiva qualcosa nel suo studio, promettendomi di raggiungerci appena possibile. Non avevo sentito quasi niente di quello che aveva detto perché mi stavo ancora leccando le ferite da prima. Lui era stato dolcissimo con me durante l'intera passeggiata. Ma sapevo che era ancora arrabbiato con me. Perché altrimenti avrebbe continuato a respingermi? E voleva andare adagio, ma quanto? Ero lì solo da un paio di settimane, ma già odiavo il suo piano.

A meno che vi fosse un altro motivo… e quella era l'altra cosa che bruciava. Perché non ero un'idiota. Mi vedevo allo specchio ogni mattina. Ero perfettamente conscia di cominciare ad assomigliare alla Regina dei Borg di *Star Trek*. Tra la pelle pallida, giallognola, le vene scure nelle braccia e la testa calva, ero sicura di essere proprio sexy. Francamente non potevo biasimarlo se si sentiva disgustato, anche se avevo sperato che non succedesse.

Sbattei gli occhi per togliermi il bruciore di quella sensazione, rammentandomi che era tutto temporaneo. Quelle perdite non sarebbero state eterne, a differenza di altre…

Mi concentrai sullo schermo del computer davanti a me. Un'orda di goblin arrivò correndo dall'angolo del nostro corridoio, dove avevamo massacrato i loro cugini orchi. Li distrussi tutti con l'incantesimo di livello più alto che avevo.

«Mia!» sibilò Heath. «Smettila di sprecare la tua magia di alto livello. Ne avremo bisogno più tardi, quando arriveremo dal capo.» Heath si riferiva al grosso mostro cattivo, quello che aveva il bottino migliore, quello che avremmo probabilmente trovato alla fine di quell'incursione.

Il tuo amico, FallenOne, adesso è in linea.

Soffiai fuori il fiato. Beh, a quanto pareva aveva finito di lavorare.

«Accidenti, magari Fallen riuscirà a farti entrare in testa un po' di buonsenso, donna» disse Kat.

Heath esplose in una risata. «Io ho i miei dubbi.»

Inviai in fretta un messaggio privato a Heath.

*Tu a Fragged: "Piantala altrimenti il prossimo che polverizzo sei tu!"

*Fragged a te: "Che cazzo ho fatto?"

*FallenOne si è unito al tuo gruppo.

«Ehi, Fallen» disse Kat. «Riesci a venire da noi? Siamo a metà strada lungo il corridoio sud e Mia sta dando fuori di matto con la sua magia. Ci servirà aiuto quando arriveremo al capo.»

Mi arrivò la voce di Adam dall'auricolare. «Penso di farcela ad arrivare.»

Feci un respiro profondo e guardai fuori dalla finestra. Ero sul sedile sotto la finestra, appoggiata ai cuscini, ma era un po' difficile vedere perché il sole si rifletteva sullo schermo del laptop. Inoltre mi si stava addormentando il sedere a furia di restare seduta nello stesso posto, quindi mi alzai e mi spostai sul letto. Mentre lo facevo, Adam entrò dalla porta, con la cuffia in testa e il laptop in bilico su un braccio.

Mise una mano sul microfono in modo che gli altri non potessero sentirlo. «Stai bene?»

«Sì, certo. Mai stata meglio» dissi, dandogli la mia risposta standard.

Adam fece una smorfia, e negli occhi scuri passò un lampo d'irritazione. «Non hai voglia di giocare oggi?»

Alzai le spalle. «No. Va tutto bene. Sono solo nervosa per domani.»

«Che cosa c'è domani? Con chi stai parlando, Mia?» chiese Kat.

Silenzio. Heath starnutì. Merda. Ero gelata. Kat non sapeva ancora che Adam ed io eravamo, o eravamo stati, una coppia. Non aveva idea di chi fosse realmente FallenOne. Era completamente all'oscuro, come lo eravamo stati Heath ed io un anno fa.

Tutto ciò che sapeva era che avevo tenuto un'asta per vendere la mia verginità: mi aveva dato la sua benedizione, l'unica dei miei amici che *avesse* approvato. E più tardi, quando lo aveva chiesto, le avevo detto che la cosa non era andata a buon fine. Avevamo avuto quella conversazione dopo che Adam ed io ci eravamo divisi a St. Lucia, e poi non ne avevamo realmente più parlato. Era molto più facile tenere a distanza gli amici online di quelli in carne e ossa. E dato che in quegli ultimi mesi tutto quello che avevo fatto era tenere i miei amici in carne e ossa, e il mio ragazzo, a distanza, avevo respinto tutti e ne stavo ancora pagando il prezzo.

Adam aveva ancora la mano sopra il microfono. «Non lo sa ancora?»

Gli rivolsi un'occhiata colpevole e poi mi appoggiai alla testata del letto, appoggiando il computer sulle ginocchia.

«Fallen, arrivi o no? Dai, diamo inizio alla festa» disse Heath, cercando chiaramente di distrarre Kat.

Adam si sedette sulla sponda del letto senza guardarmi e rivolse la sua attenzione al gioco. Cominciò a farsi strada attraverso la stessa fortezza in cui noi stavamo combattendo contro orchi e goblin. Il nostro gruppo era arretrato in un territorio che avevamo già attraversato per andargli incontro.

«*Io* so qual è il problema di Mia» disse Kat, con quel tono malizioso così familiare.

«Qual è?» chiese Heath.

«Frustrazione sessuale.»

Quasi mi soffocai, alzando gli occhi dallo schermo verso i piedi del letto. Adam non aveva distolto lo sguardo dal suo laptop, tutto preso dalla battaglia contro un gruppo di goblin che era appena saltato sul suo personaggio.

«Stai proiettando i tuoi problemi, Kat. Probabilmente hai veramente bisogno di farti una bella scopata» replicai.

«Oh, sono *sicura* che sia un problema tuo. Ma non lo sai perché sei troppo pura e virginale.»

Adam mi diede un'occhiata di traverso e Heath cominciò a tossire forte dall'altra parte del microfono. Beh, francamente non riuscivo a capire se stesse tossendo, ridendo o facendo tutte e due le cose insieme.

«Mhmm» dissi. «Quello non è più un problema.»

«Oddio!» esclamò Kat. «La nostra piccola vergine ha finalmente ceduto dopo che la sua asta è andata a vuoto? Chi era? Quel tizio sexy con cui stavi ballando alla festa per i dipendenti a Vegas?»

Oh, per l'amor di Dio... guardai Adam. Aveva la testa bassa come se fosse concentrato sullo schermo, ma le sue spalle si stavano scuotendo come se cercasse di trattenere una risata.

«Non era poi *così* sexy» dissi e quando Adam mi guardò di nuovo gli mostrai la lingua. Lui mi guardò socchiudendo gli occhi.

«Sto arrivando!» gridò Adam quando il suo personaggio arrivò correndo lungo il corridoio verso il resto di noi con almeno cinque grossi orchi alle spalle.

Premetti il tasto per uno dei miei grossi incantesimi nucleari. Ancora una volta, un'esagerazione, ma ero troppo divertente guardarli cadere come tanti birilli.

«Che ca...» borbottò Kat.

«Ripeto, avremmo potuto usare quell'incantesimo contro il grande capo, Mia. Con che diavolo lo combatterai adesso? Bastoni e pietre? Ti ci vorrà un'ora per riavere quell'incantesimo.» Heath era chiaramente irritato con me.

Alzai le spalle, anche se sapevo che non poteva vedermi. Sapevo che mi stavo comportando da immatura e che probabilmente avrei semplicemente dovuto scollegarmi, visto il mio pessimo umore. Avrei fatto meno danni uscendo dal gioco di quanti ne avrei fatti sparando i miei incantesimi migliori a destra e a manca.

«Mia non si sente bene» disse Adam guardandomi.

E aveva ragione. Lo aveva detto esattamente nel momento in cui avevo sentito il mal di testa aggredirmi. Sembrava che qualcuno stesse infilandomi un paletto attraverso il cranio. Divenni bollente e sudata.

Di colpo quasi non riuscii a tenere il laptop in grembo quando cominciai a tremare. Senza un'altra parola. Adam si alzò e mise da parte il mio computer. «Aspettate, ragazzi, sono AFK e anche Mia» disse Adam, dando il codice universale dei giocatori per indisponibile. AFK significava "away from keybord", lontano dalla tastiera.

Si tolse la cuffia e mi tolse il laptop dalle gambe in due secondi. Prese la coperta che c'era ai piedi del letto e mi avvolse come una mummia.

«Sdraiati» sussurrò.

«Uhm» dissi, portandomi la mano alla testa. «Di solito mi eccito tutta quando mi dici qualcosa di simile.»

L'espressione di Adam era cupa mentre mi stringeva la coperta intorno, sistemandomela sotto il corpo. Io continuavo a tremare.

«Perché hai continuato a giocare se non ti sentivi bene?»

Alzai le spalle. «Mi aiuta a tenere la mente lontana da tutto.» Adam mi premette il dorso della mano sulla fronte. «Sto bene. Vai ad aiutarli ad attraversare la segreta.»

Ma lui non si mosse. «Preferirei aiutare *te*.»

Mi battevano i denti. «Dio, quanto fa schifo. Kat non ne ha idea. Io… io non gliel'ho detto.»

I pensieri di Adam erano insolitamente trasparenti sul suo bel viso quando mi rivolse un'occhiata che significava "non ne sono sorpreso".

«Sì, sì. Lo so» borbottai tra un brivido e l'altro.

«Posso portarti qualcosa? Acqua, qualcos'altro?»

Lo fissai un momento. «Dammi la mia cuffia.»

Adam sembrò stupito, ma si voltò a prendere il mio laptop e la cuffia e me li mise vicini. Mi mise la cuffia in testa e guardai lo schermo. Kat e Heath stavano combattendo contro i goblin e discutendo.

«Com'è possibile che nessuno mi abbia detto che Mia e FallenOne sono una coppia e che vivono assieme?»

Sospirai. Okay, avevo parecchio da spiegare alla povera Kat. Deglutii. «Non è colpa sua, è colpa mia. Ed è una storia troppo lunga che dovrei raccontarti al telefono o su Skype senza i ragazzi intorno.» Alzai gli occhi. Adam aveva preso il suo laptop e si stava mettendo le cuffie, seduto accanto a me sul letto.

«Beh, io preferisco farlo adesso. Loro possono andar fuori a giocare mentre noi parliamo.» La voce di Kat aveva un tono acuto, un misto di dolore e confusione. Perché non bastava che avessi calpestato i sentimenti di Heath, di mia madre e specialmente di Adam. Adesso avrei dovuto pagare il prezzo della stupidità delle mie azioni, a tutti i livelli e con tutti quelli a cui tenevo.

«Non adesso, Kat. Ma presto, te lo prometto. In questo momento mi sento piuttosto da schifo e devo scollegarmi.»

«Che cos'hai che non va? Heath ti ha tossito addosso o qualcosa del genere?»

«No, Kat. Ho il cancro.» Quelle tre orribili parole pesavano su tutto come un'ancora, o un'incudine che cadesse dal cielo.

Adam strinse la mano intorno alla mia, ma stava guardando il suo schermo, e riusciva ad aiutare gli altri a combattere i mostri con una mano sola. Solo lui poteva fare una cosa simile. Gli strinsi anch'io la mano.

«Ah, ah, sì. Okay. No, davvero, che cos'hai che non va? Fallen non ti ha attaccato lo scolo o roba simile, vero?»

«Mi piacerebbe che fosse uno scherzo» le risposi.
Silenzio.

Sentii Heath tossire dall'altra parte. Adam ed io ci scambiammo un'occhiata. Io diedi un colpetto al microfono. «Kat, sei ancora lì?»

Sentii un lungo sospiro e poi Kat si schiarì la voce. «Uh, uhm, sì. Sono qui» disse con la voce che tremava. Sembrava fosse sull'orlo delle lacrime.

«Mi-mi dispiace. C'è parecchio che non ti ho detto.»

L'unica cosa che sentii dall'altra parte della linea fu che stava tirando su col naso.

«Va tutto bene, Kat?» dissi dopo un po'.

«No. No, non va tutto bene» rispose con la voce tremante. «Devo scollegarmi. Ci sentiamo dopo.»

Sentii lo stomaco che si stringeva guardando lo schermo. Persephone, il suo personaggio, si teletrasportò lontano dalla segreta in un momento critico, proprio quando un branco di goblin, troppi perché potessimo occuparcene, attaccò i nostri personaggi. Era la nostra guaritrice e non c'era modo che potessimo sopravvivere, avendo solo i miei miseri incantesimi ad aiutarci.

I nostri personaggi morirono dopo pochi secondi e aleggiarono come fantasmi nel cimitero. Heath fece un lungo sospiro. «Tempismo eccellente» borbottò tra un colpo di tosse e l'altro.

«Mi dispiace» sussurrai. «Non avevo idea che l'avrebbe presa così male.»

«Mia, io ti voglio bene, ma a volte sei fottutamente ottusa» disse Heath.

Diedi un'occhiata ad Adam, che aveva stretto i denti alle parole di Heath. Ma non disse niente. Non riuscivo a capire se fosse d'accordo con Heath o si preparasse a difendermi. Invece rimase in silenzio.

«Lo so» ammisi. «Forse ho solo bisogno di crescere un po'.»

«Bambolina, non c'è nessuno al mondo che ti voglia bene come me. E non voglio che tu sia troppo dura con te stessa. Le parlerò. Le passerà. Tu cerca di essere forte. Vorrei poter essere lì con te domani. Ma è il terzo round. Ne mancano solo altri nove.»

Ricaddi contro i cuscini, con le lacrime che mi bruciavano gli occhi. Solo altri nove round di totale e puro inferno. Evviva!

Ci scollegammo e Adam rimase seduto accanto a me a lungo.

Alla fine trovai il coraggio di porgli la domanda scottante che mi girava in testa da tutto il giorno. «Allora, questo pomeriggio, quando mi sono seduta sulle tue ginocchia… non ti piaceva?»

Adam non rispose per alcuni, pesantissimi, minuti. Poi si schiarì la voce. «Mi piaceva. Un po' troppo probabilmente.»

Sbattei le palpebre. Mi aveva fatto sentire un pochino meglio. «Lo dici come se fosse una brutta cosa.»

Lui si spostò per guardarmi in faccia. «Avevamo deciso di andare piano, ricordi?»

«Quella era un'idea tua, non mia.»

Un altro lungo silenzio. «Vero.»

«Allora, definisci "piano".»

Adam inspirò forte e poi rilasciò piano il fiato. «Forse potremmo andare a orecchio.»

«Quindi questo significa… niente baci, niente toccarsi, niente pomiciate?»

Adam sembrò fortemente a disagio. «Potremmo andare a orecchio?» ripeté.

Io sospirai forte e lui mi passò la mano sulla testa nuda, poi sulla guancia. Mi stavo addormentando ma sentii il suo bacio sul mio cranio liscio prima che si alzasse e se ne andasse.

Heath aveva ragione. Ero fottutamente ottusa. E ora che me ne stavo rendendo conto, sembrava che non avessi idea su come riuscire a tirarmi fuori dal buco che mi ero scavata da sola. Mi trovavo ad avere più che mai bisogno della gente intorno a me, ma loro erano più distanti, a causa delle mie stesse azioni. Mia Strong era un'isola, bene. Ma era anche fottutamente sola e moriva dal desiderio che qualcuno la salvasse da quella solitudine.

Sognai le statuine di William. Erano a grandezza naturale e animate, eppure erano ancora fatte di metallo. Potevano parlare con me solo con leggerissimi sussurri, ma sembrava che parlassero tutte assieme ed io non riuscivo a sentirle sopra il rumore del vento che ruggiva e la tempesta tutta intorno a me. Ma sapevo, ne ero sicura, che avevano cose importanti da dirmi. Cose d'importanza vitale. Cose che dovevo sapere per la mia stessa sopravvivenza. Ma non riuscivo a sentirle.

Mi svegliai alle due del mattino, scottavo ed ero appiccicosa di sudore. Avevo la bocca secca, il pigiama fradicio e un mal di testa grande come la villa in cui abitavo adesso. Barcollando giù dal letto, andai a buttarmi un po' d'acqua fredda sulla faccia e su tutta la testa, inzuppando ancora di più la t-shirt e i leggings.

Era maledettamente ingiusto che la mia ultima notte di libertà prima di un'altra chemio fosse rovinata da quest'assaggio di menopausa. Come se avessi bisogno che mi ricordassero che ora ero sterile e senza vita come l'interno della luna. E probabilmente altrettanto invitante, come avevano dimostrato le mie avance respinte.

Uscii dal bagno barcollando, ora completamente bagnata, e mi tolsi i vestiti, prendendo una sottile canottiera e i pantaloni di un pigiama. Ma mi sentivo soffocare nell'aria ferma della mia stanza. E ancora non avevo idea di come aprire le mie nuove, sofisticatissime finestre.

Inoltre non avevo voglia di tornare a letto per girarmi e rigirarmi per ore, pensando all'apocalissi certa che mi avrebbero iniettato nelle vene tra qualche ora. La notte prima di ogni round di chemio assomigliava parecchio a come immaginavo dovesse sentirsi un ex-carcerato che stesse aspettando di tornare in galera. Sapeva esattamente che l'inferno lo aspettava, e sapeva anche di non poter fare niente per evitarlo, una volta che la giuria lo aveva dichiarato "colpevole di tutti i delitti imputatigli".

La flebo sarebbe assomigliata al freddo peso dei ferri intorno ai polsi e alle caviglie. Il gusto metallico, quasi istantaneo, in bocca e il sordo mal di testa sarebbero stati il suono delle porte della prigione che si chiudevano, incarcerandomi per giorni.

Odiavo la chemioterapia quasi quanto odiavo il cancro. E adesso mi stava lentamente togliendo la voglia di vivere, di sopravvivere, di lottare.

Con un sospiro tremante, mi strofinai le mani sul cranio nudo, il gesto che adesso sostituiva quello di far roteare i miei lunghi capelli tra le dita. Uscii piano dalla porta del mio piccolo rifugio, che sarebbe presto diventato la mia prigione, e guardai nel corridoio, verso la stanza di Adam.

Aprii e chiusi parecchie volte i pugni, lottando contro il desiderio di percorrere il corridoio e scivolare nel letto accanto a lui. Lo desideravo da morire, desideravo *lui* da morire. Volevo ascoltare il suo respiro tranquillo, accoccolarmi contro il suo corpo duro, sentire le sue braccia che mi cingevano. Sentire le sue labbra accarezzarmi il collo. Ma non riuscivo a dimenticare la breve conversazione prima che mi addormentassi: la sua insistenza che procedessimo lentamente.

Potevo forse biasimarlo? Lui sembrava spaventato da questa convivenza almeno quanto lo ero stata io di trasferirmi qui. E stavamo andando d'accordo, quindi forse c'era un briciolo di saggezza in quello che diceva. Ma mi irritava comunque.

Continuai a pensarci mentre scendevo le scale al buio e poi accendevo una luce tenue sopra il mobile bar. Riuscivo a vedere la strada fino alle porte di vetro che portavano alla spiaggia privata dalla parte della Bay Island dove la splendida casa di Adam dava sulla Back Bay di Newport Beach. Quando uscii, la fresca aria notturna accarezzò la mia pelle che bruciava e respirai a fondo, sentendomi già più calma, più in pace, anche se il mio cuore stava battendo troppo in fretta.

Toccai il ciondolo che avevo al collo. Non mi toglievo mai la bussola. Non mi era ancora completamente chiaro che cosa stesse cercando di dirmi Adam il giorno in cui me l'aveva regalata, ma tenerla accanto al cuore mi ricordava costantemente lui, la sua gentilezza, il suo amore. Il mio amore per lui. Non che avessi bisogno qualcosa che me lo ricordasse. Ci pensava la stretta al cuore che provavo ogni volta che pensavo a lui.

Mi sdraiai sulla sabbia fresca, guardando il cielo tetro, coperto da fitte nuvole. Pensai a noi due per un lungo momento, con la bussola che premeva contro il mio sterno. Speravo, più che saperlo, che avremmo superato tutto. Ma una volta non eravamo stati abbastanza forti, e sull'onda di quello che era successo in passato, sinceramente non avevo idea se saremmo riusciti a esserlo.

Capitolo Sedici
Adam

MI ERO NUOVAMENTE ADDORMENTATO CON LA TESTA sopra il braccio, curvo sulla mia scrivania. Mi massaggiai il collo dolorante e controllai l'orologio, ricordando che avrei dovuto portare Emilia in ospedale al mattino. Meglio dormire almeno qualche ora nel letto per essere in grado di starle vicino. Obbligarmi a lavorare, e quindi distrarmi, non sembrava più efficace come una volta.

Percorsi il corridoio verso la sua stanza, deciso a controllarla prima di andare a letto da solo. Era stata debole e tremante quella sera, sconvolta per la brusca reazione di Kat alla notizia che le aveva dato. Era riuscita ad addormentarsi nonostante tutto e ne ero soddisfatto. Avrebbe avuto bisogno di tutta la sua forza per il giorno dopo. Ma quando arrivai alla sua stanza, la porta era spalancata e il suo letto era vuoto. I vestiti che aveva indossato erano appallottolati in un mucchietto sul pavimento.

Forse era scesa a cercare qualcosa da mangiare? Speranzoso che fosse quello il caso, perché probabilmente poi non avrebbe mangiato per giorni, se i round precedenti insegnavano qualcosa, scesi in fretta le scale, ma la cucina e l'area bar erano vuote. C'era però una debole luce accesa sopra l'alcova vicino alle porte di vetro che portavano alla spiaggia, una delle quali era leggermente aperta.

Era andata a fare una passeggiata a quell'ora della notte? Era perfettamente sicuro, ovviamente, ma se si fosse sentita debole e fosse svenuta da qualche parte? Un attimo dopo ero fuori dalla porta e dopo aver lasciato per un momento che gli occhi si adattassero all'oscurità, ispezionai la distesa di sabbia davanti a me. Le sedie e i lettini erano tutti vuoti, ma andando verso la spiaggia, mi accorsi di una forma umana allungata sulla sabbia fredda, a poco più di un metro dalla riva. Mi schiarii forte la gola per farle capire che ero lì senza spaventarla.

Speravo che non si fosse addormentata lì fuori.

Emilia voltò la testa e si sollevò sui gomiti, guardandosi alle spalle. Era buio lì fuori. La poca luna che c'era era oscurata dalla sempiterna coltre di nebbia dovuta all'inversione termica. Le arrivai dietro, mi sedetti sulla sabbia, e il freddo s'infiltrò immediatamente attraverso i jeans.

Lei indossava solo i sottili pantaloni di un pigiama e una canottiera ancora più fine, ma non sembrava avesse freddo.

«Stai bene?» le chiesi senza preamboli.

Emilia annuì, dicendo poi, quasi come ripensandoci. «Sì.»

Rimasi in silenzio e lei sembrò evitare il mio sguardo, tornando a guardare il cielo. «Che cosa ci fai qui fuori?»

«Non riuscivo a dormire. Avevo veramente caldo.» Alzò le spalle. «È bello fresco qui fuori. Riesco a respirare.»

«Che cosa c'è che non va?»

Lei aspettò un momento prima di rispondermi, con lo sguardo incollato al cielo. «Non riesco a trovare la costellazione del dragone.»

Alzai di nuovo gli occhi. Non c'erano stelle in vista. Il nero della notte era completamente coperto dal grigio opaco delle basse nuvole costiere.

Emilia respirò piano e poi mi diede un'occhiata prima di distogliere in fretta gli occhi, quasi fossero uccellini spaventati. «Mi avevi detto che il Dragone è sempre in cielo, a qualunque ora della notte, ovunque tu sia nell'emisfero nord. Che riesci sempre a trovarlo. Ma stanotte non riesco a vederlo. Che cosa significa?»

Le toccai la guancia liscia e fresca con le nocche. Stava tremando così leggermente che quasi non si notava. «Non puoi vedere il Dragone perché stanotte non si vede nemmeno una stella. È la nebbia marina.»

Le uscì tremante il fiato e lei chiuse gli occhi. Io continuai ad accarezzarle la guancia. «Voglio vederlo. *Ho bisogno* di vederlo.»

«Dovrai solo fidarti di me. Non puoi vederlo, ma c'è, te lo giuro. Ti fidi di me?»

La testa di Emilia affondò nella sabbia quando lei si sdraiò di nuovo. Mi chinai su di lei, guardandola negli occhi, capovolto. I nostri sguardi s'incrociarono. Di colpo fu difficile respirare. Le accarezzai ancora la guancia. Le sue palpebre fluttuarono come ali di farfalla. Era delicata come una di loro. E altrettanto fragile. E non avevo mai pensato a lei in quei termini prima di quel momento.

Era vulnerabile. E per molti versi era alla mercé di tutti quelli che le stavano intorno. Me incluso. Mi si strinse la gola.

Emilia mi guardò per un lungo momento, allungando un braccio e agganciando la mano intorno al mio collo, come se temesse che mi tirassi indietro. «Sai che cosa amo di più dei tuoi occhi?» mi chiese.

Aggrottai la fronte, confuso dal repentino cambio di argomento.

Emilia mosse il pollice sulla mia nuca ed io cercai di ignorare il piccolo brivido evocato dal suo tocco. Avrei voluto tirarle via la mano, ma era così fragile. E l'avevo già respinta quella sera.

«Sono così belli i tuoi occhi. E così diversi.»

Sospirai, cercando di buttarla sul ridere. L'intensità di Emilia era insolita, ma non sorprendente.

Non occorreva essere un genio per capire perché si sentisse triste quella sera. «Agli uomini non piace sentirsi chiamare belli.»

Lei fece una smorfia ed io rividi un lampo della mia Emilia. «Vabbè. Fattene una ragione. I tuoi occhi sono *belli*. In un modo completamente virile, ovviamente.»

Sorrisi ma non le risposi.

Lei strinse la mano intorno al mio collo, tirandomi più vicino. I nostri occhi erano a pochi centimetri, ma io non distolsi lo sguardo, anche se l'intensità con cui mi guardava mi faceva sembrare di fissare un faro da mille Watt.

«Sono così scuri, così misteriosi. Una volta li vedevo come tende, o saracinesche. Per schermare tutto quello che succedeva all'interno. Ma stasera li vedo come... specchi. Che riflettono tutto. Riesco a vedermi dentro di loro.»

Il mio respiro incespicò un po'. «Oh» le risposi, con un sussurro che sembrò venire ingoiato dai suoni intorno a noi, lo sciabordio regolare dell'acqua sulla riva, il sibilo lontano della strada anche a quell'ora del mattino. «Oh, tu ci sei dentro, Emilia. Ci sei di sicuro.»

E poi senza pensare, solo d'istinto, la mia bocca si chiuse sulla sua. Ero piegato sopra di lei, con le teste in due direzioni diverse, con il mio labbro superiore sigillato sul suo inferiore e lei si aprì per me ed io la assaporai. La stavo baciando a rovescio. Questo bacio conteneva più della sola passione, più di una dichiarazione di desiderio. Conteneva amore. Il mio amore. Il suo amore. Si scontravano come onde che si frangessero contro una barriera che impediva loro di incontrarsi, come quel molo frastagliato, immobile, che proteggeva la baia dai peggiori fenomeni atmosferici sulla costa rivolta a sud.

«Baci da Spiderman» mormorò Emilia contro la mia bocca. Le baciai il mento, le guance e la punta del naso. Si riferiva al famoso bacio che Spiderman dava a Mary Jane nel primo film della Marvel. Completamente ignara che Spiderman fosse il suo vicino di casa Peter Parker, Mary Jane gli aveva tirato indietro la maschera dalla metà inferiore del viso e lo aveva baciato appassionatamente sotto la pioggia, mentre lui era appeso a testa in giù dalla sua ragnatela. Baci da Spiderman.

Ma io mi nascondevo a lei come faceva Peter Parker con Mary Jane? Per molti versi, sì, era così. Indossavo una maschera perché non era il momento di occuparci di tutte le stronzate che erano successe tra di noi. Le mie bugie, le sue. I nostri rispettivi segreti. Avevano creato una barriera tra i nostri cuori e non c'era modo di dire se fosse sormontabile. Ma ora non *era* il momento di provarci. Ora c'era una cosa e una cosa sola: la sopravvivenza di Emilia.

Una piccola lacrima d'argento le scese dall'angolo dell'occhio. Finsi di non notarla, tirandomi indietro, accarezzandole la guancia.

«Mi dispiace... per tutto» sussurrò.

«Lo so. Anche a me dispiace per tutto.»

Emilia tirò il fiato, piano. «Come faremo a superarlo? Siamo sicuri che sia possibile?»

«Ssst» la zittii, mettendole un dito sulle labbra. «Adesso non è il momento.»

Lei mi fissò di nuovo. Le lacrime si fermarono e lei spalancò gli occhi, rendendosi conto che stavo accantonando tutto. Avrebbe accettato o no la mia opinione? Avrebbe forzato la conversazione che stavamo evitando dal momento in cui avevo scoperto del cancro, la gravidanza, l'enorme solco che si era aperto tra di noi mentre non guardavamo?

«Quando sarà il momento, Adam?»

Le accarezzai nuovamente la guancia. «Quando sarai forte e sana di nuovo. Vieni. Hai bisogno di dormire. Domani sarà una lunga giornata per te.»

E proprio quando mi stavo preparando ad affrontare le sue proteste, cercando di anticipare ciò che avrebbe detto, lei si limitò ad annuire e si mosse per alzarsi senza il mio aiuto. Mi rimisi in piedi e lei mi prese la mano. La strinsi, tirandola verso la porta. Emilia sospirò e si appoggiò a me.

«Non voglio dormire da sola stanotte. Per favore... posso dormire con te?»

Avrei voluto dirle di no, incoraggiarla a tornare nella sua stanza. Avrei voluto respingerla di nuovo. Perché si stava avvicinando troppo. Le protezioni intorno ai miei sentimenti e quel briciolo di riluttanza a lasciar perdere i risentimenti passati stavano prendendo dei brutti colpi. Ma lei aveva bisogno di me. Ed io avevo bisogno che lei avesse bisogno di me.

Emilia venne nella mia stanza ed io mi cambiai, mi sdraiai sul letto e la strinsi contro di me, avvolgendola tra le braccia e affondandole il volto contro il collo, immergendomi nel suo odore. Quella sensazione bruciante, sempre presente, come una crosta strappata dalla mia anima, s'intensificò.

Emilia si addormentò in pochi minuti, così immobile e fragile tra le mie braccia, e la mia mente vagò intorno a tutte le possibilità che il futuro poteva avere in serbo per noi, perfino quelle impensabili, eppure troppo probabili, che non mi permettevo mai di prendere in considerazione.

Se l'avessi persa, avrei perso tutto.

Ma c'era più di un modo per perderla. Lei sarebbe sopravvissuta. Doveva. Ma questo non voleva dire che *noi* come coppia saremmo sopravvissuti. Dovevo ammetterlo… avevo i miei dubbi. Eravamo umani, dopotutto, ed era passata tanta acqua sotto quel ponte; erano successe tante cose dolorose tra di noi. La strada da percorrere perché ci perdonassimo, reciprocamente e individualmente, era lunga e difficile. L'amore era lì, oddio se c'era. Ma ostacoli come quello richiedevano più dell'amore per essere superati.

Chiusi finalmente gli occhi ore dopo e in quelli che mi sembrarono pochi secondi, la sveglia mi suonò nelle orecchie e lo spazio accanto a me, dove c'era stata Emilia, era vuoto e freddo.

Capitolo Diciassette
MIA

"Amicizia online: è realistica?" Postato sul blog di *Girl Geek*.

CHE DIFFERENZA C'È TRA UN AMICO "VERO" E UN AMICO ONLINE? I due rapporti sono la stessa cosa, o almeno sono simili? Si dovrebbe dar loro la stessa etichetta? Studi recenti sul fenomeno dei social media hanno dimostrato che una persona ha solitamente molti più amici virtuali che amici nella vita vera. Gli stessi studi, però, dichiarano che gli amici online non possono sostituire gli amici "in carne e ossa" perché le esperienze reali non si possono condividere allo stesso modo tramite una chat e i commenti sul vostro sito social preferito.

Non è così con i videogiochi online.

Si può sostenere che con i nostri amici online, noi abbiamo il controllo completo sul modo in cui ci presentiamo. Abbiamo il tempo per formulare una risposta. Possiamo essere selettivi sul tipo d'informazioni che condividiamo. Non ci sono strani tic o insicurezze, o il linguaggio del corpo, da nascondere. Questi fatti possono portare a credere che i vostri amici giocatori non possano conoscervi come invece vi conoscono i vostri amici "in carne e ossa". Il mezzo del gioco online ci permette di creare uno schermo, costruirci una facciata di parole scritte. Possiamo perfino fornire un avatar come alter ego, per evitare di mostrare la nostra reale identità.

Ma quegli stessi amici online che teniamo a distanza, per molti versi sono i nostri più prossimi camerati in armi. Andiamo in guerra insieme, passiamo lunghe ore a lavorare insieme sulle missioni. Abbiamo insieme esperienze avventurose, anche se virtuali. Restiamo seduti per lunghe ore ad aspettare che arrivi l'entità con ciò che ci serve. Scherziamo. Ci prendiamo in giro. Accumuliamo ricordi. E possono essere ricordi condivisi in bit e byte invece che storie scambiate davanti a un falò in campeggio, ma c'è poi tanta differenza? Sono i nostri compagni. Combattiamo guerre virtuali insieme. Ci confortiamo a vicenda per le delusioni.

E a volte... a volte ci incontriamo di persona. E scopriamo che quella stessa alchimia che ci ha unito come amici di gioco esiste ancora di più nella vita reale. Perché al di là del legame basato sulla vicinanza fisica, lo stesso che potrebbe esistere con i compagni di classe o i coinquilini, voi avete condiviso esperienze mitiche. Eventi che, qualche tempo dopo, vi faranno ancora sorridere e cominciare le frasi con "Ricordi quella volta in cui stavamo combattendo Cinder Dragon nel castello di Ashenstorm e ci vollero otto ore per sgombrare quel posto perché continuavamo a morire?"

Abbiamo passato ore e ore insieme, aiutandoci, risolvendo problemi. E a volte, quando le cose diventavano più personali, ci aiutavamo con i problemi della vita reale, a volte parlando per tutta la notte, per sconfiggere la solitudine e l'isolamento che a volte sentiamo.

A volte queste amicizie virtuali sono sbocciate in qualcosa di più. Amici "in carne e ossa" per sempre. O innamorati. O compagni per la vita.

E se veramente ci pensate, anche se l'interazione è diversa, i sentimenti sono forse meno degni di essere chiamati "amicizia"?

No davvero.

***

Il mio terzo round di morte via flebo mi fu somministrato da infermiere sorridenti e da un oncologo molto gentile, il dottor Rivera, che avrei voluto avere come nonno. Era il capo della divisone di oncologia alla UCI Medical School e aveva portato con sé alcuni studenti per il giro delle chemio. Dopo aver parlato con me per qualche minuto, mandò avanti gli studenti e si sedette davanti a me.

«Ho sentito che sarà anche lei una studentessa di medicina, Mia. È vero?»

Lanciai un'occhiata ad Adam, che era seduto accanto a me e stava leggendo. Mia madre era ancora ad Anza, con la giumenta in ritardo sul parto e Heath era ancora malato, quindi eravamo solo noi due. E di colpo desiderai che non fosse lì ad ascoltare quella conversazione. «Uhm. Beh. Lo sarei stata. Ma per il momento è in sospeso.»

Il medico sembrò pensieroso. «Starà bene e avrà finito i round di chemio per l'autunno. Il dottor Tahan del Johns Hopkins dice che non vede l'ora di averla nel suo programma.»

Mi agitai sulla poltrona. Sembrava che Adam stesse leggendo le email sul suo tablet, ma sapevo che stava ascoltando ogni parola. «Probabilmente non farò parte del suo programma. L'ho informato…»

«Mia, cara» disse il dottor Rivera, mettendo una mano sopra la mia. «È giusto fare programmi per il futuro. Ne ha passate tante, ma non perda di vista i suoi sogni e i suoi obiettivi.»

«Non l'ho fatto» dissi.

Lui sorrise. «Ovviamente potrebbe restare nella bella California del Sud e frequentare la nostra università. Saremmo lietissimi di averla qui... e vedo che ha richiesto anche a noi il rinvio. Ma sono il primo ad ammettere che probabilmente non possiamo competere con la Johns Hopkins nel campo in cui vorrebbe studiare.»

Gli sorrisi. «Vedremo. A questo punto sto solo cercando di capire come non restituire il pranzo oggi. Non sono ancora arrivata al punto di poterci pensare.»

Il dottor Rivera tornò serio e le sue sopracciglia cespugliose si aggrottarono sopra gli occhi profondi. «Ha partecipato a qualcuna delle sedute di terapia di gruppo, Mia? Penso che le farebbe bene.»

«Controllerò» dissi. Il mio modo per liquidarlo, ovviamente. Non avevo intenzione di partecipare alla terapia di gruppo. Se non ero riuscita ad aprirmi con la gente che amavo di più al mondo, come potevo parlare della mia fila di tragedie con un branco di estranei? Ed ero certa che in tanti avrebbero espresso il loro giudizio sulla mia decisione di cominciare immediatamente la chemio. Non era poi così difficile da prevedere, dopotutto. Io mi giudicavo ogni sacrosanto giorno per quella decisione.

Adam non parlò, ma lo colsi a osservarmi per il resto della seduta di chemio. Cominciai a masticare gomma anti-nausea, facendo la finta tonta per evitare il suo sguardo. Sapevo che avremmo continuato con quello strambo gioco tra di noi, fingendo che tutto fosse perfettamente a posto, senza discutere i problemi più grossi. Era quasi come se stessimo entrambi sperando che quei problemi sarebbero spariti, se avessimo finto abbastanza a lungo che non esistessero. Ma lui non voleva occuparsi di quelle cose in quel momento, perché pensava che io non fossi in grado di sopportarlo.

«Quel medico aveva ragione» disse Adam mentre tornavamo a casa. Non sentivo ancora le solite avvisaglie della nausea, ma il mal di testa cominciava a sentirsi forte. Mi accasciai sul sedile e lo guardai. I suoi lineamenti erano completamente illeggibili dietro gli occhiali aviator.

«Mi rifiuto assolutamente di partecipare alla terapia di gruppo.»

«Okay, ma che ne dici di sedute private? Potrebbero aiutarti.»

Gli diedi un'occhiata di sottecchi. «Forse sì. O forse no. Penso di poterne fare a meno.» Sottolineai la dichiarazione incrociando le braccia sul petto.

«E riguardo a ciò che ha detto sulla facoltà di medicina?»

Non dissi niente, ma mi massaggiai la fronte, sperando che quel gesto fosse sufficiente a farlo soprassedere.

Adam mi diede un'altra occhiata. «Penso che sia una buona idea fare dei programmi per l'autunno.»

Voleva dire che era una buona idea fare dei programmi che non includessero la possibilità che non sopravvivessi. Mi strinsi più forte nelle braccia. Avrei voluto allontanare quella paura insistente che mi diceva che facevo parte di quel quindici percento che non ce l'avrebbe fatta. Avrei voluto poterlo rassicurare, come aveva bisogno che facessi, che non avevo rinunciato a sperare.

La speranza c'era, ma era talmente pesta e contusa che era difficile vederla. Guardai di nuovo Adam. Non avevo voglia di litigare con lui. Se voleva che non mi arrendessi, allora avrei trovato un modo di dargli quella speranza.

«Lo farò, a un certo punto… quando mi sentirò meglio.»

***

Quel round arrivò e se ne andò con la solita dose di schifosità. Ma dopo circa quattro giorni cominciai a riprendermi. Mangiavo perfino un po', quindi Adam pensò che saremmo dovuti uscire.

A me non piaceva l'idea di uscire. Ero a disagio per il mio aspetto e non c'era nessun posto carino dove avrei potuto tenere il cappuccio. E, con la mia solito fortuna, l'inverno era particolarmente mite e i berretti di maglia erano scomodi e facevano sudare.

Ma Heath si sentiva meglio e Adam suggerì che comprassimo qualcosa di pronto e andassimo a trovarlo. Quello mi andava bene. Acquistammo del cibo greco, il mio preferito, e andammo a casa sua.

Avevo una chiave dell'appartamento di Heath ma ora che viveva con Connor non la usavo mai. Invece bussai mentre Adam restava indietro per prendere il cibo dall'auto.

Ma ciò che successe quando si aprì la porta mi spiazzò completamente. Una bella donna dai capelli rossi, media altezza e una figura procace aprì la porta e mi fissò a bocca aperta. C'eravamo incontrate per la prima volta solo due mesi prima, alla convention della Draco.

«Kat?» mormorai.

«Bello vederti, stronza» brontolò lei e poi mi afferrò, abbracciandomi. «Tra parentesi, sei calva.»

«Come un Ferengi, sì, lo so. Attraente, vero?»

«Cazzo, no. Ma sei comunque più sexy di me.»

Scoppiai a ridere. «Che diavolo ci fai qui?»

«Tu mi nascondi di avere il cancro e chiedi a me di spiegarmi? Magari avevo voglia di vederti.»

«Ti ha aiutato Heath a organizzare la sorpresa?»

«Sì, resterò con lui e il suo amico per un po'. Mi ha detto che posso restare tutto il tempo che voglio.»

Sentii un rumore e immaginai che Adam mi avesse raggiunto. Kat alzò la testa, guardandolo a occhi sgranati. «Fallen?»

Adam sorrise. «Kat. Sono contento di incontrarti finalmente di persona.»

«Sì... lieta di far finalmente parte del giro.»

Mi voltai a guardarlo. «Sapevi che era qui?»

«Sì.»

Gli feci una boccaccia. «Bel lavoro.»

Kat stava fissando Adam a occhi socchiusi. «Mi sembri familiare, Fallen. Non dirmi che eri alla convention ed io non lo sapevo!»

Adam rise e distolse timidamente gli occhi. «Vado a mettere questa roba in cucina» disse, passandoci accanto.

«Mi abbraccerai dopo, allora» disse Kat quando Adam la superò, con le braccia cariche di spiedini, gyro e diversi tipi di hummus. Lo guardò passare e quando lui voltò la schiena, lei si sventolò con la mano come se stesse cercando di rinfrescarsi la faccia. «È fottutamente sexy, Mia. Non mi meraviglia che abbia voluto tenerlo per te. Immaginavi che te lo avrei portato via, eh?»

Mi misi a ridere. «Qualcosa del genere. Gli uomini perdono la testa per le rosse. E, beh, dato che io non ho capelli in testa, non ho proprio modo di competere.»

«Seriamente. Cazzo. Ha un amico sexy come lui?»

Alzai le sopracciglia. «Nessuno è sexy come lui. Ma ce ne sono alcuni che si avvicinano.»

«Ne parleremo dopo. Vado a prendermi il mio abbraccio e vedere se il suo corpo è muscoloso come sembra.»

«Sgualdrina. Se ti guarda il culo ti prendo a calci.»

«Sei un po' troppo mingherlina per fare minacce simili, amica mia» disse, voltandosi e trascinandomi verso la cucina. Heath mi fermò. «Ehi, bambolina» disse, abbracciandomi. «Ti senti meglio?»

«Dovrei chiederlo a te, Joe Tifoide. Non hai intenzione di passarmi la tua malattia, vero?»

«Se per malattia intendi la mia magnificenza, allora no, Non posso passartela. Sono anni che la desideri.» Mi diede un buffetto sulla guancia.

Mi liberai dalle sue braccia. «Sarà meglio che vada a vedere. Kat ha una cotta per Adam.»

«Già, beh. E chi non ce l'ha?»

Sospirai.

«Vai, allora. Difendi il tuo territorio» mi rimproverò. «Non che tu ne abbia veramente bisogno, lo sai.»

Alzai le spalle.

Heath mi fermò, mettendomi una mano pesante sulla spalla prima che potessi andare alla porta. «Guarda che dico sul serio. So che ti senti, e hai un aspetto da far schifo in questi giorni...»

«Wow, grazie...»

«Ma non devi preoccuparti per lui. Lui ti starà accanto fino alla fine.»

Deglutii, con la gola improvvisamente secca e alzai gli occhi... di parecchio, per guardare Heath. Era talmente più alto di me che dovetti tirare indietro la testa. «La fine di che cosa?»

Lui fece una smorfia. «Accidenti, mi dispiace. Non ho scelto bene le parole.»

Mi voltai per andare in cucina. «Sono d'accordo. Ma tutti possono fare degli errori.»

«Errori? Che errori?» chiese Kat, arretrando dopo aver apparentemente abbracciato Adam.

«Errori di giudizio. Come permettere a una testarossa sfacciata di lasciare il suo nuovo lavoro per viaggiare fin qua da Vancouver, oltre duemila chilometri.»

«... per vedere un'amica malata» mi interruppe Kat. «E perderei un'altra volta il lavoro in un batter d'occhio. Esattamente come faresti tu per me. Non ti libererai di me, Girl Geek.»

Le sorrisi. «Bene!»

«Che cosa va bene?» Heath si mise a ridere. «Non sei tu quella che deve sorbirsi lei e la sua dipendenza dai Lucky Crispy Sugar Flakes. Davvero, mangia i cereali zuccherati più merdosi che esistano.»

Kat agitò scherzosamente le sopracciglia. «Il mio dentista è carino. Mi piace avere una scusa per andarci.»

«Allora è vero? Hai veramente perso il lavoro per venire a trovare me?»

«Pfui» Agitò una mano con indifferenza. «Comunque era un lavoro da schifo. Ne cercherò un altro quando tornerò... *se* tornerò. Devo dire che il clima qui è meraviglioso. Come farò a tornare a Vancouver dopo aver passato un inverno qui?»

«Ci potrebbe essere qualcosa per te alla Draco, Kat. Magari qualcosa di figo come provare i videogiochi. Perché so che saresti sincera fino in fondo» disse Adam.

«Un lavoro alla Draco? Sarebbe pazzesco. Conosci qualcuno che mi possa aiutare?»

Lanciai un'occhiata ad Adam, alzando le sopracciglia. «L'amministratore delegato conta?»

«Stiamo parlando della ditta di videogiochi, vero? Quella proprietaria del videogioco di cui andiamo tutti matti? Perché sarei delusa come pochi se stessi parlando della Draco, spazzatura a domicilio, o della Draco Burger.»

Cominciai a ridacchiare e sia Adam sia Heath mi fissarono a bocca aperta. Chiusi la bocca, imbarazzata. «Che c'è?»

Heath diede un'occhiata ad Adam, e poi tornò a rivolgersi a me. «Penso che siamo entrambi contenti di vederti ridere di nuovo. È passato un bel po'.»

Kat si avvicinò e mi mise un braccio sulle spalle. «Allora la mia visita è servita a qualcosa.»

Adam guardò entrambe, con un'espressione pensierosa. «Sono il primo a essere d'accordo.» Si rivolse a Kat. «Kat, se vuoi restare, posso assicurarmi che tu abbia un lavoro.»

Kat alzò le sopracciglia, guardandolo. «Oh, e come farai? Devo fare un pompino all'amministratore delegato della Draco o roba simile?»

Aprii la bocca per rispondere ma la risatina di Heath mi interruppe. «No, quello è compito di Mia.» Arrossii, senza riuscire a guardare Adam, anche se mi sarebbe piaciuto. Cominciavo a sentirmi meglio dopo l'ultimo round e quando succedeva, di solito la mia libido aumentava a dismisura. Ed era passato un po' di tempo. Un *bel* po' di tempo.

Ma Adam sembrava più interessato ad andare adagio.

Ci sedemmo a mangiare il cibo greco e spiegammo l'intera faccenda a Kat. Era ancora pallida per lo shock ed era ancora a bocca aperta quando ce ne andammo qualche ora dopo.

***

Il giorno successivo, Kat era seduta con me nella mia stanza a casa di Adam. Eravamo rimasti d'accordo che sarebbe potuta restare a casa di Heath finché lo avesse voluto. Le avrei prestato la mia auto, dato che in effetti non la stavo usando. E non avere un'auto nel sud della California non era un'alternativa. Era semplicemente troppo difficile spostarsi senza. Heath era più che d'accordo di farla restare nella sua stanza degli ospiti mentre lei cercava un lavoro, possibilmente alla Draco.

Stavamo scambiandoci le playlist sul sistema audio nel mio piccolo rifugio. Adam era andato a lavorare, lo faceva di solito nei giorni in cui cominciavo a sentirmi meglio dopo un round di chemioterapia. Kat mi lanciava ogni tanto un'occhiata di nascosto e capivo che avrebbe voluto qualche particolare su quello che stava succedendo tra di noi.

«Puoi chiedere, lo sai» sospirai dopo oltre mezz'ora di remore fuori luogo.

«È altrettanto sexy a letto quanto lo è d'aspetto?»

Restai a bocca aperta. «Non ho intenzione di parlare di *quello*.» Specialmente perché era passato talmente tanto tempo che quasi non lo ricordavo più. Quasi. Adam era figo da vedere, certo. E perfino più figo a letto. Ma non condivideva più neanche un po' di quella figaggine con me.

«A essere sincera il ricordo sta cominciando a svanire...»

Kat spalancò gli occhi. «Sei all'asciutto da quando ti sei ammalata?»

«Chi può biasimarlo? Dopotutto, sto cominciando ad assomigliare a Skeletor.»

Fece un verso. «Oh, dai, sei ancora *così* carina.»

«Sono ben lontana dal mio peso ideale...»

«Ragazza... il tuo peso ideale è Adam Drake sopra di te.»

Risi, mio malgrado. Kat non sapeva delle altre complicazioni: la gravidanza, la decisione tremenda di porvi fine, l'aborto in sé. Non mi piaceva pensarci, né tanto meno discuterne. A parte Adam, solo Heath, mia madre e Peter ne erano al corrente. E, secondo me, erano già troppi.

Ingoiai le solite sensazioni cupe e le misi da parte. Ero diventata brava a farlo. «Già, forse pensa che parti del mio corpo si staccheranno come i miei capelli» dissi, cercando di buttarla sul ridere.

«Ma, dico, ci sono altri modi, sai. Dico, non è che dovete darci dentro come animali per divertirvi un po'.»

La osservai mentre pensavo al fatto che il culmine della mia vita sessuale in quei giorni era masturbarmi quando proprio non ne potevo più. O che l'unica volta in cui qualcuno mi toccava era nello studio del medico durante le visite di routine. L'argomento della mia vita sessuale era più che deprimente.

«Beh, dico, e il sesso orale? Voglio dire… non hai peli in tutto il corpo, giusto? Nemmeno… giù a sud?»

«Sono calva dappertutto, eccetto le ciglia e le sopracciglia.»

«Pensa ai vantaggi. Voglio dire, a parte la nausea, ovviamente. Non hai bisogno di depilarti! Niente ceretta alle gambe. Niente ceretta brasiliana. Sei liscia come il culetto di un bambino da quelle parti. Dovrebbe essere un momento d'oro per un po' di sesso orale. Non devi preoccuparti che debba espellere palle di pelo come un gatto oppure di avere bruciature da rasoio.»

La fissai esterrefatta e poi scoppiai in una risata all'immagine mentale evocata dalle sue parole. Cercai di ignorare il fiotto di calore che mi salì dal basso ventre mentre immaginavo la testa scura di Adam tra le mie gambe, mentre mi leccava e succhiava, portandomi all'orgasmo. Dio, mi sarebbe veramente piaciuto. Veramente.

«E, sai, quando starai meglio, ti farai fare una ricostruzione, eh? Potresti chiedere qualunque taglia tu voglia.»

Alzai le sopracciglia e poi diedi un'occhiata imbarazzata al mio petto men che impressionante. «Sono una rispettabilissima coppa B. E inoltre l'intervento è stato solo su una mammella e devo tenerle della stessa misura, ovviamente.»

«Noioooso» replicò Kat, con gli occhi blu traboccanti di umorismo. «No, vedi, è così che devi fare. Fatti fare una bella C o addirittura una D. Adam andrà fuori di matto. Più di una manciatina! Potresti farli gonfiare entrambi e dato che tutti sanno quello che stai passando, nessuno ti giudicherebbe se scegliessi di averle un po' più grosse. O anche *parecchio* più grosse.»

Scossi la testa. «Non posso fare la chirurgia ricostruttiva per un bel po'. E fino ad allora non gli lascerò nemmeno vedere le tette.»

Le sopracciglia rossicce di Kat si alzarono di colpo. «Non hai intenzione di fargli vedere o toccare le tette eppure ti chiedi perché vai in bianco? Ragazza, scommetto che se entrassi nella sua stanza stasera e ti alzassi la maglietta, ti sarebbe addosso in un attimo.»

Ci pensai per un attimo. Pensai alla brutta cicatrice che andava dall'ascella al capezzolo, alla carne raggrinzita sotto. Ero repellente ed ero sicura che il pensiero disgustasse anche lui. Non aveva visto niente in effetti, anche se ci era andato vicino. Ma era uscito con le amiche modelle di Jordan mentre eravamo divisi. Non sapevo fin dove fosse arrivato con loro o se avesse palpato altre tette nel frattempo. Non c'era nessuna possibilità che fosse interessato alle mie e quel pensiero bruciava parecchio.

«Forse.»

Kat mi guardò, con lo sguardo che si addolciva, e i modi scherzosi che svanivano. «Tenta. Scommetto che lui...»

Annuii. «Okay.»

Kat restò ancora per qualche ora. Avevamo aperto i nostri laptop per poterle mostrare il mio lavoro sulla missione segreta, ma, in effetti, mi trovavo in un'impasse.

Quando Adam arrivò a casa, Kat decise per conto suo di andare. Quando mi abbracciò per salutarmi, mimò di alzarsi la maglietta e poi indicò la schiena di Adam, annuendo maliziosa. Sorrisi, le dissi che era una sciocca e le baciai la guancia.

E quella notte quasi lo feci. Quando Adam mi accompagnò nella mia stanza dopo aver passato la serata insieme a guardare altri episodi di *Farscape*, esitai sulla soglia, voltandomi verso di lui come una teenager timida che si chiedeva se il ragazzo con cui era uscita l'avrebbe baciata sul portico. Volevo più di un bacio. Volevo che mi spingesse contro la parete, premesse il suo corpo muscoloso contro il mio, mi togliesse i vestiti ed entrasse in me. In passato l'aveva fatto e il ricordo del suo tocco mi bruciava ancora. Mi mancava il sesso. Mi mancava lui.

Feci per baciarlo e la sua bocca finì sulla mia guancia. Gli strinsi le braccia intorno al collo, baciandolo alla base della gola. «Adam» dissi. «Ti voglio. Stanotte.»

Divenne teso come una corda di violino. Solo per un secondo, poi si rilassò. Non disse niente, accarezzandomi la schiena con una mano. «Sono veramente stanco stasera...»

Non mi desiderava. Deglutii e quasi mi tirai indietro, quasi rialzai la maglietta come aveva suggerito Kat. Ma era veramente difficile far cambiare idea ad Adam una volta presa una decisione. E sembrava decisissimo a non toccarmi. Avrei solo voluto sapere perché. Aveva veramente tanta paura di ripetere gli stessi errori? O era perché era ancora arrabbiato per via delle circostanze della nostra rottura? Era la paura di farmi male? Sentii sprofondare lo stomaco... era risentito per via della gravidanza e della sua interruzione? Oppure, semplicemente, non era interessato?

«So che avevi detto di voler andare adagio, ma non pensavo che intendessi la lentezza di un ghiacciaio.»

Adam fece un sorrisino e mi passò il dorso delle dita sulla guancia. Deglutii e chiusi gli occhi. «Mi dispiace, Mia. Ti prometto che passeremo tutto il giorno insieme domani. Non andrò in ufficio fino alla settimana prossima.»

Soffiai fuori il fiato e lui si chinò a baciarmi di nuovo, questa volta sulla bocca, come se quello potesse ammansirmi. Fui sul punto di afferragli la testa per forzargli la mano. Anche stanco, doveva essere almeno un po' arrapato.

Non avevo la minima idea di cosa fare per scoprire quale fosse il suo problema. Avrei potuto chiederglielo, ovviamente. Ma avrei ottenuto la verità o qualche risposta del cazzo, tipo che era troppo stanco per rispondermi? Emisi un piccolo sospiro e mi staccai, piantandomi in faccia un sorriso coraggioso. «Mi dispiace per le tue lunghe giornate di lavoro. So che stavi giusto cercando di evitarle e sembra che con tutto il tempo che passi con me quando sto male, tu debba lavorare due volte di più quando sto meglio.»

«Non mi importa. Voglio essere qui per te.»

«Può restare qui Kat adesso, in quei giorni. Non può essere piacevole sentirmi vomitare l'anima tutti i giorni.»

Probabilmente era il miglior anafrodisiaco esistente. E mi aspettavo che mi desiderasse ancora?

Adam si accigliò. «Lei può restare con te, certo. Ma questo non significa che non ci sarò anch'io. Tu sei la mia priorità numero uno.»

«Ti amo» dissi, con la voce che diventava sempre più debole man mano che proseguiva la conversazione.

Lui si chinò per baciarmi la fronte, la punta del naso, il mento. «Ti amo anch'io. Buonanotte, dolce Mia.»

Entrai nella mia stanza, ma non chiusi la porta. Non la chiudevo mai in quei giorni, sperando che sarebbe stato tentato di entrare. C'erano già abbastanza barriere tra di noi. Non avevo bisogno di quelle fisiche. Sapevo che se mi fossi messa a letto adesso, sarei rimasta sveglia, frustrata sessualmente per ore. Quindi andai in bagno, lasciando aperta anche quella porta, e riempii la vasca di acqua calda.

Dopo qualche minuto, cominciai a fantasticare di Adam che entrava nella stanza da bagno, si toglieva i vestiti (che, per qualche motivo erano bagnati e aderenti alla sua figura muscolosa) e si immergeva nella vasca con me. Mi strofinava con le mani insaponate finché ogni centimetro della mia pelle era in fiamme e implorava di essere toccata. E poi mi tirava sopra di lui e mi penetrava, appoggiandomi la bocca sul seno.

Gemetti e misi la mano tra le gambe, immaginando il suo bel corpo. L'ultima volta che lo avevo visto nudo era quando eravamo stati insieme a Las Vegas. Ma quella volta non avevamo fatto l'amore. C'era stato ben poco amore quella notte. Quello era stato uno stare insieme perché non riuscivamo a restare separati. Era stato esplosivo, ed erotico e completamente inebriante. Ma era finito in un disastro. Un momento che aveva cambiato le nostre vite per sempre e che probabilmente ci aveva spezzati. Ed era stata tutta colpa mia, almeno quella volta.

L'atto di masturbarmi, in quei giorni, era venato da quel senso di colpa, come se una parte di me credesse che non avevo il diritto di provare ancora il piacere sessuale. Lo facevo comunque, ma non ne godevo come in passato. Non nel modo in cui avevamo goduto insieme. E mi venne in mente che poteva essere il vero motivo per cui Adam non voleva toccarmi. A causa di quell'ultima volta.

E ora stavo pensando che quella era forse stata la nostra ultima volta per sempre.

Capitolo Diciotto
Adam

DOPO ESSERMI LAVATO I DENTI E MESSO IL PIGIAMA, CON la testa che tornava costantemente alla nostra conversazione, decisi di tornare nella stanza di Emilia… solo per un po'. Non la toccavo in un modo che fosse anche solo un po' erotico da tre mesi. Certo, ne avevo una voglia immensa e a quanto pareva anche lei. L'avevo tenuta a distanza, ma capivo che la cosa cominciava a esasperarla.

Avremmo dovuto parlarne, e presto. Ma, per il momento, ero sicuro di darle ciò di cui aveva bisogno senza permettere che le cose andassero troppo oltre. Non eravamo ancora pronti per quello. *Io* non ero pronto. E al diavolo quello che voleva il mio corpo, perché sapevo che il resto di me non era d'accordo.

Camminai a piedi nudi lungo il corridoio ed entrai nella sua stanza debolmente illuminata, vedendo il suo letto vuoto. C'era la luce accesa in bagno e sentivo il rumore dell'acqua che sciabordava nella vasca. Feci un passo verso la stanza da bagno prima di ricordare quanto fosse restia a farmi vedere il suo corpo deturpato. Restai immobile accanto alla porta, indeciso, finché la sentii sospirare. Feci un passo indietro ma smisi di muovermi quando lei emise un gemito quasi inudibile. Chiusi gli occhi. Conoscevo bene quei suoni.

Emilia si stava masturbando, probabilmente disperata perché io non volevo toccarla. E anche se mi sembrava un'invasione della sua intimità ascoltare accanto alla porta, non mi mossi, folgorato, con il corpo che reagiva ai suoi sospiri e ai suoi gemiti, ricordando com'era essere quello che evocava quel piacere in lei. Adoravo controllare il suo corpo, essere responsabile di quei suoni, di quella gratificazione. Stava fantasticando su di me mentre si toccava?

Mi eccitai, ricordando che era passato altrettanto tempo per me come per lei. E ogni minuscola parte di me voleva marciare in quella stanza da bagno, tirar il suo corpo nudo e bagnato contro di me e farle deliziose cose sporche. Ma non mi mossi. Invece mi appoggiai alla parete ad ascoltare, come un voyeur pervertito. Non ci volle molto perché Emilia ansimasse piano raggiungendo l'apice. Non ci fu niente di esplosivo o sbalorditivo. Solo un'espressione naturale, probabilmente non più eccitante di uno starnuto o di un colpo di tosse. Stavo per andarmene, ridarle la sua privacy, ma non riuscii a muovere un muscolo quando sentii il primo singhiozzo.

Il suo pianto era più rumoroso di quanto lo fosse stato il suo orgasmo. Strinsi forte gli occhi, sentendo inesplicabilmente il petto che si stringeva. Emilia tirò su col naso, e piagnucolò, e singhiozzò ed io mi sentii morire dentro. Perché non ero in grado di cambiare quello che stava provando.

Era il rifiuto? La solitudine? Era il mio comportamento che la stava portando a credere che la trovassi brutta? Probabilmente nella sua testa stavano scorrendo tutti quegli scenari, eccetto quello vero, il profondo, straziante senso di colpa che permeava ogni mio respiro, ogni battito del mio cuore. La vera ragione per cui non riuscivo a guardarla negli occhi. Perché l'ultima volta che eravamo stati insieme non era stato un atto d'amore da parte mia, ma un atto di possesso. Come un uomo delle caverne, avevo rivendicato il mio possesso, dichiarando più volte che era mia e l'avevo presa. Perfino il ricordo di quell'atto riusciva a eccitare il mio corpo, e al contempo farmi torcere le budella per il disgusto. Il risultato degli avvenimenti di quella notte aveva minacciato di toglierle la vita.

Uscii in silenzio dalla sua stanza e tornai nella mia come un cane bastonato. Se avessi avuto una coda, probabilmente sarebbe stata fermamente infilata tra le mie gambe.

Inutile dire che non dormii molto bene, ma ero deciso ad arrivare fino in fondo. Ne avremmo parlato. Quindi il giorno seguente chiesi alla cuoca di prepararci un picnic con quello che Emilia riusciva a tener giù. Cibo semplice, biologico e le solite fettine di zenzero che, insieme ai farmaci antinausea, riuscivano a evitarle di stare troppo male tra un round di chemio e l'altro.

Saremmo usciti con la barchetta elettrica, girovagato per la Back Bay, mangiato qualcosa, magari avremmo preso la famosa banana gelata al Balboa Fun Zone prima di tornare a casa. Con un sorriso allegro, Emilia si mise un berretto di maglia, e la felpa col cappuccio con dei jeans, anche se non faceva così freddo. Probabilmente aveva caldo, ma in nessun caso avrebbe mostrato la sua testa nuda in pubblico. Anche lì, dove nessuno l'avrebbe veramente notata.

Passammo accanto a numerose barche ormeggiate lungo il molo e ai leoni marini che impigrivano al sole sopra il galleggiante all'entrata dell'oceano. Emilia guardava la fila di ville, commentando le diverse case eleganti che appartenevano ai ricchi o ai famosi della California del sud.

E parlammo di tutto. Era come ai vecchi tempi, Emilia sorrideva e rideva come se non fosse successo niente di sbagliato o di strano tra di noi la sera prima.

«Heath mi stava parlando di questa nuova cosa sui film di *Guerre stellari*.»

Alzai un sopracciglio. «Quello che deve ancora uscire?»

«Non proprio. Ma la buona notizia è che dopo i prequel, probabilmente non potrà fare più schifo, ed è già una buona cosa.»

Alzai gli occhi al cielo. «Sembra eccitante.»

«Heath dice che c'è una nuova regola per guardare i primi sei film, e che la gente dovrebbe vederli in quelli che lui chiama "l'ordine del machete".»

«L'ordine del machete? Che cosa diavolo è?»

«Significa che ti devi comportare come se l'Episodio Uno non fosse mai stato realizzato.»

«Sembra promettente. E questo "ordine del machete" significa anche che possiamo eliminare con un machete Jar Jar Binks dagli altri episodi?»

Emilia scoppiò a ridere. «A volte il modo in cui funziona il tuo cervello è veramente sconcertante.»

Annuii. «Grazie.»

«No. L'ordine del machete stabilisce che la saga di *Guerre stellari*, invece di essere incentrata sull'ascesa e la caduta di Anakin Skywalker, come vorrebbe farci credere George Lucas, riguarda effettivamente Luke Skywalker.»

La guardai perplesso. «Okay. Ci sta con gli episodi quattro, cinque e sei, ma gli altri due? Fino agli ultimi cinque minuti dell'episodio tre non è nemmeno nato!»

«Già, quindi l'ordine del machete stabilisce che si cominci a guardare la saga con l'episodio quattro, *Una nuova speranza,* poi l'episodio cinque: *L'impero colpisce ancora.*»

«Okay, finora ti seguo. Quelli sono i miei due episodi preferiti. Poi ti fermi lì, no?»

Mi guardò stupita. «Come fai a fermarti lì? *L'Impero colpisce ancora* finisce con Han congelato in una lastra di grafite e prigioniero di Boba Fett.»

Alzai le spalle. «Potrei benissimo vivere con quel mistero se significasse che non dovrò sorbirmi tre ore di Ewoks nel *Ritorno dello Jedi* per scoprire come finisce.»

«Beh, l'ordine del machete non significa rimuovere Jar Jar o gli Ewoks. Stabilisce solo che dato che la saga riguarda Luke, si devono guardare prima *Una nuova speranza* e *l'Impero compisce ancora,* e poi considerare l'episodio due, *L'attacco dei cloni,* e l'episodio tre, *La vendetta dei Sith,* come fossero flashback, per poi concludere con *Il ritorno dello Jedi.*»

«Quindi l'unica cosa che fa il machete è eliminare l'esistenza de *La minaccia fantasma?*»

«Già. Ma ne vale la pena, no?»

«Mhmm. Sarebbe molto meglio se qualcuno usasse un machete per staccare la testa a Jar Jar nella prima scena. *Questo* è ciò che io chiamerei "l'ordine del machete".»

Emilia ridacchiò, masticando un pezzetto di zenzero. La guardai, aveva un berretto grigio di maglia tirato sulla testa, con i suoi begli occhi marrone dorato che spuntavano appena sotto il bordo. «Allora, come ti senti?»

Lei storse la bocca e mi diede un'occhiataccia.

«Sì, lo so che te lo chiedo in continuazione, ma voglio comunque saperlo.»

«Sto bene, veramente. Per qualche giorno ancora, fino alla prossima dose di morte.»

«Significa solo che dobbiamo goderci ancora di più questi giorni, no?»

Lei mi guardò con un'espressione illeggibile e si voltò, prese il suo bicchiere di ginger e bevve qualche sorso, guardando verso la baia mentre viaggiavamo alla misera velocità di tre nodi nella barchetta elettrica. L'aria di mare stava donando un bel colore rosato alle sue guance.

Approfittai della sua distrazione per ammirarla. Era adorabile, anche mentre era palesemente malata. E teneva alta la testa. Era più coraggiosa di chiunque altro conoscessi. Mi si gonfiò il petto d'orgoglio riconoscendolo. Avrei solo voluto sapere che cosa le stava frullando nella testa quando vedevo quei lampi di pura tristezza passare come un fantasma nei suoi occhi.

Avrei voluto rifare tutto, usare un tipo di ordine del machete alle nostre vite. C'era parecchio, nel modo in cui avevo gestito le cose tra di noi, che avrei voluto eliminare. Ma non c'era modo di uscire da quell'inferno se non attraversarlo tutto, con la caparbia speranza che il nostro amore restasse intatto, una volta arrivati dall'altra parte.

«Emilia...»

Lei si voltò, con le sopracciglia quasi unite in un cipiglio. Aprii la bocca per continuare, ma il modo in cui mi stava guardando mi bloccò. «Che cosa c'è che non va?»

«Non mi chiami più così... o almeno è tanto che non lo fai. Mi chiami Mia, come tutti gli altri.»

«Oh, già...»

«Mi piaceva. Mi chiedevo come mai avessi smesso.»

Aprii la bocca e poi la richiusi. Il motivo per cui avevo smesso di chiamarla con il suo nome completo ero lo stesso per cui avevo cominciato. Quando ci eravamo incontrati la prima volta, era stato un modo per intimidirla verbalmente. Poi era diventata un'abitudine. Il suo nome, il suo nome completo, per me era un vezzeggiativo. Il nome che nessun altro *tranne* me usava. Non potevo fare a meno di ricordare che ogni volta che avevo tentato di reclamarla tutta per me, ti attirarla nella mia orbita, avevo cambiato irrevocabilmente la sua vita... e non sempre per il meglio.

Feci un respiro profondo. «Non ero sicuro che ti piacesse... all'inizio non ti piaceva.»

Emilia mi guardò con la faccia sera. «Hai ragione. Non mi piaceva... per niente.» Si voltò a guardare nuovamente la baia, con un sorrisino sulle labbra. «Ma ero decisa a non darti *mai* la soddisfazione di fartelo capire.»

«Ma... poi è cambiato?»

Lei alzò una mano e la infilò sotto il berretto, strofinandosi la testa. «Già... ha cominciato a piacermi. Molto. Penso che sia stato intorno alla prima notte che abbiamo passato sul tuo yacht. Non è che avessi mai odiato il mio nome... solo che non era veramente... *me*. Ma quella notte...» Inspirò a fondo e poi espirò piano. «Cominciai a rendermi conto che era il modo in cui *tu* pensavi a me. Chi ero per te... il modo in cui pronunciavi il mio nome sembrava così giusto.» Mi guardò imbarazzata e poi distolse gli occhi, sorridendo.

L'orgoglio che avevo provato prima si stava trasformando in qualcosa di diverso... la gioia tranquilla di stare semplicemente con lei, di godere ogni minuto passato con lei. Ma avevamo delle cose da discutere...

«Allora, stavo pensando che forse dovremmo parlare» cominciai.

Emilia si voltò a guardarmi, con le sopracciglia alzate, ed io indicai il posto accanto a me. Io non potevo muovermi perché ero al timone della barchetta. Emilia scivolò lungo la panchetta, accigliata, per sedersi accanto a me.

«È tutto il giorno che parliamo» disse, guardandomi un po' nervosa.

«Certo… ma pensavo forse… riguardo a ieri sera?»

Restò a bocca aperta e distolse gli occhi. «Che cosa c'è da dire?»

Inspirai ed espirai piano. «Beh, ho la sensazione che tu non sia così d'accordo sul piano di "andare adagio".»

Emilia chiuse la bocca e poi, senza guardarmi, scrollò le spalle. «Non capisco esattamente a che cosa possa servire.»

Mi voltai, di colpo a disagio, concentrandomi sul legno lucido del timone, passando il pollice sulla superficie liscia. «Non è perché non ti voglia. Lo capisci, vero?»

Lei abbassò la testa, unendo le mani in grembo. «È difficile capire che cosa ti passa per la testa sul sesso, in questi giorni.»

«Voglio solo fare le cose nel modo giusto questa volta. Ho paura… ho paura di mandare ancora tutto a puttane.»

«Pensavo…» disse e poi s'interruppe, scuotendo la testa.

«Che cosa?» insistetti. «Dimmi che cosa pensavi.»

«Pensavo che fosse perché eri risentito con me.»

La guardai sorpreso. Lei non riusciva ancora a guardarmi negli occhi, quindi allungai la mano, le presi il mento e le alzai la testa perché mi guardasse. «Lo ammetto… ho ancora qualche problema per il fatto che me lo abbia nascosto, quando è cominciato tutto. Rende difficile...» La mia voce morì prima che mi permettessi di completare quel pensiero.

Ma lei capì perfettamente dove volevo arrivare. «Non ti fidi di me.»

Deglutii. Sì, era vero. Non mi fidavo di lei, non completamente, non dopo l'ultima volta. Ma ero deciso a ritrovare quella fiducia. E l'avrei ritrovata.

Avevamo ancora una lunga strada da percorrere prima che lei si riprendesse: aveva ancora mesi di chemioterapia davanti a sé. Avevamo tempo. «Penso che entrambi abbiamo bisogno di tempo... per imparare a fidarci nuovamente uno dell'altro. Per imparare a essere sani, non solo fisicamente, ma anche ad avere una relazione sana. Sono convinto che dobbiamo andare adagio e comportarci razionalmente.»

I suoi occhi sembravano tormentati mentre annuiva. «Razionali, giusto. Quindi, finché avremo capito come fare, siamo solo... coinquilini.»

Orientarsi in quella conversazione cominciava a sembrare come camminare in un campo minato. Tolsi la mano dal mento di Emilia. «Se essere profondamente innamorati di qualcuno ma non fare sesso significa essere coinquilini...»

Emilia aggrottò le sopracciglia, ma sulla bocca aveva un piccolo sorriso. Qualcosa in ciò che avevo detto le era piaciuto. Forse era la rassicurazione che l'amavo. Forse era quello che voleva tutte le volte che cercava l'intimità con me. Decisi che l'avrei rassicurata più spesso che l'amavo. Moltissimo.

«Vieni qua.»

Lei si chinò in avanti e la baciai, senza temere che avrebbe tentato di spingermi a fare qualcosa di più come faceva spesso di recente. Assaggiai le sue labbra, con quell'accenno di zenzero, come sempre dolci come le ricordavo. Quando mi staccai, Emilia stava sorridendo. Quel sorriso ebbe un effetto straordinario su di me, mi disorientò per un attimo. Quel momento magico, quei pochi secondi dopo aver staccato le labbra, contenevano tutto l'entusiasmo e l'eccitazione di quei primi giorni che avevamo passato insieme, innamorandoci in fretta, seppure con riluttanza.

Aprii la bocca per dirle di nuovo che l'amavo. Ma lei alzò una mano e voltò la testa. Sembrava stesse cercando di evitare uno starnuto.

«Solo un attimo» disse, con gli occhi semichiusi, e poi partì la serie di starnuti più potenti che avessi mai sentito da lei. La gente nelle barche vicine ci guardò, stupita dai suoni potenti che arrivavano dalla nostra barca.

A un certo punto avevo dovuto afferrarla per impedirle di cadere in acqua. Aveva starnutito cinque volte di fila e poi restò immobile, convinta che avrebbe ricominciato se solo si fosse mossa.

Ma non ricominciò, grazie al cielo. Le passai qualche fazzolettino e lei si soffiò il naso un paio di volte prima di rimettersi seduta, con la faccia rossa. «Wow, da dove diavolo sono arrivati?»

Ma io riuscivo solo a fissarla, perché mi ero appena reso conto che c'era qualcosa di molto, molto sbagliato. Lei aggrottò la fronte ma solo uno dei sopraccigli si abbassò, perché l'altro, a quanto pareva, era stato completamente sparato via da tutto quello starnutire.

Non sapevo se ridere o piangere, dire qualcosa o permetterle di mantenere ancora per un po' l'illusione di avere ancora le sopracciglia e le ciglia, almeno finché non si fosse vista allo specchio. Perché sembrava che non fossero più di questo mondo. Alla fine avevano dovuto soccombere alla chemio.

Sembrava che stesse costantemente guardandomi con il sopracciglio inquisitorio, perennemente alzato, del signor Spock. Mi aspettavo che si voltasse e dicesse: «Questo non è logico, capitano Kirk».

E sapevo che in circostanze diverse Emilia avrebbe riso di quella situazione. Ma in quel momento era così fragile e sensibile, specialmente riguardo al suo aspetto. Non me la sentivo di ridere, o perfino di rivelarle che adesso le mancava un sopracciglio per poter avere un cipiglio perfetto.

Senza dire un'altra parola, girai il timone e feci manovra per tornare alla rampa accanto a casa mia, evitando il piccolo traghetto che andava e veniva dalla terraferma alla penisola di Balboa parecchie volte al giorno.

Quando arrivammo, Katya ci stava aspettando, cercando di abbronzare la sua pallidissima pelle canadese su uno dei lettini della nostra piccola spiaggia. Quando ci vide venne di corsa verso di noi, con grandi occhiali da sole bianchi e un enorme sorriso.

Quando vide Emilia, il sorriso svanì dalla sua faccia. Prima che potessi intercettarla e farle segno di non parlare passandomi un dito sulla gola, lei alzò gli occhiali e guardò Emilia con gli occhi socchiusi.

«Uh. Che diavolo è successo al tuo sopracciglio? È sparito.»

Ah, dannazione. Alla faccia di risparmiare i sentimenti di Emilia. Lei si precipitò in casa, chiedendo uno specchio. Rivolsi a Kat un'occhiata sofferente.

«Già, avresti potuto gestirlo meglio.»

Kat spalancò gli occhi, sorpresa, alzando le mani in segno di resa. «Cosa? Come se avessi potuto nasconderle il fatto che adesso sembra che stia perennemente sul punto di dire qualcosa di sarcastico. Voglio dire, è *Mia* e lei dice sempre qualcosa di sarcastico, ma accidenti. Per quanto tempo avevi intenzione di lasciarla andare in giro con solo un sopracciglio?»

Sospirai, arrendendomi. Quando rividi Emilia mezz'ora dopo, non aveva più le sopracciglia e anche la maggior parte delle ciglia era sparita. Se le era strappate o le aveva rasate. Non ebbi il coraggio di chiederglielo. In effetti, non menzionai più la sua mancanza di pelo facciale.

Decisi che mi sarei fatto decolorare i capelli, tingendoli di rosa, se il suo aspetto fosse diventato un problema troppo grosso per lei. Perlomeno avrei attirato su di me le occhiate curiose, invece che su di lei.

CAPITOLO DICIANNOVE
MIA

ERO SICURA CHE ADAM PENSASSE CHE NON SAREI RIUSCITA sopportare la perdita di altri peli. La verità era che me lo aspettavo. Quindi presi diverse tonalità di matite e perfino un pennarello ipoallergenico e mi allenai con Katya a disegnare le nuove sopracciglia mentre guardavamo altri tutorial online sulle sopracciglia e le ciglia. Con un tratto di penna potevo passare da fiera e arrabbiata a permanentemente sorpresa, oppure assomigliare a un vulcaniano logico e razionale. Potevo anche disegnare degli zigzag e dei simboli, come una rock star.

In breve, decisi che avrei potuto piangere o riderne e dato che ultimamente c'erano state fin troppe lacrime, scelsi di ridere. Tutta quella situazione mi stava insegnando qualcosa sulla natura della felicità.

E avere Kat con me ad aiutarmi a ridere di me stessa serviva...

«Spock, capitano Kirk, signor Sulu» disse Kat qualche giorno dopo mentre stavo consultando le mie note sulla missione segreta di Dragon Epoch, per preparare un nuovo post per il mio blog. Eravamo sul pavimento nella mia stanza e stavo usando il letto come scrivania.

«Mhmm» dissi, battendomi un dito sul labbro. «Serie originale o la nuova serie?»

«La nuova serie, dai!»

«Vediamo… scopare Spock. Sposare Sulu. Uccidere Kirk.»

Kat alzò un sopracciglio e ridemmo insieme. «Già, anch'io avrei voglia di uccidere Kirk» disse. «Okay, tocca a me.»

«I tizi della *The Big Bang Theory*» dissi. «Leonard, Howard e Raj.»

«No, per favore!» Cominciò a ridere. «Vorrei ucciderli tutti e tre.»

La inchiodai sul pavimento. «Il gioco si chiama: scopare, sposare, uccidere. Non uccidere, uccidere, uccidere.»

«È brutale, Mia. Dannazione… eh. Scopare Leonard. Sposare Raj. Uccidere Howard.» E poi rabbrividì.

Avrei riso, ma ero già distratta dai miei appunti.

«Sei di nuovo ossessionata da quella missione?»

«Già. Sono completamente bloccata. Sono a tanto così dallo scoprire dove si trova la prigione della principessa ma ogni volta che mi avvicino mi annichiliscono. Vorrei avere una guaritrice.»

Kat mi guardò come se fossi pazza. «E che cos'è Persephone? La figlia della serva? Io sono una delle migliori guaritrici sul server.»

La fissai per qualche minuto, un po' scossa per non essermi resa conto di una cosa così ovvia. Ridicolmente ovvia. «Uh, già, immagino che potrei continuare questa missione con altri giocatori… pensi che sia okay?»

Lei alzò le spalle. «E che ne so. Chiedi al tuo ragazzo.»

«Oh no, non dice mai una parola che abbia a che vedere con la missione.»

Kat agitò le sopracciglia, guardandomi ironica. «Hai cercato di usare il sesso per corromperlo?»

Distolsi lo sguardo, buttandola sul ridere. Sarebbe stato più giusto dire il contrario. Sembrava che in quei giorni lo desiderassi più io di lui.

«Allora, seriamente, mi servirebbe anche un tank» dissi, riferendomi al termine comunemente usato per un personaggio con un mucchio di punti-vita che poteva stare davanti ai personaggi più fragili come me e Kat e assorbire tutti i danni.

«Mhmm, Fragged» disse Kat. «Chi altro?»

«DPS.» Un personaggio che poteva infliggere agli opponenti più danni ogni secondo.

«FallenOne.»

Sospirai. Perché non mi era mai passato per il cervello che avrei potuto usare il mio solito gruppo di gioco per aiutarmi con la missione segreta?

«Mhmm. Ehi… magari era previsto che tu chiedessi l'aiuto di altra gente. Non ci avevi pensato?»

Mi grattai la testa con la matita, controllando gli appunti. «No, non ci avevo pensato.»

Feci una smorfia, quasi scioccata per la mia stupidità. Avrei chiesto il loro aiuto, la prossima volta che avessimo giocato insieme. E Adam sarebbe semplicemente dovuto restare lì, tenere la bocca chiusa e assecondarci.

E fu esattamente ciò che feci… e quello che fece lui. In poco tempo mentre facevamo progressi, lenti ma costanti, il mio gruppo regolare di amici di gioco mi aiutò a procedere con la missione.

***

La mia vita assunse una strana routine. Andavo in ospedale per un nuovo round di chemio, a volte circondata dai miei amici. C'era Kat, e, a volte, Heath, Alex e Jenna. Quando poteva si faceva vedere anche William, ma gli ospedali lo impressionavano, quindi non era molto contento di venire. Adam c'era sempre, ma parlava poco. Si limitava a stazionare vicino, come un guardiano.

Poi andavamo a casa. Solo lui ed io, e restavamo da soli per giorni mentre io mi sentivo come se mi stessero torturando per i miei molti peccati. A volte, il primo giorno, c'era anche un'infermiera ma Adam era lì, ogni sacrosanto minuto. E mi venne in mente che doveva essere esausto perché in quei momenti non smetteva mai di lavorare. Jordan o un fattorino gli portavano il lavoro a casa e lui passava un'ora o due lontano da me, comunque quasi sempre mentre dormivo, e poi tornava al mio fianco.

Appena cominciavo a sentirmi meglio, restava in ufficio ventiquattro ore su ventiquattro, fino a un paio di giorni prima della scadenza del round successivo. Poi facevamo qualcosa di speciale o di diverso, oppure andavamo solo a fare una passeggiata sulla spiaggia o un giro in barca nella baia. A volte venivano gli amici e giocavamo a DE e mangiavamo pizza.

Il mio ventitreesimo compleanno arrivò e se ne andò. Era capitato in uno di quei giorni in cui stavo ancora male per la chemio. C'era mia madre ad aiutarmi e, qualche giorno dopo, quando mi sentii meglio, Adam rimediò facendo venire gli amici. Ma non ero proprio dell'umore per festeggiare. Chi sapeva quanti compleanni avrei avuto dopo quello?

E chi sapeva quando sarebbero tornate normali le cose tra me e Adam, se mai c'era un "normale" a cui tornare?

In quei giorni, lui passava quasi ogni minuto da sveglio con me. Ma mai le notti.

In uno di quei giorni, una mattina tardi con il tipico tempo soleggiato, eravamo seduti sul portico posteriore, Adam stava leggendo le notizie sul suo tablet e io stavo sfogliando qualche rivista di videogiochi per cercare qualche idea per il mio blog. Con tutto quello che stava succedendo e gli effetti del cervello da chemio che m'impedivano di pensare chiaramente, diventava sempre più difficile mantenere la facciata per il blog.

Per non dire poi del disagio di scrivere su DE. Avevo ricevuto un mucchio di attenzione con il mio annuncio di aver aperto la missione. Tantissimi lettori stavano seguendo i miei vaghi rapporti sui progressi e tentando di ottenere qualche informazione, ma io mi sentivo sempre più divisa riguardo al conflitto d'interessi, perché stavo con Adam e scrivevo sul suo gioco.

Mentre sfogliavo la rivista, mi soffermai su un articolo riguardante la San Diego Comic-Convention. Adam alzò gli occhi quando, a metà circa dell'articolo, sbuffai forte.

«Che c'è?» mi chiese.

«Mhmm. Il pezzo di un opinionista su quanto sia difficile ottenere i biglietti per la Comic-Con e di come stia diventando sempre più difficile di anno in anno. Ho sempre desiderato di andarci, un giorno...» Lasciai che la voce svanisse senza dire che, viste le mie attuali condizioni, c'era la possibilità che "un giorno" non arrivasse mai. Diedi un'occhiata ad Adam. I suoi occhi scuri erano seri.

Quei pensieri erano gremlin onnipresenti, che la maggior parte delle volte riuscivo a scacciare in fondo alla mente. La maggior parte della gente della mia età era completamente ignara della sua mortalità a meno che, come me, fosse obbligata ogni giorno ad affrontare la possibilità di una morte imminente. Ma sapevo anche che, vista la storia personale di Adam, lui ne era più che cosciente. Ci tormentava come un poltergeist che cercavamo di ignorare. Espressioni semplici che contenevano le parole "morire" avevano assunto per noi un nuovo significato. Non "morivamo" più dalla voglia di vedere un certo film, né "morivamo" di risate.

Perché quando si ha un quindici percento di possibilità di non vedere il compleanno successivo, non è più un modo di dire. Mi schiarii la voce e spinsi lontano i gremlin ancora una volta.

«Posso farti avere un pass per la Comic-Con» disse Adam. «Ma mi sorprende che tu non abbia mai fatto richiesta per un pass, visto che sei una blogger.»

Mi misi a ridere. «Credo che tu sopravvaluti la mia influenza nel grande schema delle cose.»

«Ma a quanto pare GameGlomerate non la pensa così, visto che vogliono rilevarti.»

Scrollai le spalle. «È strano. Non ho mai voluto andarci così disperatamente, diversamente da Alex o gli altri miei amici. Era solo una delle cose da fare prima di... cose da fare veramente un giorno.» Mi corressi a metà frase e Adam strinse le labbra.

«Bene, allora. Ti darò uno dei biglietti assegnati alla Draco. Puoi prendere il posto di una delle stagiste. Una stupida idiota in meno con cui avere a che fare durante il viaggio.»

«Non dovrei...» sospirai. Non lavoravo più per la sua società.

«E se ti dicessi che desidero veramente che tu venga?» Fece un sorrisetto.

Gli sorrisi anch'io. «In quel caso... perché no? La vita è troppo breve.»

Adam fece una smorfia e si voltò. Ah, eccolo... un altro gremlin che era saltato fuori a sostituire quello che avevamo evitato con tanta cura. Sospirai. Invece di fingere di non notare la sua reazione, mi avvicinai e mi sedetti accanto a lui, appoggiandogli la testa sulla spalla. «Ti dà fastidio quando lo dico, vero?»

Lui rimase in silenzio, poi mi guardò e mi baciò la testa. «Sì.»

Gli misi un braccio sulle spalle. «Allora non lo dirò più.»

Adam mi tirò a sé, baciandomi ancora. «Grazie.»

Rimanemmo così a lungo. Desideravo tanto baciarlo. Non ci baciavamo sul serio da parecchio. Com'era possibile che potessimo restare insieme ogni giorno, così spesso uno alla presenza dell'altro, eppure non mi fossi mai sentita così distante?

Voltai la testa e lo baciai sulle labbra. Era uno di quei baci che si poteva scambiare una vecchia coppia sposata, magari dopo cinquant'anni insieme. Adam ed io eravamo stati una coppia per nemmeno per un anno. Ma che anno era stato. Pieno di così tanti alti e bassi. Aveva bruciato il nostro amore troppo in fretta?

Lo guardai negli occhi scuri mentre lo baciavo di nuovo, sentendo quel familiare colpo al cuore. I *miei* sentimenti non erano cambiati, ma sapevo benissimo che le nostre azioni passate potevano aver danneggiato irreparabilmente quell'amore appena sbocciato. Cercai di approfondire il bacio, aprendo la bocca ma Adam non reagì.

Mi staccai, osservandolo. Ci fissammo negli occhi ed io riuscii a malapena a respirare. Quella stessa incertezza, le solite domande mi stavano stringendo il cuore e ronzavano nella mia mente. I suoi occhi erano specchi, ma riflettevano quello che pensava lui o quello che volevo vedere?

Feci un respiro profondo. «È il mio alito vomitoso, vero? Ho l'alito da vomito.»

Adam fece un sorrisino. «Non hai l'alito da vomito.»

«Puoi dirmelo, sai. Posso sopportarlo.»

Il sorriso questa volta era più sincero. «*Non* hai l'alito da vomito. Comunque sono le tue sopracciglia che mi disturbano oggi.»

Passai la punta delle dita sui segni fatti con il pennarello. «Non ti piacciono i simboli magici?»

«Sembri una malvagia fattucchiera.»

«Ti trasformerò in un rospo se non mi baci.»

«Dovrebbe essere il contrario.»

«Le fattucchiere malvagie fanno così.»

Adam mi tirò vicino e mi baciò di nuovo, probabilmente per evitare la maledizione del rospo. Dopo un momento, il bacio divenne qualcosa di più e con un sospiro mi appoggiai contro di lui, apprezzando la sensazione. Adam cominciava ogni bacio con un tocco leggero, come un piccolo assaggio. Un antipasto che ti faceva desiderare di più. Di solito non durava a lungo. Quell'assaggio accendeva una fame che chiedeva soddisfazione. Dall'assaggio alla gratificazione, il bacio invitava a un'immersione totale, a un mutuo godimento. Poi cominciava lo scambio. Io alimentavo il suo desiderio e lui alimentava il mio. Ci divoravamo a vicenda e più lo facevamo, più la fame aumentava.

Adesso aveva le mani ai lati del mio viso e mi teneva ferma, contro la sua bocca. Il bacio divenne più profondo e cominciai a far fatica a respirare, con il cuore che batteva come se fossi appena scesa da un tapis roulant. Sentii un freddo brivido di eccitazione. Mi stava toccando come un amante. Finalmente.

Premendo la bocca sulla sua e aprendola, infilai la lingua e lo sentii: un subitaneo tirare il fiato, il forte battito del cuore sotto la mia mano. In quel breve istante non dubitai che mi desiderasse. Lo desideravo anch'io. E il calore che stava nascendo tra di noi era promettente.

Cioè, finché Adam non si tirò indietro, molto gentilmente e senza preavviso. Aveva il volto arrossato ed era facile capire che era eccitato. Ma mise fine a tutto con uno di quei maledetti baci sulla fronte, come un nonno che stesse baciando la sua nipotina. Mi appoggiai alla sedia, esasperata.

«Adam...»

«Non hai fame? Io sono affamato.»

Alzai una delle mie sopracciglia disegnate. «Sì, ho fame e anche tu, ma non di cibo.»

Adam inspirò e poi lasciò andare lentamente il fiato, mettendosi diritto e obbligandomi a tirarmi indietro.

«Perché non mi vuoi più?»

Lui sbatté le palpebre. «Chi dice che non ti voglio più? Dovrebbe essere ovvio che non è così.»

«Dovrebbe?»

Lui guardò in basso, indicando la sua erezione. Mossi una mano per toccarlo lì, ma lui mi afferrò il polso. «Questo non significa andare piano.»

«Mi stai facendo impazzire. Sono passati mesi...»

«Non litighiamo, okay? Domani hai un nuovo trattamento.»

«Sì, domani. E devono passare quasi ventiquattro ore.»

Adam non disse niente ed io lo fissai mentre lui evitava il mio sguardo.

«Quando, allora?»

Scrollò le spalle. «Quando starai meglio?»

«Mi manca ancora un mese di chemio.»

«Lo so» sussurrò e mi strinse a sé. «Non credo che siamo ancora pronti.»

Ma se non ora, quando? E perché no? Che cosa stava incasinandogli il cervello? Perché era ovvio che c'era qualcosa. Era chiaro che lo desiderava, che apparentemente il fatto che assomigliassi al Gollum del *Signore degli anelli* non lo disgustava completamente.

Allora che cos'era?

Capitolo Venti
Adam

Sapevo che Emilia aveva delle domande a cui non potevo, o non volevo, rispondere. Sapevo che aveva bisogno di sentirsi vicina a qualcuno. Ne avevo bisogno anch'io. Ma non eravamo pronti. Stavamo appena ricominciando a rimettere in riga la nostra vita dopo i casini e gli errori che avevamo fatto.

In quel momento lei aveva bisogno di un amico ed ero deciso a esserlo. Perché l'ultima volta che l'avevo toccata, beh, non avrei potuto sopportare altri disastri. Almeno finché non fossero state sgombrate le macerie di quello in corso.

***

«Uh. Okay riproviamo. Tentativo numero trecentosessantadue» borbottò Heath. Probabilmente mi aveva anche lanciato un'occhiataccia.

Con un lungo sospiro, Emilia si strofinò la fronte sotto l'orlo della bandana che aveva in testa. «Dobbiamo aver trascurato qualcosa di molto ovvio. Sono giorni che tentiamo e continuano a farci fuori.»

Eravamo nella sala giochi a casa mia, tutti seduti intorno a un tavolo con i nostri laptop davanti a noi. Dato che per una volta eravamo tutti nella stessa stanza, non avevamo bisogno di cuffie. Repressi uno sbadiglio. S'irritavano tutti maledettamente quando sembravo annoiato. Che cosa si aspettavano? Dovevo praticamente sedermi sulle mani e lasciare che lo capissero da soli.

Kat si raddrizzò. «Okay. Ho di nuovo tutti i miei incantesimi. Possiamo ripartire.»

«Merda. Dobbiamo fare qualcosa di diverso. Non ho intenzione di rifare continuamente la stessa cosa. È una stronzata. Sul serio» si lamentò Heath.

Emilia stava rivedendo i suoi appunti per la decima volta. «Sono d'accordo che mi sfugge qualcosa… ma cosa? Siamo nel posto giusto. C'è una fortezza in cima alla montagna e sono sicura al novantanove percento che è lì che è rinchiusa. L'indizio dice che c'è un tunnel che porta a un'entrata sotterranea segreta del castello. In teoria, dovrebbe essere qui, accanto al sergente come-diavolo-si chiama. Ma ogni volta che gli parliamo e lui ci dà la chiave, appare dal nulla un'orda di goblin e ci annienta.»

«Forse non dobbiamo parlargli, e andare all'entrata senza di lui» suggerì Kat.

Heath soffiò fuori il fiato, irritato. «Ci serve la chiave e l'entrata non appare finché non gli abbiamo parlato. Quindi se non gli parliamo, non ci sono né la chiave né l'entrata.»

«Ma appena lo facciamo un miliardo di goblin ci fa il culo» disse Kat. «Quindi, o stiamo facendo qualcosa di sbagliato oppure ci serve *molta* più gente per aiutarci.»

«Ragazzi, nemmeno un raid di ventiquattro giocatori riuscirebbe a farcela con quella quantità di goblin di alto livello!» protestò Heath.

Io restavo, con il mento appoggiato alla mano, a osservarli, in silenzio come sempre. Tendevano a dimenticare che ero lì, a meno che avessero bisogno di fare un commento sarcastico su quanto erano frustrati. Poi, di colpo, si accorgevano che c'ero. Avevano imparato da tanto a non cercare di estorcermi degli indizi.

Quella sera ero piuttosto stanco, ma non potevo permettermi di sbadigliare. Mi sarebbero saltati alla gola in un istante.

«Tentiamo di nuovo. Forse impareremo qualcosa di nuovo questa volta» disse Emilia.

Heath sbuffò. «È quello che hai detto per le ultime due dozzine di tentativi.»

Lei alzò le sopracciglia a forma di lampi. «Hai un'idea migliore?»

«Cazzo, non lo so. Mi sto stancando.»

«Bene, allora. Vai a parlargli e fai apparire la chiave e l'entrata del tunnel.»

Fragged si avvicinò al personaggio non-giocatore, il sergente GriffonShield. Heath cominciò a scrivere furiosamente.

Fragged dice: "Saluti, sergente GriffonShield."

Il sergente GriffonShield dice: "Saluti, viaggiatore. Che cosa ti porta in questa parte desolata del mondo?"

Fragged dice: "Sono qui per salvare la principessa. È imprigionata nel castello."

Il sergente GriffonShield dice: "Sì, alcuni dicono che la sua prigione è qui. Povera ragazza. Piango la sua perdita. Se solo un'anima coraggiosa potesse aiutare a liberarla."

Fragged dice: "Sì, sì, sì, basta con quella tiritera, coglione."

«Quello non fa parte del copione. Non ti risponderà» disse Kat.

«Sono stufo di questo coglione. Ci farà solo piovere addosso una valanga di goblin in un minuto se scrivo la battuta esatta.»

«Quindi hai intenzione di insultarlo? Dove credi che ti porterà?»

Heath fece un sospirone. «Bene, scriverò la dannata battuta. Uffa.»

*Fragged dice: "Voglio liberarla."
*Il sergente GriffonShield offre a Fragged una chiave ossidata.
*Il sergente GriffonShield dice: "Ecco, anima coraggiosa. Prendi questa chiave e trova la nicchia dove funziona, laggiù sul lato della montagna. Ti porterà al passaggio che cerchi."
*Fragged dice: "Fottiti, testa di cazzo. Aiutaci."

«Heath, per favore, prendi quella dannata chiave» sibilò Emilia.

*Il sergente GriffonShield dice: "Ahimè, mi piacerebbe aiutarti, ma non posso lasciare la mia postazione finché non avrai riunito i miei alleati."

Tre teste si voltarono di colpo verso di me, con gli occhi spalancati per la sorpresa. Quasi mi misi a ridere. Quasi. Avevo previsto che ci sarebbe voluta l'esasperazione di Heath perché scoprissero accidentalmente che cosa dovevano fare.

Abbassai la testa, cercando di sembrare affascinato da qualcosa sulla mia tastiera.

«Ehi, che cosa cazzo è successo?» chiese Heath.

Nessuno rispose, quindi alzai gli occhi. Mi stavano ancora fissando tutti. Mi schiarii la voce. «Penso che si sia offerto di aiutarvi. Adesso posso sbadigliare?»

Heath afferrò un pezzo di carta, lo appallottolò e me lo gettò. Lo respinsi con una risata. «Wow, era il campanello? Vado io. Voi tre potete… parlare tra di voi.»

Mi alzai e, prima di andarmene, incrociai lo sguardo di Emilia, che mi rivolse un enorme sorriso. Ammiccai e uscii dalla stanza.

Tornai mezz'ora dopo e dichiarai che io ed Emilia, eravamo troppo stanchi per continuare quella sera. Lei aveva un altro round di chemio la mattina successiva e aveva bisogno di tutto il riposo possibile.

In cima alle scale, lei si voltò e mi mise le braccia al collo.

«Ehi, sei proprio pieno di sorprese.»

«Te ne stai accorgendo solo adesso?»

Lei si sollevò sulla punta dei piedi e mi baciò. «No, ovviamente no. Sono ottusa, ma non così tanto.»

«Non sei ottusa.»

Lei restò perfettamente immobile, esitando.

«Che c'è?»

«Dormi con me stanotte?»

Deglutii. Diventava sempre più difficile dirle di no. E sempre più difficile negare quello che volevo veramente: *lei*. Comunque dormii nel suo letto. Cinsi la sua figura sottile tra le braccia e la strinsi contro di me. Era il massimo che potevo darle per il momento. E sinceramente non avevo idea di quando sarei stato pronto a darle di più.

Capitolo Ventuno
MIA

C'ERA QUALCOSA CHE NON ANDAVA. LO AVEVO CAPITO nel momento stesso in cui quel nuovo farmaco aveva cominciato a bruciarmi nelle vene. Mi sentivo diversa e avevo cominciato immediatamente a nuotare in un mare di strano delirio e nausea costante, che combattei, con successo, grazie ai farmaci antinausea che stavo prendendo, riuscendo a tenerla a bada per quasi tutto il giorno. Visto come sarebbero andate le cose più tardi, probabilmente sarebbe stato meglio non cercare di sopprimere quella reazione mentre ero ancora in ospedale, sotto l'occhio vigile d'infermieri e medici.

Perché quella notte mi ritrovai all'inferno.

Adam sapeva che dovevo andare immediatamente a letto il primo giorno del ciclo di chemio. Non sarei stata in grado di fare nient'altro che dormire e vomitare per almeno ventiquattro ore, di solito di più.

Ma quando mi svegliai al buio con la necessità urgente di vomitare, senza darmi la possibilità di arrivare alla toilette in tempo, la nausea mi travolse con una violenza tale che mi trovai a vomitare e a farmi pipì addosso contemporaneamente. Avevo un conato dopo l'altro. Sembrava che ogni cellula del mio corpo stesse lottando contro la chemio. Ogni singolo centimetro di me era pronto a implodere, per ribellarsi contro il veleno che mi scorreva allegramente nelle vene.

Volevo morire.

E no, non stavo esagerando. Volevo veramente, *veramente*, morire invece di sopportare quello che mi stava succedendo.

La parte più folle è che non premetti il tasto di emergenza sul telecomando del bagno. Devo essere impazzita o troppo maledettamente indipendente, perché nel mio strano delirio psicotropo, lottai veramente contro il desiderio di chiamare Adam perché mi aiutasse.

Almeno finché fui semisvenuta sul pavimento. Ma a quel punto, quando cercai di raggiungere il tasto dell'interfono, scoprii che non avevo più la forza di alzare il braccio per farlo.

Invece voltai la testa, con le lacrime che mi scendevano dagli occhi, mentre lo stomaco continuava a rovesciarsi molto tempo dopo essere stato svuotato di tutto il suo contenuto. Grandi chiazze blu e l'oscurità che si raccoglieva intorno al bordo del campo visivo mi fecero capire, con un solo secondo di preavviso, che stavo per perdere i sensi.

Capitolo Ventidue
Adam

GRAZIE AL CIELO LA CONTROLLAVO REGOLARMENTE dopo un round di chemio. Perché quando la trovai incosciente sul pavimento della stanza da bagno, non avevo idea da quanto tempo fosse lì.

«Cazzo!» gridai, inginocchiandomi accanto a lei, prendendola in braccio. «Mia… Mia…» la scossi e lei reagì immediatamente, borbottando qualcosa che non riuscii a capire.

«Mi dispiace… mi dispiace tanto. Avrei dovuto dirtelo…» sussurrò.

«Stai bene? Che cosa diavolo è successo?»

Stava tremando. «T-t-tanto freddo.»

«Vieni.» La tirai su contro di me e lei scivolò, quasi cadde, in realtà, ma riuscii ad afferrarla. Mi stava spaventando a morte.

Le misi addosso l'accappatoio pesante, ma lei continuò a tremare. La strinsi forte tra le braccia. La violenza della sua reazione, il fatto che il farmaco che le avevano somministrato fosse nuovo, mi stavano facendo cagare sotto dalla paura. Dovevo chiamare immediatamente l'ospedale. Ma non avevo intenzione di lasciarla un solo istante per farlo.

«Sto bene. Sto bene» biascicò. «Portami a letto.»

La presi in braccio e la portai nel suo letto. «Posso portarti qualcosa? Acqua?»

Lei rabbrividì. Presi una coperta e gliela avvolsi attorno. «Vado a chiamare il tuo medico…»

«No, resta qui. Devi scrivere qualcosa per me.»

«Che cosa?»

Emilia indicò con un braccio molle il comodino, come se non avesse il controllo della mano. «Prendi carta. Devo fare lista.»

«Potrai farla dopo.»

«Sto bene. Devo fare questa lista. Adesso. Tu devi scriverla.»

Presi il blocco dal comodino e cercai il suo telefono. Non lo vedevo da nessuna parte. Il mio era nella mia stanza. Mi alzai per andare a prenderlo. Lei mi agganciò la maglietta con la mano.

«No, non lasciarmi. Per favore, devi scriverla.»

Mi sedetti sbuffando. «Okay, in fretta, perché devo chiamare l'ospedale.»

«Uhm, okay» Rovesciò gli occhi mentre si sedeva, pensando. «Imparare il tango. Baciare qualcuno sulla torre Eiffel. Vedere la Venere di Milo. Ahhh.»

Scrissi più in fretta che potevo. «Okay. Fatto. Ora…»

Emilia mi tirò di nuovo la maglietta. «Non ho finito ancora. Continua a scrivere. Sessantanove, o sesso in pubblico.»

«Cosa?»

«Scrivi e basta. Questa è la mia lista dei desideri.»

«Vuoi mettere il sessantanove nella tua lista dei desideri?»

«Esprimere un desiderio su una stella cadente. Lavorare a maglia. Fare la volontaria in campo medico. Uhm… l'alba in qualche posto figo come l'oceano Artico. Vedere le luci del nord…»

«Okay, basta. Potrai lavorarci dopo. Adesso devo chiamare il medico.»

«Devo fare queste cose. Voglio farle prima… prima…»

Le tolsi la mano dalla mia maglietta e corsi in camera mia a prendere il cellulare. L'avevo all'orecchio, avendo deciso di non chiamare la guardia medica e chiamare direttamente il 911.

Quando tornai nella sua stanza, Emilia aveva perso nuovamente i sensi.

Maledizione.

La presi in braccio, coperta e tutto, e urlai gli ordini al telefono. Non c'era modo che l'ambulanza arrivasse fino alla mia casa e non volevo aspettare finché avessero attraversato Bay Island con la barella. Invece di sprecare tempo e aspettare che il guardiano arrivasse con un'auto elettrica, la portai in braccio attraverso il ponte pedonale. E, accidenti, era talmente leggera che quasi non ne sentii il peso.

Avevo lo stomaco contorto per la paura e la preoccupazione. Lei si stava muovendo contro il mio petto.

«Va tutto bene, ti porterò subito dal medico» dissi.

Lei stava biascicando qualcosa che faticavo a sentire. «Non voglio, ma... sto per morire. Me lo merito, dopo quello che ho fatto...»

Sentii lo stomaco sprofondare come se stessi salendo con un ascensore ultra-veloce. Mi girò la testa per la nausea, ma la ringoiai e mi concentrai su quello che dovevo fare. Qualche minuto dopo, andai incontro all'ambulanza sul ponte che collegava l'isola alla terraferma e loro aprirono la barella, legandovi sopra Emilia. Mi strinsi nel retro dell'ambulanza accanto a lei e partimmo a tutta velocità.

Ore dopo, mi strofinai gli occhi stanchi. Erano le quattro del mattino ed Emilia era tranquilla, in una stanza dell'ospedale, con una flebo che gocciolava lenta. Era ancora immobile e pallida e non si era mossa da quando eravamo arrivati. Il medico aveva detto che era colpa della disidratazione e della stanchezza. Aveva avuto una pessima reazione al nuovo farmaco e avevano informato il suo oncologo, che sarebbe venuto subito al mattino. Per ora, sedata e idratata, lei era al sicuro e stabile. Ed io ero un rottame.

Me lo merito, dopo quello che ho fatto. Le sue parole mi ronzavano costantemente nella mente. Quel bolo di nausea mi restava fisso nello stomaco, come un masso. Stava perdendo la voglia di vivere?

Affondai il volto tra le mani, premendo il palmo sugli occhi. Ero perso, non sapevo che cosa fare. Fisicamente, per il momento lei si sarebbe ripresa. Ma la sua volontà stava declinando. E se avesse perso la voglia di lottare, chi sapeva che cosa sarebbe successo?

Un'ora dopo cominciò a muoversi, aprendo appena gli occhi. Voltò la testa verso di me. «Adam» gracchiò.

Chiusi la mano sulla sua. «Sono qui.»

«Lo so» sussurrò, con un pallido sorriso sulle labbra screpolate. «Tu ci sei sempre.»

Non avevo niente da dire e quindi mi limitai a stringerle la mano.

«Che cos'è successo? Perché sono in ospedale?»

«Hai avuto una brutta reazione ai nuovi farmaci.»

«Dio, la testa mi sta uccidendo.»

«Ti sei disidratata. Non ricordi niente?»

«Uhm. Ricordo di aver vomitato esageratamente per tutta la stanza da bagno e poi di essere svenuta. Questo è tutto. È così che mi hai trovato?»

«Sì. La prossima volta, fammi un favore e premi quel maledetto tasto, okay?»

Emilia fece una smorfia. «Credo di averci provato, ma ci ho pensato troppo tardi. La solita cocciutaggine.»

«Sono scioccato.»

«Non essere sarcastico. Non ti si addice. Ora… devi andare a casa e dormire un po'.»

«Sto bene.»

«No. Vai e fai almeno un pisolino.»

«Sono le cinque… il tuo medico arriverà tra qualche ora. Voglio essere presente.»

«Sei rimasto sveglio tutta la notte. Ora chi è il testardo?»

Scrollai le spalle. «Siamo ben assortiti allora, no?»

Emilia sorrise e sospirò. «Immagino che si possa dire così.»

La osservai, tormentato dalle parole che aveva detto mentre delirava… parole che apparentemente lei non aveva idea di aver pronunciato.

«Che cosa c'è che non va?»

Alzai le spalle. «Sono solo preoccupato per te.»

«Me la caverò.»

«Sì? Ci credi *veramente?*»

Lei piegò la testa guardandomi. «Ti ho detto qualcosa?»

«Sembrava… sembrava che stessi perdendo la speranza.»

Emilia strinse le labbra. «Mi dispiace. Non ricordo di averlo detto. Ma se ho detto qualcosa, probabilmente era perché ero così stanca. Mi sto stancando di vomitare in continuazione.»

Annuii. «Mi hai fatto scrivere una lista di desideri.»

Emilia spalancò gli occhi. «Merda. Non me lo ricordo. Ehi, che cosa c'era sulla lista?»

«Sessantanove.»

«Cosa?»

«C'era della roba sessuale sulla tua lista dei desideri.»

Emilia rise e pensai di vedere un po' di colore salirle alle guance. «Non mi stai prendendo per il culo, vero? Roba strana?»

«Non strana, solo… insolita. Non ti perdi niente con quella cosa del sessantanove. Non è divertente come sembra.»

Lei piegò la testa verso di me, di colpo molto interessata. «Ah sì?»

«Già… è… beh, c'è troppo multitasking.»

Mi guardò sorpresa. «Sei un programmatore e ti stai lamentando del multitasking?»

Alzai le spalle. «È anche piuttosto faticoso per il collo.»

Ora spalancò gli occhi. «E tu come fai a saperlo?»

Oh, merda. Beh, adesso *era* imbarazzante. «Uhm…» Distolsi gli occhi.

Lei rise di nuovo. «Va tutto bene. Ti stavo solo prendendo in giro. Anche se un giorno prenderò a calci tutte quelle ragazze con cui l'hai fatto. O almeno lo farò col pensiero.»

Sorrisi, rincuorato dall'uso delle parole "un giorno". Non aveva idea di aver avuto in programma di morire o di voler fare una lista dei desideri o nient'altro, e mi sentii sollevato.

Il medico non arrivò fino a quasi mezzogiorno ed io mi stavo muovendo al rallentatore, ma a quel punto si erano fatti vivi tutti i nostri amici, quindi potei restare seduto tranquillo e lasciarla parlare con loro mentre io mi concentravo per restare cosciente.

Liam arrivò con un gran mazzo di fiori. Era riuscito a mettere piede in ospedale più volte nelle settimane passate che in tutta la sua vita. Ero orgoglioso di lui e impressionato che il suo affetto per Emilia lo avesse trascinato lì.

«Grazie, William. Sono belli, ma arriverà presto il medico e mi dirà che posso andare a casa. Quindi chiederò ad Adam di portarli a casa e metterli in un grande vaso, okay?»

A quanto pareva, non aveva il coraggio di dire a William che non poteva avere fiori o piante accanto a lei durante i trattamenti di chemio. Liam quasi non prestò attenzione. Era incantato da una delle amiche di Emilia, di nuovo. La silenziosa, studiosa Jenna. Pensavo che quell'infatuazione gli fosse passata, ma la stava adocchiando in modo piuttosto ovvio e lei faceva finta di non notarlo.

Presi i fiori e li misi fuori nel corridoio, su un tavolino.

Alex e Jenna avevano portato un gioco di dadi e stavano mostrando a Emilia e a Kat come giocare. Più tardi arrivò Heath e poi il medico, che mandò tutti fuori dalla stanza mentre la visitava.

Una volta finito, mi permise di rientrare mentre prendeva appunti sulla cartella di Emilia sul suo tablet. «Le mancavano tre round di chemio quand'è successo e i suoi globuli bianchi sono molto più bassi di quanto vorrei. Quindi sospenderemo la chemioterapia.»

Emilia alzò debolmente un pugno in aria. «Sìììì.»

«Aspetti un minuto» lo interruppi. «È sicuro? Cioè, intendo dire, se originariamente aveva deciso che ci sarebbero voluti dodici cicli e ne ha fatti solo nove…»

«Stavamo esagerando per eccesso di prudenza, signor Drake, viste le circostanze. I globuli bianchi sono bassi. Ha bisogno di ricostruire il suo sistema immunitario. A questo punto, la chemioterapia non è più efficace.»

«Già, l'hai sentito» disse Emilia.

La ignorai. «Sto solo… come ha detto, è meglio essere prudenti. Ma la chemioterapia sarà comunque efficace alla lunga, anche se è stata ridotta?»

«Originariamente, avevamo aumentato il dosaggio del suo piano di trattamenti per parecchie ragioni. L'età, innanzitutto. E viste le circostanze in cui ha cominciato la chemio...»

Il medico si stava molto delicatamente riferendo alla gravidanza interrotta. Diedi un'occhiata a Emilia, che aveva appoggiato la testa sul cuscino e stava guardando il medico, ma la sua espressione non era cambiata.

«Oggi la dimetterò, affidandola a lei, ma manderò un'infermiera ogni giorno per un esame del sangue. Ha bisogno di riposo e fluidi.»

Firmò sulla cartella ed io sentii di colpo il bisogno di discutere con lui. Volevo che Emilia avesse gli altri round di chemio. «E se le somministraste i vecchi farmaci per gli altri cicli di chemio? In quel modo potrebbe continuare...»

«Diavolo, no» borbottò Emilia.

Il medico aveva un'espressione paziente sul viso. «Con la sua conta di globuli bianchi al livello attuale, non potrebbe fare altri cicli di chemio per un po'. Quest'ultimo ciclo l'ha annientata, e anche se è un farmaco efficace, la reazione che ha avuto Emilia potrebbe aver seriamente danneggiato la sua salute. Deve passare le prossime settimane riposando. Ma ha chiuso con la chemioterapia a meno che si trovi qualcosa nella scansione completa che indichi che è necessario continuare.»

Aprii di nuovo la bocca ma Emilia, capendo che avrei insistito, m'interruppe. «Adam...»

Feci un passo indietro e respirai profondamente. Emilia ringraziò il medico e lo salutò. Poi si sedette sul letto e scivolò giù lentamente, venendo verso di me.

«Stai bene?» mi chiese. «Sei esausto.»

«Non mi piace» dissi, passandomi una mano tra i capelli.

Lei mi mise le mani intorno alla vita e si accoccolò contro di me. «Andrà tutto bene. Puoi portarmi a casa, per favore?»

Quindi aspettai finché si fu messa i vestiti che le aveva portato la mia governante. Heath ci riportò a casa ed io cercai di nascondere il mio terrore. Finché si stava sottoponendo alla terapia, stavamo facendo qualcosa. Stavamo attivamente combattendo il cancro.

Ma ora potevamo solo aspettare e sperare che fosse stato sufficiente. La sensazione d'incertezza era sufficiente a dilaniarmi. Ma non avrei mai permesso a Emilia di vederlo, nemmeno in un milione di anni.

Capitolo Ventitré
Mia

«Posso aiutarti con uno di quelli, sai» disse Adam la mattina seguente quando ci svegliammo ed eravamo a letto, a parlare. Su mia richiesta era venuto ancora a dormire accanto a me. Non avevo fatto fatica a convincerlo. Penso che fosse deciso a tenermi d'occhio dopo lo spavento della notte prima.

Ma dopo aver dormito fino a tardi, entrambi esausti per aver riposato troppo poco la notte prima, avevo trovato sul mio comodino il blocco aperto e stavamo guardando la lista che aveva scribacchiato. La grafia di Adam di solito era molto regolare e nitida, quindi il fatto che riuscissi a malapena a leggerla la diceva lunga sullo stato in cui era quando, apparentemente, l'avevo afferrato e insistito che scrivesse la mia lista dei desideri.

«Con che cosa avevi pensato di aiutarmi? Il sessantanove o il sesso il pubblico?»

Storse la bocca. «Nessuna delle due cose. Stavo pensando al tango.»

Controllai le prime voci della lista. La numero uno, in effetti. Volevo ballare il tango? Immagino di averci pensato in passato, ma sembrava una cosa strana da mettere al primo posto.

«Non dirmi che sai anche come si balla il tango…»

«Ero il partner di mia cugina Britt, partner obbligato, aggiungo. E non solo per il foxtrot.»

«Mhmm. Forse mi potresti aiutare a cancellare un paio di queste voci nel prossimo futuro.» Agitai suggestivamente le sopracciglia.

«Trova qualcun altro per il sessantanove.»

Mi misi a ridere. «Ah, allora saresti d'accordo?»

«No. Ho detto "trova qualcun altro?" Intendevo dire "cancellalo immediatamente da quella lista".»

«Potrei trovare qualcun altro. Qualcuno che apprezzi le ragazze calve. Ci deve essere *qualcuno* con il feticcio dei crani nudi.»

Adam mi guardò, allungando la mano per strofinare il pollice lungo il mio zigomo. «Tutto quello che ci vorrebbe è qualcuno con il feticcio delle belle donne, e ce ne sono fin troppi.» Gli occhi diventarono duri. «Io ho trovato la mia. Loro possono andare a cercarsi la loro.»

Ricompensai il suo commento dolce con un abbraccio stretto intorno al collo e poi lui mi convinse a scendere dal letto per mangiare qualcosina. Per lui, riuscii a masticare un angolo di fetta di pane tostato, anche se il pensiero di qualcosa di più era ancora troppo per me.

Per i giorni successivi, insistette che restassi a letto e gli obbedii perché era così preoccupato per me. Il resto della gang si collegava ogni volta che aveva un momento libero, per aiutarmi a lavorare sulla missione segreta. Avevamo passato il tempo raccogliendo lentamente gli alleati del sergente, eseguendo missioni per loro: trovare l'anello matrimoniale perduto per un tenente, facendo smaltire la sbornia a un vecchio e derelitto capitano, facendo scappare di prigione un ribelle e, con nostra enorme sorpresa, tornando all'inizio, da colui che aveva dato inizio alla missione, il generale SilvanWood. Lui non avrebbe lasciato la sua postazione davanti ai cancelli della città finché non avessimo piantato un campo di narcisi gialli in onore del suo amore perduto. Una volta raccolti gli alleati, eravamo pronti a proseguire con l'assalto al castello.

Con l'aiuto degli alleati, entrammo nel tunnel in tutta sicurezza, mentre loro tenevano a bada i goblin. Fortunatamente, riuscimmo a farci strada nel castello, fino quasi ad arrivare a destinazione. Ma ci trovammo bloccati ancora una volta.

Tre giorni dopo, quando mi sentivo quasi la vecchia me stessa, la mia vecchia me stessa post-chemio, almeno, fu ora di imparare il tango. Che diavolo, pensai, cominciamo.

«Allora ricordi che il foxtrot è lento-lento, veloce veloce…»

Rivolsi ad Adam un'occhiata sardonica. «Amsterdam è stata oltre dieci mesi fa. Non lo ricordo.»

«Beh, il tango è molto simile al foxtrot. Solo che il tango è: lento-lento, veloce-veloce-lento ed è una specie di scivolata. Non è difficile da imparare.»

«Sono sicura che ci siano cuori che si stanno spezzando in tutto il West perché Adam Drake sta ballando il tango con me.»

Lui mi sorrise. «È un ballo sexy. Sono il primo ad ammetterlo.»

«Beh, se è sexy ed è con te, allora ci sto, decisamente» agitai le sopracciglia in modo suggestivo. Come al solito, lui non abboccò.

Mi baciò la fronte. «Britt sta venendo qua per aiutarmi a insegnartelo.»

E fu esattamente quello che fecero. In sala da pranzo, con il lungo tavolo spinto da parte, avevano un mucchio di spazio e anche se dovevo fare una pausa ogni tanto per riprendere fiato, imparai i passi base del tango.

Andò avanti fino a mezzogiorno, quando arrivò Jordan con una valigetta piena di documenti da controllare con Adam. Diede un'occhiata sorpresa alla stanza, alzò un sopracciglio e disse: «Che c'è, stai aprendo una scuola di ballo?»

«Forza, vieni, ti mostreremo come si balla la polka!» esclamò la cugina di Adam, Britt.

Jordan mi fece un cenno di saluto. «Ehi, Mia, lieto di vedere che ti senti meglio. Ti dispiace se ti rubo Adam per un po'?»

Gli sorrisi. «Fai pure. Mi stava esaurendo!»

Adam mi lasciò con Britt e seguì Jordan nel suo ufficio, invitandoci tutti a pranzare insieme più tardi.

***

Quando se ne furono andati, Britt suggerì che ci sedessimo in soggiorno con una bottiglia d'acqua. Penso che il commento sul fatto di essere esausta l'avesse impensierita. Le sorrisi. Britt chiese di mia madre, ripetendo quanto l'adorasse e come fosse sicura che era la cosa migliore capitata a suo padre da molto tempo.

Poi, dopo una pausa imbarazzata, aggrottò la fronte e si spostò sul sedile per guardarmi in faccia. «Come ti senti, Mia?»

Ci pensai per un momento, valutando mentalmente il mio livello di energia. I doloretti erano spariti, ma mi affaticavo ancora molto in fretta. Le risposi con una vaga alzata di spalle e allungai la mano sotto il berretto per grattarmi il cranio sudato.

Lanciai un'occhiata alla porta dalla quale Adam era uscito con Jordan. Se lo notò, Britt non disse niente. «Allora… so che tutti quanti ti chiedono in continuazione come stai. Devi essere stufa di sentirtelo chiedere. Sono curiosa, però, vorrei sapere come se la sta cavando Adam.»

Sorrisi. «Io sto meglio, grazie. E Adam…» Esitai, guardando di nuovo la porta. Mi spostai e ricaddi contro i cuscini.

«Intenso, stressato e distratto?»

Riportai lo sguardo su Britt, confusa per un attimo.

«Dopo aver passato la mattina con lui, non ci vuole qualcuno con il suo QI per capirlo» mi disse Britt sorridendo.

Alzai le spalle, abbassando gli occhi. «Sono preoccupata per lui.»

«Lui è preoccupato per te.»

Annuii e le diedi un'occhiata veloce, chiedendomi quanto sapesse. Era improbabile che Peter o Adam, o perfino mia madre, le avessero detto tutto quello che era successo qualche mese prima.

Britt mi diede un colpetto sulla gamba. «Andrà tutto bene. È il suo carattere. È sempre stato iperprotettivo.»

«Non mi sorprende.»

Britt fece una boccaccia. «Alle superiori, ha fatto parecchie volte a botte per via di mio fratello.»

Alzai le sopracciglia… o almeno le avrei alzate se non si fossero cancellate per via del sudore durante la lezione di ballo. Mi presi un appunto mentale di usare il pennarello la volta successiva. «Mhmm… è sorprendente. Non era un mingherlino deboluccio alle superiori?»

Britt scoppiò a ridere. «Adam era magro, ma non era debole. Era un eccellente corridore. Ma Liam era preso di mira molto spesso. I ragazzi sanno essere crudeli.»

Annuii. «Quindi Adam difendeva suo cugino?»

Britt alzò le spalle. «Beh, è così che è cominciato. Ma l'incidente peggiore... te ne ha parlato, vero?»

Lui non me ne aveva parlato, no. Ma l'avevo saputo da Heath, che aveva controllato il passato di Adam durante le sue ricerche per l'asta. Adam era stato vittima di un caso particolarmente grave di bullismo alle superiori. Un gruppo di ragazzi si era coalizzato contro di lui dopo un incontro di atletica e lo aveva picchiato, gli aveva legato gambe e braccia con il nastro isolante e lo aveva ficcato in un armadietto, dov'era rimasto fino a quando lo avevano trovato il mattino successivo. Era stato un episodio talmente grave che era finito in ospedale. Non era più tornato a scuola, scegliendo di finire le superiori come studente indipendente.

«Sì, so cos'è successo.»

«Quei ragazzi avevano cominciato prendendo di mira mio fratello, ma Adam aveva deviato i loro attacchi su di sé. Poi era diventato il loro bersaglio.»

Rimasi stordita per un momento. Era più che mitico da parte sua.

Britt si tirò indietro, rendendosi conto che forse stava divulgando informazioni riservate. Si schiarì la voce. «Comunque... è solo un esempio di com'è. Vuole essere il grande protettore... e a volte questo lo mette veramente nei guai.»

Respirai a fondo e annuii. Lei non lo aveva insinuato, ma essere esageratamente protettivo lo aveva messo nei guai con *me*. Il suo desiderio di protezione, unito alla mia testarda indipendenza, avevano creato una combinazione quasi fatale per la nostra relazione. Mi chiedevo se avremmo imparato da quell'errore, superando i passati fallimenti. O quei difetti erano così inerenti al nostro carattere che eravamo destinati a fallire nonostante tutto?

Britt doveva aver visto il conflitto sul mio viso perché appoggiò una mano sulla mia per confortarmi. «Diavolo, Adam è una persona meravigliosa. E non lo dico solo perché fa parte della mia famiglia. So che voi due avete incontrato un sacco di ostacoli, ma sai una cosa? Io non l'ho mai visto più felice, Mia, che quando stava con te. Voi due eravate chiaramente fatti l'uno per l'altro.»

Lo avevo creduto anch'io… una volta. Sbattei le palpebre per liberare gli occhi dalle lacrime pungenti che li avevano velati. Era tutto così frustrante. Ero sempre vergognosamente vicina alle lacrime ed erano mesi che era così, come se il mio corpo e le mie emozioni si comportassero come se fossi ancora incinta. Piegai la testa e mi strofinai la fronte, cercando di pensare a qualcos'altro, per non fare la figura della sciocca davanti a Britt.

«Io non voglio perderlo…» Le parole tremanti mi erano sfuggite inaspettatamente. M'infuriai con me stessa nell'attimo in cui mi uscirono di bocca. In qualche modo, mi sembrava quasi di meritare di perderlo.

«Non devi preoccuparti per quello, e credo che lui sarebbe sconvolto se scoprisse che lo pensi. Credo che vorrebbe che ti concentrassi sul rimetterti in salute.»

Lo aveva detto anche lui… lo aveva ripetuto mille volte.

«In effetti, dovrebbe essere il tuo regalo di compleanno per lui, visto che mancano poche settimane.»

Sorrisi. «Ci sto lavorando. E dato che non ho idea di che cosa regalargli, immagino che sia un'idea buona come un'altra.»

Britt si chinò in avanti e mi abbracciò stretta. «Penso che ne saremmo tutti felicissimi. Non solo lui.»

E non desideravo altro che fare loro quel regalo. Ma il cancro era il cancro. Avevo lo stesso potere di vincerlo come di vincere qualunque altra malattia, come il diabete, la polio o perfino l'influenza. Capitavano. Le cose brutte capitavano. E anche se il mio sentirmi indegna, a causa di tutti i miei tanti difetti tendeva a pesare come un macigno, mi stavo lentamente rendendo conto che non mi era successo perché fossi da biasimare o perché non avessi meritato di essere sana.

E anche se ero da biasimare per altre cose, il senso di colpa stava lentamente svanendo e rendendo le cose un po' più lievi. Grazie al cielo.

Capitolo Ventiquattro
Adam

Passai circa mezz'ora con Jordan, firmando documenti e controllando alcuni particolari del nostro progettino e quando finalmente finimmo, lui si rilassò e si strofinò gli occhi. «Ho sentito che hai preso un bello spavento l'altro giorno. Sembra che Mia stia molto meglio adesso.»

«Sì, è vero, grazie.»

«Che cos'è questa storia delle lezioni di danza? Stai cercando di distrarla da altre cose?»

«Ahh.» Mi misi comodo, massaggiandomi il collo. «In effetti, si tratta della sua lista dei desideri.»

Jordan sembrò sorpreso. «Ha preparato una lista dei desideri?»

Strinsi le labbra. «Già, in quel momento non stava molto bene. Credo che pensasse che non ce l'avrebbe fatta a sopravvivere. Ultimamente è stata piuttosto depressa quindi ho pensato che avrebbe potuto distrarla dai pensieri più cupi.»

Jordan fece una smorfia. «Allora, che cos' altro c'è nella sua lista?»

Esitai. Non c'era la minima possibilità che discutessi con lui di alcune delle cose sulla lista di Emilia, quindi alzai le spalle. «Oh, non so... qualcosa come le luci del nord e fare la volontaria in campo medico e la torre Eiffel.»

«La torre Eiffel?»

«Sì, sai, quella in Francia?»

Mi diede un'occhiataccia. «Certo, non tutte le altre torri Eiffel che ci sono in giro.»

Gli rivolsi un sorriso sornione. Ogni tanto mi piaceva prenderlo in giro. Qualcuno doveva pur farlo.

«Quindi non è mai stata là? In Francia?»

«No. Non ci eravamo ancora arrivati.»

«Sì, capisco. Presto, allora?»

«Quando starà meglio… sicuramente.»

«Ma se aspetti fino ad allora, potreste non trarne beneficio. Hai detto che è stata piuttosto depressa ultimamente. E se la portassi con un aereo privato?»

Esitai. Sapevo che Jordan aveva programmato fin nei dettagli il suo epico viaggio a Parigi. Ci lavorava fin dall'autunno. «Hai intenzione di lasciarci scroccare un passaggio sul tuo Lear?» dissi. Era un po' offensivo, potevo permettermi quella stravaganza meglio di lui.

«No» disse, accarezzandosi il pizzetto con il pollice. «No, penso che dovresti semplicemente prendere tu tutto il pacchetto.»

Mi misi a ridere. «Bravo. Per un momento ci ho quasi creduto.»

«Sono serio, Adam. Prendilo. Portala. È già tutto organizzato. È un viaggio magnifico.»

«Non ho intenzione di portarti via il tuo viaggio.»

«È tutto programmato. Ho la suite dell'attico al Four Seasons George V, appena fuori dagli Champs Elysées. Anche con tutti i tuoi soldi non potresti prenotarla, così all'ultimo minuto. Prendi questo fottuto viaggio. Le farà bene.»

Mi massaggiai la mascella, osservandolo. Non mi stava prendendo in giro ed ero stupito. Specialmente perché Jordan non aveva mai appoggiato la mia relazione con Emilia. O forse, semplicemente, Emilia non gli piaceva. Non avevo mai capito esattamente qual era la verità. Ma ora la sua offerta magnanime era scioccante.

«Non parli d'altro che di questo viaggio da mesi» dissi. «Non ho intenzione di portartelo via.»

«Non lo sto dando a te, idiota. Lo sto dando a lei.»

«Beh, mi sorprende, devo ammetterlo. Ho sempre avuto l'impressione che Emilia non ti piacesse.»

Alzò le spalle. «Non ho mai avuto niente di personale contro di lei. Non ero il suo più grande fan quando tu avevi tutte quelle difficoltà con lei, ma… Mia ha affrontato tutta questa faccenda con forza e grazia e per questo l'ammiro.»

Strinsi i denti. In verità lui non sapeva nemmeno la metà di quello che aveva passato Emilia. «È molto generoso da parte tua, ma…»

«Maledizione, Adam. Smettila di discutere e portala a Parigi. Le farà bene. Potrà cancellare un'altra cosa dalla sua lista.»

«Due, in effetti. Vuole anche vedere la Venere di Milo. È a Parigi.»

«Bene. Allora sorprendila. Il viaggio è tra due settimane. Pensi che sarete pronti?»

Sbattei gli occhi. «Chiamerò il suo medico e glielo chiederò.»

Jordan sembrò supremamente soddisfatto di se stesso. Quindi gli lasciai fare la sua buona azione. Passammo quasi un'ora a rivedere il suo itinerario e mi presi un appunto mentale di modificarlo secondo le nostre necessità. Decisi anche di rimborsarlo, appena possibile.

Ma per il momento gli avrei permesso di essere l'eroe del giorno. Sembrava piacergli.

Notai il suo sorrisino segreto quando la abbracciò per salutarla. Ma non fu nemmeno lontanamente divertente quanto l'espressione esterrefatta di Emilia quando lo fece.

***

Qualche sera dopo, stavamo cenando a casa mia con mio zio Peter e la mamma di Mia, Kim. Avevano chiamato, volevano invitarci fuori, ma Emilia aveva rifiutato, dichiarando di preferire quello che preparava la mia cuoca alla cucina di qualunque ristorante. Non potevo darle torto, considerate le sue restrizioni dietetiche, ma sospettavo che fosse anche l'imbarazzo perché assomigliava "a qualcosa che era stato masticato e poi risputato", parole sue che aveva rifiutato di rimangiarsi anche quando le avevo rivolto una delle mie occhiate più severe.

Pensando che le avrebbe fatto bene passare un po' di tempo con sua madre, li invitai a venire a casa nostra. In quei giorni la nostra dieta era probiotica, biologica, senza latticini e senza glutine. Sembra peggiore di quanto fosse realmente. Ma sentivo la mancanza del formaggio.

Fortunatamente, la mia cuoca era incredibilmente brillante e vedeva quelle restrizioni come una sfida che era decisa a superare. Quindi, nonostante tutto, i pasti erano buoni. Non quello che avrei scelto, ma se Emilia poteva affrontare tutto quello che stava passando con pochissime lamentele, allora potevo anch'io accettare di mangiare cibo strano per lei. Mi assicuravo di mangiare tutto quello che mi piaceva quando ero al lavoro...

Avrei dovuto sapere che c'era in ballo qualcosa con Peter e Kim, visto il loro strano comportamento. Peter, che è sempre silenzioso, lo era ancora più del solito e le interazioni tra Kim e sua figlia erano formali e un po' bizzarre.

Quindi non fu una sorpresa quando, con il dessert e il caffè, la madre di Emilia si rivolse a lei, prendendole la mano. «Allora, mhmm… avevamo qualcosa da dirvi. Mhmm…» Lanciò un'occhiata verso di me. «Potrebbe essere un po' strano per voi due, però.»

Emilia ed io ci scambiammo un'occhiata e lei si voltò verso sua madre, aspettando.

«Peter ed io abbiamo deciso di sposarci.»

Emilia balzò fuori dalla sedia e la abbracciò forte, baciandola. «Mamma, sono così felice per voi!»

Beh… ero contento che almeno uno di noi fosse felice. A me sembrava che fosse oltremodo bizzarro, ma non sarei riuscito a indicare esattamente perché. Guardai la reazione gongolante di Emilia. Pareva che non fosse rimasta stranita da quella notizia. Forse ero solo io…

Perché quel matrimonio avrebbe fatto di Emilia la sorellastra di Liam e Britt, i miei cugini.

Emilia stava abbracciando mio zio Peter… il suo futuro patrigno. Il pensiero era così surreale. Mi alzai e abbracciai Kim, congratulandomi con lei. Speravo di essere riuscito a nascondere la mia reazione al suo annuncio. Avrei dovuto aspettarmelo, immagino. Avrei dovuto essere preparato. Si frequentavano da sette o otto mesi e andavano molto d'accordo. E visto il loro passato, meritavano entrambi un po' di felicità.

«Quand'è il matrimonio?» chiese Emilia.

«Non faremo niente di elaborato. Solo qualcosa per la famiglia e gli amici più stretti, come Heath. Mi piacerebbe un matrimonio sulla spiaggia. Ma non abbiamo ancora fissato una data perché…» la sua voce morì, tremando per l'emozione.

Peter le prese la mano. «Stiamo aspettando che la scansione di Emilia risulti negativa. A quel punto decideremo.»

Kim lasciò andare il fiato che aveva trattenuto e sorrise a sua figlia. Emilia l'abbracciò di nuovo e le assicurò che sarebbe successo presto. Dio, lo speravo davvero.

Non molto dopo, li accompagnai alla porta, dove li abbracciai e mi congratulai di nuovo. Invidiavo la loro felicità senza complicazioni. Non che non la meritassero. La moglie di Peter lo aveva abbandonato quando i due figli erano ancora piccoli e lui li aveva allevati (e anche me più tardi) da solo. Kim aveva avuto il cuore spezzato da un mascalzone quando era molto giovane e non aveva trovato nessuno con cui condividere la vita, fino a Peter. Auguravo loro tutta la felicità possibile ed ero sicuro che avrei superato la sensazione di disagio, presto speravo.

Quando la porta si chiuse e loro stavano attraversando l'isola per tornare alla loro auto, mi voltai a guardare Emilia, che mi fissava con un sorrisetto sghembo sul volto. Feci un respiro profondo e le sorrisi a mia volta.

Si avvicinò lentamente e mi mise le braccia intorno al collo. Per evitare il momento imbarazzante "bacio o non bacio?", la baciai sulla fronte e lei sospirò. Non mi fidavo a baciarla sulla bocca. Non dopo l'ultima volta, quando ero stato quasi sul punto di dimenticare che stavamo ancora andando adagio.

«Allora, mhmm… posso chiederti una cosa?»

«Sì, certo, qualunque cosa» le risposi.

«Non sei un po'… mhmm… disgustato da questa cosa?» mi chiese, facendo una smorfia.

Espirai, sollevato. «Mio Dio, sì!»

Lei rabbrividì per un momento. «Mhmm. Quindi tu ed io adesso saremo cugini?»

Scossi la testa. «Per favore evitiamo di parlarne.»

«È… ho dovuto saltare in piedi e abbracciarla subito e non pensarci, ma mentre mi congratulavo con loro il mio cervello stava gridando "No… che schifo!»

Ridemmo e andammo a guardare la TV. Emilia si sedette accoccolata contro di me sulla mia poltrona, con la testa sulla mia spalla. Aveva un profumo così meraviglioso che mi ubriacai un po' per l'odore della sua pelle. Le appoggiai la mano in vita, ordinandomi di restare fermo. Fortunatamente ero talmente esausto che non dovetti ricordarmi troppe volte di tenere le mani a posto.

Capitolo Venticinque
Mia

DUE SETTIMANE DOPO, LA NOTTE PRIMA DEL SUO ventisettesimo compleanno, Adam fece arrivare un'auto con l'autista per la nostra prima notte romantica fuori da mesi. Io avrei desiderato passare con lui la notte del suo compleanno ma Adam aveva citato un impegno inderogabile che lo avrebbe tenuto fuori città per la settimana seguente. A essere sincera, ero nervosa al pensiero di restare senza di lui, ma non mi fornì altri particolari.

Stranamente, andammo a Los Angeles per la cena. Ci avventuravamo raramente nella città degli angeli, e, lo ammetto, era piuttosto sciocco. Ma tutti dichiaravano di avere la miglior California del sud nel loro cortile, quindi LA diventava un male inevitabile solo per cose come i trasporti o i grandi spettacoli o i musei che giù al sud proprio non erano all'altezza.

Indossavo un classico tubino nero con un cappello intonato, stile anni venti, grazie all'impeccabile gusto di Sonia, la nostra shopper personale. Adam aveva minacciato di portarmi a ballare, presumibilmente il tango, dopo la cena, quindi avevo quasi, *quasi,* messo una parrucca. Ne avevo due, una delle quali con i capelli viola, con sommo dispiacere di Adam, ma non le avevo mai indossate, eccetto che per qualche minuto in casa prima di toglierle, frustrata. Sembrava falso portarne una e sapevo che era una sensazione stupida... ma era quello che provavo.

Il vestito era corto e metteva in mostra le mie gambe ora troppo magre, e aveva una scollatura molto alta, un requisito fondamentale per me. Non portavo mai vestiti scollati né qualunque cosa che potesse attirare l'attenzione sul mio seno. Adesso potevo solo vestirmi come una nonna. Il mio corpo non era più una cosa da mostrare con orgoglio. Era una vergogna segreta da coprire con strati e strati di vestiti.

Adam era splendido come sempre. Indossava un abito da sera blu notte con la cravatta in tinta su una camicia color crema. Mi piaceva quando indossava abiti scuri. Erano perfetti per lui, con i suoi lucidi capelli neri e gli occhi scuri. Davano quel tocco in più al suo fascino. Una volta mi ero sentita bella accanto a lui, come se fossimo complementari. La gente si voltava a guardarci e sapevo che eravamo una coppia insolitamente attraente. Ma ora sembrava sbilenca. Come un'altalena troppo appesantita da una parte, tanto da non riuscire a muoversi. Lui era incredibilmente bello ed io ero una parassita sbiadita al suo fianco, insignificante, troppo magra e dall'aspetto malato. Non sembrava più che fossimo fatti l'uno per l'altro. Probabilmente perché non era così.

Cercai di mettere da parete quei pensieri mentre entravamo insieme nel ristorante di Beverly Hills. Come sempre, Adam attirò un sacco di attenzioni femminili, di cui era ignaro o che ignorava completamente per amor mio. Cenammo in un posto tranquillo in fondo al ristorante e fui fiera di stare abbastanza meglio da riuscire a mangiare una quantità normale di cibo e tenerlo giù senza il minimo accenno di nausea.

In qualche modo, il mio corpo aveva capito che non avrebbe ricevuto altre dosi di veleno e stava riprendendosi. Conta dei globuli bianchi bassa o no, stavo cominciando più che mai a sentirmi quasi normale. Eccetto il mio aspetto sbiadito.

Ma non importava. Mi sentivo bene e Adam era ridicolmente appetibile, tutto elegante per la sua notte in città. Ci avrei provato di nuovo con lui. Non poteva resistere per sempre.

«Andiamo a ballare?» gli chiesi quando non volle dirmi che cosa aveva programmato per il dopocena.

«No.» I suoi occhi scuri brillarono maliziosi alla luce fioca.

«È una cosa sulla mia lista dei desideri?»

Lui sorrise, e apparve la mia fossetta preferita. A volte, quando lo faceva, mi toglieva letteralmente il fiato. «Forse.»

«Sei irritante» gli dissi, incrociando le braccia con finta irritazione. «È il tuo compleanno. Sono *io* quella che dovrebbe farti una sorpresa.»

«Beh, sai… i maniaci del controllo non amano molto le sorprese.»

Il mio sorriso svanì e mi chiesi se si stesse riferendo, vagamente, ai segreti che avevo mantenuto e alla sua reazione quando li aveva scoperti. Ci fu una lunga pausa prima che arrivasse il cameriere e Adam si incaricò di dirgli che non volevamo il dessert.

Poi si rivolse ancora a me. «Non preoccuparti. È una cosa che piacerà anche *a me*. Sarà il tuo regalo per me.» E ammiccò.

Le mie speranze erano alle stelle quando tornammo nella limousine, specialmente quando Adam premette il tasto per alzare il divisorio tra l'autista e noi. Non avevo elencato specificatamente il sesso in limousine nella mia ora-famigerata lista dei desideri, ma forse aveva deciso di sostituirlo al 69, che apparentemente era scomodo?

Si chinò a baciarmi e il mio battito accelerò. Fu un bacio lieve, affettuoso. Era giocoso e c'era qualcosa nei suoi occhi che corroborava quella sensazione. Una scintilla, un luccichio. Non era la sua solita espressione di passione o desiderio, ma mi andava bene. Cominciavo a rimpiangere di aver indossato le mutandine sotto il vestito, ma pensai che avrebbe risolto in fretta il problema con una delle sue manovre strappa-mutande. Mi si seccò la bocca solo al pensiero.

Poi mise la mano nella tasca del sedile davanti a lui e ne tolse un pezzo di seta nera.

«Che cos"è?»

«Vedrai» rispose. Con un movimento rapido, me lo annodò sopra gli occhi. Una benda.

Oh, allora le cose stavano diventando un po' perverse? Mi sedetti più diritta.

«Adesso mi sto eccitando» dissi, allungando una mano per toccarlo.

Lui mi diede un altro lungo, lento bacio sulla bocca. «Perfetto» sussurrò cupo, ed io rabbrividii.

Il pensiero delle sue mani, della sua bocca su di me fece risvegliare tutto il mio corpo, inondandolo di calore. Sesso in limousine. Mhmm. Una volta a casa, avrei aggiunto in fretta quella voce alla mia lista dei desideri, per poi spuntarla allegramente. La prima volta insieme dopo quattro mesi. Oh, sì, non vedevo l'ora.

Subito dopo, Adam mi mise delle cuffie. Del tipo pesante. Il tipo che cancellava tutti i rumori esterni. Alzò un lato. «Adesso metterò della musica. Non devi origliare finché saremo arrivati.»

«Arrivati dove?»

Lui rise. «Bel tentativo.» Poi dovetti ascoltare il suono della musica anni ottanta della playlist di Adam. La prima canzone fu *Sweet Dreams* degli Eurithmics.

Mi rimisi tranquilla con un sospiro, concentrandomi sui movimenti dell'auto. Adam non mi toccò. Alla faccia del sesso in limousine. Sperai silenziosamente che avesse qualcosa di altrettanto eccitante in mente. Dopo essermi infiammata al pensiero di noi due insieme sul sedile posteriore dell'auto mentre viaggiava lungo il Wiltshire Boulevard, qualunque altra cosa sarebbe stata una delusione.

Mezz'ora dopo l'auto rallentò, svoltando in un parcheggio. Adam mi prese per mano e mi tirò verso la portiera dell'auto mentre si alzava e scendeva. Lo imitai, come una giraffa neonata traballante, e lui mi rimise in equilibrio contro di sé. Alzai quasi automaticamente la mano alla benda sugli occhi, ma lui la tirò via, dandomi un bacio sulla fronte. Mi mise un braccio muscoloso intorno alla vita e mi tirò con sé. Cercai di concentrarmi su eventuali suoni che riuscissero a sfuggire al ritmo incessante dei Pet Shop Boys.

Camminammo sul cemento e c'era veramente molto vento. La mia gonna si alzò prima che Adam mi mettesse la sua giacca sulle spalle. Dopo qualche centinaio di metri arrivammo a una scala. Alzai esitante il piede per appoggiarlo sul primo gradino: metallo striato antiscivolo, e quasi inciampai. A quel punto Adam mi prese in braccio e mi portò per il resto del percorso. Gli misi le braccia al collo ed entrammo nell'edificio in cima alle scale. Quando mi rimise in piedi, tesi una mano per riprendere l'equilibrio, e toccai una parete imbottita.

Dove cazzo eravamo? E perché era stato necessario bendarmi e attutire i rumori intorno a me? Dopo un momento Adam mi spinse in una poltrona e si sistemò accanto a me. Era larga e comoda, come un divano e il pavimento sotto di noi cominciò a rombare. Cercai di pensare alle possibilità.

Adam prese il suo lettore musicale e abbassò il volume.

«Sai dove sei?» mi chiese.

«Mhmm. Un aereo?»

Mi tolse le cuffie. «Bene. Togliti la benda dagli occhi.»

Lo feci e mi guardai intorno. Non assomigliava a nessun aereo che avessi mai preso. Era un jet privato e stava per decollare, molto presto se il rombo sotto il pavimento significava qualcosa. L'area dove eravamo seduti aveva dei divani e delle poltrone reclinabili raggruppati in modo da essere faccia a faccia. I sedili erano comodi, di pelle, imbottiti, ma avevano le cinture di sicurezza. Dovunque stessimo andando, avremmo viaggiato con stile.

«Un jet privato? Pensavo che non li usassi per principio.»

Adam mi sorrise. «Questa è un'eccezione.»

Storsi la bocca. «Allora non stavi mentendo quando hai detto che saresti stato fuori città per il tuo compleanno. Solo non mi avevi informato che sarei stata fuori città anch'io. Tipico.» Gli mostrai la lingua, e sembrò solo aumentare il suo piacere. «Dove stiamo andando?»

«E tu pensi che te lo direi così facilmente, dopo tutta la fatica che ho fatto per farti arrivare a quest'aereo bendata?»

«Per quanto tempo resteremo in volo, allora?» dissi guardando dietro di noi. Riuscivo a vedere un salotto e una stanza da letto attraverso la porta. Dalla camera emanava una luce fioca, e il letto era pronto e sembrava lussuoso come quello di un buon albergo.

«Resteremo in volo per tutta la notte.»

Santa pupazza. Allora stavamo andando lontano. O la costa est o perfino più lontano. Forse stavamo andando dall'altra parte ed eravamo diretti alle Hawaii? O forse stavamo tornando a St. Lucia, pensai con un brivido di eccitazione. Erano successe cose meravigliose tra di noi a St. Lucia. Non riuscivo a pensare a un posto migliore per rivitalizzare la nostra relazione.

«Spero che tu abbia messo in valigia il mio costume da bagno e la crema solare» gli dissi sorridendo.

Il sorriso di Adam divenne ancora più ampio. «In valigia hai tutto quello che ti servirà, grazie a Sonia. Spero che ti piacerà quello che ha scelto per te.»

Apparve una hostess, ci servì da bere e ci chiese di allacciare le cinture di sicurezza, dato che saremmo decollati molto presto. Sorseggiai la mia acqua minerale e ridacchiai guardando Adam. Niente sesso in limousine, ma forse sesso ad alta quota? Avrei tranquillamente potuto scambiarli nella mia lista dei desideri.

Decisi di imbrogliare e chiesi alla hostess dove eravamo diretti. Lei sorrise e guardò Adam. «Sono stata informata che la nostra destinazione è top secret. Non posso divulgarla.»

Mi tirai indietro sbuffando. «Okay, allora quanto durerà il volo?»

«Undici ore e quarantadue minuti.» Poi si voltò e poco dopo lasciò la cabina.

Santa pupazza. Saltellai sul sedile sorridendo. «Stiamo andando a St. Lucia, vero?»

Adam alzò le spalle, guardando fuori dal finestrino.

«Sono eccitata all'idea di tornarci.»

Si voltò a guardarmi. «Davvero? Le cose non sono finite bene per noi laggiù.»

Inspirai, chiedendomi perché si stesse concentrando sulla fine negativa invece che sulle cose meravigliose che erano successe prima. «Le cose sono cominciate molto, molto bene laggiù. Non lo ricordi?»

Adam mi guardò, con la bocca che si curvava enigmaticamente. «Lo ricordo molto, molto bene. Ogni singolo momento.»

Gli sorrisi. «È ora per noi di tornare e crearci nuovi ricordi, eh?» Mi chinai verso di lui e lo baciai.

Mi restituì un lungo, lento bacio prima di tirarsi indietro, con gli occhi fissi sul mio volto. «Sei bella.»

«Pfui. Sei un bugiardo ma grazie.»

Adam mi mise la mano sul mento e mi guardò negli occhi senza battere le palpebre o voltarsi. Con quella sua voce precisa, e il tono serio, disse: «*Non* sto mentendo».

Capitolo Ventisei
Adam

DORMIMMO NEL LETTO INSIEME E SO CHE LEI SI aspettava qualcosa di più. Stava diventando sempre più difficile resisterle. Per la prima volta da mesi, Emilia aveva un aspetto sano. Era ancora magra e pallida, ma c'era nuova vita in lei. Prima, quando sentivo di desiderare qualcosa, e specialmente quando lei faceva delle avance, mi dicevo che Emilia era solo bisognosa d'affetto. Avevo cercato di darglielo in altri modi. E non mentivo sul fatto di essere costantemente esausto. Era vero.

Lo facevo apposta.

Ma quella notte era diverso. Era come se stessimo lasciandoci dietro le nostre preoccupazioni a ogni miglio che mettevamo tra casa nostra e noi. Come se i problemi dipendessero da un luogo, quando sapevo benissimo che non era così.

Dormii con la biancheria intima e lei con la sottoveste nera sexy che aveva indossato sotto il tubino nero. Si era rannicchiata contro di me e aveva immediatamente cercato di coinvolgermi in un bacio, ma resistetti. Ero fiero di me per non aver ceduto. Lei era vulnerabile e non avevo intenzione di approfittarne. Non era pronta, nonostante i segnali che stava mandando. *Noi* non eravamo pronti.

Forse presto, ma non subito.

Atterrammo all'aeroporto Charles de Gaulle nel tardo pomeriggio, ora locale. Lei non aveva ancora idea che fossimo in Europa. E speravo di riuscire a mantenere il segreto fino al momento in cui fossimo arrivati a un punto in cui vedere la torre Eiffel sullo sfondo. O forse quando fossimo arrivati in albergo.

Il tempo era freddo e umido quando andammo dall'aereo all'auto che ci aspettava. Emilia girava la testa, cercando di guardare dappertutto. Ma nascosi la maggior parte di quello che poteva vedere con l'ombrello che mi era stato dato quando eravamo sbarcati. Arrivammo in auto prima che potesse vedere abbastanza da avere un indizio su dove fossimo. E da quello che poteva vedere, avrebbe potuto essere una qualunque città negli Stati Uniti, per quanto ne sapeva lei.

Il gioco finì appena il nostro autista parlò in francese al telefono. Il vento freddo era stato il primo indizio che non fossimo nei Caraibi. Ma il francese fu il secondo indizio. Si voltò, con gli occhi spalancati grandi come piattini. «No...»

Alzai le sopracciglia per farle la domanda senza parlare.

«Non mi hai portato a... Parigi...?»

Non risposi. Avevo veramente voglia di sorridere, ma rimasi serio. Emilia era assolutamente sotto shock. «Ci sono altri posti al mondo in cui si parla francese, sai.»

«Ho visto la lista dei desideri che dici io ti abbia dettato. Mi hai portato a Parigi, porca pupazza!»

Finalmente sorrisi. La sua reazione era divertente. Mi piaceva fare cose simili. E ci ero riuscito, grazie a Jordan.

Ci eravamo addentrati nella città abbastanza da vedere la torre, quindi la indicai alle sue spalle e lei si voltò. «Non è possibile. *Siamo* a Parigi!»

«Forse.»

Si voltò in fretta a guardarmi. «Come diavolo hai fatto? Il mio medico sa che ho lasciato il paese? Come diavolo abbiamo fatto a passare la dogana senza che me ne accorgessi?»

Agitai le sopracciglia. «Ho i miei sistemi. Sono un uomo del mistero e un uomo di mondo.»

«Sei il geek più figo del pianeta.»

«Mhmm… l'adulazione ti porterà lontano.»

Lei mi rivolse un sorriso malizioso. «Ci conto.»

«Sei stanca? Oppure vuoi fare la turista per un po' dopo esserci registrati?»

«Mhmm. Credo di avere un po' di voci della lista dei desideri da spuntare. Per quanto tempo resteremo?»

«Aspetta e vedrai.»

«Questo viaggio sarà tutto così? Con te che non mi dai nessuna informazione?»

«Ti dà fastidio?»

Emilia sorrise. «No, in realtà è piuttosto divertente. Smetterò semplicemente di fare domande.»

«Mhmm. Avrei dovuto pensare a qualcosa di simile tanto tempo fa.»

«Non tirare troppo la corda, amico! Mi chiedo se le donne calve vadano di più a Parigi? Magari potrei lanciare una nuova moda, facendo la passerella lungo gli Champs Élysées, davanti al negozio di Chanel.»

«Penso che le modelle più affascinanti si raderebbero la testa, ma, ripeto, non sarebbero sexy come te.»

Gli occhi di Emilia brillarono. «Beh, sei pieno di complimenti anche tu. Inutile dire che ti porteranno lontano. Diavolo, visto tutto il tempo che è passato, non hai nemmeno bisogno di fare tanti complimenti di questi giorni.»

«Mhmm. Allora li risparmierò per quando saranno necessari.»

Emilia chiuse la mano e mi diede scherzosamente un pugno sul braccio mentre la limousine rallentava in Avenue George V e l'autista apriva la portiera. Quello sarebbe stato uno dei piatti forti del nostro viaggio.

CAPITOLO VENTISETTE
MIA

L'ALBERGO ERA MOZZAFIATO E, UNA VOLTA ENTRATA, non riuscii a smettere di guardare a bocca aperta tutto quello che avevo intorno. Nella lobby risuonava basso il suono di un pianoforte. C'erano pavimenti di marmo bianchi e neri, alti vasi di pietra sistemati artisticamente nel foyer, pieni di centinaia di fiori bianchi freschi di tutti i tipi. Fummo scortati al nostro ascensore privato, ci diedero una chiave speciale per accedervi e ci accompagnarono nella nostra stanza. L'ascensore si apriva direttamente nella suite dell'attico.

Quel posto era impressionante. Dava sulla città, con balconi tutti intorno ai lati dell'edificio, che permettevano una visione a 360 gradi del panorama. Da un lato, c'era la Torre Eiffel che incombeva sulla Senna, dall'altra, l'Arc de Triomphe era immobile al centro di un mare di auto che sciamavano intorno alla Piazza Charles de Gaulle. Non riuscivo quasi a tirare il fiato mentre, a ogni momento, coglievo la visione di un altro monumento famoso che avevo visto solo in fotografia. Era surreale.

«Allora, riguardo a quel commento sul fatto di essere fuori città per il tuo compleanno...»

Adam alzò le spalle. «Non stavo mentendo.»

Mi voltai a guardarlo. «Allora, che cosa posso regalare all'uomo che ha tutto?» dissi, avvicinandomi a lui e mettendogli le braccia intorno alla vita.

Adam mi diede un altro di quegli esasperanti baci sulla fronte. «Mi hai già dato il mio regalo. Stai migliorando e diventando più forte di giorno in giorno. Non avrei potuto chiedere di più.»

Io stavo pensando più al mio corpo nudo avvolto in un nastro con un gran fiocco rosso. Quello sarebbe stato un regalo giusto, se avessi trovato il modo di coprire la metà superiore. Già, ma forse Kat aveva ragione... forse tutto quello che ci voleva, era solo mostrare un po' di tette.

Perché, maledizione, se non avessi già voluto prima finire sotto quest'uomo, accidenti se non lo volevo adesso.

«Allora, credi che potrei sapere quali sono i programmi per questa sera?»

«Mhmm. Prima ci vestiamo per la cena. Poi l'auto ci porterà a cena. Poi... vedremo.»

«E dove sarà la cena?»

Adam sorrise di nuovo. «Può darsi che ceniamo e spuntiamo una voce della tua lista di desideri tutto in una volta.»

Spalancai gli occhi. «Andiamo a cena sulla torre Eiffel?»

«Mangeremo al ristorante Le Jules Verne sulla torre Eiffel, davanti a una finestra a ovest per poter ammirare il tramonto.»

«Allora sarà meglio che mi prepari!»

Avevano disfatto la mia valigia e le mie cose erano state riposte dal maggiordomo mentre noi ci aggiravamo per la suite, che era più grande della maggior parte degli appartamenti, e ammiravamo il panorama dal terrazzo.

Non avevo idea di che cosa avesse messo in valigia Sonia. Chissà che tipo di abiti da sera aveva infilato?

Spalancai l'armadio assegnato a me e rimasi di sasso. Lì, insieme agli altri vestiti, c'erano un abito nero sexy, uno rosso e uno color panna. Erano completamente diversi da quelli che Adam mi aveva regalato ad Amsterdam, ma ricordavano perfettamente quella prima notte che avevamo passato insieme.

Sentii veramente le lacrime che mi pungevano gli occhi, quando li tolsi dall'armadio per ammirarli. Adam era nella doccia e mi presi un momento per provarli tutti e tre. Erano favolosi, e non avevo modo di sapere se li avesse scelti Sonia o Adam. Ma ciascuno di loro era più scollato davanti di quanto mi sarebbe piaciuto. Non erano osceni, ma comunque più scollati di quelli che portavo di solito. Quello rosso era mozzafiato, mostrava le gambe sotto una gonna ampia e aveva un'apertura sulla schiena. Quando sentii chiudere l'acqua, mi affrettai a rimetterli nell'armadio, ancora insicura su che cosa fare.

Era una coincidenza troppo grande per ignorarla, e decisi, mentre facevo la doccia e mi truccavo, che c'era Adam dietro i vestiti, anche se magari non li aveva scelti personalmente. Quindi decisi di trovare il coraggio di indossarne uno. Se voleva vedermi con uno di quei vestiti indosso, allora okay.

Forse allora mi avrebbe toccato.

Dio, quanto volevo che mi toccasse.

Quindi, mentre mi preparavo, stavano germinando i semi dell'Operazione Seduzione. Perché, in qualche modo, sapevo che se avessimo superato quell'ostacolo, se avesse smesso di vedermi come un essere malato, fragile e indifeso, allora avremmo nuovamente potuto essere entrambi uguali e presenti in quella relazione.

Dedicai più tempo del solito al trucco perché non avevo capelli da acconciare. Anche se avevo notato con piacere che le sopracciglia stavano ricominciando a spuntare, le disegnai con attenzione, come insegnavano i tutorial che avevo guardato. Incollai anche delle ciglia finte. Alla fine, i miei sforzi con il trucco riuscirono a nascondere quasi del tutto l'aspetto malaticcio che sfoggiavo normalmente.

Avevo trovato dei foulard e degli scialli straordinari tra gli accessori, quindi feci qualche esperimento, legandomi un magnifico foulard di pizzo nero sulla testa con un grosso nodo dietro. Mi scendeva sulla spalla, come fosse una lunga ciocca di capelli.

Portato con lo splendido abito rosso che avevo scelto di indossare, mi faceva sembrare esotica e affascinante. Come gioielli, scelsi di portare dei grandi orecchini, un braccialetto d'oro e la mia bussola. Portavo sempre la bussola, sempre.

Mi sentivo una persona nuova, come se non fossi più sbiadita e appena visibile. Come se ci fosse veramente una speranza di poter riavere il mio vecchio aspetto, quasi tutto almeno. La speranza che il mio corpo non fosse andato per sempre in una menopausa prematura e che non avrei avuto per sempre il metabolismo e la pelle di una donna con il doppio dei miei anni.

Ma quelle erano cose da sperare per il futuro. Una cosa che mi aveva insegnato il mio calvario era di vivere ogni momento… di vivere il presente. Di godere quello che avevo quando lo avevo.

E quella sera, al mio fianco c'era l'uomo più bello, più meraviglioso, che mi stava aiutando a salire su una limousine, che mi apriva le porte, tenendomi per mano. Che mi guardava come fossi la cosa più bella al mondo, complimentandosi per il vestito, dopo avermi dato una lunga, lenta occhiata dalla testa ai piedi.

Adam indossava un abito nero e una cravatta nera sopra una camicia bianca. A essere sincera, non importava che cosa indossasse. Era sempre favoloso.

Flirtai spudoratamente con lui, assicurandomi che il vestito risalisse sulle gambe in auto. Lui guardò. Io lo osservai nascondendo un sorriso. Il Progetto Seduzione stava facendo i primi passi. Non avevo idea di come sarebbe finito. Ma, ehi, era un uomo sano. Non faceva sesso da quasi cinque mesi. Non poteva essere così difficile, no?

«La cena al ristorante Le Jules Verne è meravigliosa. Ti piacerà. E mangerai anche più cibo in un pasto di quanto abbia mai mangiato il mese scorso, tutti i giorni assieme.»

Sbuffai. Il mio appetito stava lentamente tornando, ma non era come una volta, neanche lontanamente.

«Ci sono sei portate e porteranno un vino diverso a ogni portata.»

«Non posso ancora bere vino. Il medico ha detto ancora per un mesetto. Ma puoi bere tu anche il mio.»

Mi aiutò a scendere dall'auto e mi venne un'idea. Adam non era un bevitore. Lo avevo visto ubriaco una sola volta. Non beveva quasi mai niente di più forte della birra o del vino... ma se avesse bevuto *abbastanza* vino, forse il Progetto Seduzione avrebbe funzionato.

Adam ci condusse attraverso la folla che si stava mettendo in coda per entrare nei grandi ascensori che li avrebbe portati in alto sulla torre ed io guardai in alto, con un gridolino di gioia.

Eravamo alla base della torre Eiffel! È una struttura massiccia, fatta di ferro eppure sembrava una delicata, elegante signora. Era splendida. Ma era anche forte e immutabile. Andammo all'ascensore riservato ai clienti del ristorante e dopo aver mostrato le nostre prenotazioni all'operatore, ci fecero entrare.

Afferrai la mano di Adam e la strinsi. «Siamo sulla torre Eiffel! Santa pupazza!»

Lui sorrise. «Sì. E tu sei meravigliosa. La mia signora in rosso.» Si chinò e mi baciò sulla guancia.

Accidenti, mi stavo stancando dei baci sulle guance e sulla fronte. Fissai il suo bel profilo mentre salivamo in obliquo fino alla prima piattaforma della torre. Mi si strinse il cuore come succedeva sempre quando mi permettevo di guardarlo, di stare con lui.

I momenti come quelli, da sola con lui, mi assorbivano completamente: i miei pensieri, i miei sentimenti gravitavano incessantemente verso di lui come se io fossi un girasole e lui il sole. Una volta questo fatto mi spaventava, facendomi chiedere se fossi ossessionata o se stessi perdendo me stessa. Ora lo accettavo. Era confortante. Questi sentimenti erano la rassicurazione che ero ancora viva. Che il cancro e la sua dubbia cura potevano aver devastato il mio corpo, ma mai il mio cuore, che apparteneva ancora ad Adam.

Mi si strinse la gola quando lui voltò la testa, probabilmente sentendo il peso del mio sguardo. I suoi occhi scuri incontrarono i miei e sorrise, un sorriso così terribilmente bello che mi sentii perduta, incapace di respirare.

Merda. Ero cotta molto più di quelle stupide piccole stagiste che spasimavano per Adam alla Draco.

Ma aveva un senso, ripensandoci. Loro erano tutte affascinate dal suo aspetto esteriore: ricco, bello, sicuro di sé, in perfetta forma fisica. Era la confezione perfetta che le faceva sbavare tutte.

Che cosa faceva battere forte il mio cuore tutte le volte che eravamo insieme? Era quello che loro non vedevano, quello che non avevano idea esistesse: l'Adam interiore, che riusciva a mettere in ombra l'Adam esteriore, per meraviglioso che fosse. L'uomo che c'era dentro eclissava tutto intorno a lui. Non era perfetto. Ma era perfetto per me, in tutto ciò che contava.

CAPITOLO VENTOTTO
ADAM

ERO COMPLETAMENTE SODDISFATTO. EMILIA ERA COME una bambina il giorno di Natale, tutta occhi sgranati e meraviglia. Ed era bello vederla con un aspetto così sano e, finalmente, felice. Ci sedemmo per cenare ed Emilia fece mostra di mangiare volentieri.

Io tenevo nota di tutto ciò che le entrava in corpo, invogliandola a mangiare più di quanto avrebbe probabilmente fatto da sola. Era troppo magra, ovviamente. Ma ora, a tre settimane dall'ultimo trattamento di chemioterapia, almeno stava riprendendo un po' di colore, per non dire poi anche un po' di capelli. Avevo effettivamente notato che le stavano lentamente ricrescendo le sopracciglia.

Emilia sorrideva, un sacco. E quando sorrideva tanto, non potevo fare a meno di sorridere con lei.

«Allora è vero che stai dando a Kat il lavoro dei suoi sogni, come collaudatrice di giochi?»

«Se supera il filtro dell'ufficio personale, il lavoro è suo.»

Emilia appoggiò la mano sulla mia, e le nostre dita s'intrecciarono. «Grazie. È stato bello averla intorno.»

Le sorrisi. «È bello avere tutti intorno.»

Il sorriso di Emilia divenne più radioso. «È stato bello avere *te* intorno. Sei meraviglioso.»

Strinsi le dita intorno alle sue. «Faccio solo quello che devo fare.»

Il suoi occhi castano dorato sembrarono frugare nei miei. «Oh...» E deglutì.

«Detto così non suonava bene...»

Lei scosse la testa. «No, va bene.»

«Intendevo dire che ho fatto quello che dovevo fare... perché non riesco a immaginare di fare qualcosa di meno per te.»

Emilia fece un respiro profondo e piegò la testa, osservandomi. «Sai... non credo nella reincarnazione, ma se esistesse, devo aver fatto qualcosa di assolutamente meraviglioso nella mia vita precedente per meritare te.»

Ci scambiammo una lunga occhiata e il tempo sembrò rallentare. Ci sono momenti che restano nella nostra memoria, che sembrano più intensi della fila di momenti precedenti e di quelli successivi. Anni dopo, nella nostra mente, tornano a galla grazie a un commento estemporaneo, un lampo di colore, un profumo, un sapore, una sensazione. Ma ci rendiamo raramente conto della loro importanza nel momento in cui li stiamo vivendo, l'equivalente, per la memoria, di un gingillo o di un souvenir.

Quella lunga fila di secondi in cui non dicemmo niente ma ci guardammo negli occhi, vedendo emozione pura ma rifiutandoci di distogliere lo sguardo: lo capii nell'attimo stesso in cui successe. Quello era uno di quei momenti intensi, uno di quei ricordi che avrei assaporato negli anni a venire.

Poi Emilia distolse lo sguardo, con un sorriso sulle labbra. «Non hai finito il vino di questa portata. Avresti dovuto berlo e dirmi com'è.»

Era il mio terzo bicchiere. Lo svuotai e stavo cominciando a sentire un po' di euforia. Emilia mi guardò attentamente e poi spinse il suo bicchiere verso di me. «Eccone ancora un po'. Non sprecarlo.»

Le diedi un'occhiata incuriosita e ignorai il bicchiere. Il cameriere portò via piatti e bicchieri, preparandosi per la portata successiva. E con quella, ovviamente, arrivò un altro bicchiere di vino. Dato che era un piatto di carne, era vino rosso. Mi piaceva un buon bicchiere di rosso.

«Com'è?» chiese Emilia, che si stava interessando eccessivamente al vino.

«Buono» dissi con una smorfia.

«Scusa» disse Emilia, di colpo imbarazzata. «Non bevo vino da parecchio. Fin da prima…» Smise di parlare, scuotendo la testa.

Fui invaso da una sensazione cupa. C'era il prima e c'era il dopo. Ed era lì come un abisso inaccessibile tra il nostro passato e il nostro futuro. Mi sentii pesare addosso quella realtà. A volte mi chiedevo se saremmo mai stati in grado di superare quello spartiacque.

Con un sospiro depresso, bevvi il resto del vino rosso in un sorso, lieto del calore che m'invadeva.

Dopo cena, salimmo al livello più alto, stringendoci con tutti gli altri nella piattaforma elevata. Avevo avvisato Emilia che perfino nelle giornate estive più calde, lì in alto tirava vento e faceva freddo, quindi lei aveva portato una giacca. I monumenti di Parigi erano tutti intorno a noi, illuminati come gioielli in un mare di velluto nero. La città era incredibilmente bella. E anche la donna accanto a me.

Guardava tutto con gli occhi spalancati, i lineamenti accesi dall'eccitazione. Il foulard di pizzo in testa era un tocco elegante e i lembi fluttuavano nella brezza. Notò quasi subito i lucchetti agganciati alla griglia di sicurezza a forma di gabbia sopra le nostre teste.

«Oh, guarda. Lucchetti d'amore. Vorrei averci pensato.»

Sorrisi, sentendomi di colpo molto compiaciuto. Misi la mano in tasca e ne tolsi il pesante lucchetto dorato che avevo da tutta la sera. «Fortunatamente, hai portato con te il ragazzo prodigio.»

Emilia sorrise. «Sì, per fortuna l'ho fatto!»

Le consegnai il lucchetto, completo di chiave e un pennarello indelebile. «Ecco, scrivi qualcosa, poi lo chiuderò più in alto che posso.»

Emilia prese la penna e cominciò a scrivere, poi voltò il lucchetto e continuò a scrivere. «Non stai scrivendo un manifesto, vero?»

Sogghignò guardandomi. «Sì, beh, forse uno breve.»

Aprì il lucchetto, tolse la chiave e me lo passò. Lo alzai alla luce e lessi: *E.K.S. + A.D.* Voltai il lucchetto per leggere il retro: = *Nat 20.* Aveva usato il termine usato in Dungeon and Dragons che significava: "successo istantaneo e immediato" quando si otteneva un venti usando un dado a venti facce.

Mi misi a ridere. «Bene, *questo* è un manifesto con cui sono d'accordo.»

Feci un salto e mi afferrai alla gabbia sopra la mia testa, tirandomi su e restando agganciato con un braccio mentre usavo l'altra mano per appendere il lucchetto alla gabbia e chiuderlo. Poi ricaddi sulla piattaforma, dove Emilia fu svelta ad abbracciarmi e a premermi la testa sul petto. «È stato meraviglioso. Grazie.» Mi mostrò la chiave e disse: «E questa finirà nella Senna al più presto.»

«Mhmm. Non abbiamo ancora spuntato la voce della tua lista dei desideri.»

«Sì?»

«Credo che fosse: baciare qualcuno in cima alla torre Eiffel.»

«Mhmm. Credo che tu abbia ragione. Conosci qualcuno che sia interessato ad aiutarmi?»

Abbassai la testa, tirandola verso di me e appoggiai la bocca sulla sua. Era tutta la sera che avevo voglia di baciarla.

E se c'era un bacio da scambiarsi in cima alla torre Eiffel, era quello. Le sfiorai la bocca, piano. Lei piegò la testa per venirmi incontro. Poi misi le mani intorno alla sua vita sottile mentre lei si alzava sulla punta dei piedi per baciarmi meglio. La sua bocca di aprì e la mia lingua scivolò dentro per esplorarla. Emilia emise un piccolo, delizioso sospiro, quasi un gemito, e il mio corpo prese vita.

Mi batteva forte il cuore e le mani di Emilia salirono verso il mio petto e poi al collo per posarsi ai lati del mio volto, per tenermi fermo come se temesse che mi tirassi indietro.

Lasciai che facesse ciò che voleva di me, almeno con quel bacio. Era famelica, voleva sempre di più. La sua lingua e la mia s'incontrarono e lei sospirava e respirava affannosamente. Più si eccitava, più m'infiammavo, e più mi rendevo conto che lei non era l'unico animale affamato, lì.

Minuti dopo, mi tirai indietro lentamente, anche se era ovvio che lei voleva di più. Aveva le guance arrossate, gli occhi brillavano e quando mi guardò fu con tanto amore e fiducia negli occhi. Alzai la mano per toccarle la guancia, era come toccare un angelo. Emilia chiuse lentamente gli occhi, con le ciglia finte troppo lunghe che si appoggiavano alle guance. Mi ricordò la prima notte che avevamo passato insieme, sul balcone della nostra suite nell'albergo di Amsterdam.

Qualcosa che avevo fatto inavvertitamente l'aveva spaventata ed era stata così vulnerabile. Ma mai fragile. Lei era forte. Come una guerriera. Lo era sempre stata. Fino a poco tempo prima. Fino a…

Sospirai.

«Sai che cosa è ora di fare adesso?» mi chiese.

«Cosa?»

Lei prese il telefono. «Un selfie sulla cima della torre Eiffel!»

Si spostò accanto a me e allontanò il telefono, cliccando sul tasto per invertire la fotocamera e le nostre facce apparvero al centro dello schermo.

La sua mano vacillò e quando premette il tasto, le nostre facce nella foto furono tagliate subito sotto il naso. «Merda… non riesco a tenerlo fermo abbastanza a lungo. Prova tu.»

Si avvicinò una persona. «*Bonsoir*» disse la donna. Aveva un bicchiere di champagne in ciascuna mano. «*Pourrais-je prendre votre photo?*»

«*Bonsoir*» risposi, con una della mezza dozzina di parole in francese che conoscevo. Poi, prima che snocciolasse qualcos'altro, usai la mia parola preferita in francese: «*Anglais?*».

La giovane donna sorrise. «Certamente» rispose, con un inglese chiaro ma dall'accento francese. «Posso farvi io la fotografia?»

Le passai il cellulare e lei indicò le mani occupate con lo champagne. Consegnò un bicchiere a ciascuno di noi. Alzò il telefono e fece la fotografia prima di ridarci il telefono.

«Vi ho notato da laggiù.» Indicò il bar dove servivano champagne dietro al quale lavorava. «E sembravate così felici e innamorati che tutti intorno a voi vi stavano guardando e voi non ne avevate idea.»

Emilia arrossì e sorrise, guardandomi. Mi prese la mano, stringendola.

«Prendete lo champagne. Fate un brindisi a voi due con i miei complimenti.»

Emilia guardò la flûte ed io guardai lei finché alzò gli occhi. «Champagne in cima alla torre Eiffel. Penso che valga veramente la pena di berne un sorso» disse.

Alzai il bicchiere accanto a suo. «A che cosa dovremmo brindare?»

«Non sono molto poetica. Penso che dovremmo brindare a tutti i nostri domani.»

«A noi» dissi, toccando il suo bicchiere con il mio. «Non c'è un amore più grande dopo Han e Leia.»

Emilia rise e bevve un sorso, guardandomi mentre svuotavo il mio bicchiere. Poi mi tese il suo dicendo: «Finiscilo».

E lo feci, con un sorriso. Mi sarei definito un peso leggero, sentendo le bollicine che cominciavano ad andarmi alla testa, ma avevo bevuto quasi cinque bicchieri di vino a cena, più quello.

Quando rimettemmo i piedi a terra, la nostra limousine ci stava aspettando per riportarci in albergo ed io mi sentivo leggero, piacevolmente alticcio e completamente preso dalla splendida donna accanto a me.

«Ti stai stancando?» le chiesi. Avevo ancora un'altra sorpresa in serbo per lei quella sera.

«No, ho dormito benissimo in aereo e sono solo...? Tipo le tre del pomeriggio a casa? Mi sento bene.»

«Bene, perché c'è ancora una cosa che voglio fare.»

Emilia mi diede un'occhiata di sottecchi, sorridendo maliziosa. «Ah sì?»

Nel nostro albergo si ballava in uno dei grandi saloni da ballo, completo di lucido pavimento di marmo, alte colonne, terrazza privata e orchestra dal vivo. E, grazie alla mia richiesta, avrebbero suonato il tango per parte della serata.

Quando arrivammo, Emilia mi diede un'occhiata che era un misto di sorpresa e terrore.

«Non lo so ballare abbastanza bene. Mi renderò completamente ridicola in pubblico.»

«Puoi restare calva in pubblico… quindi non ti manca il fegato per fare qualsiasi cosa. Inoltre, io conosco i passi, ti guiderò io. Ti fidi di me, giusto?»

«Sì, so che non mi permetterai di fare una figuraccia.»

Le sorrisi. «Bene, tu rilassati e lascia che ti guidi io. "Non c'è possibilità di errore nel tango"» citai. «"Commetti uno sbaglio, ma non è mai irreparabile, seguiti a ballare!"»

Emilia mi guardò strizzando gli occhi. «È la battuta di un film, vero?»

Le sorrisi. «Mi conosci così bene. Al Pacino, *Profumo di donna.*»

Le presi la mano e la portai sulla pista. C'erano alcune altre coppie, ma molte si erano sedute quando l'orchestra aveva cominciato a suonare il tango. I passi che le avevo insegnato erano semplici e potevo guidarla io in qualunque passo più complesso.

Ci mettemmo uno di fronte all'altra e lei mi guardò negli occhi. Poi il suo sguardo saettò intorno alla sala e respirò a fondo. Si sentiva imbarazzata, per la danza o forse per il suo aspetto. Se avessi fatto bene il mio lavoro, avrebbe dimenticato entrambe le ipotesi.

«Metti la mano sinistra sulla mia spalla. Più in alto.»

Lei ubbidì ed io le presi la mano destra, curvando il braccio destro intorno a lei e premendola saldamente al centro della sua schiena. «Rilassa il corpo. Cerca di non essere rigida.»

Emilia sorrise. «Sto avendo una strana sensazione di déjà vu.»

Le sorrisi. «Amsterdam?»

«Già.»

«Allora te la sei cavata benissimo. Vedrai che sarà così anche questa volta.»

Lei respirò piano, un po' tremante e annuì. «Okay.»

La musica cominciò di nuovo ed io mi mossi in avanti, facendole fare tre passi indietro e poi scivolando di lato. Per un momento Emilia sembrò incerta, facendo un passo avanti mentre lo facevo io.

«Scusa!» ansimò quando mi schiacciò un piede.

«Lascia che guidi io, Emilia. Ti fidi di me?»

Lei alzò gli occhi e annuì. «Sì.»

«Allora guardami negli occhi e smettila di guardare i piedi.»

Emilia fece un respiro profondo e si rilassò nelle mie braccia. E per il resto di quella prima canzone, non guardò mai in basso. Quando cominciò a sentirsi a suo agio, aggiunsi qualche passo più complesso, come un giro o un casquè. La prima volta che le feci fare un casquè lei strillò piano e rise come una pazza.

«Finirai per farmi cadere il foulard e metterai in mostra la mia cupola cromata!»

I nostri corpi si muovevano insieme. Il tango era un ballo sexy. Proprio come l'atto sessuale in sé, si trattava di due corpi vicinissimi, che si muovevano insieme, con le mani che si tenevano, con gli occhi che si fissavano. Stavamo respirando più in fretta. I cuori battevano più velocemente.

Sì, lo ammetto, mi stavo eccitando. Tra l'alcol, il bacio sulla torre e ora quel ballo, sarebbe stato difficile resisterle.

Ma poi lei tirò fuori l'artiglieria pesante, perché avevo capito che era quello che stava facendo da tutta la sera. Aveva messo in atto una scrupolosa e ben studiata campagna per sedurmi. Ed io avevo fatto lo gnorri e l'avevo lasciata fare.

«Non farmi roteare così in fretta la prossima volta. Il mio vestito si alzerà troppo.»

«Che c'è, non vuoi che quei vecchi caproni vedano le tue mutandine?»

«Non m'importerebbe che vedessero le mie mutandine, se le avessi» disse con un sorriso sbarazzino. «Buon compleanno.»

Sbagliai un passo. «Non porti le mutandine?»

Lei si fermò per una battuta ed io le feci fare un casquè, tenendola lì finché mi rispose. Lei alzò gli occhi, agganciando una gamba intorno alla mia mentre io la abbassavo ancora. «No. Nada. Nemmeno l'ombra.»

Cazzo. Completamente eretto in zero secondi.

La rialzai e rimasi assolutamente immobile. «Sei una bambina veramente cattiva.»

Fece il broncio con le sue belle labbra piene e i suoi occhi da cerbiatta, tutta innocenza, si spalancarono quando disse. «Mhmm, mhmm. Dovresti punirmi.»

La tirai più vicino, e il suo corpo femminile era il paradiso contro il mio. «Sì, dovrei» sussurrai.

Emilia premette il volto contro il mio orecchio, mi prese il lobo nella bocca calda e fece scorrere lentamente i denti. Sentii una fitta di desiderio attraversarmi. Dio, era una sirena. E c'era poco da fare per tenerla lontana quella sera. Il mio corpo era in fiamme. Lei doveva aver sentito la mia erezione premere contro di lei, perché ondulò lentamente, facendomi ansimare.

E prima che facessimo qualcosa di indecente, per esempio fottere direttamente lì di fronte a tutti, le afferrai la mano e la tirai via dalla pista da ballo. Con una risata, mista a un'esclamazione sorpresa, Emilia trotterellò dietro di me mentre io andavo a grandi passi, verso l'ascensore che portava direttamente alla nostra suite. Non ero nemmeno sicuro se sarei riuscito ad arrivare all'ascensore senza commettere qualche tipo di atto osceno.

Appena si chiusero le porte, Emilia si voltò verso di me ed io le infilai le mani sotto la gonna, confermando la totale assenza di mutandine.

«Visto, niente da strappare.»

La premetti contro la parete dell'ascensore. «Ho intenzione di alzarti questo vestito e scoparti, proprio adesso.»

Lei gemette piano e quel suono mi tagliò le gambe. «Sì, grazie.»

«Lo vuoi» dissi, accarezzandole l'interno setoso della coscia.

Emilia abbassò lentamente le palpebre. «Oh, sì.»

«Ma non dovrei darti quello che vuoi, bambina cattiva. Dovrei punirti.»

Quando l'ascensore suonò e le porte si aprirono nella nostra suite, le diedi una lieve spinta e mi voltai per premere il tasto che bloccava l'ascensore, in modo da non essere interrotti. Lei mi diede un'occhiata cauta e poi si voltò, faccia al muro.

«Puniscimi, allora.»

Capitolo Ventinove
Mia

Il Progetto Seduzione stava per andare a buon fine. Aspettai ansiosa mentre si spostava dietro di me. Adam si fermò, restando vicinissimo senza toccarmi. Io rimasi perfettamente immobile, trattenendo perfino il fiato.

Lui mi afferrò i polsi e mi tirò le mani sopra la testa, spingendomi in avanti. I suoi fianchi inchiodarono il mio corpo contro la fredda parete di marmo.

«Ho bisogno di scoparti» disse e cominciò a baciarmi. La sua bocca scivolò lungo la mia nuca, le spalle, le orecchie, la guancia, e i suoi baci sembravano bruciare sulla mia pelle come gocce gelate di pioggia su un asfalto bollente. Mi sentivo fremere a ogni tocco, con le sue mani come braccialetti intorno ai polsi. Adam si attardò ad assaggiare ogni centimetro di me ed io non sentivo altro che la sua bocca, il suo fiato caldo sulla pelle. Rabbrividii e la sua mano si strinse intorno ai miei polsi, il suo fiato vacillò dove la sua bocca stava divorando il mio lobo.

«Adam, per favore» mugolai.

Lui premette le mie mani contro la parete accanto alla testa e staccò la sua per armeggiare con la chiusura del mio vestito, sganciandolo e facendo scorrere la cerniera con due movimenti rapidi.

«Mio Dio, sei bella» disse senza fiato. Tutto in me vibrò in sintonia con la vibrazione della sua voce. Deglutii, ancora timorosa della sua reazione quando mi avrebbe vista. Se mi avesse tolto il vestito, avrebbe visto il mio reggiseno pratico, brutto, che nascondeva la deturpazione. Gli avrei chiesto di non togliermelo.

E poi avrei potuto vantarmi con Kat che ero così brava che non avevo nemmeno dovuto mostrargli le tette per fargli abbassare i pantaloni.

Adam mise le mani dentro il vestito, accarezzandomi la spina dorsale dalla vita alla base del collo e poi la sua bocca bollente sostituì la mano, che andò ad afferrarmi il fianco. Le sensazioni erano portentose, travolgenti ed ero sicura che se non fossi stata appoggiata alla parete sarei potuto andare in deliquio come una donna d'altri tempi con un corsetto troppo stretto.

Dentro il vestito, le mani di Adam si mossero dai fianchi per passare sopra lo stomaco e una si fermò tra le mie gambe. Mi accarezzò lì con un dito, premendomi la bocca sull'orecchio. «Sei così bagnata.»

Piegai indietro la testa appoggiandola alla sua spalla e riuscii appena a sussurrare roca. «Sì.»

«Penso che questa bambina cattiva abbia veramente bisogno di venire» disse Adam, accarezzandomi ancora. Ansimai. *Oh, sì, ha veramente, veramente bisogno di venire.*

«Penso che il ragazzo che compie gli anni abbia bisogno anche lui di un orgasmo» risposi.

Di colpo le sue mani furono dappertutto, si muovevano sulle mie cosce, sullo stomaco. Si muoveva talmente in fretta che era come se cercasse di recuperare il tempo perso in pochi minuti, come se non sapesse che cosa toccare dopo. Ero l'aria di cui aveva bisogno per respirare, l'acqua di cui aveva bisogno per bere.

Le sue mani salirono ai miei seni, coprendoli sopra il pesante tessuto del reggiseno. Feci un respiro profondo, lottando contro lo stimolo di spingerle vie. Adam si fermò lì, come per controllare che cosa avrei fatto. Quindi, contrariamente al mio istinto, mi rilassai contro di lui, con il cuore che batteva forte in un misto di paura e anticipazione. Adam mosse i pollici sopra i miei capezzoli, che reagirono immediatamente. Gridai, la sensazione che provai era così intensa. Troppo intensa. Mi arcuai contro il suo torace e il suo fiato caldo mi bruciò il collo.

Lui era la fiamma ed io la carta. Il suo tocco mi incendiava e mi sentivo leggera, come una favilla portata via dal vento. Lo desideravo, avevo bisogno di accettarlo nel mio corpo, sentirlo muoversi dentro di me, toccare ogni angolo e ogni punto nascosto, riversarsi dentro di me.

Noi due dovevamo diventare un essere unico. Unico nel desiderio, negli obiettivi, nella vita.

Mi appoggiai contro di lui, muovendo il sedere contro la sua erezione. Lui risucchiò forte il fiato. «Dovrei sculacciare quel sederino birichino.»

Una sensazione cupa mi strinse la gola. Le sue parole mi ricordarono la notte che avevamo passato insieme a Vegas, l'ultima volta in cui avevamo fatto sesso, oltre cinque mesi prima. Allora mi aveva sculacciato. Ma era stato per rabbia, frustrazione. Avevo rotto con lui senza dargli una spiegazione. Sentii il senso di colpa togliermi il fiato. Allora mi aveva odiato.

Mi odiava ancora? Dentro di sé? Per tutto quello che gli avevo fatto passare?

Saremmo riuscire a godere l'uno dell'altro quella notte, senza pensare al passato? Sarei riuscita a farmi perdonare?

Ero decisa a tentare.

Voltai la faccia di lato, in modo che potesse sentirmi. «Tu puoi fare tutto quello che vuoi. Sono tua.»

La sua voce fu un ringhio contro il mio orecchio. «Dillo ancora.»

«Sono tua, Adam. Sempre.»

Lui strinse le mani su di me e prima che potessi controllarmi, strillai, sorpresa. Lui tirò via in fretta le mani dal mio seno.

«Merda, ti ho fatto male? Mi dispiace!»

Dovetti reprimere un gemito di frustrazione. «Sto bene, va tutto bene.»

Adam prese i bordi del vestito. Sentii il cuore balzarmi in gola. Me lo avrebbe tolto. Riuscivo a malapena a contenere la mia eccitazione, chiusi gli occhi e piegai la testa all'indietro. Ero pronta a sdraiarmi e a godere della sensazione delle sue mani magiche su di me.

Invece, richiuse la cerniera.

Uhm.

Cazzo.

Mi voltai a guardarlo, aggrottando la fronte.

Ci fissammo negli occhi per un lungo momento carico di tensione.

«Mi dispiace» ripeté Adam, tirandosi indietro.

«Non mi hai fatto male. Mi hai solo sorpreso. Devono… devono essere tutte quelle procedure. Mi sento molto… clinica riguarda al mio seno.»

Lui annuì e si passò una mano tra i capelli. «Mi sono lasciato trasportare. Non mi è nemmeno venuto in mente.» Strinse le labbra, pensieroso.

Mi avvicinai a gli misi le braccia intorno alla vita. «Va tutto bene. Io sto bene. Io... voglio veramente stare con te stanotte.»

Lui esitò, guardandomi. I suoi occhi non erano specchi, erano le porte di un caveau, chiuso e irraggiungibile per me. Aggrottò la fronte. «Probabilmente non dovremmo. Tu non sei...»

Avrei voluto pestare un piede per la frustrazione. «Sto bene. Il medico ha detto che va bene, purché me la senta. Va tutto bene. Adam, io ho voglia di stare con te. Voglio che facciamo l'amore. So che lo desideri anche tu.»

Lui soffiò fuori il fiato, lentamente, e le rughe sparirono dalla sua fronte. Scosse la testa.

Quindi presi l'iniziativa. Gli accarezzai la guancia, spostandogli delicatamente la testa per poterlo baciare. Quando spinsi la lingua nella sua bocca, sentii il suo respiro diventare affrettato, le mani che salivano ad afferrarmi in vita.

«So che lo vuoi anche tu» sussurrai. «Per favore.»

E poi feci scorrere la mano sugli addominali sodi e più in basso, accarezzandolo attraverso i pantaloni. Sì, era ancora eretto. Il suo cervello stava dicendo "no", ma il suo corpo diceva "sì" e speravo che sarebbe stato sufficiente per persuaderlo. Risucchiò il fiato, io gli slacciai i pantaloni e lui appoggiò la mano sopra la mia per fermarmi.

Ma io non mi fermai e lui non disse di no. Gli abbassai lentamente la cerniera continuando a baciarlo sul collo. «Mi permetti... per favore?» Caddi in ginocchio davanti a lui e lui espirò rumorosamente quando vide quello che stavo per fare.

Lo presi in bocca, aprendola per lui e lasciando che affondasse mentre lo accarezzavo con la lingua. Lui gemette. Mettendomi una mano sulla testa, poi l'altra. Non mi spinse, né mi tirò, ma mi fece scivolare le mani lungo il collo, le spalle. Il foulard di pizzo scivolò via mentre mi muovevo avanti e indietro, con il cuore che batteva come un tamburo a ogni suo ansito e gemito.

«Emilia…» disse a denti stretti. «Cazzo.»

Continuai con quel ritmo, chiudendo gli occhi, concentrandomi per succhiare e leccare tutti i posti giusti. Lui mi mise una mano sulla testa e si tirò gentilmente indietro.

Poi si piegò e mi prese in braccio, schiacciandomi contro di lui. Gli avvolsi le gambe intorno ai fianchi e c'era solo il sottile strato del mio vestito che ci separava. Sentivo il suo sesso strofinare contro di me. Gli misi le braccia intorno al collo e la sua bocca si chiuse sulla mia. Mi stava portando in camera. Chiusi gli occhi e mi concentrai sul sapore della sua bocca, della sua lingua. Non riuscivo ad averne abbastanza di lui. Il battito del mio cuore era irregolare e affrettato e non riuscivo a prendere fiato.

Adam si fermò accanto al letto, le nostre due bocche e i nostri fianchi uniti. Non potevo aspettare un momento di più per stare insieme. Lui aveva le mani sul mio sedere, strette e insistenti. Poi cademmo sul letto.

Se me lo fossi aspettato, e mi fossi preparata, il suo peso che atterrava su di me in quel modo non sarebbe stato un problema. Non erano forse mesi che desideravo sentire il suo peso sopra di me? Invece, mi tolse completamente il fiato e dovetti ansimare per risucchiare l'aria.

Adam si precipitò a mettersi di fianco, mentre io lottavo per scacciare le macchie scure ai margini della vista, incapace di muovermi. «Merda! Emilia...»

Voltai la testa e aprii la bocca un paio di volte prima di riuscire a riprendere fiato. Sbattendo gli occhi, tossii. «Sto bene. È tutto okay.»

Ma lui era pallido e aveva la fronte sudata. «Cazzo, ti ho spiaccicato. Mi dispiace.»

Tesi la mano per prendere la sua, ma era fuori portata. «È tutto okay. Va tutto bene.»

Adam allungò la mano e mi accarezzò la guancia, tremando. «Cazzo, mi dispiace tanto. Che diavolo ho che non va?»

«Vieni qua. baciami» dissi, tentando di distrarlo. Sembrava stesse per sbroccare.

Invece scese dal letto e mi guardò, con gli occhi ancora pieni di preoccupazione.

Ci guardammo a lungo. E capii che il nostro momento era finito. Non avremmo fatto l'amore quella notte. Tirai il fiato, tremando, e sbattei gli occhi per rimandare indietro le lacrime, mettendomi seduta.

Adam s'inginocchiò davanti a me, mettendomi le mani intorno alla vita, come se stesse controllando che non ci fossero ossa rotte. Quando mi guardò in viso, vide le lacrime che stavano scendendo. Mi sentii un miserabile fallimento.

«Per favore, non piangere» mormorò, baciandomi.

«Che cosa c'è che non va in noi?» gli chiesi con la voce ridotta a uno squittio. «Siamo rotti.»

Adam scosse la testa. «No. No... è solo che sono preoccupato per te. E non voglio farti ancora male.»

«Non mi farai male, Adam. Lo giuro. Sto bene.»

«Quando sarai sana… quando andremo a casa e avrai fatto la scansione…»

Mi staccai da lui, frustrata, passandomi il dorso della mano sulle guance. Mi alzai e andai in bagno. Adam mi seguì.

«È per il mio aspetto, vero?»

Adam strinse le labbra. «No, sei bella.»

Mi voltai verso il lavandino e mi buttai un po' d'acqua sul volto. «Puoi essere sincero con me. Sai. Posso sopportarlo. Non hai bisogno di risparmiare i miei sentimenti.»

Mi asciugai il volto con un soffice asciugamano bianco mentre lui mi fissava nello specchio. Quando mi voltai per uscire, lui mi si mise davanti, mettendomi le mani sulle braccia perché non potessi andarmene. «Tu. Sei. Bella. Una testa piena di capelli non cambierebbe niente.»

Sospirai e lo guardai negli occhi. «Sono preoccupata per noi due.»

Lui mi accarezzò la guancia e sorrise appena. «Non preoccuparti. Io ti amo più che mai, Emilia. Ed è la verità.»

Ingoiai il nodo che avevo in gola. C'era qualcosa che non mi stava dicendo. Ne ero sicura. Ma non avevo voglia di litigare e non volevo obbligarlo a dirmi quello che non era pronto a confidarmi. Forse era solo preoccupato per la mia salute. Dio, speravo che fosse una cosa così semplice. Perché nell'attimo in cui la scansione avesse dato esito negativo, gli sarei saltata addosso.

Feci un respiro profondo e poi espirai. «Di colpo sono così stanca.»

Lui si rilassò un po'. Sollevato, apparentemente. «Anch'io. Sto per crollare sul primo letto che trovo.»

Mi accigliai. C'erano tre stanze da letto in quell'enorme suite, tutte altrettanto splendide e lussuose. «Per favore non dirmi che dobbiamo dormire in letti separati.»

Adam mi abbracciò dolcemente. «Non ho intenzione di dirlo. Ti voglio tra le mie braccia stanotte.»

Mi voleva tra le sue braccia. *Per dormire.* Nient'altro.

Il Progetto Seduzione era morto e sepolto. Missione fallita.

Capitolo Trenta
Adam

L A AVVOLSI TRA LE MIE BRACCIA, TENENDOLA STRETTA, come a volte mi chiedeva di fare. Avevo notato che quelli erano i momenti in cui si sentiva più sperduta, insicura. E mi maledissi per non aver fatto sesso con lei quella sera. Avrebbe fatto meraviglie per la sua autostima e l'immagine che aveva di sé.

E l'avevo desiderata, sicuramente. Ma nel momento in cui le avevo fatto male, ero tornato di colpo alla realtà, ai problemi e ai dubbi e alle preoccupazioni. C'erano tante cose che dovevo prima controllare. La contraccezione. Non avevo portato dei preservativi con me, anche se sarebbe stato facile procurarmeli. Ma non ero arrivato così lontano, pensando semplicemente che le cose non sarebbero progredite così in fretta tra di noi. Stavo ancora pensando a lei come alla donna malata, semincosciente che avevo avuto tra le braccia che dichiarava che meritava di morire...

Ascoltai nel silenzio. Aveva cominciato da un pezzo a respirare lentamente, regolarmente, il respiro del sonno e la baciai, appoggiando la guancia contro la sua. Chiusi gli occhi, riandando con la mente a tutto ciò che era successo, pensando al colossale casino che avevo fatto e a come fosse solo servito a ferirla di più. Come se avessi cancellato, in quel secondo netto, tutto il bello di quella sera.

Ma non potevo rischiare di ferirla ancora. Nemmeno il minimo accenno di rischio. Mi addormentai così, con lei stretta tra le mie braccia. Come se fossi la sua armatura, che la proteggeva. E avrei voluto che fosse così semplice. Ma la verità era che a volte ero io la minaccia più grande per lei, invece del suo protettore.

***

I giorni seguenti a Parigi furono meravigliosi. Facemmo lunghe passeggiate lungo la nostra via, l'Avenue George V, con i suoi inconfondibili caffè, le boutique esclusive e le auto meravigliose parcheggiate accanto ai marciapiedi. Sopportai perfino un po' di compere sugli Champs Élysées, ma dato che Emilia non era una fanatica dello shopping, non dovetti soffrire a lungo.

Passammo quasi un'intera giornata al Louvre, dove Emilia poté studiare la Venere di Milo da vicino e di persona. Ero già stato parecchie volte in quel museo ma quello che trovai più piacevole in quel viaggio fu vedere la reazione di Emilia davanti ai capolavori d'arte appesi alle pareti davanti a lei. Emilia guardava i quadri, passava parecchio tempo davanti a ciascuno, cambiando prospettiva, a volte facendo dei passi indietro per guardarli da un'altra angolazione. Ed io passavo il tempo guardando lei.

Dicono che una persona dovrebbe visitare Parigi tre volte nella vita: una volta da giovane, una volta quando ha i soldi per godersela veramente, e una volta quand'è innamorata. Avevo già spuntato due di quelle voci dalla mia lista. Questa volta era come una città completamente nuova per me, perché la stavo vedendo attraverso gli occhi di Emilia, e attraverso gli occhi dell'amore.

Un pensiero sdolcinato, sentimentale, così poco caratteristico per me. Ma una cosa avevo imparato nei mesi di completa tribolazione che avevamo appena passato: la felicità e l'amore erano cose fragili. E avremmo dovuto essere grati per quello che avevamo, quando l'avevamo.

E dire che ero grato per averla nella mia vita era dir poco.

Passammo un pomeriggio su una panchina nei giardini delle Tuileries, dividendoci una baguette e un po' di formaggio.

«Allora, abbiamo ancora due giorni» disse Emilia, masticando l'ultimo pezzo di baguette e mormorando il dispiacere che fosse finita.

«Già. Abbiamo spuntato alcune delle voci della tua lista dei desideri. C'è qualcos'altro che ti viene in mente?»

«Mhmm. No. Non proprio. Sto solo godendomi l'atmosfera di questo posto. Riesco a capire perché la chiamino "la città dell'amore". Ancora non riesco a credere come sia riuscito a fare tutto di nascosto. È stato impressionante.»

«Beh. Mi ha aiutato Jordan.»

Emilia mi rivolse un'occhiata incuriosita. «Jordan? Davvero?»

«Era da un bel po' che stava progettando questo viaggio. Quando ha sentito che eri stata così male per quei farmaci, ha insistito che prendessi io l'aereo che aveva noleggiato e le prenotazioni in albergo.»

Le sue sopracciglia appena accennate si alzarono. «Quindi stiamo facendo il viaggio di Jordan?»

«Beh, in un certo senso. Ho ritoccato parecchio i suoi programmi, ma sì, in linea di massima sì.»

Emilia soffiò fuori il fiato, lentamente e guardò verso il parco. «Ho sempre pensato che mi odiasse.»

«Penso che odiasse l'idea che non sarei più stato la sua spalla.»

«Beh, di sicuro ha cercato di riagganciarti quando... quando ci siamo lasciati.»

Io alzai le spalle. «Credo che si senta più in colpa di me, se possibile.»

Emilia si voltò a guardarmi, sorpresa. «Perché ti devi sentire in colpa? C'eravamo lasciati. Sei uscito con un'altra. Non hai fatto niente di sbagliato.»

Mi mossi, sentendomi di colpo a disagio. Avrei voluto cambiare argomento, e aprii la bocca per farlo quando mi resi conto che era una cosa di cui *avremmo* dovuto parlare. Non potevamo continuare a evitare per sempre di parlare di quel periodo buio della nostra relazione.

«Sembrava sbagliato.»

Emilia mi guardò ed io mi concentrai sulle vasche, dove bambini allegri stavano lanciando delle barchette a vela. «Abbiamo fatto entrambi un mucchio di errori» fu la sua sommessa risposta.

Feci un respiro profondo, sforzandomi di continuare quando avrei voluto con tutto me stesso restare zitto. «Ero furioso. Sono uscito con lei perché ero incazzato con te. Quindi, chiaramente, per i motivi sbagliati.»

«Anch'io ho fatto delle cose stupide perché ero arrabbiata. Non avrei dovuto rompere con te. Solo che...» Emilia risucchiò di colpo il fiato e si capiva che si stava emozionando, ma non la fermai. Era ora di mettere tutto in chiaro e non avevo idea del perché lo sapessi. Istinto, forse. «Mi sembrava che tu fossi così prepotente e irremovibile e mi faceva venir voglia di comportarmi allo stesso modo. Pensavo che se avessi ceduto... beh, in quel momento sembrava così importante. Ora, guardando indietro, dopo tutto ciò che è successo, mi rendo conto che erano stupidaggini, idiozie che avremmo potuto risolvere se avessimo mantenuto i nervi saldi e ci fossimo parlati.»

Le presi la mano, racchiudendola nella mia. «Adesso stiamo parlando.»

«Sì, immagino che, dopotutto, non siamo dei completi idioti, se riusciamo a imparare dai nostri errori, giusto?»

Mi portai la sua mano alla bocca e la baciai. «La cosa importante è che possiamo imparare dagli errori, e poi voltare pagina.»

Emilia distolse lo sguardo e deglutì, visibilmente. La sua mano si strinse intorno alla mia. «Quindi non credi che sia troppo tardi?»

«Sarei qui se fosse troppo tardi?»

Lei scosse la testa e chiuse gli occhi.

«E tu? Pensi che sia troppo tardi?»

«Spero di no. Non mi fido più di quello che penso perché il mio giudizio non ha funzionato molto per me, fino a ora.»

«Ehi.» Le tirai dolcemente la mano perché mi guardasse. «Avevamo fatto un patto. Niente recriminazioni, di nessun tipo. Abbiamo superato quegli errori e ora guarderemo indietro solo per imparare da loro.»

«Okay.» Emilia annuì, il fantasma di un sorriso che aleggiava sulle labbra. «E quando saremo a casa...?»

Respirai bruscamente e trattenni il fiato. «Quando starai meglio e sapremo con sicurezza che sei guarita... beh, attraverseremo quel ponte quando ci arriveremo.»

Lei mi guardò con un sorriso enigmatico che avrebbe fatto impallidire Monna Lisa. «Non vedo veramente l'ora di attraversare *quel* ponte.»

Sorrisi, e mi sfuggì una risata. «Anch'io.»

E con quelle parole, ci alzammo, ci sbarazzammo delle cartacce e tornammo in albergo, felici, a ogni passo, di stare assieme.

CAPITOLO TRENTUNO
MIA

LA SERA PRIMA DI VOLARE VERSO CASA, TROVAI IL coraggio di fare un bagno di schiuma nell'enorme vasca che c'era nel bagno della suite. Davanti a me c'era una finestra da cui potevo guardare Parigi sotto di me. Quindi versai una tonnellata di gel nella vasca e lasciai che la schiuma salisse. Non chiusi a chiave la porta. Mi ero costruita un muro di schiuma tutto intorno, quindi se Adam fosse entrato non avrebbe visto le mie brutte cicatrici e i segni tatuati. Avrebbe solo visto una donna nuda seduta nella sua vasca. E se fossi stata fortunata, magari si sarebbe offerto di raggiungermi.

La vasca aveva un meccanismo particolare che manteneva calda l'acqua, quindi potevo restare immersa per tutto il tempo volevo. Dopo aver passato più di mezz'ora con gli occhi chiusi e la testa appoggiata a un cuscino impermeabile, sentii dei passi sulla porta.

«Ti sei già raggrinzita come una vecchietta?»

«Dovresti provarlo, prima di scartarlo.»

«Mhmm, invitante.»

«Quando è stata l'ultima volta che hai fatto un bagno?»

«Non ne ho idea. Non riesco nemmeno a ricordare di aver fatto un bagno da quando ero un bambino.»

Mi voltai a guardarlo. «Davvero? Non mi stai prendendo in giro?»

«Seriamente, non ti sto prendendo in giro.»

«Allora spogliati ed entra.»

«Mhmm. Come faccio a sapere che non stai usando la scusa del bagno per vedermi nudo?»

Mi misi a ridere. A quanto pareva, in quei giorni ero piuttosto trasparente. Era passato fin troppo tempo da quando l'avevo visto nudo. Accidenti. E non volevo lasciare la città dell'amore senza dare almeno un'occhiata ai miei addominali preferiti e quelle cosce muscolose… per non parlare del suo sedere. «Beh, direi che è plausibile. Ma finché non avrai goduto del lusso di restare immerso in un bagno di schiuma, non potrai mai capire.»

«Mi sto già divertendo un sacco restando qui a guardare te che te lo godi.»

«Mhmm. Sembra un po' una cosa da pervertiti. Mi piace.»

«Ho una vena di perversione.»

«Lo sapevo già. Beh, allora vieni qua e renditi utile. Ho bisogno di qualcuno che mi lavi la schiena.»

Adam fece un passo avanti ed io guardai in basso, notando che la maggior parte della schiuma era sparita dopo essere rimasta nella vasca così a lungo, e non mi copriva più il seno.

«Aspetta! Voltati per favore.»

Adam restò immobile. Potevo vedere il suo profilo sorpreso nello specchio mentre allungavo la mano e afferravo un piccolo asciugamano, drappeggiandomelo sulla parte superiore del corpo. Si voltò, con il volto privo di espressione.

«Okay. Sono a posto» dissi, chinandomi in avanti. Adam si avvicinò di nuovo, esitando.

«Lì ci sono il sapone e una lavette.»

«Ai tuoi ordini.»

Risi, divertita dalla citazione dalla *Storia Fantastica*. Sistemai meglio l'asciugamano e dissi, con la mia migliore imitazione dell'accento inglese. «Garzone, bagna il panno e lavami la schiena. Tutta… per favore.»

Fece quello che gli chiedevo, con un sommesso: «Ai tuoi ordini.»

Prima usò la lavette, e poi mi mise le mani sulla schiena, facendole scivolare sulla pelle insaponata. Sospirai, stuzzicata dalla sensazione delle sue mani su di me, anche se solo per lavarmi. Dopo avermi massaggiato le scapole, lungo la spina dorsale e fino in vita, sotto la linea dell'acqua, Adam sciacquò la lavette e mi strofinò tutta di nuovo.

«Garzone, non dimenticare il collo.»

«Ai tuoi ordini» ripeté Adam, ma invece di lavarlo, lo baciò. Piegai la testa, per facilitargli il compito, percorsa dai fremiti. Il mio corpo si svegliò, pieno di desiderio, e solo perché mi aveva toccato per qualche minuto. Quando sarebbe arrivato il momento di attraversare di nuovo quel maledetto ponte? Ah già, non ci eravamo ancora arrivati.

«Allora… vuoi che ti lavi anche i capelli?»

Aprii gli occhi. «Piantala.»

«No, ci sono dei peluzzi. Ne vedo un paio. Potrei lavarli. Penso che basterebbe una goccia di shampoo.»

Sbuffai e invece di ribattere, lo schizzai.

«Ehi!» Adam balzò indietro, ma io raccolsi altra acqua e riuscii a colpirlo diritto in mezzo al petto. Ora la maglietta era appiccicata ai muscoli sotto. Oh, bello. Avrei dovuto farlo mezz'ora prima.

«Mocciosa.»

«Testa di cazzo.» Lo spruzzai di nuovo. «Adesso sei bagnato. Tanto vale che entri nella vasca.» Sottolineai la mia dichiarazione con un altro grande schizzo.

Adam fece un passo indietro e scivolò sul pavimento, riuscendo appena a riprendere l'equilibrio prima di cadere. Prese un paio di asciugamani dalla sbarra e li mise sul pavimento, e mi diede un'occhiata severa, prima di sorridere. Poi si tolse la t-shirt.

Diavolo, sì.

Non feci nemmeno finta di non guardarlo spogliarsi. Adam aveva un corpo solido, muscoloso e bello. Sospirai, con solo un po' troppa nostalgia quando finalmente si tolse i jeans e i boxer.

«Ti stai proprio divertendo, vero?» mi chiese, appoggiando i vestiti su una sedia vicina.

«È uno spettacolo meraviglioso. E non sto parlando della torre Eiffel tutta illuminata fuori dalla finestra.»

Adam si avvicinò alla vasca ed io allungai la mano per accarezzargli piano gli addominali scolpiti. Mi era mancato quello stomaco duro, piatto. Lui scavalcò il bordo della vasca e si sedette davanti a me. Presi ancora un po' di bagno schiuma e lo versai nell'acqua, dicendo: «Ti servono più bollicine per godere veramente l'esperienza di un bagno di schiuma». Aprii il rubinetto, facendo entrare altra acqua calda nella vasca.

Dovevo chinarmi sopra di lui per raggiungere il rubinetto, ma mi assicurai di tenere l'asciugamano attaccato a me. Gli occhi scuri di Adam mi seguirono ed io rimasi china sopra di lui finché la vasca non si fu riempita a sufficienza, poi chiusi l'acqua. Prima che potessi rimettermi giù, Adam mi prese il braccio e mi tirò verso di lui e la mia bocca finì sulla sua.

Emisi un gemito quando infilò la lingua nella mia bocca. Caddi contro il suo torace, restituendogli il bacio con circa il doppio della passione che lui stava mettendo nel suo... ed era un bel dire perché il suo bacio era tutt'altro che casto. Ma io avevo bisogno di lui e non lo avrei lasciato uscire dalla vasca senza farglielo sapere.

Adam mi mise una mano sulla schiena e l'altra contro l'asciugamano che avevo sul petto. Quando finalmente ci staccammo per respirare. Mi guardò e deglutì forte. «Non è facile» disse.

Scossi la testa. «Per niente.»

La mano sopra l'asciugamano si spostò leggermente di lato, come se volesse infilarla sotto. Io lo strinsi più forte. Ci fissammo negli occhi e capivo che lo desiderava almeno quanto me.

«Voglio toccarti. Voglio vederti» disse Adam.

Esitai, bloccata dal terrore improvviso. Non potevo permettergli di vedermi. Ero brutta, segnata dalle cicatrici. Lo avrei disgustato. Non mi avrebbe mai più voluta. Ingoiai la paura, ma tornò immediatamente. Alla fine scossi gentilmente la testa.

Adam distolse lo sguardo per qualche minuto e sospirò pesantemente. «Okay. Non ti obbligherò a fare qualcosa che non vuoi fare. Ma prima o poi...»

Mi tirai indietro, mettendo un po' di distanza tra di noi. «Prima o poi farò una ricostruzione.»

I vuoi occhi volarono verso i miei. «Quindi non potrò guardarti fino ad allora?»

Non risposi. Non avevo una risposta da dargli. Non era giusto da parte mia. Desideravo che mi toccasse il seno. Ma la paura era troppo forte.

«Di che cosa hai paura, Emilia?»

Tirai il fiato, tremando. «Tu non hai idea di che cosa sia uscire in pubblico al tuo fianco. Tu sei perfetto. Tutti ti guardano e si chiedono che diavolo ci fai con me.»

Mi guardò sorpreso. «Temi che, se ti vedo, io non ti voglia più.»

Annuii. «Sì. È esattamente ciò che penso.»

«Ieri, al parco, hai detto che non ti fidi più dei tuoi pensieri perché hai dei dubbi sulla tua capacità di giudizio. Ed è giusto, perché, in questo, tu hai assolutamente torto. Se avessi amato solo il tuo lato esteriore, allora avresti ragione. Probabilmente non sarei ancora qui. Avrei solo visto che i tuoi bei capelli non c'erano più o che stavi costantemente male.»

Io abbassai gli occhi sulla superficie della schiuma. Le sue parole facevano male. Erano sincere, ma facevano male.

«Ma io non amo solo i tuoi capelli o la tua bella pelle, il tuo seno o i tuoi occhi, il tuo corpo. Quelli sono qualcosa in più e torneranno. Io amo *te*, Emilia. Io amo il tuo cuore. Che si preoccupa per me anche quando sei *tu* quella che sta male. Amo il tuo cervello, il fatto che possiamo avere lunghe conversazioni su un mucchio di cose e tu le capisci. Tu capisci *me*. Amo la tua anima, che a volte mi sembra la mia, solo nel tuo corpo.»

Faceva male respirare mentre restavo seduta ad assorbire le sue parole, la cui semplice bellezza mi aveva ridotta al silenzio. Per un momento, aprii e chiusi la bocca, e poi cominciai a singhiozzare. Le sue parole erano così sincere, così inaspettate. Adam si chinò in avanti e mi prese tra le braccia. Io piansi contro il suo torace duro e nudo, con la sua pelle calda contro la guancia.

Ma continuavo a tenere stretto quel maledetto asciugamano. Non ero ancora abbastanza coraggiosa. Mi faceva troppa paura. Le sue braccia si strinsero intorno a me. Aveva detto che amava la mia anima, ma non aveva idea dell'oscurità che si nascondeva nelle sue profondità. I pensieri tremendi, orribili che dovevo ricacciare in fondo ogni sacrosanto giorno. Il disprezzo che provavo per me stessa.

Sì, ero viva. Ma a che prezzo? Ne era valsa la pena? Ingoiai ancora una volta il bruciore di quella ferita e poi mi voltai e gli baciai il collo, la spalla, il petto. Lo inondai con il mio amore. Quei baci non erano fatti per sedurre, ma per dimostrargli senza parole che lo amavo anch'io.

«Ti amo… tanto, così tanto» dissi. Non era né poetico né romantico come ciò che aveva detto a me, ma era tutto quello che riuscivo a dire tra un piagnucolio e un singhiozzo. Lui mi tenne stretta finché smisi di piangere e per molto tempo dopo e l'unico suono era il crepitio delle bolle e il movimento dell'acqua intorno a noi, che echeggiava nella stanza da bagno di marmo bianco.

Premetti la guancia bagnata di lacrime sulla pelle umida della sua spalla e mi sentii calma, in pace. Quando parlai, fu a voce bassa. «Mi fa paura andare a casa.»

«Perché?»

«Perché qui è stato così magico. Come una fantasia. Qui ti ho tutto per me. Non devo dividerti con nessuno. Sono egoista, ma ho amato ogni minuto.»

«Tu hai sempre tutto di me, tutto il tempo.»

No, non era vero e lui lo sapeva. A casa, dovevo competere con il suo lavoro, gli amici, le donne dall'aspetto perfetto intorno a lui, i colleghi, i conoscenti. A casa, vivevo nella paura costante di perderlo.

«Hai anche me» dissi. «Sempre. Per sempre.» Per tutto il tempo che sarebbe durato.

Adam mi baciò il collo e respirò contro la mia guancia. «Ti devo dire che ho paura anch'io» disse all'improvviso.

Deglutii. «Per la scansione?»

«Sì.»

«Immagino che sia facile per me dire "per sempre" quando potrebbe non voler dire molto tempo.»

Adam si tirò indietro e mi guardò negli occhi. «Nessuno di noi sa quando finirà il "per sempre", non solo tu. Non lo sappiamo mai. Ciò che dà valore al "per sempre" è ogni giorno che viviamo e siamo felici di passare insieme. Ogni giorno in cui rendiamo le nostre vite migliori.»

Abbassai gli occhi e Adam tracciò con il pollice le lacrime che mi scendevano sulle guance, il contorno delle mie labbra. Gli baciai le dita quando le mosse sulla mia bocca.

«Allora sai che il mio amore per te non riguarda il tuo aspetto, esattamente come il tuo per me... giusto? O mi ami solo per il mio fisico?»

Sorrisi, quasi desiderando di poter fare una battuta, ma non volevo rovinare il momento. «Mhmm. Io amo l'uomo che mi prepara la colazione anche quando non sa tostare una fetta di pane senza bruciarla.» Adam rise, continuando a passare le dita sulla mia bocca, sulla mascella. Chiusi gli occhi, godendomi la sensazione.

«Amo l'uomo che firma i biglietti per me con un cuore sbilenco. Amo l'uomo che ascolta canzoni che conoscono solo i vecchi e gli hipster.» Adam scoppiò in un'altra risata. Io sorrisi. «Amo l'uomo che era lì per me... sempre, anche quando io non c'ero.»

Ancora silenzio e le bolle sfrigolavano intorno a noi.

Qualche minuto dopo, borbottando che mi stavo trasformando in una prugna secca, uscii cautamente dalla vasca. Adam si sdraiò e mi guardò allacciarmi il morbido accappatoio prima di lasciare finalmente cadere l'asciugamano oramai fradicio. Afferrai l'altro accappatoio e glielo misi vicino, di modo che potesse prenderlo quando fosse uscito.

«Ehi, garzoncella, e io? Non posso farmi lavare la schiena anch'io?»

Gli rivolsi un sorrisetto e abbassai la testa. «Ai tuoi ordini.»

Ma era difficile, maledettamente difficile, passare una lavette insaponata sulla sua schiena muscolosa, lungo i muscoli *trapezius* giù lungo i *latissimus dorsi* fino alla vita stretta. Oh Dio, era troppo sexy per il suo stesso bene. E toccarlo mi eccitò di nuovo. Non era giusto. Ero abbastanza in salute da avere una libido esagerata, ma apparentemente non abbastanza per lui finché non avessimo avuto un risultato negativo dalla scansione. Mi tirai indietro con un sospiro di frustrazione sessuale.

«Ecco fatto. Ed ora, mi ritiro nella mia cuccetta» gli dissi.

Adam rise alla battuta rubata a Jayne Cobb. *Firefly* era una delle sue serie televisive preferite.

Mi alzai e andai in camera, dove rimasi seduta al buio e lo ascoltai muoversi. Il vero motivo per cui ero uscita dalla vasca era che faceva troppo male continuare a nascondermi a lui. Sapevo che avrebbe voluto che lasciassi cadere l'asciugamano e la smettessi di coprirmi. Mi *stavo* nascondendo da lui, in tanti modi. Mi stavo anche nascondendo da me stessa.

Rimasi sdraiata sul letto a rivivere quei bei momenti con lui quando eravamo seduti insieme, quando mi aveva detto *voglio vederti. Voglio toccarti.* La Mia che sognava a occhi aperti era molto più coraggiosa di quella vera, quindi, nella mia fantasia, lasciai cadere l'asciugamano e lui mi guardò. E invece del disgusto che temevo di vedere nei suoi occhi, vidi solo desiderio. Desiderio bollente. Quando Adam era eccitato, i suoi occhi brillavano. Erano luminosi, belli. Come carboni ardenti.

Deglutii, con la gola di colpo stretta, e il cuore che accelerava per il mio stesso desiderio. Immaginai le mani di Adam che salivano intorno alla mia vita, che si spostavano sul seno. Ricordavo com'era stato la sera prima, con i pollici che accarezzavano ripetutamente i miei capezzoli. Il desiderio esplose in me e nonostante l'ironia della battuta che mi sarei ritirata nella mia cuccetta, la mia mano scivolò in mezzo alle gambe perché la tensione che cresceva in me fin da quando eravamo arrivati, adesso era all'apice e non riuscivo più a sopportarla. Adam non mi avrebbe toccato finché non fosse stato sicuro che stavo meglio. Ma io non potevo più aspettare.

Emisi un lieve gemito. Era la mia mano, ma immaginai che fosse la sua e nel bel mezzo della mia fantasia, sentii un peso abbassare il letto. Mi fermai, aprii gli occhi e guardai in alto. Adam era seduto sul letto di fianco a me e mi guardava. Non mi aveva mai colto sul fatto e, nella mia confusione, mi resi conto che probabilmente avrei dovuto essere imbarazzata, ma ero troppo eccitata. E il fatto che fosse lì, a osservarmi, mi eccitò ancora di più.

Adam si abbassò e mi baciò, prendendomi la mano e rimettendola dov'era, a strofinare il mio clitoride. La sua mano si appoggiò sulla mia, premendola. Cominciò a penetrarmi, con la lingua nella mia bocca e le sue dita dentro di me. Gridai, ma il suono fu attutito dalla sua bocca.

Quando si staccò, stava sussurrandomi cose che fecero danzare tutte le terminazioni nervose sulla superficie della mia pelle. «Sei così sexy, Emilia. La mia sexy, cattiva bambina. Voglio vederti venire. Voglio sentirti.»

Ansimai di nuovo. «Sto immaginandoti sopra di me. Dentro di me.»

Adam gemette e mi baciò di nuovo, la bocca, il collo, le orecchie. Si stese accanto a me, con l'accappatoio che si apriva e vidi i muscoli duri del suo torace, con il margine del suo tatuaggio che spuntava dalla spugna candida. «Vorrei che tu potessi scoparmi, Adam. Ti desidero tanto.»

«Ti desidero anch'io. Voglio soddisfarti, voglio farti sentir bene. Ti fa sentire bene?»

«Sì, sì. Mi piace.»

Adam si spostò di nuovo, allargandomi le gambe e mettendosi in mezzo. Le mie cosce premettero contro le sue spalle muscolose e cominciò a leccarmi. Guaii e mi afferrai alla testata del letto dietro di me, con gli occhi che si rovesciavano. Era... così. Maledettamente. Bello. Ogni centimetro di me stava andando a fuoco e stavo respirando tanto in fretta da non riuscire a riprendere fiato. Tutto quello che sentivo del mio corpo era il punto dove la bocca di Adam era unita a me, la sua lingua che penetrava, la bocca che succhiava. Arcuai la schiena e godetti così forte che i miei fianchi si staccarono dal letto, urtando contro la sua testa. Adam si tirò indietro di colpo e mi tenne ferma, poi rimise la bocca su di me, rifiutandosi di smettere finché non finirono le convulsioni potenti ed io stavo piagnucolando, pregandolo di staccare la bocca perché le sensazioni erano così intense da far male.

Il mio corpo precipitò in uno stato di fiacchezza, senza più il minimo accenno di tensione, uno straccio. Riuscii solo a restare lì, godendomi quel meraviglioso residuo del piacere che mi aveva fatto volare così in alto. Adam si raddrizzò e mi guardò, poi mi passò la mano sullo stomaco prima di sdraiarsi accanto a me. Restammo lì a lungo, con le teste vicine, ma senza che altre parti del nostro corpo si toccassero. Allungai la mano e presi la sua, intrecciando le nostre dita.

Poi si voltò e disse la più meravigliosa delle cose. «Non permettere a quella voce merdosa dentro la tua testa di dirti che non sei sexy. Mai. Perché tu riesci sempre a incendiarmi. E mi piace.»

CAPITOLO TRENTADUE
ADAM

DUE GIORNI DOPO IL NOSTRO RITORNO A CASA, EMILIA fece la scansione. Quasi non riuscii a respirare per tutta la giornata. E dovetti aspettare nella sala d'attesa dell'ospedale mentre lei restava lontana per ore, la maggior parte del tempo chiusa dentro una macchina gigantesca, restando assolutamente immobile. Almeno era ciò mi avevano spiegato sarebbe successo.

Emilia era stata insolitamente silenziosa fin da quando ci eravamo svegliati quella mattina e mentre ci preparavamo. Un momento prima che la chiamassero, si era tolta la bussola che le avevo regalato, probabilmente una delle poche volte in cui non l'aveva addosso, ma non era possibile tenerla durante la scansione. Me l'aveva messa nel palmo della mano e mi aveva fatto giurare di tenerla al sicuro. In quel momento la stavo fissando, studiando la superficie blu scuro, con la costellazione delineata in diamanti. Mi si chiuse la gola per l'emozione e la infilai nel taschino della camicia.

Guardai davanti a me, dove c'era Kim, che sfogliava una rivista con gesti meccanici, senza leggerla. Mio zio Peter le aveva messo una mano sulla gamba e la guardava con occhi preoccupati. La mia gamba rimbalzava ripetutamente, ritmicamente.

Emilia sarebbe stata bene. Mi ero ripetuto quella frase nella testa un migliaio di volte da quando mi ero svegliato. Era il mio mantra, quel giorno. La scansione sarebbe risultata pulita e avremmo potuto ricominciare a respirare. Se tutto quello che ci voleva da parte mia fosse stato il potere dei miei pensieri, allora sarebbe stato tutto a posto. Perché avevo dedicato ogni singolo pensiero e sentimento a quel risultato, per settimane.

Peter alzò gli occhi e ci guardammo e poi io balzai fuori dalla sedia e andai al distributore d'acqua in fondo al corridoio, per quella che sembrava la ventesima volta. Peter mi fu accanto un minuto dopo.

«Stai bene?» mi chiese sottovoce.

«Ci sto provando» risposi.

Mi mise una mano sulla spalla. «Sai che puoi parlare con me tutte le volte che ne hai bisogno.»

Annuii.

«Non cercare di essere il tipo forte e silenzioso, qui. So che è il tuo modo di essere. Assomigli a tuo padre da quel punto di vista.»

Scrollai le spalle e bevvi un sorso d'acqua. «Se lo dici tu.»

«Adam, so che non ti piace molto parlare di queste cose. So che tu ed io abbiamo fatto una specie di patto non scritto da quando sei venuto a vivere sotto il nostro tetto, ma… devo solo dirtelo. Per quanto mi riguarda, tu sei mio figlio. Ti ho voluto bene fin da quando sei nato e sono stato felice e fortunato di essere stato in grado di aiutare ad allevarti. Tuo padre era il mio fratello preferito.»

Mi misi a ridere. «Mio padre era il tuo unico fratello.»

Peter sorrise. «Dettagli. Ma non era solo mio fratello. Era il mio miglior amico. È stata dura perderlo, ma averti qui, nella mia vita... è come riavere lui. E voglio che tu sappia che io ci sono sempre per te. Se mai avrai bisogno di parlare... o per qualunque altra cosa.»

Appoggiai il bicchiere e lo guardai. Era strano. Peter non parlava quasi mai in quel modo. Avevamo sempre avuto un buon rapporto, ma non aveva mai richiesto troppe parole. Sapevo che Peter mi capiva a un livello più profondo di quanto potessero dire le parole. Era il padre che non avevo mai conosciuto. Gli sorrisi. «Grazie. Ti voglio bene anch'io.» Allungai una mano gli strinsi la spalla.

E, con mia sorpresa, lui mi abbracciò. Sempre più strano. Era quella strana specie di abbraccio maschile, che coinvolgeva delle pacche sulla schiena. Proprio quando stavo pensando che fosse appropriato staccarmi, Peter voltò la testa e disse piano. «Lei starà bene.»

Mi si bloccò il fiato in gola e feci un passo indietro. Distolsi lo sguardo e annuii. Non ero l'unico fissato su quella speranza, a quanto pareva.

Un'ora dopo, Emilia uscì, completamente vestita. Sembrava esausta, aveva gli occhi pesti e pensai di sbagliarmi, ma sembrava anche pallida. Mi richiese immediatamente la sua bussola. La presi e le passai la collana sopra la testa.

Kim e Peter dissero qualcosa sull'andare a mangiare qualcosa, ma Emilia scosse la testa in silenzio e si rannicchiò sotto il mio braccio, chiedendomi di portarla a casa.

E fu quello che feci.

Le ventiquattro ore seguenti furono un inferno. Era il tempo che serviva ai suoi medici per esaminare la scansione nei più minuti particolari e determinare se il cancro c'era ancora o no e (Dio no!) se si era o meno diffuso in altre parti del suo corpo.

Parlammo poco. Guardammo un mucchio di televisione insieme. Finimmo la quarta (e ultima) stagione di *Farscape*. Restammo seduti nella stessa poltrona, io con le braccia intorno alla sua vita, lei con la testa sulla mia spalla.

Il giorno dopo, quando finalmente il telefono suonò, sobbalzammo entrambi. Era lo studio del suo medico. Con un'espressione alquanto terrorizzata, Emilia rispose.

«Ehi, dottor Rivera» disse, sembrando completamente normale, anche se un po' senza fiato. Allungò una mano e strinse ferocemente la mia. Io rimasi seduto accanto a dove lei era in piedi e la guardai in volto, sperando di capire qual era il verdetto.

«Okay» disse, dandomi un'occhiata e poi distogliendo gli occhi. «Devo venire lì?»

Un'altra lunga pausa. Il suo volto non rivelava niente. Fece un respiro profondo e la sua mano strinse più forte la mia. Non avevo idea di che cosa significasse.

«Grazie. Sì. La settimana prossima allora. Sì. Lo farò immediatamente. Grazie.»

Chiuse la telefonata ed io la fissai, aspettando con ansia.

Emilia cominciò a sorridere. «Nessun segno di malattia» disse, con la voce che tremava.

Balzai in piedi e la abbracciai, stringendola forte. Ricominciai a respirare, ebbro per il sollievo. «Oh, Dio, grazie. Grazie a Dio.» La sollevai da terra e la feci roteare intorno a me.

Emilia rideva, stringendo le braccia intorno al mio collo. Le baciai la guancia, il collo, la faccia, l'orecchio. La baciai dovunque potessi arrivare. Lei continuò a ridere ancora più forte.

«Devi mettermi giù» disse dopo un po'.

«Non voglio metterti giù.»

Emilia rise, voltando la faccia verso la mia e piantandomi un bacio schioccante sulla bocca. «Se non mi metti giù e non chiamo mia madre entro cinque minuti, lei ti darà la caccia con un cucchiaio per scavarti fuori il cuore.»

«Mhmm.» Piegai di lato la testa come riflettendo se il rischio valesse la candela. «Immagino di poterti lasciar andare per qualche minuto.»

«Penso che abbiamo entrambi un mucchio di telefonate da fare.» Andò al suo comodino, prese un foglio e lo strappò a metà per il lungo. «Tu prendi questa metà lista e io prenderò l'altra. Vediamo di farlo in fretta, altrimenti staremo qui fino a mezzanotte.»

Presi il telefono e, per quanto fosse stupido, ci sedemmo sul letto, fianco a fianco e finimmo la lista di telefonate in solo poche ore.

Una volta finito, sospirai e mi lasciai cadere sul letto. «Abbiamo quel tour delle case di Bay Island per beneficenza domani, ma dopo dobbiamo fare qualcosa di speciale per festeggiare.»

Lei sembrò sgonfiarsi quando menzionai l'evento di beneficenza. Mi voltai, appoggiando la testa a una mano per guardarla. «Spero che non ti dispiaccia. Ho comprato qualche biglietto per i nostri amici. Quindi ci sarà gente che conosci: Jenna, Alex, Heath, Kat, i miei cugini...»

Emilia mi rivolse un sorrisetto ironico. «Non era il caso di rovinare il tuo evento di beneficenza con il mio branco di nerd.»

Io risi. «Pensavo che ti saresti sentita più a tuo agio con loro qui.»

Emilia strinse le labbra. «In effetti avevo intenzione di non partecipare, se per te va bene.»

Non dissi niente e lei mi scrutò in volto.

«Ti dà fastidio, vero?»

«Mi piacerebbe se partecipassi, se stessi al mio fianco.»

Lei esitò e guardò in basso per un lungo momento, poi raddrizzò le spalle. «Okay. Per te posso farlo. Mi dispiace. Non mi era nemmeno venuto in mente.»

Io *volevo* che partecipasse. Ma era più per il suo bene che per il mio. Avrebbe dovuto abituarsi a essere di nuovo vista in pubblico. Era stato facile per lei a Parigi, dove erano tutti estranei. Ma, evidentemente, i conoscenti e gli amici per lei erano una sfida molto più difficile.

Chiamai Sonia e le chiesi di venire, di portare una nuova serie di vestiti e di procurare una truccatrice per il giorno dell'evento. Sarebbe stato più facile per lei se si fosse sentita più sicura del suo aspetto.

CAPITOLO TRENTATRÉ
MIA

LO STAVO FACENDO PER ADAM. LUI MI VOLEVA PRESENTE. Dovetti ripetermelo parecchie volte la mattina seguente quando stavo per andare in iperventilazione e tirarmi indietro, con una paura talmente forte da minacciare di togliermi il respiro.

Stare in compagnia dei miei amici, in piccoli gruppi, era una cosa. Mi andava bene anche stare in pubblico, dove la gente restava a distanza, come a Parigi. Ma qui, a casa di Adam, era tutto diverso.

Ci sarebbe stata gente con cui avevo lavorato alla Draco e alcuni degli amici ricchi e importanti di Adam. Quando la truccatrice finì con la mia faccia, avevo deciso di tirarmi indietro. Aveva disegnato realisticamente le mie sopracciglia e aggiunto bellissime ciglia finte (anche se le mie naturali erano quasi ricresciute del tutto). Ma non si poteva far niente per la peluria che mi copriva il cuoio capelluto. Avevamo provato tre o quattro parrucche, ma nessuna sembrava giusta. Alla fine decisi per una con taglio corto carré, con i capelli simili ai miei naturali.

Indossavo un vestito colorato che rispettava i miei standard: collo a barchetta. In realtà non avevo molto da lamentarmi del mio aspetto. Sì, sembravo diversa, ma ero più carina di quanto fossi da mesi.

Strinsi le mani sulle ginocchia, dondolando avanti e indietro. Non volevo andare e non c'era la minima possibilità che riuscissi a farlo. Nemmeno con il pensiero degli amici, che erano stati invitati. Sarei rimasta nascosta in casa fino all'ultimo minuto, sperando che, prima o poi, loro entrassero in casa e restassero con me mentre osservavamo la folla di benefattori boriosi che si aggirava nei giardini, sullo yacht e cercava di accattivarsi Adam.

Ci sarebbe stato da bere, tartine e stuzzichini sul prato e poi il gruppo sarebbe andato a cena in un ristorante esclusivo lì vicino. I festaioli avrebbero visitato i giardini e le case di Bay Island, incluso il pianterreno della casa di Adam e il suo yacht. Se mi fossi nascosta nella mia stanza, con la porta chiusa, non avrei dovuto preoccuparmi di niente.

Eccetto che di deludere Adam. E lui era da qualche parte in casa, a prepararsi, completamente ignaro della guerra interiore che stavo combattendo. Ero terrorizzata e non volevo gli sguardi pietosi o, peggio ancora, quelli che dicevano "perché *lui* sta con *lei*?". E ogni volta che ci pensavo, la gola mi si stringeva ancora di più.

Quando venne a prendermi, non mi mossi.

«Mi dispiace» dissi, togliendomi la parrucca. «Non ci riesco.»

Adam si sedette sul letto e mi guardò. Era assolutamente fantastico con dei jeans scuri, una camicia bianca button-down e un blazer nero. La sua bellezza mi tolse il fiato. Stare al suo fianco era impossibile.

Una volta ci riuscivo, tranquillamente. Ma non più. La gente avrebbe pensato che ero sua madre, o sua nonna.

«Mi dispiace» ripetei quando lui rimase lì seduto, a guardarmi in silenzio.

«Stavo per dire che sei splendida. Sarebbe un onore stare accanto a te.»

Strofinai la mano sul mio cranio lanuginoso. «Mi dispiace. È solo che io non...»

«E tutti i tuoi amici? Heath, Kat e Jenna... ho perfino convinto Liam a venire dicendogli che ti sarebbe piaciuto vederlo.»

«Mi *piacerebbe* vederlo. Magari possono salire qui e restare con me?»

Adam strinse i denti e si mise le mani sulle ginocchia, ma non sembrava arrabbiato. «Dovrai tornare nel mondo dei vivi prima o poi, sai.»

Distolsi lo sguardo. «Lo so. Sarà più facile una volta che riavrò i capelli e qualche chilo in più addosso.»

Adam sospirò e si alzò. «Inutile dire che mi piacerebbe che tu fossi lì con me, ma non ho intenzione di obbligarti a fare una cosa che non ti senti di fare.»

Abbassai gli occhi, con il volto rosso per la vergogna. «Mi dispiace.»

Adam si chinò e mi baciò la testa. «Non è il caso. Ma se più tardi ti sentirai meglio, potresti per favore scendere?»

«Okay.»

Mi passò una mano sulla guancia, sorrise e uscì. E mi sembrò che il mio cuore lo seguisse fuori dalla porta perché di colpo mi fece male. Sapevo di averlo deluso, ma semplicemente non ero pronta.

Quando la gente cominciò ad arrivare e a passare da una casa all'altra, io ebbi una visione a 180 gradi del giardino dalle mie finestre e le avevo perfino regolate in modo da poter guardare all'esterno senza che loro potessero vedermi. Finestre intelligenti, davvero! Seduta sul mio sedile sotto la finestra vedevo le facce (più quelle che non riconoscevo di quelle che conoscevo) della gente che stava facendo il tour per beneficenza. Adam le salutò una a una, stringendo le mani e poi consegnandoli agli organizzatori, alla gente del catering o alle guide.

In tutto, partecipavano parecchie centinaia di persone. Arrivò Jordan, in mezzo a due donne favolose. Una era una bellezza dai capelli scuri, dalla pelle color caramello, l'altra una rossa voluttuosa con un vestito aderente. Due? Davvero? Tipico di Jordan.

Kat era arrivata con Heath e Connor, tutti vestiti eleganti. Mi emozionai, sperando che sarebbero venuti tutti in casa e sarebbero rimasti con me. Invece filarono tutti all'open bar e presero da bere. *Uffa.* Bello vedere che contavo meno di un cocktail gratis.

Presi il telefono e mandai un messaggio a Heath, ma lui non controllò nemmeno il telefono. Restò semplicemente seduto con Kat sotto il tendone, proprio al margine, dove potevo vederli, e poco dopo furono raggiunti da Jenna, Alex e più tardi dal cugino di Adam, William.

Ci volle poco perché cominciassi a sentirmi sola, lì al piano di sopra. Ma che cosa diavolo mi ero aspettata? Avevo scelto io di escludermi. Ero come una bambina, che faceva il broncio, nascondendosi, desiderando far parte della festa, ma senza voler fare ciò che serviva.

Avevo la faccia premuta contro il vetro quando sentii all'improvviso bussare alla porta. Sobbalzai, sperando che fosse Kat. Guardando in basso, vidi la sua massa di capelli rosso scuro accanto a Heath e capii che non poteva essere lei. Chi allora? La mamma e Peter erano arrivati senza che me ne accorgessi?

Mi alzai e aprii la porta, quasi cadendo in avanti per lo shock. Jordan aveva un bicchiere in ogni mano. Me ne tese uno mentre lui sorseggiava l'altro.

«È acqua minerale» disse. «Hai sete?»

Presi il bicchiere freddo con la mano che tremava. «Sì, grazie.»

«Posso entrare?»

«Non sei troppo occupato a curare il tuo harem?» gli dissi con un sorriso.

Lui scoppiò a ridere. «Ah, mi hai visto arrivare con due donne. Bello. Spero che lo pensino anche gli altri.»

Feci un passo indietro, lasciandolo entrare nella stanza, sorseggiando l'acqua frizzante che mi aveva portato e cercando di non mostrarmi sorpresa per la sua presenza. «Ehi... io... mhmm... volevo ringraziarti per il viaggio.»

Jordan alzò una mano. «Non dire un'altra parola, okay. Adam ha pagato fino all'ultimo centesimo. Ha solo usato le mie prenotazioni. Probabilmente sarebbe comunque stato troppo per me. Mi ha fatto un favore.»

Annuii. «Okay, non dirò un'altra parola. Eccetto grazie, ed è stato incredibilmente gentile da parte tua.»

Mi diede un'occhiata esasperata e poi andò alla finestra per guardare sul prato. «Beh. Almeno hai una bella vista da quassù.»

«Già. Mi sto nascondendo. Come sapevi dove trovarmi?»

Mi guardò con la coda dell'occhio. «Adam, chi altri?»

Alzai le sopracciglia. «Ti ha mandato lui?»

Jordan si mise a ridere. «Diavolo, no. Sa che non è il caso. Sono venuto perché, beh, mi sento in colpa.»

«Per che cosa?»

Jordan mi fece segno di andare alla finestra e indicò il cortile. Seguii la sua mano con lo sguardo e vidi Adam parlare con la rossa dal vestito aderente, una delle due donne con cui era arrivato Jordan. Era bella, favolosa addirittura, era molto vicina a lui e lo guardava con occhi adoranti.

Qualcosa di viscerale mi chiuse la gola. *Indietro, stronza.* E il pensiero mi stupì tanto che quasi mi misi a ridere. «Perché la donna con cui sei venuto sta flirtando con Adam?»

«Mhmm. Non è lei la mia compagna. Ogni tanto esco con l'altra, la sua coinquilina. Quella ha comprato i biglietti dell'evento di beneficenza mesi fa. Quando… beh… diciamo in quelle brevi settimane in cui Adam era single.»

Deglutii l'enorme nodo che mi si era formato in gola. «È la donna con cui era uscito, vero?»

Jordan si agitò a disagio. «Uhm, sì. Non credo che Adam si fosse nemmeno reso conto che sarebbe venuta oggi.»

Sentii tutti i muscoli tendersi. Certo, una cosa era vivere con l'idea che era uscito con qualcun'altra nel periodo in cui ci eravamo lasciati, quando ero emotivamente andata fuori di testa. Adam non aveva fatto niente di sbagliato uscendo con lei. Ma vederla qui, adesso, con *quell'*aspetto, a flirtare con lui come se fosse ancora disponibile? No. Proprio no. Niente da fare.

«Allora, uhm. Mi dispiace. Volevo solo spiegartelo. E tu non dovresti arrabbiarti con lui.»

Ripiegai le braccia sul petto, mi voltai verso la scena e ricaddi sul sedile sotto la finestra, dondolandomi avanti e indietro, pensando. Jordan fece un passo indietro, guardandomi.

«Stai bene?»

«Non proprio» dissi a denti stretti.

«Sicura di non voler scendere?»

Strinsi più forte la mascella. «Non con quest'aspetto da fenomeno da baraccone, no.»

«Carisa è una brava ragazza e piuttosto bella, ma io non me ne preoccuperei.»

«Oh. Perché non me ne dovrei preoccupare?»

«Perché Adam non è mai stato minimamente interessato a lei. Sono sicuro che sia ancora meno interessato adesso, se possibile.»

Respirai lentamente per un po'. Era così strano avere questa conversazione con Jordan. L'unico motivo a cui potevo pensare era che si sentisse dispiaciuto per me. E quello mi mandò in bestia.

«Quindi sei venuto qua perché hai provato pietà per me?»

Jordan mi guardò, con gli occhi nocciola pieni di qualcosa, non pietà. Se non avessi saputo che non era possibile, avrei pensato che fosse ammirazione. Che diavolo c'era da ammirare?

«No. Te l'ho detto. Mi sento solo in colpa. Che tu sia qui tutta sola. Per averla portata qua. Immaginavo che potessi vederla e volevo che sapessi che non significava niente.»

Mi voltai a guardare fuori un'altra volta. Non si erano mossi. Lei era ancora a pochi centimetri da Adam, proprio al suo braccio. A quanto pareva, avevano *qualcosa* di cui parlare.

«Dovrebbe dispiacerti per Adam. La sua ragazza è una vigliacca.»

«Mhmm.» Jordan bevve un lungo sorso della sua birra e guardò fuori dalla finestra. «Non vedo gesti di codardia da parte tua da mesi. Tutto l'opposto, in effetti.» Io rimasi in silenzio e Jordan si voltò a guardarmi. «Inoltre potresti tranquillamente batterla. Io pagherei dei bei soldi per vedervi.»

Scoppiai a ridere. «Sei un tale idiota.»

«Sì, ma un idiota adorabile.»

Annuii, d'accordo con lui. «Beh, Martha si starà chiedendo dove sono finito. Volevo solo assicurarmi che stessi bene.»

Mi sfregai le tempie con la punta delle dita, guardando il mio bel vestito.

«E smettila di pensare di essere una vigliacca. Sono sicura che tutti capiscano.»

Alzai gli occhi e sentii veramente una fitta di rabbia a quelle parole. Lo sguardo di Jordan si fissò nel mio, e sogghignò. Era quasi come *sapesse* che quella frase mi avrebbe fatto imbufalire. Strinsi le labbra e lo guardai socchiudendo gli occhi, e lui sorrise ancora di più.

«Ci vediamo più tardi, Mia.» E uscì dalla stanza, senza aspettare la mia risposta.

Fanculo tu e il destriero su cui sei arrivato, pensai. Mi alzai e camminai avanti e indietro per un minuto, poi mi fermai e guardai fuori dalla finestra ancora una volta. Quella donna, Carisa a quanto pareva, era ancora più vicina ad Adam e ce n'erano anche altre nel gruppo. Ma Adam stava ancora parlando con lei e praticamente ignorando tutti gli altri ospiti.

Sbuffando, frustrata, andai all'armadio e presi un paio di scatole e alcuni appendiabiti pieni di foulard e li gettai sul letto, poi cominciai a frugare. Avevo già quel bell'abito a fiori, perfetto per una festa in giardino, ed ero stata truccata professionalmente. Dovevo solo capire che cosa fare con la mia testa calva.

Una parrucca? Sarebbe stata la soluzione più semplice, anche se il pensiero della testa sudata mi dava la nausea. Un cappello? Per sfizio, avevo comprato un grande cappello floscio che, credo, fosse di moda. Ma non era da me.

Alla fine presi un foulard che s'intonava ai colori del vestito, andai allo specchio e lo legai in uno dei modi che mi aveva insegnato Sonia. Era quello che aveva chiamato un nodo *tichel*, usato dalle donne ebree ortodosse per coprire la testa per motivi religiosi. Era stupendo, se fatto bene, e mi ero impratichita a farlo. Stava bene quasi come quel foulard di pizzo nero che avevo portato quella magica notte a Parigi.

Mi studiai nello specchio a tutta altezza che c'era in bagno. Okay, non ero *terribile*. Ma si vedeva che ero una donna calva che nascondeva la sua calvizie sotto un foulard. Strinsi i pugni, fissando il mio riflesso. «Puoi farcela» dissi. Sembrava ridicolo dirlo a voce alta, ma mi diede anche un po' di coraggio. Mi misi le scarpe e prima di poterci ripensare, scesi le scale e mi fiondai davanti alla gente più in fretta che potevo. Prima mi avessero vista prima sarebbe sparito tutto l'imbarazzo.

C'erano alcune persone al pianterreno, che vagavano per le stanze, ma nessuno che riconoscessi. Quindi uscii dalla porta posteriore verso la spiaggia dove, l'ultima volta che avevo controllato, avevo visto Adam *ancora* con la rossa.

Il mio primo ostacolo si dimostrò difficile. Un gruppo delle temute stagiste della Draco, okay, ce n'erano solo due, le due che avevano i paparini abbastanza ricchi da comprar loro i costosi biglietti per quell'evento di beneficenza. Guidavano BWM per andare a lavorare e indossavano abiti firmati ed erano lì solo per finire lo stage da inserire nel curriculum. Cari e April erano le mie nemesi più micidiali nel reparto marketing, dove avevo lavorato per mesi prima di andarmene quell'orribile giorno del test di gravidanza nell'ufficio di Adam.

Mentre lavoravo lì, loro non avevano idea che avessi una relazione con "il capo". Quindi spettegolavano apertamente e sbavavano su Adam in ogni minuto libero che avevano. Avevano perfino una scala sulla quale misuravano quanto era affascinante ogni giorno, basata su quello che indossava. Di solito era un nove o un dieci, a volte anche un dieci più.

Uffa, le detestavo.

E proprio in quel momento erano sul portico a fissare Adam, che stava *ancora* chiacchierando con la testa rossa, con le teste vicine. Mi fermai, mettendo una grande pianta in vaso tra loro e me, cercando di raccogliere il coraggio di passar loro davanti.

Stando così vicina, non potei fare a meno di sentire quello che stavano dicendo. Sorpresa, sorpresa. Stavano spettegolando su Adam. «Oh Dio» disse Cari. «Se guarda da questa parte un'altra volta con quegli occhi scuri sensuali, credo che avrò un orgasmo spontaneo.»

«È *così* sexy» confermò April. «La ragazza con cui sta parlando è una modella di costumi da bagno di *Sports Illustrated.*»

«Beh, considerato che la sua ragazza assomiglia a uno zombie, non lo biasimo. Ma, merda, devo trovare il modo per finire sotto quell'uomo. Ora che ho visto la sua casa, penso che morirò se non riesco a infilarmi nei suoi boxer.»

«Lui è così... da leccare, ma anche piuttosto fedele. Sono ancora insieme.»

«*Fedele*» sbuffò Cari. «Per adesso. Un cane è fedele. Un maschio giovane e sexy come lui? Vorrà una donna che riesca a risucchiare la vernice...»

«Forse è per quello che continua a tenerla, magari lei è *veramente* brava a letto.»

Okay, ero già stata mortificata in passato, ma *adesso* ero veramente incazzata. Con un respiro profondo e i pugni stretti lungo i fianchi, mi tolsi dalla protezione della pianta.

«Ehi, Cari, April.»

Si voltarono di colpo, due paia di occhi che si spalancavano ed entrambe le bocche che si aprivano nello stesso momento. Cari si spostò nervosamente l'enorme criniera di capelli biondi sopra le spalle e lanciò un'occhiata ad April. «Ehi, Mia. Sei qui. Ci stavamo chiedendo dove fossi.»

April ebbe la decenza di restare zitta, con un'espressione completamente mortificata.

«Uh-uh» dissi, poi finsi di controllarmi le unghie, che sembravano quasi decenti, considerando che non crescevano da un secolo, ma di recente avevo fatto una costosa manicure.

Mi voltai e guardai dov'era Adam. «Dieci più, penso. Ovviamente lo penso tutti i giorni.» Poi rivolsi loro un sorriso malizioso. «Forse è perché ho il vantaggio di poterlo vedere nudo.»

Le due si scambiarono un'occhiata, a disagio, e Cari era sul punto di dire qualcosa quando la interruppi ancora.

«Oh, riguardo a quello che stavate discutendo... io faccio di più che fargli pompini, ragazze. Io lo faccio impazzire.» Diedi loro un'occhiata, come per esaminarle. «Scusatemi, agli zombi piace mangiare il cervello dei vivi e non sembra essercene molto da queste parti, quindi... ciao-ciao.» Rivolsi loro un sorrisetto e un saluto scherzoso e il volto di April divenne scarlatto.

Mi sentivo immensamente fiera di me a ogni passo che facevo per allontanarmi da loro, ma anche sempre più a disagio a ogni passo che facevo verso Adam. Era nuovamente da solo con la pettoruta modella di costumi da bagno. Lei gli aveva messo la mano sul braccio e lui non si era tirato indietro. Quindi, come con le due stagiste idiote, superai il mio disagio, alimentata dalla rabbia.

Mi avvicinai ad Adam dalla parte opposta della signorina Abito Stretto e gli diedi un colpetto col braccio. «Ehi» dissi piano.

Adam voltò di colpo la testa dalla mia parte, con gli occhi che si spalancavano e i suoi denti bianchi e diritti che brillavano per l'enorme sorriso sul suo bel volto. Mi attirò subito a sé per un abbraccio e mi baciò sulla guancia. Io colsi l'opportunità per dare un'occhiata curiosa all'amica modella di Jordan sopra la sua spalla. Lei mi stava guardando con altrettanta curiosità. Adam mi sussurrò all'orecchio: «Sono veramente contento che tu sia qui».

Mi voltai e lo baciai sulla guancia e Adam si raddrizzò, voltandosi per fare le presentazioni. «Questa è Carisa. Stavamo giusto parlando di te. Carisa, questa è Mia.»

La bocca della modella si curvò in un mezzo sorriso. Sembrava una di quegli atleti in piedi sul podio alle Olimpiadi, con la medaglia di bronzo al collo, che cercavano di sembrare contenti, mascherando il loro disappunto per non aver vinto. «Ehi, Mia, è bello conoscerti.»

«È bello conoscere anche te» mentii. «Allora, sei venuta con Jordan?»

«Sì, sì, è così. È da un po' che esce con la mia coinquilina.» Lei e Adam si scambiarono un'occhiata e poi lei distolse gli occhi con un sorriso che mi fece ribollire il sangue. Mi accoccolai contro il fianco di Adam e lui strinse il braccio intorno a me.

Decisi che il sistema migliore era ignorarla perché fare una scenata avrebbe reso tutto più difficile. Mi rivolsi ad Adam. «Come sta andando il tour finora?»

«Bene. Adesso meglio.» E sorrise.

Gli sorrisi anch'io. «Bene. Sono contenta di essere scesa, allora.»

Carisa si scusò qualche minuto dopo, dichiarando di avere sete. Io sospirai di sollievo. Adam mi scrutò mentre la guardavo andar via. «Allora immagino che Jordan te l'abbia detto» disse con la voce atona.

Alzai le spalle. «Immagino di aver avuto bisogno di un buon motivo per scendere.»

Mi sorrise. «È stato molto coraggioso da parte tua.»

«Mi stavo stancando di essere codarda.»

Adam mi baciò la tempia. «Brava la mia ragazza.»

Mi voltai verso di lui, afferrando i risvolti del blazer nelle due mani. «Stavo pensando... sai che sono stata dichiarata NDM, nessuna evidenza di malattia, da oltre ventiquattro ore. Pensi che potremmo... superare quel ponte stanotte?»

Adam capì immediatamente quello che volevo dire. Con quella deliziosa fossetta che a volte appariva di fianco alla sua bocca quando sorrideva e un luccichio negli occhi, guardò verso il prato e disse: «Ritengo che si possa organizzare... con entusiasmo».

Gli afferrai la mano e la strinsi. «Bene.»

«Vuoi qualcosa da mangiare o da bere?»

«Avevo intenzione di andare a salutare i nostri amici. L'ultima volta che li ho visti si erano seduti a un tavolo.»

«In effetti penso che siano sullo yacht. Li ho visti andare in quella direzione un momento prima che arrivassi tu.»

Guardai la barca. C'era della gente sul ponte. «Ah, davvero, magari andrò a dare un'occhiata là, allora.»

«Penso che saranno contenti di vederti. L'organizzatore del tour voleva parlare per un momento con me, ma arriverò appena posso.»

Mi voltai e gli piantai un lungo bacio sulla bocca e lui mi abbracciò stretta. Sospirai. Era bello. Lo avevo desiderato. E una piccola dimostrazione pubblica di affetto non faceva mai male quando c'erano le piccole stagiste fameliche o una modella di costumi da bagno che aspettavano tra le quinte, pronte a buttarsi. Se fossi stata un cane, avrei fatto pipì sul tronco per marcare il mio territorio.

Con quell'immagine tutt'altro che sexy in mente, mi voltai con un sorriso sulle labbra. Mi sentivo bene dopo aver combattuto la paura di mostrarmi per via del mio aspetto. Il modo in cui Adam mi guardava, mi teneva, mi baciava in mezzo alla folla al suo ricevimento, mi faceva sentire la donna più bella e più desiderata dell'universo. E cavalcando quel trionfo, sorrisi e me ne andai pavoneggiandomi dov'era ormeggiato lo yacht di Adam.

Non uscivamo in barca da parecchio tempo perché temevo che la nausea sarebbe solo peggiorata in mare. Ma non vedevo l'ora di poterlo fare di nuovo. Magari fare un lungo viaggio fino a Cabo, o addirittura alle Hawaii. Il pensiero mi faceva scoppiare dalla gioia. Settimane da sola su una barca con Adam. Perfetto, sempre.

Trovai il mio gruppo di amici riuniti intorno a un gioco da tavolo nel soggiorno. Stavano discutendo animatamente sulle regole quando entrai senza farmi vedere. «Sono venuta a prendere le vostre comande per i drink.»

Alzarono tutti gli occhi e Heath balzò in piedi. «Ehi, ehi, ehi! Guarda chi si è finalmente deciso a fare la sua comparsa.»

Anche Alex saltò in piedi, mettendosi dall'altra parte. «Era solo elegantemente in ritardo, Heath. E guarda com'è alla moda.»

Jenna e William sembrarono quasi non notare che ero arrivata. Sembravano invischiati in una specie di disputa sulle regole del gioco.

«Non vedo che male ci sia. Fissare regole personali può essere divertente» disse Jenna.

«Non sono permesse regole personali nel regolamento. Il Monopoli è stato testato e bilanciato per dare la miglior esperienza di gioco.»

«Sì, è il motivo per cui si chiamano "regole personali", e possono essere divertenti. Dovresti veramente…»

«Le regole personali disturbano l'equilibrio del gioco e lo prolungano, specialmente quella che proponi tu, sui soldi per il Parcheggio libero.»

Jenna sorrise ironica. «Come, William, non riesco a credere che tu non sia interessato a prolungare il tuo piacere.»

Kat scoppiò a ridere.

Connor si alzò e mi abbracciò, baciandomi sulla guancia. «Come stai, Mia, tesoro?»

«Tesoro?» disse Heath, dandogli un'occhiataccia. «Come mai non chiami me così?»

Connor alzò le spalle. «Lei è più carina di te.»

Ridacchiai. «Spero vivamente di essere più carina di Heath, anche senza capelli.»

«Stanno ricrescendo?» chiese Alex, cercando di sbirciare sotto il foulard.

«Ehi, mi ci è voluta una vita per annodarlo nel modo giusto.»

«Stavo dicendo a tutti che so come fare la frenologia. Mia nonna veniva dall'Argentina. Mi ha mostrato come leggere i bozzi della testa.»

«Che diavolo…» dissi. «Nessuno leggerà i miei bozzi.»

«Eccetto Adam» disse Kat ridendo.

Le mostrai la lingua.

«No, davvero, Mia. Potrei leggerti il futuro guardandoti la testa.»

«Perché non usi semplicemente una sfera di cristallo?»

«C'è molta differenza tra la tua testa e una sfera di cristallo, ultimamente?» disse Heath. Gli diedi una gomitata nello stomaco e lui finse di piegarsi in due.

«Dai, Mia, lasciami provare. Ti abbiamo visto tutti calva e dato che ti stanno ricrescendo i capelli, potremmo non avere più questa opportunità.»

Mi lasciai cadere su una sedia tra Jenna e Kat e guardai William, che stava ritirando meticolosamente i pezzi del gioco e ignorando tutti quelli intorno a lui. «Ehi, William. Va tutto bene?»

Lui alzò le spalle.

Jenna si chinò verso di me. «A quanto pare l'ho fatto incazzare.»

«Non fare la cattiva, Jenna.»

«Lei non è cattiva» disse William senza alzare gli occhi.

Mi grattai la testa sotto il foulard.

«Dai, toglilo e lasciami leggere i tuoi bozzi.

Sospirai. «Cacchio, Alex.»

«Dai, ti leggerò il futuro.»

«Mia conosce già il suo futuro» disse Heath. «Le ricresceranno i capelli. Andrà all'università in autunno. Tra quattro anni sarà la dottoressa Mia Strong.»

«Non la dottoressa Mia Drake?» chiese Alex.

Feci una smorfia. «Mhmm, ragazzi, non c'è bisogno di parlare di me come se non fossi qui.»

«Mhmm. Che ne dite di dottoressa Strong-Drake?» disse Heath.

Alex e Kat scoppiarono a ridere. «È ridicolo!»

«Voi siete tutti idioti» dissi. «Forse userò solo il mio nome di battesimo, come Beyoncé o Adele, perché sarò più che fantastica.»

«Dottoressa Mia» disse Alex. «Lasciami leggere i tuoi bozzi.»

«Mi prometti che la pianti di rompere se mi tolgo il foulard?»

Alex annuì violentemente. «Sì. Sì. Prometto di non essere una rompiballe.»

«Troppo tardi» disse Heath.

Alex gli mostrò il dito medio. Jenna spalancò gli occhi. «Porca vacca, Heath, non irritare la latina. Te ne pentiresti.»

Heath alzò le spalle e si sedettero di nuovo tutti. Con un sospiro esasperato, mi tolsi il foulard e permisi ad Alex di esaminarmi il cranio.

«Ohhh, che carino, hai una lanugine che sta crescendo. Sembrano le piume di un pulcino.»

«Leggi i bozzi e piantala, per l'amor del cielo.»

«Okay. Okay. Devo toccarti la testa. Posso farlo?

«Fa quello che vuoi. Dimmi solo il mio futuro.»

«Mhmm.» Le sue dita sfiorarono il mio cranio, facendomi il solletico. Ridacchiai quando mi mise i pollici sulle tempie, poi allargò le dita sulla mia zucca nuda. Poi mi accarezzò come se stesse coccolando un cane. Heath cominciò a ridacchiare piano e Kat lo zittì.

«Questa parte della testa, qui alla corona, parla dei successi accademici e di carriera. La tua si alza bruscamente, e questo dice che avrai una carriera lunga e prospera. Sarai molto dedita alla tua professione.»

«Wow, quasi quasi sembra scientifico.» Heath si era arreso, e fui io a zittirlo perché non volevo ferire i sentimenti di Alex.

«E questa parte, quella più larga davanti al cranio, tra le tempie, riguarda la tua vita amorosa. Avrai una lunga relazione con l'amore della tua vita. Mhmm. Un matrimonio.»

«Tutta roba che sappiamo già» disse Kat. «Okay. Lei e Adam si accoppieranno per la vita. Ora dicci qualcosa di utile, tipo quanti figli avranno o roba simile.»

Mi si chiuse la gola a quelle parole. «Non è…»

«Oh. È proprio qui alla base del cranio.» Alex mi passò le dita lungo la parte superiore del collo, sulla parte della testa che formava lo spigolo del cranio. «Mhmm. Due? No… uno. Solo un figlio.»

Mi staccai da lei di colpo, colpita da un'emozione inaspettata che mi strinse il petto, facendomi mancare il respiro.

«Okay, tutto fatto» dissi con la voce che tremava.

«Ma non ho…»

«Ha detto che è finito» disse Heath, guardandomi con gli occhi preoccupati.

«Io… mhmm… devo andare in bagno» dissi alzandomi barcollante. Mi voltai verso la porta e vidi Adam, appoggiato allo stipite, che mi guardava con i suoi occhi scuri e seri.

Sentivo le lacrime bruciare il fondo dei miei e deglutii violentemente. «Scusami» sussurrai, mentre gli passavo accanto. Invece di dirigermi verso il bagno più vicino, salii le scale e svoltai in una delle cabine, entrando proprio quando le lacrime cominciavano a scendere. Chiusi la porta e mi sedetti sul letto.

Solo un figlio. Mi piegai in due, premendomi le mani sugli occhi. Non avrei pianto. Non potevo piangere. Dovevo farmela passare. Ma come ci sarei riuscita, quando avevo giurato di non autoassolvermi mai? Il dolore a lungo soppresso mi travolse. Il dolore che avevo riposto così in fondo, nascosto come fiocchi di polvere e sudiciume infilati sotto i mobili così in fondo che non venivano mai puliti, né vedevano mai la luce del giorno. Ma era lì, l'odio per me stessa, il giudizio che davo di me. Avrei potuto fare le cose in modo diverso. Avrei potuto...

Ora, non avevo idea se sarei mai potuta diventare madre. Tenere un bambino tra le braccia. Ma Alex, con le sue predizioni inventate sembrava confermare quei dubbi. Che la mia chance, la *nostra* chance, fosse arrivata e andata.

Un minuto dopo la porta si aprì e sapevo chi era, quindi non mi presi la briga di alzare gli occhi. Adam si sedette sul letto accanto a me e mi mise un braccio sulle spalle.

Non parlò, si limitò a tirarmi verso di lui. Non avrei pianto. No. No. Non potevo. Non lo avrei permesso. Avrei trattenuto le lacrime, rifiutandomi di lasciarle scendere. Potevo essere forte. Non potevo farglielo vedere.

Avrei ignorato il fatto che in quel momento mi odiavo nel modo più assoluto, e probabilmente lo avrei sempre fatto.

Capitolo Trentaquattro
Adam

«**V**UOI PARLARNE?» SUSSURRAI.

Emilia scosse la testa. Stava tremando tra le mie braccia, ma non piangeva. Era un buon segno almeno. O no?

«Più stretta» sussurrò.

Abbassai le mani intorno alla sua vita e la strinsi più forte.

«Parla con me» la invitai sussurrando.

Lei scosse la testa. «Andrà tutto bene. Mi ha solo colto di sorpresa.»

«Emilia...»

«Va tutto bene» ribatté. «Visto?» Si liberò dalle mie braccia, passandosi le mani sugli occhi, e sbavando il mascara mentre lo faceva. Mi guardò negli occhi chinandosi all'indietro. Non stava piangendo. Ma il dolore era lì, profondo e in agguato dietro il sorriso falso che aveva sulle labbra.

Le passai la mano sulla schiena. «Hai pensato a... trovare qualcuno con cui parlarne? Come aveva suggerito l'oncologo?»

Emilia s'irrigidì, fissando il pavimento e vidi il colore sparire dalla sua faccia. «No.»

Deglutii, senza avere la minima idea di cosa fare e con la paura di sbagliare. «Ma potrebbe aiutarti...»

«Pensi che sia incasinata?»

Strinsi i denti e poi cercai di rilassarmi, respirando a fondo. «Penso che tu abbia dovuto affrontare troppe cose in un tempo molto breve.»

Emilia si voltò a guardarmi. «Posso farcela. Sono forte. Ho già dovuto affrontare momenti difficili. Mi riprenderò.»

C'era qualcosa di scuro e pesante che mi pesava sul petto. Avrei voluto essere altrettanto ottimista. Ma non avevo risposte per lei. Non potevo obbligarla a farsi aiutare. Speravo, inutilmente, che avesse ragione sul fatto di riprendersi. Lei non lo ricordava, ma io sì: quella dichiarazione risoluta che meritava di morire per via di quello che aveva fatto.

Ogni volta che pensavo a quel momento mi sentivo distrutto, impotente. La guardai con attenzione.

Si stava di nuovo asciugando gli occhi. «Ho solo bisogno di un po' di tempo.»

«Okay.» Deglutii. Era facile vedere che era emotivamente sconvolta ed io non sapevo che cosa fare per aiutarla. Non prometteva niente di buono. Fisicamente era tornata in buona salute, ma mentre ci concentravamo sulla guarigione dal cancro, avevamo trascurato altri elementi altrettanto importanti?

«Andrà tutto bene. Noi staremo bene» disse, in un modo che suonava come se stesse cercando di convincere se stessa più di me.

Le passai la mano sulla guancia fredda. Dentro di me sentivo che era sbagliato, mettere tutto da parte, di nuovo, come facevamo da mesi e mesi.

Era sbagliato.

«Mia, almeno parla con me. Dimmi che cosa provi.»

Lei scosse di nuovo la testa. «Va tutto bene. Te lo giuro... è stato solo un momento, non ero preparata. La prossima volta...»

la sua voce si spense come se si fosse resa conto di quanto erano ridicole le sue parole.

«Ci sarà una prossima volta, e poi un'altra ancora. Questa cosa non sparirà solo perché la ignoreremo.»

Annuì, evitando di guardarmi. «Hai ragione. Non dovremmo farlo. Ma possiamo aspettare un po', per favore?» Poi si alzò di colpo e andò nel bagno della cabina. Passò qualche minuto a togliersi gli sbaffi di mascara dovuti alle lacrime soppresse. Perché era quello che stava facendo: sopprimere il dolore. Nasconderlo dietro una facciata coraggiosa.

Ero sicuro al cento per cento che questa faccenda sarebbe tornata ad azzannarci le chiappe. E non avevo un cazzo di idea su cosa fare per affrontarla. E perfino se *esisteva* un modo per affrontarla.

Quando uscì dal bagno, Emilia sembrava un po' più pallida del solito, ma per il resto normale, e si stava comportando come se non fosse successo niente. E *non* mi fece sentire più sicuro.

«Mi scoccia aver lasciato là il foulard.»

Lo tolsi dalla tasca della giacca. «L'ho preso io per te.»

Mi sorrise, un sorriso che non arrivò fino agli occhi, piegandosi per baciarmi sulla guancia. «Ora so perché ti tengo intorno, genietto.»

Si legò nuovamente il foulard e restò appiccicata al mio fianco per il resto del ricevimento. Al termine dell'evento, restammo alla fine del ponte pedonale insieme agli altri proprietari delle case, salutando gli ospiti che stavano andando alla cena di beneficenza. Stava diventando buio mentre andavamo verso casa insieme. Emilia mi teneva la mano, con le dita strettamente intrecciate alle mie.

Ricordai che aveva alluso che voleva che stessimo insieme quella notte e diedi un'occhiata di soppiatto alla sua testa abbassata mentre controllava dove mettere i piedi nella luce fioca. Ero stanco, come al solito, ma se l'avessi scoraggiata si sarebbe sentita insicura e l'avrebbe preso come un rifiuto personale.

Forse aver incontrato i nostri amici le aveva fatto cambiare idea? Era sembrata più silenziosa del solito da quando era successo.

Andammo di sopra e ci fu un momento d'imbarazzo in cima alle scale quando esitammo accanto alla porta della sua stanza. Lei si voltò a guardarla e poi tornò a guardare me. Deglutì. «Per quanto tempo credi che continueremo in questo modo?»

«Come?»

«Le stanze separate.»

Mi passai una mano sul mento. «Vuoi che venga a dormire con te stanotte?»

Lei si voltò e mi mise le braccia intorno alla vita. «Non voglio solo dormire.»

Fui sul punto di trovare una scusa. Ero ancora così preoccupato per lei. Ma poi lei cominciò a baciarmi il collo ed era così bello. Per l'amor di Dio, erano cinque mesi che non facevamo sesso. Il mio corpo affamato reagì istantaneamente. Probabilmente avrei dovuto essere mezzo morto per non reagire.

Emilia fece un passo indietro e disse: «Ci vediamo qui tra dieci minuti? Voglio cambiarmi».

«Vieni a cercarmi nella mia stanza, allora» dissi. «Voglio fare una doccia.»

Lei mi sorrise. «Okay.»

La mia mente continuò a galoppare per tutto il tempo in cui restai sotto la doccia. Certo, la maggior parte era dedicata ai pensieri felici, al fatto che avrei fatto sesso dopo un periodo di astinenza così lungo, ma la piccola parte che riusciva ancora a pensare in modo razionale era preoccupata. Emilia era pronta? Aveva ripetuto infinite volte di essere pronta. Fisicamente, forse. Ma emotivamente?

E la sentivo ancora fragile tra le mie braccia. Il pensiero di starle sopra mi spaventava a morte. Come se potessi spezzarla in due, o roba simile. Ma volevo disperatamente trovare un modo di farlo funzionare perché sapevo che una volta uscito dalla doccia lei sarebbe stata lì. Dovevo pensare in fretta.

Uscii dal bagno con un asciugamano intorno ai fianchi. Le luci nella stanza erano basse, era stata lei, dato che erano perfettamente normali quando ero entrato in bagno. Emilia era sul letto, sdraiata di traverso con i gomiti sul materasso, la testa tra le mani, e mi guardava.

Aveva una camicia da notte di seta blu bordata di pizzo. La copriva completamente in alto ma finiva subito sotto i fianchi e mostrava ogni meraviglioso centimetro delle sue lunghe gambe snelle. E aveva un berretto in tinta sulla testa per coprire la sua calvizie, non che ne avesse bisogno. Normalmente non si preoccupava di coprire la testa quando eravamo solo noi in casa, ma se la faceva sentire più sexy, allora bene.

«Ehi, splendore» disse, con gli occhi che percorrevano il mio torace con franca ammirazione. «Vieni qua spesso?»

Mi fermai davanti a lei e sorrisi. Quelle lunghe gambe setose, piegate al ginocchio con i piedi in alto, quel bel sorriso e quell'espressione di desiderio negli occhi mentre mi guardava bastarono a eccitarmi. Diavolo, probabilmente sarebbe bastata una lieve brezza a eccitarmi, in quei giorni.

«Ehi, bellezza. Verrò spesso… con te.»

Lei arricciò il naso e si mise a ridere. «Dio, che battuta orriiiibile.»

Mi sedetti sul letto accanto a lei e passai la mano sul tessuto liscio che le copriva la schiena. «Lo so.»

Emilia piegò la testa e cominciò a baciarmi sul petto. Il mio cuore cominciò ad accelerare. Chiusi gli occhi. Il suo tocco mi bruciava ed era così piacevole. Si sedette, con il volto all'altezza del mio. «Questa l'ho scelta io. Il tuo colore preferito.»

I nostri sguardi s'incrociarono. «Sì, l'ho notato. Molto, molto bella.»

Emilia si chinò in avanti e mi baciò ed io allungai una mano, tenendo la sua bocca contro la mia. Dopo pochissimo, il mio cazzo premeva contro l'asciugamano, con un'erezione quasi dolorosa. Il mio corpo era d'accordo al cento per cento con l'idea di fare sesso quella sera, ma mentre la tenevo contro di me, non potevo fare a meno di continuare a preoccuparmi per come sarebbe andata. Temevo di farle male di nuovo, come a Parigi, senza nemmeno rendermi conto, nel mio disperato bisogno di averla, che la stavo stringendo troppo, o, peggio ancora, che la stavo schiacciando.

Nella doccia avevo pensato a una soluzione per quella notte, ma non sapevo che cose ne avrebbe pensato lei. Mi tirai indietro e lei mi guardò, con un sorriso ansioso sulla bocca sensuale.

«Stavo pensando di provare qualcosa di un po' diverso questa notte» dissi.

Emilia alzò le sottili sopracciglia. «Oh? La prima volta che facciamo sesso in quasi sei mesi e tu vuoi fare qualcosa di diverso?»

Dovevo procedere con cautela, in modo che non si sentisse a disagio. «Quella sera, a Parigi, ti ho fatto male del tutto involontariamente.»

Lei mi mise una mano sulla guancia. «Devi smetterla di preoccuparti.»

«Non smetterò di preoccuparmi. Tu sei più leggera di prima. Sto solo… non voglio essere rude con te. Penso che sia meglio, perfino più piacevole, se starai sopra tu.»

Emilia si mise a ridere. «Sembra perfetto, ma non è che sia una novità per noi.»

«Beh, la novità è che pensavo che potessi legarmi.»

«Scusa?»

«Potresti legarmi le mani alla testata del letto.»

Emilia restò a bocca aperta. «Perché vuoi che lo faccia?»

«Non pensi che potrebbe piacerti?»

«Non dico che non penso che potrebbe piacermi, ma…»

«Beh, se sono legato non posso diventare… troppo entusiasta.»

Emilia fece un respiro profondo e sospirò. «Sei veramente *così* preoccupato di farmi male?»

«Sì.»

Sbatté le palpebre. «Okay. Ti legherò. A essere sincera l'idea è piuttosto sexy. E poi, una volta, più avanti, potresti fare la stessa cosa con me.»

«Quello sarebbe più che sexy.» Le rivolsi uno sguardo esageratamente lubrico. Lei si alzò in piedi e le sue gambe erano così belle in quella camicina corta. Stavo già immaginandole avvolte attorno a me mentre lei mi cavalcava. Merda, l'erezione cominciava a far male.

Emilia si voltò a guardarmi. «Hai delle manette o qualcosa di simile?»

Le diedi un'occhiata stupita. «No. Usa una delle mie cravatte, nello spogliatoio.»

«Vuoi che ti leghi al letto con una cravatta da cinquecento dollari?»

«Il suo sacrificio non sarà stato vano.»

Emilia rise, alzò le spalle e sparì nello spogliatoio e uscì con tre cravatte in mano. La guardai con le sopracciglia alzate. «Ehi, credi che potrei diventare così entusiasta?»

«Potresti essere come una specie di Hulk del sesso, diventare verde, spezzare i legami e rincorrermi.»

«Ho la sensazione che non correresti troppo forte.»

«No, probabilmente no.»

Emilia fece un anello con la parte stretta di una delle cravatte e mi chiese il polso, che le porsi. Lo inserì nell'anello e poi tirò indietro il braccio verso la testata del letto. «Allora, devo legarti i polsi insieme o separati?»

«Non m'importa.»

«Sai, capire la logistica probabilmente dovrebbe rovinare l'atmosfera, ma sto solo eccitandomi di più.» Tirò l'altro capo della cravatta verso la testata, sopra la mia testa. Io mi sdraiai e lei lo legò in modo che il braccio fosse teso sopra la mia testa. Prese un'altra cravatta e fece qualcosa di simile con l'altro braccio. Una volta finito, era arrossata e respirava in fretta e anch'io ero un bel po' eccitato.

Emilia mi passò la mano lungo le braccia. «Mi piacciono le tue braccia. A volte mi eccito quando sei completamente vestito ma hai le maniche rimboccate. I tuoi avambracci sono terribilmente sexy.»

Mi misi a ridere. «Gli avambracci? Davvero?»

Emilia li accarezzò con un'espressione di apprezzamento, come se stesse ammirando un'opera d'arte, o artigianale. «Mi piace il tuo corpo. E le tue braccia sono meravigliose. Avambracci forti, i tuoi bicipiti... sodi, potenti ma non troppo massicci.»

«Ci hai pensato parecchio, eh?» dissi, con gli occhi semichiusi, godendo la sensazione delle sue mani calde su di me.

«Oh, sì. Lo faccio da sempre e spesso.»

Si chinò sopra di me per controllare che i nodi che mi tenevano le braccia sopra la testa fossero stretti e il suo seno mi sfiorò la guancia. D'istinto, e per puro desiderio, mi voltai e presi in bocca il capezzolo, succhiandolo attraverso la seta sottile della sua camicia. Emilia ansimò forte e s'immobilizzò. Io non lo lasciai andare e lei non si tirò indietro. Risucchiandone di più in bocca, tracciai con la lingua il capezzolo che si contrasse.

Respirando affannosamente, Emilia si tirò indietro e si mise cavalcioni sopra di me. Poi si piegò a baciarmi, prima sulla bocca, poi il collo e il petto. Mi passò le mani su ogni centimetro del torace e dello stomaco. «Sei incredibilmente sexy. Mi fa incazzare quando le donne ti guardano, ma come diavolo potrebbero farne a meno?»

Mi misi a ridere. «Mi monterai la testa.»

Emilia sbuffò, facendo scivolare la mano sopra l'asciugamano ancora annodato in vita. «Credo di averlo già fatto» disse, accarezzandomi. Chiusi gli occhi, e come se mi stesse leggendo nella mente, infilò la mano sotto l'asciugamano e mi afferrò, accarezzandomi con le dita. Sentii il piacere esplodermi lungo la spina dorsale.

Lo desideravo tanto da non riuscire quasi a respirare. Aprii gli occhi e la guardai. «Baciami» le dissi.

Capitolo Trentacinque
Mia

Aprii l'asciugamano che aveva in vita e poi lo esplorai dappertutto con le mani prima di prendere in mano il suo sesso liscio come la seta. Lo accarezzai con la mano ferma, godendo del suono del suo respiro aspro. Adam chiuse forte gli occhi. «Baciami, Emilia» mi ordinò di nuovo.

Era proprio da Adam cercare di prendere il comando anche quando era legato ed io ero sopra di lui. Decisi di tormentarlo ancora un po' con le mani, prima di decidermi a chinarmi in avanti. Lui alzò la testa e arrivò alla mia bocca, con un gemito. La sua lingua entrò nella mia bocca, pressante, muovendosi avanti e indietro in fretta, come se volesse mostrarmi come voleva penetrarmi in altri modi. Il mio corpo cantò in risposta, completamente eccitato e pronto per lui.

E dato che era sotto di me e completamente alla mia mercé, e palesemente pronto, non c'era un momento migliore del presente. Mi tirai indietro in modo che i nostri fianchi fossero allineati, pensando di cominciare con un po' di strofinamento...

Adam s'irrigidì di colpo e staccò la bocca dalla mia. «Fermati!» Aveva quasi urlato.

Mi spaventò, quindi mi tirai indietro e lo guardai. Adam aveva gli occhi spalancati. «Ti ho fatto male?»

«No» disse e tirò un lungo respiro prima di lasciarlo andare piano. «Ci serve un preservativo.»

«Ah... già. Merda. Sì, ovvio.» Non ne avevamo mai usati in passato, ma per ovvie ragioni ora non era più così. Non avrei più potuto utilizzare un contraccettivo ormonale per il resto della mia vita.

Adam mi guardò, esasperato e un po' infuriato.

«Mi dispiace, non ci ho pensato. È stato stupido. Non li ho comprati.»

Adam strinse le labbra. «Sotto il lavabo in bagno.»

Non volevo sapere perché avesse dei preservativi in casa. Avevo visto la scatola quando avevo vissuto lì e presumevo appartenessero ai suoi allegri giorni da single. Mi aveva detto di non essere stato con nessun'altra donna fin da prima che ci mettessimo insieme, ma a volte mi lasciavo prendere dall'incertezza su quei giorni in cui eravamo separati. Adam non mi aveva mai mentito e mi fidavo di lui. Ma spesso era facile permettere alle mie stesse insicurezze di sussurrarmi dei dubbi nelle orecchie.

Spalle basse, scesi dal letto, andai a guardare nell'armadietto che mi aveva indicato e vidi la scatola. Era uno di quei pacchi jumbo, che contenevano un centinaio di preservativi. Ed era mezza vuota. Merda.

Non pensarci, Mia. Non pensare a tutte le donne con cui è stato prima... non pensare a quanto erano più carine e più esperte di te.

Adam non stava con un'altra donna da oltre un anno. Perché avrebbe dovuto importarmi? Il pensiero faceva comunque male, ma mi obbligai a costruire un ponte e a superarlo. Infilai la mano nella scatola, presi una manciata di preservativi e tornai nella stanza. Poi mi venne in mente che non ne avevo mai usato uno, non avevo mai imparato a usarli, e lui aveva le mani legate.

Misi la manciata di preservativi sul comodino e ne presi uno. Dando un'occhiata, vidi che Adam era ancora eretto. Mi abbassai e lo baciai sulla bocca. Lui ricambiò il bacio con entusiasmo. Gli tempestai il petto di baci e poi mi tirai indietro, strappando l'involucro. «Speriamo bene...» mormorai mentre Adam mi guardava con attenzione.

Estrassi il preservativo e rimisi l'involucro sul comodino. «Aspetta...» disse Adam. «Qual è la scadenza? Quella scatola ha almeno due anni. Sono ancora buoni?»

«I preservativi hanno una data di scadenza?» dissi e lui rispose solo con un'occhiataccia, quindi alzai le spalle e controllai l'involucro. Non scadevano fino all'anno successivo. «Sì, sono ancora buoni.»

«Fammi vedere.»

Perplessa, gli tesi l'involucro perché lo controllasse. A quanto pareva non si fidava che sapessi leggere una data? Ammetto che a volte dimenticavo delle cose o dicevo stupidate, a causa del "cervello da chemio", ma non ero poi così fuori di testa.

«Okay» borbottò finalmente. Non sembrava contento. Lo guardai sorpresa. L'espressione dei suoi occhi si poteva solo descrivere come intensità con una sfumatura di paura. Che diavolo c'era di cui avere paura?

Presi il preservativo e lo misi sulla punta del suo pene, sperando che quell'affare si srotolasse facilmente perché fare quella cosa mi stava eccitando di nuovo e volevo veramente continuare. Adam osservava ogni mio gesto come un falco, non con un'espressione eccitata, ma come se temesse che avrei fatto un errore.

Capii di aver fatto il mio primo errore quando il preservativo non si srotolò facilmente come pensavo. Usai anche l'altra mano. A molte coppie non piaceva usare quegli affari. Certo rovinavano l'atmosfera e la spontaneità dello stare insieme. Sospirando cominciai a sentirmi frustrata.

«L'hai messo al contrario» osservò Adam. «Voltalo.»

Feci come mi aveva detto e il preservativo si srotolò facilmente. Lo tirai in basso, fino alla base. Poi passai la mano, su e giù. Si capiva che lo eccitava, ma Adam non tolse gli occhi da quello che stavo facendo. «Stai attenta, non vorrai strapparlo.»

«Si strappano così facilmente? Che senso ha?» feci per rimettermi a cavalcioni quando Adam spostò i fianchi. «Aspetta...»

«Che c'è adesso?»

«Non voglio correre rischi che si strappi. Mettine sopra un altro.»

Mi fermai. Non lo avevo mai sentito dire. Ma, in fondo, avevo fatto sesso solo con Adam, quindi che diavolo ne sapevo? A quanto pareva lui era un esperto in tutto, perfino nelle cose un po' più audaci. La mia inutile gelosia tornò a bruciare. Stavo cominciando a incazzarmi.

«Così funzionerà?» gli chiesi, prendendo un altro preservativo e togliendolo dall'involucro.

«Se uno si strappa, l'altro terrà. Le probabilità che si strappino entrambi sono molto minori.»

«Ma, non strofineranno l'uno contro l'altro, causando più frizione?»

Adam cominciò a tirare le cravatte che gli legavano le braccia. «Slegami, lascia che lo faccia io.» Diede un altro strattone, frenetico.

«Aspetta… fermati. Lascia fare a me.»

Ma lui stava tirando, sembrava quasi nel panico.

«Aspetta, Adam. Lascia che ti sleghi. Stai fermo.»

Lui deglutì visibilmente mentre mi guardava e per la prima volta mi resi conto che non era solo un po' di paura quella che avevo visto prima nei suoi occhi. Adam era completamente terrorizzato.

Lo slegai e lui si sedette, strofinandosi i polsi. A giudicare dai segni che gli erano rimasti, aveva tirato piuttosto forte per slegarsi. Mi tirai indietro, di colpo troppo preoccupata per lui perché m'importasse sapere che probabilmente quella sera non avremmo combinato niente.

Lui si tolse il preservativo e si avvolse nuovamente l'asciugamano intorno ai fianchi. Io sentivo le lacrime bloccarmi la gola. «Mi dispiace… ho fatto un casino, vero?» dissi a bassa voce.

Adam scosse la testa. «No.» Si chinò in avanti e si prese il volto tra le mani ed io lo guardai per un lungo momento silenzioso e pieno di tensione.

«Che diavolo è successo?» gli chiesi con la gola stretta.

Adam non rispose, si passò solo una mano nei capelli scuri concentrandosi su un punto davanti a lui sul copriletto.

Era stato veramente spaventato, nel panico, terrorizzato da qualcosa. Ripensai a tutto quello che era successo. La sua reazione quando aveva pensato che volessi procedere senza un preservativo. L'insistenza a voler controllare la data di scadenza. Poi il suggerimento del doppio strato. Inspirai una lunga, dolorosa boccata d'aria.

Quando parlai, la mia voce tremava. «Hai paura che resti di nuovo incinta.»

Adam si alzò bruscamente dal letto e andò nel suo spogliatoio. Quando ne uscì, aveva i pantaloni di un pigiama e una t-shirt. Io non mi ero mossa. E quando ci guardammo in faccia, capii che avevo colpito nel segno. Non aveva intenzione di negarlo. Lasciai andare di colpo il fiato e non ero sicura che sarei riuscita a respirare di nuovo.

Capitolo Trentasei
Adam

L A GUARDAI MENTRE IL SUO VOLTO SI SCURIVA, COME UNA nuvola di tempesta che coprisse improvvisamente la terra. I suoi occhi si riempirono di lacrime e lei sbatté le palpebre. Ma io non avevo parole e anche se le avessi avute, che cosa avrei potuto dire? Aveva assolutamente ragione. Ero maledettamente terrorizzato all'idea di toccarla. Il pensiero di poterla mettere di nuovo incinta non solo mi pietrificava, mi dava la nausea.

Dopo un po' distolsi gli occhi. Non riuscivo a guardarla mentre il suo cuore si spezzava, sapendo che ne ero io la causa, anche se involontaria.

Il silenzio nella stanza era assordante, come uno scampanio lontano che mi risuonasse nelle orecchie. Tornai a guardarla. Aveva gli occhi umidi, concentrati su un punto in mezzo a noi. Strinsi i denti. Non c'era niente che potessi dire in quel momento per confortarla. E parte di me non voleva nemmeno farlo. Quella era la dura realtà di quello che lei aveva cercato di evitare prima, quando aveva continuato a insistere che stava bene, che era forte, che sarebbe riuscita a venirne fuori da sola.

Meglio che il problema fosse venuto alla luce adesso. Ma, sinceramente, non avevo idea di come avremmo potuto risolverlo.

All'improvviso, Emilia s'irrigidì, come se si fosse stancata di aspettare che dicessi qualcosa. Mordendosi il labbro, si alzò. «Vado a dormire in camera mia» disse sommessamente, con la voce che tremava.

La guardai andare e non mossi un muscolo.

Nell'attimo in cui sparì nella sua stanza, mi passai una mano tra i capelli e cominciai a camminare avanti e indietro. Il mio cervello ronzava intorno a quello che era appena successo, a ogni pensiero che mi era passato per la testa. Il momento in cui tutto era scattato era stato quando avevo pensato che Emilia avrebbe cominciato a far sesso senza nemmeno pensare alla mancanza di contraccezione.

A volte, in quei giorni, le cose le sfuggivano dalla mente. Dimenticava cose o rifaceva cose che aveva appena fatto senza rendersene conto. Era un effetto collaterale dei farmaci che aveva preso. Avrei tranquillamente potuto attribuirlo a quello, il fatto che avesse quasi cominciato a fare sesso senza pensare a un preservativo.

Ma era stata una cosa avventata, pericolosa. Avrebbe potuto ucciderla.

Io avrei potuto ucciderla. O far tornare il cancro. Solo facendo sesso con lei. Solo mettendola di nuova incinta.

Mi nascosi la faccia tra le mani, con un senso d'impotenza che mi schiacciava. Poi la sentii camminare verso le scale lungo il corridoio. Potevo lasciarla andare, o chiarire. Potevo convincerla che aveva bisogno di parlare con qualcuno.

E chissà, forse ne avevo bisogno anch'io.

Perché, maledizione. Il peso di tutto quello che ci portavamo addosso stava cominciando a seppellirmi e non riuscivo a vedere una via di uscita che non fosse soffocare sotto.

Andai verso le scale, restando indietro, seguendola con calma. Si era cambiata e indossava dei leggings e una t-shirt. Voltando leggermente la testa, sembrò rendersi conto che ero dietro di lei, ma non accelerò per evitarmi mentre andava alla porta laterale. La aprì e la lasciò accostata per me.

Quando mi avvicinai al bordo dell'acqua, la vidi che si sedeva sulla sabbia e si abbracciava le ginocchia, affondandovi contro la faccia. Quando fui più vicino, riuscii a sentire i suoi singhiozzi, deboli, quasi silenziosi. E ognuno di loro mi squarciava dentro. Ero a poca distanza dal luogo dove, qualche mese prima, l'avevo baciata così teneramente... dove lei si era posta domande sul nostro futuro. Allora l'avevo zittita, fissato com'ero su una cosa e una cosa sola: la sua sopravvivenza.

Forse quel momento c'era costato la *nostra* sopravvivenza come coppia. Sentii la gola improvvisamente gonfia. Non avevo idea di che cosa dirle. Quindi la lasciai piangere finché si fu calmata. Mi sedetti lentamente sulla sabbia a poca distanza da lei.

Finalmente, dopo aver pianto per un tempo infinito, Emilia si acquietò, sfregando le guance contro i pantaloni. Stancamente, alzò la testa e con un singulto e tirando su col naso, disse a voce bassa. «Dovrei andarmene. Dovrei permetterti di vivere la tua vita.»

La morsa che mi chiudeva la gola minacciava di strangolarmi. Perché stavo cominciando a credere che forse quella fosse l'unica soluzione.

Capitolo Trentasette
Mia

A SPETTAI CHE RISPONDESSE, IN QUELL'ATMOSFERA PIENA di tensione. E a ogni secondo che passava, diventava sempre più chiaro che Adam era d'accordo con me, che avrei dovuto andarmene. Che quella era l'unica scelta che avevamo. Ed era quello che mi spaventava di più.

Avevo finalmente fatto il pianto che desideravo fare da quel pomeriggio, da quando Alex aveva predetto che Adam ed io avremmo avuto un figlio e solo un figlio. Perché io sapevo, e lo sapeva anche lui, che avevamo già sopportato quella perdita, segreta e vergognosa. Tutto quello che riuscivo a sentire era quel vuoto, come se mi avessero aperto il petto, gli occhi doloranti e la testa che pulsava. Respirai di nuovo, quei respiri dolorosi, superficiali. *Dovrei permetterti di vivere la tua vita.*

Adam tirò il fiato, lentamente. «Che cosa ti fa pensare che io abbia la benché minima possibilità di farlo senza di te?»

Ingoiai una boccata d'aria intorno a un singulto. «Sto cominciando a pensare che forse siamo spezzati in modo irrimediabile.»

Adam si spostò accanto a me. «A volte mi sembra che non ci sia mai stata una comunicazione migliore tra di noi. Parliamo di tutto. Non abbiamo più segreti. Eccetto uno.»

«Io non sto nascondendoti niente.»

«Sì, invece. Forse lo stai nascondendo anche a te stessa.»

Mi voltai a guardarlo. Lui fissava l'acqua e faceva scorrere distrattamente la sabbia tra le dita. «Non ho niente da nascondere.»

Adam voltò di colpo la testa verso di me. «Davvero? Non provi disprezzo per te stessa? Tutto quel biasimo che hai tenuto per te. Il senso di colpa che hai sepolto così in profondità che ha quasi minacciato di ucciderti...»

Mi alzai sbuffando e lo guardai dall'alto. «Stai proiettando su di me i tuoi sentimenti, Adam. Io sto bene.»

Lui non si mosse, tenne lo sguardo fisso sull'acqua mentre io restavo lì a guardarlo nella luce fioca. Incrociai le braccia sul petto. La fredda brezza marina soffiava sopra la mia testa nuda, facendomi rimpiangere di non aver preso una felpa, strinsi più forte le braccia, diventando impaziente.

«Sei stata praticamente catatonica... per *giorni*. Senza parlare... voltavi la faccia contro il muro, non mangiavi quasi niente...»

«Come puoi biasimarmi? Era un momento schifoso...»

«Sono d'accordo. Ma non hai permesso a nessuno di aiutarti. Hai deliberatamente aumentato le tue sofferenze, rifiutando gli antidolorifici. Perché lo hai fatto?»

Mi sentii come se mi avesse dato un pugno nello stomaco. Di colpo cominciai a tremare. Mi lasciai cadere sulla sabbia accanto a lui. Non avevo una risposta da dargli che non conoscesse già. Avevo insisto a sentire ogni crampo, ogni dolore, ogni briciola di sofferenza. Era stato il mio modo di prendere coscienza della vita potenziale che stavo sopprimendo.

Ma Adam non aveva intenzione di darmi tregua. Dopo qualche minuto di silenzio, si voltò e m'inchiodò con i suoi occhi neri. «*Perché* Emilia. Dimmelo.»

«A quanto pare lo sai già.»

«E *tu?*»

Mi allontanai da lui. «È successo mesi fa e stavo passando l'inferno.»

Adam distolse gli occhi. «Stavamo *entrambi* passando l'inferno, ma, a quanto pare, quello non conta.»

Allungai la mano e gli toccai il braccio muscoloso a cui si appoggiava. Gli chiusi la mano intorno. «Non ho mai voluto che pensassi che non sapevo che era una perdita anche per te.»

«E la responsabilità?»

Restai a bocca aperta, muovendo la bocca, senza riuscire a parlare. Adam aveva gli occhi duri, accusatori. «Mi-mi dispiace di essere rimasta incinta. È stata colpa mia…»

«Sbagliato.»

Inspirai, con una morsa che mi stringeva il petto. Il dolore era tornato e stava aumentando. «Io non do la colpa a te. Tu non sapevi che non stavo più prendendo la pillola. Non te l'avevo detto. Ed *è* colpa mia. Tutto è colpa mia.»

«Già che ci sei, perché non ti prendi anche la colpa del cancro? Hai intenzione di punirti. Come quando hai rifiutato i farmaci, ti terrai dentro il veleno e l'oscurità e non permetterai mai a nessuno di aiutarti… perché tu non permetti *mai* a nessuno di aiutarti. Ti nasconderai da tutti… da me. Come le cicatrici sul tuo petto.»

Sentii le lacrime salirmi agli occhi e scossi la testa. «Sei ingiusto.»

«Anche tu. Ci vogliono due persone per concepire un bambino, Emilia. Ero lì anch'io. *Io* ti ho messo in quella situazione. E conosco bene il senso di colpa e l'odio che provi per te stessa, perché li provo anch'io.»

Nascosi la testa tra le mani, appoggiando i gomiti alle ginocchia. Adam non si mosse per confortarmi e non riuscivo a capire se era arrabbiato, frustrato o solo spaventato.

«Mi dispiace...»

«No. Smettila. Non voglio sentirlo da te. La vita è così, le cose brutte capitano. Hai preso una decisione che ti ha salvato la vita e per quella ti stai autoflagellando. Ti sei costruita una prigione intorno e temo che non farai mai entrare nessuno per liberarti.»

Scossi la testa, negando le sue parole.

«È così. Me l'hai detto tu, la notte in cui sei finita in ospedale...» Adam s'interruppe come se avesse detto qualcosa di cui si era immediatamente pentito. Tirò indietro la testa e ricominciò a fissare l'acqua.

«Che cosa ho detto?»

Lui chiuse gli occhi, stringendoli forte poi inspirò tremando. Sembrava che fosse a un passo dal crollare anche lui.

«Per favore... dimmelo.»

Adam strinse la mascella, senza guardarmi. «Hai detto che... che non volevi morire, ma che probabilmente saresti morta... che...» Si raddrizzò, teso, come se stesse lottando con tutto ciò che aveva contro il suo stesso dolore. «Che meritavi di morire per quello che avevi fatto...» La sua voce si ruppe, ingoiata dall'emozione. Si passò rabbiosamente il dorso della mano sugli occhi ed io mi tirai indietro, stupefatta.

Lo avevo detto? Lo fissai, completamente annientata al pensiero di quello che doveva aver passato. Quello che doveva aver provato, i pensieri che dovevano essergli passati per la testa quando lo avevo detto. Stava già temendo per la mia vita, mi stava portando all'ambulanza, appena cosciente, ed era rimasto con me tutta la notte in ospedale, con le mie parole che gli giravano costantemente nella mente.

«Adam, non avrei dovuto dirlo. Mi dis…»

«Smettila!» Praticamente mi urlò in faccia ed io sobbalzai, tirandomi indietro. Batté il pugno sulla sabbia. «Maledizione, Emilia, se dici ancora una volta che ti dispiace…»

Alzai una mano. «Ho paura… che ne dici di questo. Ho paura di quello che ci ha fatto. Ho paura di non sapere come sistemare le cose.»

«Io ho paura a toccarti.»

Quelle parole rimasero ferme nell'aria, appesantendola con la tensione. Aprii la bocca per rispondergli ma non ne uscì niente.

Adam scosse la testa, e poi continuò. «Non posso affrontarlo un'altra volta. Non posso guardare *te* affrontarlo un'altra volta. Tutte le volte che ti tocco, tutte le volte che ti desidero, muoio dalla paura di metterti nuovamente incinta e che tutto ricominci di nuovo.»

«Non deve per forza succedere di nuovo. Staremo attenti.»

«Abbiamo bisogno di aiuto. *Tu* hai bisogno di aiuto. Aiuto professionale…»

Mi sedetti sui talloni e lo guardai. «Io non sono…»

«Hai detto che non meritavi di vivere. Hai bisogno di un aiuto che io non ti posso dare.»

«Che differenza farà?» gli chiesi con la voce sottile. «Riuscirebbe a eliminare anche solo in parte il peso che ci portiamo addosso?»

Adam distolse lo sguardo e alzò le spalle. E quell'alzata di spalle mi toccò più di tutte le parole che aveva detto. Mi sentii morire dentro. Mi sembrava di soffocare. Adam aveva perso la speranza. Non credeva più che potessimo riparare la nostra relazione.

Rendermene conto mi scosse più forte di tutto perché, fin dal principio, era lui quello che credeva in noi. Lui ci aveva creduto molto prima che io cominciassi a pensare che era possibile. Aveva cercato di tenere in vita la nostra relazione perché sapeva che eravamo fatti l'uno per l'altra. Aveva sempre saputo quello che voleva. Era sempre stato così sicuro di noi.

Ma non più, a quanto pareva.

«Hai perso la speranza» gli dissi piano.

«Non lo so. Forse. In questo momento mi sento solo vuoto. Siamo umani. Possiamo sopportare solo fino a un certo punto. E abbiamo dovuto sopportare più del dovuto.»

«Dicevi che la vita non era giusta. Che non potevamo avere tutto. Ma significa che non possiamo avere almeno *qualcosa*, che abbiamo passato tutto quello che abbiamo passato per poi non meritare di essere felici insieme?»

Adam alzò le spalle, scuotendo la testa.

Avrei voluto piangere. Mi sentivo persa, abbandonata. Alzai la mano alla bussola che portavo al collo, chiudendola nel pugno. Avevamo perso la strada. Stavamo vagando senza scopo.

Lo guardai, lui non si muoveva, con i pugni chiusi nella sabbia, appoggiato indietro sulle braccia rigide, a fissare l'acqua nera. Le onde lambivano la spiaggia. Sentivo il canto delle rane che arrivava dagli acquitrini. C'era gente che chiacchierava sul patio delle loro case dall'altra parte di Back Bay. Ma tra di noi c'era un silenzio di morte.

Vuoto assoluto.

«Adam. Io credo ancora in noi» sussurrai. Faceva male dire quelle parole senza sapere come avrebbe reagito, ma il silenzio tra di noi faceva ancora più male.

«Vorrei poter dire la stessa cosa» disse Adam dopo un lungo silenzio. «Lo vorrei più di ogni altra cosa.»

Sentii il dolore afferrarmi, ma non piansi. Avevo superato quello stadio ed ero arrivata in una landa desolata che andava oltre le lacrime. Ero asciutta, vuota e sola in quella landa. Era un posto che mi ero costruita da sola e non avevo idea di come trovare una via di uscita. Giocherellai con la bussola.

«Più di ogni altra cosa, vorrei avere le parole per dirti come mi sento… su di te, su tutto questo» dissi.

«Ma non le hai. E questo è il problema. Perché non le ho nemmeno io.»

Lo spazio e il tempo sembrarono strappati e frantumati tra noi due. Lacerati. Una barriera impossibile. Sentii la gola che si stringeva. «Che cosa dobbiamo fare?»

Adam si voltò verso di me, guardandomi. «Non lo so. Devo pensare. Anche tu devi pensare. Sono stanco ed è tardi e dovremmo dormire.»

Sapevo maledettamente bene che non avrei dormito. Sarei rimasta sveglia tutta la notte a preoccuparmi, continuando mentalmente a ripercorrere le ultime ore e gli ultimi mesi, che lo volessi o no.

Perché l'amore doveva fare così male?

Senza dire un'altra parola, mi alzai e poi lo guardai mentre si alzava e toglieva la sabbia dai pantaloni. Lentamente, insieme da separati, camminammo verso casa. Adam si fermò per farmi entrare per prima e lo guardai negli occhi. Non specchi. Non saracinesche. Erano pozze di vuoto doloroso, sofferenza, dolore.

Ed era colpa mia. Inspirai a fatica, andando verso le scale e nella mia stanza senza fermarmi. Non ci dicemmo un'altra parola. Nemmeno buona notte.

Chiusi la porta e spensi le luci. Al buio, con la schiena contro la parete, scivolai fino a sedermi sul pavimento e rimasi seduta lì a fissare, e a pensare, per ore, molto dopo aver perso ogni sensibilità nelle gambe e nel sedere.

E riprovai ogni sentimento e ogni dolore.

E poi rimasi insensibile.

Capitolo Trentotto
Adam

RIMASI SVEGLIO TUTTA LA NOTTE. NON CERCAI nemmeno di dormire. Passai una parte della notte a camminare avanti e indietro nel mio ufficio, un'altra con il laptop a letto, nonostante gli sforzi di Emilia per togliermi quell'abitudine. E, a un certo punto, mi trovai a scrivere esattamente quello che volevo dirle. Nonostante il confronto emotivamente doloroso sulla spiaggia la sera prima, c'erano molti fatti logici e ragioni su cui basarsi per decidere come procedere. Penai su ciascuno di loro. Stavamo entrambi seppellendoci sotto una montagna di dolore e senso di colpa e fingendo di poterli far sparire senza doverli affrontare.

Eravamo entrambi dei campioni in quel tipo di comportamento.

Non volevo che le mie parole fossero consegnate con un'email impersonale, quindi invece memorizzai i punti principali che volevo trasmetterle e poi smisi. Alle sei del mattino, m'infilai un paio di shorts e le scarpe da corsa e andai ad allenarmi nella mia palestra.

Avevo già corso dieci chilometri sul tapis roulant e stavo bevendo un po' d'acqua in cucina prima di tornare a fare un po' di pesi quando Emilia scese a fare colazione. Era completamente vestita, in jeans e una t-shirt, con una bandana legata intorno alla testa. Ed era pallida, tirata, con cerchi scuri sotto gli occhi.

Aveva dormito bene quanto me, a quanto pareva.

Stavo riempiendo la mia bottiglia d'acqua quando venne a mettersi accanto a me vicino al frigorifero. Respirai a fondo e le dissi: «Buongiorno.»

Le apparve per un attimo un lieve sorriso sulle labbra, ma sparì subito. «Ehi.»

«Ti chiederei come stai… ma, beh, penso di saperlo già.»

A quel punto lei mi guardò negli occhi. «Già. Meglio non chiedere.»

Rimisi il tappo alla bottiglia e le voltai le spalle, quando lei mosse una mano per fermarmi. «Possiamo parlare adesso? Per favore?»

Mi bloccai e poi mi voltai verso di lei, con lo stomaco che si annodava. Non volevo parlare. Volevo aspettare ancora un po', fino all'ora di pranzo, magari, o il pomeriggio. Perché sapevo esattamente quello che volevo dirle, ma non ero pronto alla sua reazione. Avevo bisogno di qualche altra ora per trovare il coraggio di spezzarle il cuore.

Ciò nonostante, le risposi: «Certo.»

Mi spostai al tavolo della cucina e mi sedetti, con lei di fronte a me. Misi da parte la bottiglia.

«Ieri sera abbiamo scoperchiato un bel vespaio» cominciò.

Io mi appoggiai allo schienale osservandola attentamente. «Sì.»

Emilia si fissava le mani, allacciate sul tavolo davanti a lei. «Sono rimasta sveglia tutta la notte, cercando di trovare una soluzione. Penso che tra tutti e due ci sia abbondante capacità mentale e so che ci deve essere un modo per superare questa situazione.»

Le invidiavo quella speranza. Perché non la provavo più. Studiai i suoi delicati lineamenti femminili, il modo in cui giocherellava con il legno del tavolo, tracciando le venature con il dito, il modo in cui il suo ginocchio rimbalzava su e giù.

L'amore. Quell'emozione pura, forte, innegabile. Era lì, come sempre, ma smorzato, attenuato. Affogato in un oceano urlante di dolore.

Prima di permetterle di proseguire oltre su quella strada di speranza, sapevo di dover parlare in fretta, come il proverbiale strappo di un cerotto. Deglutii. «Emilia...»

Lei alzò di colpo gli occhi e vidi la paura. Sapeva e stava tentando di evitare l'inevitabile.

Cominciò a tremare. «Per favore non dirlo» mormorò.

Lo dissi lo stesso, riuscendo a malapena a parlare, ma lo dissi. «Dobbiamo separarci per un po'.»

Inspirò e il rumore che provenne dal fondo della sua gola sembrò un singhiozzo. Si tirò indietro, come se l'avessi schiaffeggiata. Inspirò di nuovo a lungo, come se potesse essere il suo ultimo respiro, e scosse la testa. Chiuse il pugno sul tavolo e arrossì.

«Non puoi farlo, Adam. Non puoi arrenderti.»

«Non mi sto arrendendo...»

«Stronzate!» disse, alzandosi così in fretta che la sedia dietro di lei strisciò sul pavimento. «Sono stronzate...» Batté il pugno sul tavolo. «Dopo quello che ho fatto per te...» La sua voce si ruppe in un singhiozzo soffocato.

Rimasi seduto, lottando contro l'emozione che stava montando, stringendo i pugni, ordinandomi di restare calmo quando avrei voluto alzarmi anch'io e cominciare a urlare.

«Siediti» dissi piano.

Emilia incrociò le braccia sul petto e non si mosse. I nostri sguardi s'incrociarono e l'espressione tradita che vidi nei suoi occhi mi tolse tutta la voglia di litigare. Distolsi gli occhi, chinandomi in avanti, appoggiando la testa su una mano.

«Hai sentito quello che hai detto?» le chiesi, con la voce che tremava per l'emozione. «Dopo ciò che hai fatto… pensi di averlo fatto per me, per tua madre, per i tuoi amici. Perché da qualche parte dentro di te, tu non vuoi credere di valere abbastanza per venire al primo posto.»

Emilia mi voltò le spalle per un momento, poi prese la sedia e invece di tirarla nuovamente verso il tavolo per potersi sedere, la spinse via. La sedia cadde rumorosamente sul pavimento di pietra e lei si prese il volto tra le mani.

«Cazzo, fa schifo!» gridò, e poi, con un calcio che avrebbe potuto far più male a lei che alla sedia se non l'avesse solo sfiorata, si sfogò di nuovo. «Quindi adesso… posso vivere. Urrà!» Alzò le braccia come se volesse esultare, ma gli occhi e le guance erano bagnati di lacrime. «Ma non ho te. E non ho il bambino.»

«Emilia…»

«No, non capisci.»

Deglutii. «Hai ragione, non capisco.»

Ci fissammo negli occhi e i minuti si allungarono fino a sembrare un'eternità quando non riuscii a respirare, «Hai bisogno di aiuto. Io non ti posso aiutare. E tu non sei capace di lasciarti aiutare. Quindi è una situazione impossibile.»

«E *tu?*» sibilò Emilia. «È tutto perfetto lì dentro?» disse, indicando la mia testa.

«No, c'è un bel casino anche qui dentro.»

Poi lei cominciò veramente a singhiozzare, tanto da non riuscire a restare diritta. Si piegò in due come se stesse soffrendo fisicamente e sembrò annaspare per mancanza di fiato. Temevo che stesse per perdere l'equilibrio e cadere.

Balzai fuori dalla sedia, tirandola tra le mie braccia. «Respira» le dissi.

Ma lei stava ansimando così in fretta che pensai potesse venir meno, con il volto contro i pugni chiusi. D'istinto, la strinsi più forte e, miracolosamente, lei si calmò quasi immediatamente. I suoi respiri divennero più misurati e i singhiozzi rallentarono finché, qualche minuto dopo, rimase solo un respiro congestionato punteggiato da un piagnucolio silenzioso. Avevo la camicia fradicia delle sue lacrime.

Finalmente parlò, con il volto nascosto contro la mia spalla. «Non riesco a credere che finisca così. È il modo che ha la vita di farci uno scherzo crudele e perverso?»

«Non è la fine, Mia» dissi.

«Allora che cos'è?»

«Non lo so. È solo… tempo… tempo di cui abbiamo bisogno per rimetterci in sesto.»

«Perché non possiamo farlo insieme?»

«Perché siamo entrambi incasinati, in questo momento. Penso che prima dovremmo lavorare su noi stessi.»

Un altro momento di silenzio, poi Emilia s'irrigidì tra le mie braccia e si staccò adagio. Lasciai ricadere le braccia e lei fece un passo indietro. Togliendosi bruscamente la bandana, la usò per asciugarsi il viso, evitando i miei occhi.

Si schiarì la gola e, quando parlò, la sua voce era calma. «Per quanto tempo?»

Feci un respiro profondo. «Penso che dovresti andare a casa, ad Anza. Passa un po' di tempo con tua madre prima del suo matrimonio… magari parla con la tua vecchia terapista.»

«E tu resterai qui e lavorerai? È così che lavorerai su te stesso?»

«Non ho ancora riflettuto su cosa fare, ma ho alcune idee.»

La guardai negli occhi e avrei voluto non averlo fatto. I suoi occhi erano affranti, tormentati. Desiderai di poter abbandonare quel piano. Le stavo facendo male. Troppo.

«E poi?» mi chiese.

«C'è il matrimonio in giugno. Ci vedremo lì.»

«Sono due mesi» disse, con la voce roca. «Pensi sinceramente che il modo migliore per noi di comunicare riguardo ai nostri problemi sia… di non vederci?»

«Emilia. Abbiamo dovuto affrontare un sacco di problemi in un tempo molto breve. Dobbiamo cercare di guarire.»

Lei scosse la testa. «Spero in Dio che tu sappia quello che stai facendo, Adam, perché io penso che sia veramente una pessima idea.» Poi si premette la mano sulla fronte e chiuse gli occhi, come per ordinare alle lacrime di fermarsi.

Le mie erano lì lì per scendere. Ma dovevo mostrare la sicurezza che non provavo; che mi fidavo del piano che le avevo prospettato.

Mi schiarii la voce. «Penso che sarà un bene, per entrambi. Non sono riuscito a lasciarti andare prima… quando volevi il tuo spazio. Ho insistito, peggiorando le cose tra di noi. Penso di avere imparato la lezione.»

Emilia inspirò penosamente ma non parlò fin dopo essersi infilata la bandana in tasca ed essersi raddrizzata. «Allora vado a fare le valigie. Devo farmi ridare l'auto da Kat.»

«Preferirei che non guidassi oggi... in queste condizioni.»

Emilia si voltò, con gli occhi limpidi ma pieni di dolore. «Sarà molto più facile per me guidare che restare qui per un'altra notte in queste condizioni.»

Mi passai la mano sulla barba di un giorno. «Okay, ma almeno prendi la Tesla. Voglio che guidi un'auto sicura. Sto comunque usando la Porsche per andare dappertutto.»

Emilia se ne andò, con le gambe che tremavano. La guardai andare, passandomi la mano sul volto.

Era così difficile, la volevo più di qualsiasi altra cosa. La volevo lì, nella mia vita, al mio fianco, ma eravamo entrambi così ammaccati che non sapevo come saremmo riusciti a restare insieme finché non fossimo guariti. Finché non avessimo capito dov'erano le nostre teste, dov'erano i nostri cuori.

La amavo con tutto ciò che avevo.

Ma, a volte, l'amore non basta.

Capitolo Trentanove
Mia

Eravamo tornati al punto di partenza. Undici mesi prima, avevo fatto quello stesso viaggio con un cuore ferito ed emozioni forti come un uragano tropicale che urlavano dentro di me. Ed ero tornata allo stesso punto, a fare lo stesso viaggio. Come se fossi destinata a ripetere eternamente, maledettamente, lo stesso momento.

Solo che questa volta il mio cuore era rimasto indietro. Ferito e sanguinante e lasciato per morto. Lottai contro le nuove lacrime che minacciavano di scendere a ogni minuto di quel viaggio di due ore, finché... finché arrivai a un quarto d'ora dal viale del ranch. Passando davanti agli edifici familiari della cittadina, il supermercato all'angolo, il piccolo caffè rustico dove a volte passavo il tempo con gli amici, la piccola scuola superiore, le case di alcuni dei miei vecchi amici, mi sentii invadere da una specie di pace. Non avevo idea che cosa volesse dire. Solo che speravo che sarebbe andato tutto bene. Era un miracolo che in me ci fosse ancora un barlume di speranza.

Mia madre mi salutò con la preoccupazione negli occhi, abbracciandomi stretta. Quando l'avevo chiamata dicendole che sarei andata a stare con lei per un po', non le avevo dato spiegazioni. Ma sono sicura che avesse tratto lei le sue conclusioni.

«Sono contenta che tu sia qui, bambina.»

Avrei voluto poter dire la stessa cosa. Non avevo idea di che cosa sarei riuscita a fare nelle otto settimane che restavano. Tornare ad Anza significava regredire, avevo detto una volta a Heath. Ma a volte, una persona aveva bisogno della sua mamma, per quanto fosse cresciuta. E grazie a Dio lei era lì.

«Mamma» dissi, tirandomi indietro e guardandola negli occhi. Ero sicura che avrebbe capito, dal gonfiore dei miei, che avevo pianto, e tanto. «Voglio che sappia che sono felicissima per te e Peter. E non cambierà, qualunque cosa succeda tra me e Adam.»

Mia madre annuì. Togliendomi la borsa dalla spalla, andò a portarla nell'ala di famiglia del nostro Bed & Breakfast. «Non sei obbligata a parlarmene. Ma, per quanto mi riguarda, tu sei qui per guarire il corpo e l'anima.» Si voltò e mi sorrise, mettendomi una mano sulla testa. «I capelli stanno ricrescendo. Sono più scuri di prima.»

Mi misi una mano sulla peluria che avevo in testa, imbarazzata.

«Per quando ci sarà il matrimonio, avrai una copertura adeguata.»

«Davvero? Ricrescono così in fretta?»

Lei mi sorrise. «Sì. Torneranno in men che non si dica. Spessi e lucidi. E anche il resto del tuo corpo si riprenderà. Ho tutte le intenzioni di metterti all'ingrasso.»

«Non credo di avere molta voglia di mangiare in questi giorni, anche se la nausea è passata.»

«Beh, non avrai scelta. Dobbiamo rimettere un po' di carne su quelle ossa. E ti farò tutti i giorni i tuoi piatti preferiti. Ho appena preparato una teglia di baklava. Risaneremo corpo e anima, okay?»

Annuii.

Mia madre mi lasciò ed io andai immediatamente alla mia vecchia scrivania, frugai nei cassetti e trovai un diario che avevo tenuto da parte finché avessi avuto qualcosa d'importante da scriverci perché era così carino. Era stampato con miniature del medievale Libro dei Kells con un disegno di nodi celtici e decorazioni dorate in rilievo. Passai la mano sulla copertina e lo aprii per guardare le pagine color avorio, immacolate.

Senza rendermi conto di quello che stavo facendo, presi una penna e cominciai a scrivere. Quei primi appunti probabilmente contenevano parecchia rabbia. Probabilmente c'erano delle sbavature, dovute alle lacrime sulle pagine. Ma cominciai a sentirmi meglio perché avevo un posto tutto mio dove riversare tutto.

Scrivevo tutti i giorni.

E andai a vedere la dottoressa Marbrow, la mia psicoterapista. Mi ero decisa. Avevo deciso che quando avessi rivisto Adam, sarei stata abbastanza sana, di corpo, mente e spirito da guardarlo negli occhi e dirgli quanto lo volevo, quanto avevo bisogno di lui nella mia vita. E potevo solo sperare che lui la pensasse allo stesso modo.

Quindi affrontai i miei demoni, con quel traguardo ad alimentare il mio coraggio.

****

Dopo qualche settimana, Heath e Kat vennero a passare un lungo weekend ad Anza con me. Penso che Heath fosse veramente preoccupato per me perché continuava a darmi occhiate preoccupate a cena, *gyros* fatti in casa e un'insalata Caesar, con le verdure fresche dell'orto di mia madre. Di tutte le cose deliziose che cucinava mia madre, questo piatto era uno dei suoi preferiti, ma quasi non gli stava prestando attenzione.

Dopo cena, stavo preparando i cavalli per portarli a vedere il tramonto quando Heath venne da solo nella stalla.

«Dov'è Kat?» gli chiesi, spazzolando la polvere dal mantello di Snowball.

«Sta arrivando. Volevo parlare con te.»

«Okay… ehi, vuoi cavalcare Whiskey o Tate stasera?»

Heath fece una smorfia. «Tate è uno stronzo. Mi ha disarcionato parecchie volte quando andavamo a scuola. Mettimi su Whiskey. Accidenti, sono anni che non vado a cavallo.»

Sorrisi. «Lo so.»

«Come stai *veramente* Mia?»

Sbattei gli occhi. «Pensavo di avere un aspetto migliore… ma forse non è così.»

«Non sai quanta voglia ho di prendere a botte Drake, in questo momento.»

Scoppiai a ridere. «È tornato a essere Drake per te, eh?»

«Non riesco a credere che ti abbia piantato mentre hai un cazzo di cancro.»

«Io *non* ho più un cazzo di cancro e lui non mi ha piantato.»

Heath mi guardò storto.

«No. Smettila, okay? Adam è anche amico tuo. Non voglio che tu debba scegliere da che parte stare. Non ci sono parti da prendere.»

Heath incrociò le braccia e appoggiò la spalla contro la parete della stalla. «Voi due non avete rotto?»

«Sei un ficcanaso.»

«Sono incazzato. Se voi due non riuscite a fare pace, allora non c'è speranza per il resto di noi.»

Gettai la spazzola morbida nel sacco di plastica e presi la sella e la coperta sottosella di Snowball dalla selleria. Heath insistette a portarle per me, anche se ero sicura che ci sarei riuscita da sola. Le appoggiò sul dorso di Snowball ed io sistemai la coperta, abbassandomi per prendere la cinghia e cominciare a stringerla.

«Penso che metterò Kat su Snowball.»

«Mia…»

«Heath. Tu più di tutti sai con che cosa abbiamo a che fare. Che cosa stiamo passando. Le perdite che abbiamo dovuto affrontare. Non posso agitare una bacchetta magica e desiderare che sparisca tutto. Abbiamo delle cose su cui dobbiamo lavorare.»

«Allora perché non sei con lui, a fare terapia insieme? Un buon terapista di coppia…»

«Non è nello stile di Adam. Lui troverà il suo modo di affrontare la situazione. Ed io sto trovando il mio.»

«Ed è quello in problema. Non state affrontando i problemi assieme.»

«Mhmm. Forse non è ancora il momento di farlo. Forse, per poter essere una coppia integra, dobbiamo prima essere noi individui integri.» Pronunciai quelle parole e questa volta ci credetti, anche se avevo dubitato della loro saggezza quando me le aveva dette Adam.

Heath rimase in silenzio, quindi andai al box da cui Whiskey stava sporgendo la testa, guardandomi speranzoso. Gli grattai la testa sotto il ciuffo. «Chi è il mio bravo ragazzo?» Gli misi la cavezza sopra la testa e lo portai fuori dal box. «Farai il bravo con Heath, vero?»

«Sì, altrimenti Heath ti prenderà a calci in culo. Chiedilo al tuo amico Tate» disse Heath. Poi si voltò verso di me. «È stata un'idea sua vero? Di separarvi, di tornare qui.»

Non risposi e mi piegai per usare il nettapiedi per pulire gli zoccoli di Whiskey.

«È quello che pensavo.»

Mi alzai, sbuffando. «Non ho intenzione di giudicarlo per come sta affrontando questa situazione. Ha bisogno di restare un po' da solo. Gli darò tempo. Sarei un'ipocrita a giudicarlo quando io per prima non ho gestito le cose nel migliore dei modi l'ultima volta.»

Heath distolse lo sguardo. «Non essere così dura con te stessa. Sei solo umana.» Sospirò. «Le relazioni sono così difficili. A volte mi chiedo se ne valga veramente la pena.»

Afferrai la striglia per dare una passata veloce al mantello polveroso di Whiskey. «Vanno bene le cose con Connor?»

«Meglio che tra te e Adam» mi rispose.

«Non vuol dire molto.»

«Almeno, posso andare a parlargli?»

Mi fermai. Heath era uno delle pochissime persone che sapevano che cosa avevamo passato Adam ed io. Forse lo avrebbe aiutato avere un orecchio comprensivo… se, in effetti, l'orecchio di Heath era comprensivo.

«Penserà che ti ho mandato io.»

«Hai appena detto tu stessa che anche lui è un amico per me. E con chi altri potrebbe parlare di… di tutto?»

Deglutii, concentrandomi sulla polvere che si alzava dalla superficie del mantello di Whiskey. «Puoi dirlo, sai. Non hai bisogno di proteggere i miei sentimenti.»

Heath sospirò. «Tutta questa storia mi ricorda un po' troppo di quella merda che ti è successa quando eravamo alle superiori e quel pensiero mi fa star male *fisicamente*.»

La spazzola si fermò a metà di una passata, ma non guardai Heath.

Sapevo esattamente a che cosa si stava riferendo… alla notte in cui Zack, il ragazzo che avevo alle superiori, si era ubriacato e mi aveva aggredito.

«Ti sei sentita in colpa tu anche quella volta, o l'hai dimenticato?»

Gettai la striglia nel sacco ed entrambi i cavalli alzarono la testa, spaventati. Li tranquillizzai, mormorando rassicurazioni e accarezzando loro il collo.

Heath venne a mettersi di fianco a me e afferrò il braccio che stavo usando per accarezzare il collo di Whiskey. «Non arrabbiarti con me, Mia. Ma dico che è una stronzata. Quello che ti è successo, avere il cancro, restare incinta, perdere il bambino… non è stata colpa tua esattamente come quello che è successo allora. Sono cose che ti sono *successe*. Non ti devi punire.»

Le lacrime cominciarono a bruciarmi in gola e sbattei gli occhi, staccando gentilmente il braccio. Mi schiarii furiosamente la voce, sbattei di nuovo gli occhi e distolsi lo sguardo.

«*Lui* dà la colpa a te? È questo che sta succedendo?»

Lo interruppi agitando una mano. «Metti via i guantoni, Sugar Ray. Lui non incolpa me. Dice che non riesce a sopportare che io mi senta in colpa fino a questo punto.»

Heath ripiegò le braccia muscolose sul petto. «Beh, allora siamo in due. Non lo sopporto nemmeno io. Lo vedo costantemente nei tuoi occhi. Ho visto che cosa ti ha fatto quel commento innocente di Alex.»

Mi piegai in due, appoggiando la fronte sulle mani. Le lacrime erano lì, pronte. Mi voltai, cercando di allontanarmi da lui, ma Heath mi afferrò, mi tirò vicina e mi abbracciò. «Ssst. Mi dispiace. Non volevo sconvolgerti.»

Le sue braccia erano un conforto, ma non erano le braccia che volevo mi tenessero stretta.

***

«Allora, per ripetere le tue parole, credi che se gli lascerai vedere le tue cicatrici, lui smetterà di amarti?» disse la dottoressa Marbrow, chinandosi in avanti.

Io mi spostai a disagio sull'elegante divano del suo ufficio, e la pelle scricchiolò per la mia irrequietudine. «Sembra ridicolo, sentendolo dire da lei, ma qui dentro» dissi indicando la mia testa, «ha perfettamente senso.»

Lei inclinò la testa, con un lieve sorriso sulle labbra. «La voce che c'è lì dentro potrebbe essere la cosa più illogica che avrai mai sentito, ma a te sembrerà sempre giusta. È la natura umana. Diamo un sacco di potere a quella voce. Quindi, a volte la soluzione è cambiarla, cambiare quello che ti dice.»

Mi sentii tremare dentro. «Non voglio. Voglio dire… quella voce mi deprime, ma non voglio lasciarla andare.»

«Ovviamente no.» La dottoressa si appoggiò allo schienale e accavallò le gambe. «Come faresti a tormentarti se quella voce sparisse?»

Restai senza fiato, di colpo. Giocherellai con le mani che tenevo in grembo, fissandole. La parte posteriore delle mie gambe stava sudando e dato che indossavo gli shorts, si appiccicava al divano di pelle. Non avevo una risposta da darle. Era vero che mi stavo tormentando da sola. Perché tutto in me credeva che lo meritassi. La dottoressa Marbrow annotò qualcosa sul taccuino che aveva davanti e poi mi guardò, prima di decidere che non avevo intenzione di risponderle.

Si mise una lunga ciocca di capelli biondi dietro l'orecchio e disse con la voce tranquilla: «Le cicatrici che hai sul petto lo faranno veramente decidere di lasciarti?»

Scossi lentamente la testa.

«Ma tu hai paura che lo perderai.»

Se non era già successo. Chiusi gli occhi e annuii.

«Che cosa pensi che lo convincerà a lasciarti?»

Inspirai bruscamente dal naso ed espirai lentamente.

«È ciò che le cicatrici rappresentano…» La mia voce si ruppe e mi schiarii la voce, mettendomi una mano sul cuore. «Le cicatrici che ho qui. Quelle che mi fanno sentire così brutta dentro.»

Lei annuì. «Quella è la definizione di amore, sai. Che la persona sta con te e resta al tuo fianco nonostante la bruttezza… e che tu fai la stessa cosa. Nemmeno *lui* è perfetto, e sono sicura che tu lo sappia bene.»

Scossi la testa. «Gli ho fatto una cosa orribile.»

«Per esempio?»

Mi mancò il fiato. «L'ho lasciato. Ero arrabbiata… non… non sapevo come affrontare il modo in cui si stava comportando. Quindi non gli ho parlato del cancro… pensavo di proteggerlo, ma era solo la strada più facile. Più facile per me, tenere tutto dentro, non dovermi appoggiare a nessuno.»

«Ma non si può essere malati e non appoggiarsi a quelli più vicini. Dovevi accettare il loro aiuto.»

Mi strofinai le tempie. «La parte più folle è che ho dovuto sforzarmi, perfino quando stavo più male. Avevo tutta quella gente intorno a me che mi voleva bene, che *voleva* aiutarmi, eppure mi rifiutavo di permetterlo. E per quello…»

«Hai fatto delle scelte sbagliate. E anche lui.»

Mi presi la testa tra le mani. «Ma è tutta colpa mia.»

«Vedi quello che stai facendo, vero? Non vuoi nemmeno permettere agli altri di prendersi la loro parte di colpa. È piuttosto narcisistico se ci pensi, presumere che tutto quello che ti è capitato sia stato causato solo dalle tue azioni. Ma anche quella è la natura umana. Perché nel prendersi la colpa di qualcosa, ci stiamo illudendo di avere un qualche tipo di controllo sugli eventi caotici della nostra vita, che proprio non possiamo controllare.»

«Io non ho avuto nessun controllo…» M'interruppe un singhiozzo.

«Non mi meraviglia che Heath abbia paragonato la tua reazione a questi eventi a ciò che ti era successo alle superiori. Era un altro caso in cui non avevi nessun controllo su quello che stava succedendo al tuo corpo. Ora tutto questo, il cancro, la chemio, la gravidanza, l'interruzione…»

Restai senza fiato e mi tirai indietro, stordita. «Avevo una scelta. L'ho interrotta io.»

«Avevi veramente scelta? Hai fatto quello che *dovevi* per sopravvivere.»

Stavo tremando. «Non credo che la nostra relazione possa sopravvivere a qualcosa del genere.» Ci fu una lunga pausa in cui si limitò a guardarmi, aspettando che proseguissi. Respirai a fondo. «Non capisco come possa continuare ad amarmi» sussurrai piano.

«Lui ti ama perché non incolpa te.»

«Ha detto che ha paura a toccarmi.»

La dottoressa annuì. «Mi sembra che anche lui si stia crogiolando in questo gioco delle colpe. E il tuo lavoro sarà di aiutarlo a capire, una volta che avrai superato il *tuo* senso di colpa.»

La guardai, con un sorriso timido, bagnato di lacrime. «Dottoressa, posso metterla in tasca e portarla con me per un po'?»

Lei mi sorrise. «Quello che puoi fare è portare qua Adam un giorno. Se lui accetterà.»

***

Qualche giorno dopo, fuori, nel recinto, ebbi un'illuminazione mentre osservavo Rusty con il suo puledro di tre mesi, Silver. Li studiai insieme. Trotterellavano fianco a fianco. A volte, lui scattava in avanti, con la testa alta e fiero della sua indipendenza, ma sempre con un occhio a sua madre. E Rusty non lo lasciava mai allontanare troppo, a volte rimproverandolo con un morsetto o ruotando la coda.

Mi si strinse la gola guardandolo e mi permisi di sentire quello che non mi ero permesso per mesi, il dolore, la perdita, ciò che avrebbe potuto essere. Le lacrime arrivarono e non le fermai. Non questa volta. Non potevo più scacciare quei sentimenti.

Scrivevo tutti i giorni sul diario. Vi riversavo ogni pensiero, ogni emozione. Molto spesso scrivevo più volte al giorno, tornandoci quando mi veniva in mente qualcosa di nuovo. Era liberatorio lasciar andare tutto quello che mi ero tenuta dentro.

Parlavo spesso via Skype con i miei amici. Jenna e Alex mi mettevano al corrente di quello che succedeva sulla South Coast. Heath mi chiamava ogni due o tre giorni per vedere come stavo e avevo l'opportunità di fare una videoconferenza con Kat.

«Allora, siamo usciti tutti per una pizza l'altra sera...»

«Davvero? Vi siete divertiti?»

«Mhmm. Beh, era un gruppo numeroso. La maggior parte di noi si è divertita. Jenna e William si stavano scannando per qualche oscuro gioco di cui non ho mai sentito parlare. Quei due dovrebbero scopare e farla finita. E poi Heath e Adam se ne sono andati da qualche parte per un'ora.»

M'irrigidii sentendo menzionare Adam e lei lo notò. «Oh, già, scusa, avevo dimenticato di dirtelo. Heath ed io lo abbiamo costretto a uscire con noi. Siamo dovuti andare nel suo ufficio e obbligarlo, minacciandolo di rivelare al mondo i segreti del gioco.»

«Nooo! Hai usato la missione segreta come arma?»

Kat sorrise sorniona. «Io so come ottenere quello che voglio. Non voleva schiodarsi, quindi l'ho minacciato.»

Mi fermai per un attimo, distolsi gli occhi dallo schermo e giocherellai con delle cose sulla mia scrivania. «Come sta?»

Sapeva che non le stavo chiedendo di Heath.

Kat accennò di aver capito. «Sta bene. È arcigno e intenso come sempre.»

Mi misi a ridere. «Non è sempre così.»

Kat mi diede un'occhiata strana. «Fallen è sempre stato intenso da quanto lo conosco. Solo, non ne sapevo il motivo. Ma ora che lo conosco veramente, è comprensibile. È quel tipo di persona.» Mi rivolse un'occhiata maliziosa. «Meno male che è così carino da farselo perdonare.»

Sbuffai e poi risi, cambiando in fretta argomento. Lei si lamentò del fatto che non trovavo il tempo per giocare ed io non volevo dirle che il pensiero di partecipare al gioco era un po' troppo doloroso. Con tutto quello che stava, o non stava, succedendo tra me e Adam e la sensazione di conflitto che provavo, e che stava aumentando, sul fatto di postare riguardo la missione segreta, ero divisa su Dragon Epoch. Mi mancava, ma sapevo che dovevo prendermi una pausa anche da quello.

Salivo ogni giorno al mio posto speciale sul bordo della valle vicino alla casa di mia madre. Arrivavo proprio al tramonto, quando le sere di quell'inizio estate erano colorate di arancio e viola scurissimo. Quando il calore delle rocce scaldate dal sole penetrava attraverso i miei vestiti, quando l'odore fresco della salvia bianca del deserto e il frinire dei grilli assalivano i miei sensi.

Chiudevo gli occhi, per pensare, respirare nel modo che mi aveva insegnato la dottoressa Marbrow. Mi concentravo sul colore e sulla luce e cercavo di pensare a tutto ciò per cui dovevo essere grata. Avevo vissuto tanti momenti tristi nei miei brevi ventitré anni di vita, ma le cose che avevo fatto, i posti dov'ero stata, la gente che avevo conosciuto... l'amore che avevo provato... avevano fatto sì che ne valesse la pena. E cominciavo a rendermene conto, ogni giorno un po' di più.

In una delle mie ultime notti ad Anza, ero all'aperto la sera, a godermi il buio e la bellezza primordiale della volta stellata sopra la mia testa. C'erano poche luci di notte in quella zona e nessun inquinamento luminoso, diversamente dalla costa, con le sue grandi città.

Come ogni altra sera, mi trovai a cercare la costellazione del Dragone, giocherellando con la bussola che avevo al collo. *È sempre lì*, aveva detto Adam, *a qualunque ora, in qualunque stagione.*

Avevo imparato i punti principali di quella lunga configurazione serpentina di stelle. Tracciai i suoi contorni nel cielo. *Il vero nord.* Che cos'era? Come avrei fatto a trovare la strada? Pensai alle statuine che William aveva fatto per me, specialmente la Guida, che era come una bussola, per mostrarmi la strada nei tempi difficili.

Se questi non erano tempi difficili, allora non sapevo quali fossero. Fissai a lungo quelle stelle, poste tra il grande e il piccolo carro. E dopo un lungo momento di vuoto, eccetto i fiochi suoni della notte nelle orecchie, dal niente sbucò una scia di fuoco, che attraversò direttamente la costellazione del Dragone.

Esprimere un desiderio su una stella cadente. Adam aveva annotato in quella dubbia lista dei desideri che avrei voluto esprimere un desiderio su una stella cadente. Crescendo nell'altipiano desertico ne avevo viste molte, ma non avevo mai avuto un desiderio così forte da esprimerlo su una meteora.

Ma quella sera l'avevo. Chiusi gli occhi e m'immaginai mentre abbracciavo Adam, lui che abbracciava me. Desiderai che stessimo insieme. Desiderai che fossimo felici. Desiderai che fossimo abbastanza forti da riuscire a superare le nostre emozioni incasinate, e i dubbi, per stare di nuovo assieme. Ogni battito del mio cuore mi rimbombava in petto e faceva male.

Deglutii e invece di reprimere le lacrime, le lasciai cadere sulle guance. Non c'era nessuno lì che potesse rimproverarmi, nessuno che *io* potessi rimproverare. Non c'era nessun motivo per tenere a bada le lacrime.

Era una bella sensazione lasciarle scorrere. Ma non erano solo lacrime di tristezza e di perdita, lacrime di solitudine; erano anche lacrime di gratitudine. Ringraziai in silenzio l'universo per tutto ciò che avevo per cui essere grata: la salute, il futuro, il fatto di aver conosciuto l'amore vero. E non importava che cosa mi riservasse il futuro, perché quei brevi momenti d'amore che avevo provato mi avevano insegnato che, anche con le sue spine, la vita meritava di essere vissuta. E che per me la felicità era una scelta.

Quella notte, con il volto bagnato di lacrime, gli occhi che bruciavano e il cuore ricolmo, avevo fatto la mia scelta.

***

Continuavo a tenere attivo il blog, ma non mi appassionava più. Mi ero già rassegnata al fatto che non sarei stata capace di continuare. Con Adam e me insieme, il blog prima o poi si sarebbe messo in mezzo. Avrei potuto risolvere la missione e sentirmi in obbligo di condividere gli indizi ai lettori, o la Draco Multimedia avrebbe potuto implementare un cambiamento nel gioco che mi avrebbe irritato e avrei sentito il bisogno di fare una delle mie filippiche. Oppure, e mi sentii sprofondare lo stomaco al pensiero, Adam ed io ci saremmo lasciati e mi avrebbe fatto troppo male continuare a giocare a Dragon Epoch.

Qualunque fosse la ragione, la possibilità di frequentare la facoltà di medicina tra pochi mesi mi obbligava a rivedere le mie priorità in materia di uso del mio tempo. Quindi passai giorni e giorni a preparare lunghe email: una al rettore del College of Medicine dell'Università Johns Hopkins, alcune ad altre università, alcune ai miei principali lettori e contatti nel mondo dei blog e alla società che mi aveva originariamente fatto un'offerta per il mio blog.

Perché avevo un piano.

Una settimana circa prima del matrimonio, andammo nell'Orange County per l'ultima prova dell'abito di mia madre. Il matrimonio non sarebbe stato un affare di gala. Gli sposi avevano invitato solo la famiglia e avevano scelto di fare il grande passo in uno dei loro posti preferiti, la spiaggia al Crystal Cove State Park.

Ma io avevo altre commissioni da fare mentre eravamo lì. Dopo averla lasciata da Peter, presi in prestito l'auto di mia madre e le dissi che sarei tornata qualche ora dopo. Mia madre pensò che non volessi correre il rischio di imbattermi in Adam. Io pensai che era una scusa buona come un'altra. Ma avevo altro da fare.

Mancava una settimana e mentre la felicità di mia madre aumentava, anch'io avevo dei sentimenti che mi crescevano dentro. Non vedevo l'ora di rivedere Adam. Erano passati più di due mesi. Mi chiedevo com'era andato il suo viaggio. Aveva fatto delle scoperte interessanti su se stesso? Aveva scoperto di non poter vivere senza di me, o pensava che sarebbe stato meglio andare ciascuno per la sua strada, mentre le nostre anime erano ancora intatte?

Non ne avevo idea.

E l'attesa mi stava uccidendo.

Le mie valigie erano pronte già due interi giorni prima del matrimonio. La felice coppia, i loro figli e gli amici intimi si sarebbero riuniti per la cena la sera prima del matrimonio. Per ore, prima della cena, camminai avanti e indietro, scelsi e scartai almeno cinque diversi vestiti. Non riuscivo a restare seduta per più di cinque minuti tanto che la mia pur pazientissima madre mi ordinò di uscire dalla stanza e andare a fare una passeggiata.

Perché mancavano solo pochi minuti e poi avrei rivisto Adam. E a un certo punto nelle prossime ventiquattro ore, avrei saputo se c'era ancora speranza per noi di continuare insieme, o se ogni speranza era svanita per sempre.

CAPITOLO QUARANTA
ADAM

AVEVO SOGNATO EMILIA OGNI NOTTE DA QUANDO SE n'era andata. Da quando avevo caricato le sue valige nella Tesla e l'avevo guardata partire, i miei pensieri non erano mai stati molto lontani da lei. Mi aveva mandato un messaggio qualche ora dopo, una volta arrivata a casa di sua madre, ed era tutto. Silenzio radio.

Era meglio così. Sarebbero stati i miei quaranta giorni nel deserto. Un lungo periodo di tempo senza di lei, nel quale avrei dovuto capire che cosa diavolo stava succedendo nella mia testa. Dopo quegli orribili giorni in cui avevo saputo della gravidanza e del cancro, non avevo quasi avuto il tempo per pensare a qualcosa che non fosse l'imperativo primario: la sua sopravvivenza.

Passai lunghe giornate lavorando, ovviamente. Era sempre il mio metodo principale per affrontare i problemi. Passavo le notti da solo, per la maggior parte correndo lungo la spiaggia a Newport Beach. O solo passando lunghi periodi seduto sulla sabbia, a osservare la marea che avanzava incessante, il fragore delle onde che risuonava sempre uguale, un ritmo così antico e primordiale, finché si uniformava al ritmo del mio cuore. Il mio cervello lavorava in continuazione, cercando sempre nuove strade per superare i problemi che nascevano. Ero, per natura, un risolutore di problemi. Quindi, passare lunghe ore solo perdendomi nel battito delle onde sulla spiaggia, senza pensare ad altro, equivaleva alla meditazione.

Perché spesso la mente silenziosa riusciva a vedere e sentire cose che la mente occupata non riusciva.

Passai anche molte più ore dormendo di quanto avessi fatto da mesi. C'erano tre mesi di puro esaurimento da cui riprendermi. Quando Emilia aveva avuto bisogno che fossi lì per lei non mi ero permesso di riposare. Con lei via, non c'era più quella pressione. E con il sonno e il riposo arrivò la rinascita.

Prendermi cura di me fisicamente fu la chiave del recupero della mia salute mentale. E alla fine mi trovai in una condizione in cui potevo chiedere aiuto ad altri, nel posto meno probabile di tutti.

Una sera, circa un mese da quando Emilia se n'era andata, ero in ufficio dopo l'orario di lavoro. Bussarono alla porta e dato che la mia segretaria era già andata a casa, invitai a entrare la persona che bussava.

La porta si aprì e Katya infilò la sua testa rossa. «Ehi, salve, capo!»

Mi rilassai con un sorriso. «Ehi, guarda un po' se non è la mia ultima collaudatrice.»

Katya entrò impettita, alzando un pugno in aria. «Il miglior lavoro che esista, capo. Sei la mia nuova persona preferita.»

«Lieto di sentirlo» dissi, portandomi una mano dietro la testa per massaggiarmi il collo.

«Sì. So che tu non fraternizzi con i tuoi impiegati eccetera eccetera, ma stiamo andando a mangiare una pizza e ho intenzione di rapirti e portarti con noi.»

«Mi piacerebbe, ma ho una montagna di lavoro da fare.»

Kat alzò le sopracciglia e ripiegò le braccia sul petto, sprofondando nella sedia davanti a me. «Ascolta, amico. Sono la polizia del tempo libero e tu stai per essere arrestato per la seria mancanza di svago nella tua vita in questo momento.»

Ridacchiai ma non dissi una parola. Lei mi guardò socchiudendo gli occhi.

«Ho perfino portato un gorilla, nel caso tu intendessi stupidamente rifiutare questa opportunità di riabilitarti.» Si portò due dita alle labbra ed emise un fischio forte, acutissimo. Entrò Heath.

«Oddio, questo quartiere ha già perso di valore.»

«Allora, hai intenzione di venire con noi pacificamente o devo torcerti il braccio?» disse Heath, facendo schioccare le nocche.

«Mhmm. Mi state facendo un'offerta così allettante...»

«Ho un intero esercito qui fuori, incluso tuo cugino, quindi sarà meglio che ci accompagni senza fare resistenza.»

«Sì, non obbligarmi a prenderti di nuovo a botte» disse Heath.

«Di nuovo? Vorrebbe dire che c'è stata una prima volta.» Forse si stava riferendo in modo subdolo al pugno che mi aveva sferrato quando, come me, era stato sopraffatto dallo shock, scoprendo le condizioni di Emilia. Ci scambiammo una lunga occhiata. «Forse stavi di nuovo pensando che i tuoi sogni erotici fossero una realtà?»

Invece di sembrare furioso, Heath si limitò a sorridere. «Pizza e videogiochi, amico. Rivivi la tua adolescenza.»

«Alcuni di noi non l'hanno mai abbandonata, quindi non sono obbligati a riviverla» intervenne Kat, balzando fuori dalla sedia. «Forza, prendi le chiavi e andiamo. Io mi siedo davanti, *capo*.»

Mi arresi con un sospiro, mi alzai, misi tutta la mia roba nella borsa del computer e uscii con loro.

La pizza era orribile, ma la compagnia meravigliosa. Ci raggiunsero Connor, Alex, Jenna e mio cugino Liam. E a volte qualcuno se ne andava con le mani piene di gettoni per fare qualche gioco, poi tornava per un'altra birra e pizza schifosa. Mi ero prefissato di restare un'ora e poi trovare una scusa per andare a casa perché, per quanto fosse divertente passare del tempo con questa gente, la loro presenza sottolineava la mancanza di *lei*. E in quel momento, quella mancanza era come un vuoto gigantesco e doloroso.

Finii il mio solo e unico bicchiere di birra e stavo per alzarmi quando sentii una manata sulla spalla. Alzai gli occhi. Heath sogghignò. «Posso avere ancora un po' di gettoni, papà?»

Lo guardai con la faccia severa. «Non puoi avere la paghetta fino a settimana prossima.» Mi alzai. «Io vado.»

«Ti accompagno» disse Heath, senza lasciarmi scelta. Okay, era ovvio che volesse parlare. Sapevo che era stato ad Anza a trovare Emilia la settimana prima. Avevo deciso di non chiedergli niente, anche se ne avevo terribilmente voglia.

Salutai il resto del gruppo. Sembrarono tutti delusi che me ne andassi così presto, ma una volta che si resero conto che Heath mi stava accompagnando, nessuno di loro disse molto, come se tutti sapessero che avevamo delle cose da discutere. Per quanto fossi combattuto, non riuscivo a vedere un modo per evitare di parlare con lui.

Il parcheggio del centro commerciale dove si trovata la pizzeria era tranquillo. Erano le dieci di sera di un giorno lavorativo nella sonnolenta cittadina di Orange e tutto dormiva. Cliccai sul telecomando per aprire l'auto e mi voltai, chinandomi sulla portiera per guardarlo. «La pizza faceva schifo» dissi, per rompere il ghiaccio.

«I giochi erano belli. Conosci un posto dove abbiano ancora una versione funzionante di Tempest, Galaga *e* Asteroids?»

Alzai le spalle, poi guardai la strada dove ogni tanto passava veloce un'auto. «Con un giorno di preavviso potrei farli installare tutti nella sala giochi di casa mia.»

«Oppure potresti programmarteli da solo.»

«Ho il mio gioco su cui lavorare.»

«Tra parentesi, come vanno le cose?»

«Con il gioco? Benissimo. Stiamo preparandoci a svelare l'anteprima della nuova espansione, la settimana prossima all'E3. E poi c'è la Comic-Con a luglio.»

«Ottimo.» Annuì, guardandosi i piedi e poi ricominciando ad agitarsi nervosamente. «E tu, personalmente? Va tutto bene?»

Restai in silenzio, non sapendo esattamente che cosa volevo condividere con Heath. Eravamo amici da tanto, ma ultimamente c'era stata tensione tra di noi, più che altro per il modo in cui avevo gestito la mia relazione con Emilia, che, come aveva dichiarato molte volte, per lui era come una sorella.

«Sopravvivrò.»

Heath annuì. «C'era una cosa che volevo dirti… e so che le cose sono state difficili tra di noi da quando Mia si è ammalata…»

Incrociai le braccia sul petto, mi appoggiai alla macchina e annuii.

«Giusto» dissi con un tono di voce indifferente.

«Adam, ho detto delle cose che rimpiango amaramente. Ho dato la colpa a te per quello che è successo e non avrei dovuto farlo.»

Alzai le spalle. «Non avevi torto.»

Heath strinse gli occhi. «Sì. Sì. Avevo torto. Voglio che tu capisca dove avevo la testa in quel periodo. Lei...» Esitò e poi fece un respiro profondo. «Mia stava andando in pezzi. Voi due vi eravate appena lasciati e lei ha scoperto di avere il cancro e mi ha fatto giurare di mantenere il segreto. Mi sento in colpa per aver mantenuto un segreto che non avevo il diritto di mantenere.»

Strinsi i denti e poi rilassai la mascella abbastanza da riuscire a parlare. «Sei semplicemente stato leale. Stavi facendo quello che ti aveva chiesto.»

Heath scosse la testa. «Lei non era razionale. Non avrei dovuto accettare. Ma l'ho fatto e me ne prendo la colpa.»

«Siamo già in troppi a prenderci delle colpe che non abbiamo.»

Heath mi fissò, grattandosi il lato della bocca con il dorso della mano.

«Già... riguardo a quello. Voglio solo dire che il giorno in cui ti ho preso a pugni e le settimane dopo quando non sono stato molto gentile... mi sbagliavo. Ero stressato più di quanto riesca a spiegarti e preoccupato da morire per Mia. E tu eri un bersaglio facile su cui concentrare tutta la mia rabbia.»

«Beh, come ho già detto, grazie per essere stato lì per lei quando aveva bisogno di qualcuno.» Mi spostai, cercando di arrivare alla fine di quella conversazione scomoda.

Heath distolse gli occhi e poi, quando mi voltai come se volessi aprire la portiera della mia auto per vedere di farla finita, mi mise una mano sulla spalla. «Adam, non rinunciare a lei.»

Mi caddero le spalle. «Non è questione di rinunciare a lei.»

«Amico, so che cosa stai pensando. So che non riesci a sopportare quello che si sta autoinfliggendo. Mia ha bisogno di tempo per guarire. È stato un anno di merda per entrambi. Ma dal suo punto di vista, lei ha dovuto fare una scelta straziante e sappiamo entrambi che ha fatto la scelta giusta. Ma non credo che se ne sia ancora resa conto.»

Scossi la testa. «Lei sta vivendo un inferno e non è un inferno che si è creata da sola. L'ho messa io in quella situazione…»

La mano di Heath scivolò giù dalla mia spalla e lui annuì. «Mhmm. Già, sapevo che in fondo in fondo si trattava di quello. Che lei non era l'unica persa nella sua irrazionalità. Visto il suo stato emotivo in questi ultimi mesi, da lei me lo aspettavo. Ma da te pensavo di ottenere un ragionamento molto più logico.»

«Che cosa c'è di più logico del pensare che lei ha dovuto porre fine a una gravidanza che ho causato io?»

«È la vita. Non sei il primo che mette incinta la sua ragazza, non è che l'abbia inventato tu. Grazie a Dio io non dovrò mai affrontare un problema simile. I gay hanno già abbastanza problemi per conto loro. Ma per l'amor del cielo, amico, sii un uomo e renditi conto che la vita è così. È successo e potrebbe succedere ancora. O magari no. Non si sa mai con la vita. Ma non è che tu l'abbia fatto apposta. Non più di quanto lo abbia fatto lei.»

Inspirai, dolorosamente, e poi espirai piano. Aveva ragione, ovviamente, ma non ero pronto ad ammetterlo.

Heath riprese a parlare. «Ho parlato con lei l'altra sera.»

«Sta bene?» gli chiesi a denti stretti.

«È speranzosa. Spera ancora molto in voi due. Ma è preoccupata per te.»

Sospira. «Io non spero più molto. È il motivo per cui lei si preoccupa.»

«Beh, hai delle domande da farti, allora. Devi capire se vuoi o no continuare a vivere senza Mia. Perché è quello che succederà. O fai quello che serve per riaverla nella tua vita o ti tiri indietro, dichiari che è troppo difficile e che non ne vale la pena, e continui a vivere senza di lei.»

«Pensi come un programmatore. Molto dogmatico da parte tua. Bianco o nero...»

«Adam, tu sei uno che i problemi li risolve. Hai un problema. Devi trovare un modo di risolverlo. Metti al lavoro quel tuo cervellone.»

«È quello che ho fatto, che sto facendo.»

«Beh, qualunque sia la decisione a cui arriverai, spero che ti renda felice.»

Felice. Che cosa significava? Uno sfuggente stato mentale? Una destinazione? O una decisione?

Passarono i giorni ed io continuai a riflettere su quella parola. Mi tenni occupato con cose che non avevano niente a che fare con il lavoro. Stavo lottando per trovare un modo di comunicare con lei mentre eravamo in silenzio radio. Avevo installato un allarme che mi avrebbe allertato se lei si fosse collegata al gioco. Non l'aveva mai fatto. Non ne ero sorpreso. Lo stava evitando o forse stava lavorando duramente al compito di trovare se stessa.

Fu mentre tornavamo, dopo l'ultimo giorno della convention E3 a Los Angeles, mentre eravamo imbottigliati nel traffico sulla statale 110, che Jordan mi affrontò, approfittando del fatto che ero intrappolato in auto con lui.

Alzò gli occhi dopo aver giocherellato con il telefono per il primo quarto d'ora. «Maledizione. Dovremmo semplicemente tirarci fuori e andare a sederci da qualche parte per un paio d'ore finché questo imbottigliamento finisce. Questo traffico fa schifo.»

«Che stiamo seduti al bar per ore o che continuiamo così non cambierà l'ora a cui arriveremo a casa.»

«Avremmo dovuto prendere un'auto con autista, almeno avremmo potuto lavorare un po', già che c'eravamo. O magari berci una birra.»

Alzai le spalle.

Jordan si sistemò gli occhiali da sole e mise da parte il telefono. Era una giornata calda. Ci eravamo entrambi tolti gli abiti da lavoro e la capote era abbassata. C'era una brezza fresca che soffiava dalla costa mentre avanzavamo a otto chilometri l'ora.

«Allora, devo chiederti come sta Mia… non l'ho vista molto in giro.»

«È da sua madre per un po'.»

Jordan voltò di colpo la testa per guardarmi. «"Un po'" sembra un tempo molto lungo.»

Non risposi, controllai lo specchietto e cambiai corsia.

«Va tutto bene tra voi due?»

«Non proprio.»

«Che cazzo significa "non proprio" e perché lo sento solo adesso?»

Gli diedi un'occhiata interrogativa prima di riportare gli occhi sulla strada. «Non sapevo di doverti informare sullo stato della nostra relazione.»

«Certo che devi farlo. Dopo aver rinunciato al mio viaggio a Parigi per voi due…»

«Pensavo lo avessi fatto per lei.»

«Sì. Ma questo significa che non puoi scaricare la tua ragazza malata. Che diavolo c'è che non va in te?»

Strinsi il volante fino ad avere le nocche bianche. «Non l'ho scaricata e non è più malata, quindi calmati, cazzo. Che diavolo ti è successo? Qualcuno ti ha tagliato le palle o roba simile?»

Jordan mi mostrò il dito medio. «Non fare l'idiota, Adam. Che cosa sta succedendo? Devi parlare con qualcuno.»

«È complicato.»

«Di solito è così.»

Emisi un lungo sospiro e poi cambiai nuovamente corsia. Non una grande idea. Qualche stronzo suonò il clacson e Jordan gli mostrò il medio.

«Gesù, metti via quel dito, se non vuoi creare un incidente.»

«Allora, che c'è di più complicato che in qualunque altra relazione?»

«Abbiamo… dei problemi.»

«Che problemi hai con Mia?»

«Ah, allora adesso ti piace, eh?»

Jordan alzò le spalle. «Penso che sia una brava ragazza.»

«Sì, è una brava ragazza.» Una brava ragazza con un sacco di problemi.

«Allora, qual è il problema? C'è qualcun altro? Sei andato a letto con un'altra? Non dirmi che era Carisa, perché…»

«Non l'ho tradita.»

«Allora?»

«Ci stiamo prendendo un po' di tempo. Dobbiamo risolvere dei problemi.»

«E non hai intenzione di dirmi di che cosa si tratta.»

«Lo farei, se pensassi che lo prenderesti sul serio e non facessi l'idiota.»

Jordan si tolse gli occhiali e li mise nel taschino. «Ti sembra che sia pronto a darti una coltellata nella schiena?»

Deglutii. «No.»

«Parla, allora. Che cos'è successo?»

«Non mi fido di lei.»

«Ti ha tradito?»

«No, nessuno dei due ha tradito l'altro. Lasciami parlare, okay?»

Jordan alzò una mano, come per proteggersi. «Okay. Okay.»

«Ci eravamo separati perché... beh, per delle stupidate, in realtà. Ma mentre eravamo divisi, lei ha scoperto di avere il cancro e non me l'ha detto.»

«Okay.»

«E poi a Las Vegas...»

«Sì, sì. So che cos'è successo tra voi due a Las Vegas.»

«Non so come fai a saperlo ed è piuttosto inquietante. Comunque, quello che non sai è che Emilia è rimasta incinta.»

Ci fu un lungo silenzio dal sedile accanto. Mi concentrai sul traffico e quando finalmente lo guardai, Jordan sembrava pallido. Alzò la mano, prese gli occhiali dal taschino e se li rimise.

«Penso di poter indovinare quello che è successo, visto che ha fatto la chemio e non è ovviamente incinta. È... è roba pesante.»

Non risposi. Il silenzio durò per qualche chilometro, quasi mezz'ora in quel dannato traffico. Poi Jordan si schiarì la voce. «Quindi hai detto che non ti fidi di lei. Significa che incolpi lei per... e se è così...»

«Non incolpo lei. Ma sì, non mi fido di lei. È più... generale. Ho paura che mi distrugga un'altra volta. Che lei ci creda abbastanza da...»

Jordan mi rise in faccia... *mi rise in faccia!* «Maledizione, Adam, parli come una femminuccia.»

Strinsi i denti, afferrai il volante e ripensai alle ultime cose che avevo detto. «Adam ha pauva di favsi male... povevo piccolo Adam.»

«Vuoi che ti lasci giù qui? Penso che riusciresti a farti dare un passaggio da un serial killer o simili» dissi a denti stretti.

«Non voglio fare il coglione, ma...»

«Troppo tardi...»

«Devi farti crescere le palle, amico. Corri sempre il rischio di farti male in una relazione seria. È così che funziona.»

«Ma, normalmente, tu pensi che la persona con cui stai non lo farà.»

Jordan alzò le spalle. «Sì. E che cosa ti fa pensare che lei lo farà? Per via dell'ultima volta? Vuoi dire quando era spaventata a morte con una diagnosi potenzialmente mortale, subito dopo aver rotto con il suo ragazzo? Pensi veramente che sia quello il momento sul quale basare il tuo giudizio su come si comporterà una persona in circostanze normali?»

Di colpo mi sentii un coglione anch'io.

«Ecco che cosa penso... e puoi decidere che, vista la fonte, sarà solo una stronzata, ma ecco l'opinione dello zio Jordan. Non importa chi sia la persona, quando prendi un impegno, come quello di avere una relazione, sarai sempre aperto alla possibilità di essere fatto a pezzi. È così che va il mondo.»

Mi voltai a guardarlo, ma non gli risposi, sistemandomi gli occhiali. Il traffico cominciava a diventare fluido ed eravamo arrivati a trenta chilometri all'ora, senza nemmeno una luce rossa in vista.

«Ti ha ferito in passato. Lo capisco. L'hai ferita anche tu, giusto?»

Annuii.

«Io gestisco le finanze, quindi parlerò nei termini che mi sono familiari. Devi guardare a questa faccenda in termini di costi e benefici. Il rischio che corri di essere ferito vale il beneficio di averla nella tua vita? Se sì, allora resta con lei e cerca di far funzionare la relazione. Se no, allora dacci un taglio.»

«Immagino sia quello che devo capire.»

«Sì, ma, per quello che vale, io pensavo che voi due steste bene insieme, nonostante la cosa mi irritasse.»

Il resto del viaggio fu costellato di lunghi silenzi o banali chiacchiere, e a me andava bene così. Le parole di Jordan erano state sgradevoli, ma le avevo accettate. Potevo ammettere che, a volte, era il caso che qualcuno mi facesse presente i miei difetti. E ne avevo avuto abbastanza di leccarmi le ferite in silenzio.

Quindi, per superare i momenti di solitudine, specialmente durante i fine settimana, andai da mio zio per il pasto della domenica. Sapevano che Emilia era ad Anza con Kim, ovviamente, quindi nessuno chiese di lei, nemmeno i figli di Britt, quindi dovevo fare i complimenti alla loro madre, che doveva averli istruiti.

Dopo mangiato, mi sedetti sul divano con un ragazzo per parte, mentre giocavamo a Mario kart sulla console. I due pensavano che fosse divertente giocare in coppia e coalizzarsi contro di me. Rinunciarono dopo la mia seconda vittoria (per il rotto della cuffia).

Misi una mano su ognuna delle teste mentre cercavano di fare la lotta con me. Persero anche quella gara. Adoravo quei bambini, anche quando DJ cercò di infilarmi le dita nel naso, per fortuna senza riuscirci. Dato lo stato in cui ero ultimamente, rimasi seduto a guardarli tranquillamente mentre s'impegnavano in una partita di scacchi. Mi permisi di pensare che a quest'ora, in circostanze diverse, avrei potuto essere un padre in attesa.

Non avevo nemmeno mai voluto pensare a quella possibilità. La situazione era così terribile. Ogni mio pensiero e ogni mio sforzo erano stati diretti alla sopravvivenza di Emilia. E non mi ero mai permesso di pensarci quando Emilia era con me, anche dopo aver saputo che era guarita. Era giusto, adesso, rimpiangere quello che forse non avrei mai potuto avere, dopo aver insistito che facesse quello che aveva fatto? Quando li abbracciai per salutarli, non potei ignorare quella piccola fitta che mi ricordava la mia perdita. E quella data, la data che Emilia aveva recitato nello studio del medico quell'orribile mattina: il 18 agosto, la data presunta del parto.

Restai ancora un po' quando Britt e i ragazzi se ne andarono. Liam se n'era già andato e penso che Peter avesse capito che volevo parlare perché andò al frigorifero senza parlare, prese due birre, le aprì e si sedette su uno sgabello al bancone della cucina accanto a me. Bevemmo in silenzio, imbarazzati, per qualche minuto, prima di schiarirmi la voce.

«Come vanno i preparativi del matrimonio?»

Peter sorrise. «Per me alla grande. Non devo fare niente. Alle cose qui sta pensando Britt mentre Kim e Mia stanno facendo le cose per la loro parte. Io devo solo presentarmi con un regalo di nozze e un anello.»

«Mi sembra un buon affare.»

Peter mi diede un'occhiata di sottecchi mentre continuava a bere. «Va tutto bene?»

Io deposi la birra, appoggiando i gomiti sul bancone. «Più o meno.»

«Allora… so che le cose sono delicate in questo momento, per voi due. Kim ed io siamo un po' preoccupati.»

Sapevo che cosa voleva dire. Erano *molto* preoccupati. Per molti versi, la loro futura felicità come coppia sposata dipendeva da come Emilia ed io avremmo gestito la nostra relazione. Le cose potevano incasinarsi in fretta per loro se noi due non fossimo riusciti ad andare d'accordo, considerando quanto erano intimi i nostri rapporti familiari.

«Allora vuol dire che c'è un mucchio di gente preoccupata.»

«Sono anche preoccupato per te. So che in casi come questi la persona con problemi medici riceve, giustamente, la maggior parte dell'attenzione. Ma a volte è difficile essere il partner silenzioso che deve tenersi tutto dentro per il bene di quello malato.»

Alzai le spalle. «Non mi è dispiaciuto. È stata una delle poche volte in cui Emilia ha effettivamente accettato l'aiuto di qualcuno.» E mi fermai dopo quella frase, interrompendola con un lungo sorso di birra perché detestavo il tono acido con cui l'avevo pronunciata. Ma stava diventando sempre più difficile nascondere l'amarezza.

Ma lui l'aveva sentita, da uomo acuto qual era, focalizzandosi immediatamente su quel punto. Ero un testimone in un controinterrogatorio in tribunale. «E questa è l'altra difficoltà… aver a che fare con la montagna di risentimento che provi da mesi. E non potevi esprimere la tua rabbia perché la persona con cui eri arrabbiato stava così male.»

Mi schiarii la gola. Sembrava stretta per la vergogna. Guardavo diritto davanti a me, con le mani che si aprivano e si chiudevano sul tavolo che avevo di fronte.

Peter mi mise una mano sulla spalla. «Non essere così duro con te stesso perché ti senti così. Sei umano. Sei stato ferito piuttosto gravemente nei tuoi sentimenti. Hai il diritto di sentirti come ti senti, che lei sia o no malata.»

«Come avete fatto tu e Kim a capirlo così in fretta?» gli chiesi infine, più che altro per distogliere un po' l'attenzione da me, e anche perché ero sinceramente curioso.

Peter si mise a ridere. «In fretta? Lei ha quarantadue anni ed io dieci di più. Vorrei averla trovata quando avevo la tua età. Ma la vita non funziona in quel modo. Sono solo contento di averla trovata adesso.» Alzò le spalle. «E quando ho capito che era quella giusta per me… beh, non avevo nessuna voglia di sprecare altro tempo restando da solo.»

Annuii. Le sue parole continuarono a passarmi per la mente durante il viaggio verso casa e per il resto della serata. Quella sera mi rifiutai di andare nel mio ufficio e affogare i miei pensieri nel lavoro, quando sembrava che avessi qualcosa d'importante cui pensare.

Quindi, quando arrivai in cima alle scale, andai nella sua stanza, il rifugio privato che avevo costruito per lei. Mi sedetti sul sedile sotto la sua finestra e guardai le luci sull'acqua scura, con la gola stretta, la testa che mi faceva male, sovraccarica di pensieri.

Guardandomi attorno, vidi una bandana azzurra, piuttosto sciupata, sul comodino. La presi e, senza sapere il perché, la portai al volto, annusandola. E *la* sentii.

L'odore m'invase e chiusi gli occhi, sopraffatto dai sentimenti che avevo cercato costantemente di bloccare. La sensazione del suo corpo sottile premuto contro il mio in un abbraccio, per farsi rassicurare; quando metteva la testa sotto il mio mento; il modo in cui ero rimasto sdraiato accanto a lei, con la mano sulla sua schiena per accertarmi che stesse ancora respirando. Lo scintillio nei suoi begli occhi castano dorato quando diceva qualcosa di particolarmente spiritoso o divertente; il broncio sulle sue labbra piene un attimo prima che le baciassi; il suono del battito del suo cuore quando le appoggiavo la testa sul petto; il sapore delle sue lacrime quando la confortavo.

Quelle sensazioni s'impadronirono di me, tenendomi in ostaggio in quel momento preciso nel tempo, assalendomi con ogni ricordo dal momento in cui mi ero collegato a Dragon Epoch e l'avevo conosciuta online nei panni di FallenOne, fino all'ultima volta in cui l'avevo vista, mentre s'infilava lentamente, tristemente, dietro il volante della mia auto e si allontanava. I miei occhi bruciarono per le lacrime non versate e piansi veramente in quella bandana. Mi mancava. Avevo bisogno di lei. Ma ancora non ero sicuro di lei.

E non avevo idea se lo sarei mai stato.

***

La sera prima del matrimonio di Peter e Kim, ci incontrammo in un ristorante lì vicino per una tranquilla cena in famiglia. Sapevo che avrei visto Emilia per la prima volta dopo otto settimane ed ero insieme eccitato e nervoso. Non avevo idea di che cosa avesse passato mentre era via. Sapevo solo quanto era stato difficile il mio percorso.

Speravo che potessimo sederci e parlare con calma, da adulti. Speravo che saremmo riusciti a trovare la nostra strada in un modo che permettesse a entrambi di affrontare il futuro.

Incontrai Peter nel parcheggio. Mio cugino era già entrato ma Peter, vedendomi, si fermò e rimase indietro. Mi avvicinai a lui con il mio regalo in mano. «Ehi, come va il futuro sposo?»

Peter mi batté una mano sulla spalla. «Nervoso da morire.»

«Ah, che cosa c'è da essere nervoso? Hai trovato una donna meravigliosa.»

Peter sorrise e annuì. «Non è per lei che sono nervoso. È il timore di non essere alla sua altezza che mi fa venire dei dubbi, è un compito arduo.»

Esitai, sorrisi e mi congratulai con lui, con un improvviso, inesplicabile nodo in gola. Perché quella semplice dichiarazione di ansia mi stava turbando tanto?

Seguii mio zio e guardai oltre la sua spalla il gruppetto che si era già in parte seduto al tavolo nella stanza privata che avevano riservato per noi. Quando arrivammo, si alzarono tutti. Stavo ispezionando il gruppo di persone: Britt, Rik e i loro figli, Heath, Liam, quando una mano mi afferrò il braccio e mi voltai.

«Adam» disse Kim, sorridendomi e poi abbracciandomi stretto.

La abbracciai anch'io. «Congratulazione alla bella sposa.»

«Grazie, Adam. E... penso che ci sia qualcuno che potresti aver voglia di vedere.»

Le sorrisi per nascondere l'agitazione che stavo provando, tirandomi indietro. «Credo che tu abbia assolutamente ragione.»

Kim mi rivolse un sorriso d'incoraggiamento. «È appena andata in bagno. Arriverà tra un attimo.»

Espirai lentamente e mi voltai per controllare l'ingresso. Emilia era lì, inchiodata sul posto e mi fissava. Io rimasi immobile a fissarla.

Indossava colori scuri, jeans neri e una maglia grigio scuro. Ma non aveva niente in testa perché era coperta da un folto strato dei suoi capelli. Erano corti, ma sembrava quasi che li avesse tagliati in quel modo. Erano tornate le sue sopracciglia naturali, anche se meno folte; e la sua pelle era luminosa, il colorito sano.

Fece un passo verso di me, esitando, con un sorriso timido sul volto.

Io feci un passo avanti nello stesso momento in cui si mosse lei e ci incontrammo a metà strada. «Ehi» disse Emilia, chinandosi in avanti come per abbracciarmi, ma quando non mi mossi per abbracciarla, ondeggiò tirandosi indietro, con una domanda negli occhi.

«Ehi» dissi, dando un'occhiata al tavolo e alle otto paia di occhi, tutti fissi su di noi.

Lo sguardo di Emilia seguì il mio e si mise a ridere. «Wow, è come se fossimo in un reality show.»

E dopo averla distratta, mi chinai e le diedi un bacetto sulla guancia prima di andare a sedermi a tavola. Senza una parola, Emilia si sedette davanti a me. Passammo la maggior parte del pasto con l'intera tavolata intenta a discutere dell'imminente matrimonio, a prendere in giro i futuri sposi e a evocare ricordi. Kim raccontò episodi dell'infanzia di Emilia ed io scoprii cose nuove su di lei. I miei cugini si vendicarono di me per alcune cose che avevo detto, condividendo alcuni fatti imbarazzanti della mia vita.

Ridevamo tutti. La serata fu piacevole.

Ma Emilia ed io non avemmo mai la possibilità di parlare come sapevo che entrambi speravamo. Quando fu ora di alzarsi e andare, erano le dieci passate e c'erano parecchie cose da fare il mattino seguente. Emilia doveva aiutare sua madre. Restai accanto a lei davanti al ristorante e la gente ci passò alla larga, dandoci un po' di privacy.

Emilia mi guardò un po' nervosa. «Spero che tu stia bene. Ma spero non troppo bene senza di me.»

«Sto bene ma non troppo bene. E tu?»

«Quasi bene» disse con un breve cenno della testa. Poi venne avanti e, alzandosi sulla punta dei piedi, mi mise le braccia sulle spalle e mi baciò sulla guancia. «Mi sei mancato da impazzire» sussurrò, prima di tirarsi indietro. Poi mise la mano nella borsa e ne tolse quello che sembrava un regalo, avvolto in carta velina. «Per favore aprilo quando sarai a casa stasera, okay?»

Misi la mano in tasca e tolsi quello che avevo io per lei. «Hai portato con te il tuo laptop?» Quando annuì, le misi in mano la chiavetta. «Usala quando tornerai nella tua stanza questa sera.» Lei la guardò, aggrottando la fronte e poi annuì.

Mi chinai e la baciai, questa volta sulla bocca, ma fu un bacio breve, dolce. «Buona notte.»

Emilia fece un passo indietro e poi andò lentamente verso la sua auto, guardandosi in mano e poi voltandosi a guardare me prima di inciampare.

Andai in macchina e strappai immediatamente la carta dal suo regalo. Alla luce fioca del parcheggio vidi che era un diario con una copertina goffrata in oro fatta in modo da assomigliare a un antico libro miniato.

Lo aprii, stupito di vedere che ogni pagina era coperta dalla sua scrittura. Aveva scritto qualcosa ogni giorno, come fosse un diario, solo ogni nuova giornata cominciava con *Caro Adam*.

Appoggiai il diario sul sedile accanto, misi in moto e mi diressi verso casa. Avevo la netta impressione che quella notte non avrei dormito molto.

CAPITOLO QUARANTUNO
MIA

L A STANZA D'ALBERGO IN CUI STAVAMO PER IL matrimonio era solo a pochi isolati dalla spiaggia e la dividevo con mia madre. Quando tornammo e lei uscì dal bagno, pronta per andare a letto, si fermò a guardarmi. Mi ero messa alla scrivania con il laptop aperto e le cuffie. Stavo giusto per inserire la chiavetta di Adam nella porta USB. Mia madre mi guardò e mi fermai.

«Hai intenzione di metterti a giocare questa sera?»

Le mostrai la chiavetta. «Ti darebbe fastidio? Non so che cosa sia. Me l'ha data Adam, chiedendomi di guardarla stasera.»

Mia madre alzò le sopracciglia. «Ah, okay. E, mhmm, come sono andate le cose con lui stasera?»

Abbassai gli occhi e alzai le spalle. Freddezza, distanza, imbarazzo. Sapevo che se n'erano accorti tutti.

La mamma si sedette sul letto e incrociò le braccia sul petto, guardandomi. «Tu hai bisogno di tempo, e anche lui.»

Sbattei gli occhi. «E ciò a cui dovevano servire i due mesi passati. A darci tempo.»

La mamma annuì. «Voi due avete avuto ben più della vostra parte di tristezza, insieme e divisi.»

Io giocherellai per un momento con il bordo della scrivania, evitando di guardarla. Era una situazione delicata, parlare di queste cose con una persona che stava per cominciare la sua nuova vita con la persona che amava. «Chi può dire se la tristezza è finita?» dissi.

«Non si può mai sapere, è vero. La vita è così incerta. Hai imparato quella lezione quest'anno. Non c'è mai il momento perfetto per scegliere di stare con la persona che ami. È un impegno a esserci nella buona e nella cattiva sorte. Che vi terrete per mano e lo affronterete insieme.»

«Grazie, mamma. E voglio che tu sappia che sono veramente felice per te.» E non importava quanto rendesse strane le cose tra Adam e me. Che diventassimo parenti acquisiti. Sì, era bizzarro, ma eravamo adulti e avremmo imparato a gestire la situazione. Almeno era quello che speravo.

La mamma andò a letto, spegnendo le luci ed io mi misi la cuffia e inserii la chiavetta. Lo schermo del mio laptop divenne nero e poi cominciarono a brillare delle luci, archi e linee e spirali di ogni colore che vorticavano e si univano per formare il mio nome.

E prima che me ne rendessi conto, mi trovai automaticamente nel mondo di Dragon Epoch. Ma era diverso da qualunque cosa avessi mai incontrato prima nel gioco.

Ero in piedi sulla riva di un bel lago, con lo sfondo di montagne frastagliate illuminate dal sole. La grafica era nuova e favolosa. Era una parte del gioco non ancora rilasciata e immaginai che facesse parte della nuova espansione non ancora resa pubblica. Ma quando usai i tasti per far muovere il mio personaggio, cominciarono a formarsi delle parole.

L'interfaccia del gioco normalmente non si comportava così, quindi dedussi che, in qualche modo, Adam avesse hackerato il suo stesso gioco, prendendo la grafica già prodotta e mettendo insieme un'esperienza privata, solo per me, usando pezzi e bocconi di Dragon Epoch. Guardai le parole che si formavano sullo schermo, fissando ciascuna di esse come se fossero cibo ed io stessi morendo di fame.

Non conosco un modo migliore di comunicare con te, in questo momento che con questo mezzo fatto di 0 e 1 che è la mia seconda natura. In questo ambiente ci siamo incontrati, abbiamo interagito e, senza nemmeno saperlo, ci siamo innamorati. E come questo bel posto dove sei ora, quell'amore era nuovo, fresco, incontaminato. Un luogo non consueto per noi. Ed eravamo esploratori riluttanti.

Finché non abbiamo perso la strada.

E ora quel bel panorama montano intorno a me cominciò a svanire, lo schermo si scurì lentamente ma costantemente finché quello spettacolo idilliaco fu divorato da una nebbia scura, fangosa e non potei più vedere niente. Eccetto quelle parole, che continuavano a emergere, anche nell'oscurità.

Tutto è cambiato nel momento in cui abbiamo cominciato a commettere errori, nel momento in cui ci siamo separati, e ogni nuovo errore che commettevamo faceva sembrare veniale quello precedente. Accetto la piena responsabilità per tutti gli sbagli che ho fatto. Mi tormenta il modo in cui ho mandato tutto all'aria allora,

ma l'ho fatto perché era il posto in cui mi avevi lasciato, Emilia. Completamente, assolutamente al buio.

Feci un respiro profondo, continuando a leggere, preparandomi per la brutale sincerità. Avevo la brutta sensazione che non sarebbe stato facile continuare a leggere.

"Sei in un labirinto di piccoli passaggi tortuosi, tutti uguali."

Sbattei gli occhi, ricordando la famosa frase di uno dei primi giochi di ruolo per computer, scritto e giocato da migliaia di persone molto prima che nascessi: Zork. La frase iconica accompagnava un enorme labirinto cinto da mura che si allungava davanti a me in tutte le direzioni, a perdita d'occhio. Riconobbi in quel posto una zona di DE, una zona estremamente irritante, che aveva un labirinto in continua evoluzione pieno di indovinelli e rompicapo da risolvere. In quella zona non c'erano mostri da combattere e distruggere. Il nemico era la mente stessa.

Le parole si formarono di nuovo, scorrendo sullo schermo; ogni frase appariva quando svoltavo lungo il labirinto impossibile. Mi si stringeva lo stomaco per la frustrazione quando quelle svolte portavano all'inevitabile vicolo cieco.

Ogni svolta, ogni scelta che facevo era sbagliata. Tutto quello che sapevo era che volevo che tornassi. Dovevo riaverti, ma tutto quello che facevo ti allontanava ancora

di più. Era disorientante, come in questo viaggio attraverso il labirinto impossibile.

Finalmente capii che dovevo fermarmi, perché non importava dove svoltassi, il labirinto diventava sempre più sconcertante e si chiudeva sopra di me dandomi le vertigini.

Riesci a trovare la strada per uscire? Che cosa succederebbe se la persona che ami di più al mondo fosse alla fine del labirinto e tu non avessi idea di dove svoltare?

Sì, ero arrabbiato, risentito. Anche dopo aver scoperto tutto. E dato che stavi così male, avevo dovuto seppellire quella rabbia dentro di me e mi sentivo in colpa. Eri malata ed io non avevo il diritto di essere arrabbiato con te.

Mi tirai indietro, reprimendo un singhiozzo. Non mi piaceva la direzione che stavano prendendo le parole. Mi presi il volto tra le mani e continuai a leggere tra le dita, come quando si guarda un film horror da soli in una casa vuota, in una notte scura.

Il labirinto svanì e al suo posto si formò una visione nebbiosa. Era difficile vedere attraverso la foschia, ma c'erano delle nuvole. E le parole ricominciarono a formarsi.

Quel senso di colpa era diventato una scusa. Sapevo che desideravi che tornassimo quelli che eravamo. Sapevo che

anche tu non avevi idea di come fare, esattamente come me. Quindi la mia rabbia e il mio risentimento e il senso di colpa diventarono scuse... scuse per tenerti a distanza.

La visione di soffici nuvolette bianche divenne solida e sopra di loro si formarono delle parole. **"Sono stanco."**

Poi si scurirono, diventando scure nuvole di tempesta, accompagnate dalle parole: **"Sono preoccupato per lei"**.

Poi cominciò la pioggia torrenziale. **"Dobbiamo andare adagio, aspettare che guarisca."**

Poi si scatenarono i fulmini, accecandomi. **"Sono così furioso con lei e mi detesto, perché lei è malata."**

E poi la visione si schiarì ed io mi trovai nel cimitero. Riconobbi il posto: era il punto di respawn, di rinascita, uno dei tanti cimiteri in DE, dove andava il fantasma del giocatore dopo essere stato ucciso nel gioco. E le parole, le più strazianti di tutte: **"E se dovesse morire?"**

Ma quelle erano illusioni che usavo per nascondere il vero problema. Quello che non mi ero mai reso conto di avere. Il più difficile da scoprire e il più doloroso da sopportare...

Di colpo, tornai al bel panorama montano originale, sulla riva di un fiume che scorreva veloce ai miei piedi. Modificai il punto di vista per guardare il cielo. Si formarono nuove parole.

Volevo essere l'uomo che ti avrebbe protetto e confortato... invece ero stato l'uomo che ti aveva fatto del male...

Nascosi il volto tra le mani, con la vista che diventava sfocata per le lacrime e la gola che bruciava.

Ma le parole continuavano a scorrere sullo schermo e sbattei in fretta le palpebre, temendo di perderle, senza sapere se sarei stata in grado di rivederle se non le avessi catturate subito.

So che avresti voluto una risposta diversa da me quel giorno, quando mi chiedesti come mi sentivo riguardo al bambino. Non potevo dartela allora. Non posso dartela nemmeno adesso. L'unica cosa a cui potevo pensare era il rischio che correvi tu.

Mi sento in colpa per la mia mancanza di sentimenti perché so che è una cosa che tu volevi veramente. Ed io riuscivo a pensare solo a te.

Ma quando penso a quanto sei stata vicina a scegliere la vita del bambino invece della tua, la paura di quel momento mi soffoca. Perché era completamente fuori dal mio controllo ed io ero totalmente alla tua mercé. Sentirmi impotente è la cosa che odio più di tutto, ma era quello che ero in quel momento.

Che cosa sarebbe successo se avessi scelto di avere il bambino, e poi fossi morta? Come avrei potuto essere altro che un genitore risentito e amaro nei confronti di quel bambino?

So che hai sofferto, fisicamente ed emotivamente. So che per te è stata una decisione terribile, traumatica. Ma sarò sempre e solo contento che tu abbia fatto la scelta che hai fatto, e anche questo mi fa sentire in colpa.

E mi pongo delle domande e ho dei dubbi riguardo al nostro futuro. Perché mi chiedo... saremo mai in grado di avere una gioia che non sia appesantita dalla perdita, dalla colpa e dalle lacrime?

Mossi il mouse per mettere in pausa il gioco. Appoggiata allo schienale, fissai l'ultimo pezzo di testo, senza riuscire a respirare. Adam stava rompendo definitivamente con me? Mi misi una mano sulla bocca per attutire i singhiozzi, ma scoprii che non ci riuscivo. Mia madre si girò nel letto e, senza guardarmi, mormorò: «Va tutto bene?»

Mi schiarii la voce. «Sì, scusa. Va tutto bene. Vado... mhmm... vado a finire in bagno. Non voglio tenerti sveglia.»

Ma lei si stava già riaddormentando ed io cercai disperatamente di calmare i singulti violenti che mi salivano dallo stomaco. Presi il laptop e filai in bagno, dove mi lasciai cadere sul pavimento e lasciai scorrere le lacrime, finalmente.

Mi sporsi e afferrai un lungo pezzo di carta igienica nel quale affondai il viso per attutire i singhiozzi che ora non ne volevano sapere di restare in fondo al mio stomaco. Avevo l'impressione di cadere a pezzi. Il mondo mi stava crollando attorno.

Non so quanto sarei riuscita a sopportare ancora. Dopo la franca e sincera ammissione da parte di Adam della sua tristezza, del suo senso di colpa, del suo senso di impotenza. Che cosa avrei potuto dire o fare che potesse porvi rimedio? Fissai nuovamente il laptop, come se fosse un animale selvaggio sul punto di aggredirmi e mordermi.

Sentivo delle lame che affondavano nella mia gola, in fondo agli occhi. Mi pulii il volto moccioso e respirai a fondo. Ero arrivata fin lì in quello strano viaggio. Tanto valeva vedere dove mi avrebbe portato… dove *ci* avrebbe portato.

… E so che è importante per te avere un figlio, un giorno. Se sarà ancora così quando sarà il momento, allora troveremo un modo. Ma ero sincero quando ti dicevo che tu mi bastavi. Quando ho trovato te, ho trovato quello che stavo cercando senza nemmeno saperlo.

Perché la vita senza di te…?

E il fiume, le montagne, gli alberi, il cielo di un vivido azzurro sbiadirono ed io mi trovai in mezzo a un deserto grigio, sterile. Il panorama era punteggiato di cactus e la sabbia si stendeva a perdita d'occhio. Il vento arido ululava attraverso i cespugli e faceva rotolare gli arbusti sotto un sole bruciante e impietoso. Potevo quasi sentire le ondate di calore che salivano dalla sabbia.

Sarei più vuoto, più desolato di questo posto.

Ho bisogno di te. Ho sempre avuto bisogno di te. Ma questo non significa nulla se tu non mi lascerai entrare.

L'aria mi uscì dai polmoni con un sibilo, come se mi avessero dato un pugno nello stomaco. Stavo tremando, ma non avevo freddo. Avevo la bocca secca, ma non avevo paura.

E non riuscivo a distogliere gli occhi. Perché il deserto stava svanendo di nuovo e ora ero nella cella di una prigione, una prigione buia. Pietre frastagliate, grezze, salivano sopra di me in tutte le direzioni, con una parete fatta di sbarre su un lato. Usai i comandi per voltarmi, da una parte e poi dall'altra. Solo al terzo tentativo notai una piccola figura in un angolo. La riconobbi immediatamente dall'ultima parte della missione sulla quale lavoravamo da mesi.

Era la principessa elfica perduta di Dragon Epoch, l'oggetto della missione segreta. Era magra, quasi morta di fame, vestita di stracci con il viso pieno di tristezza. C'erano quattro catene magiche che la tenevano legata, una su ogni braccio e ogni gamba. Mi guardava con gli occhi imploranti, pieni di dolore.

La cella si dissolse e ora mi trovavo in una stanza con due porte: due scelte.

Quale sceglierai? Se vogliamo restare insieme, dobbiamo entrambi scegliere la stessa, fare la stessa scelta. Dobbiamo decidere, nonostante tutto quello che è successo tra di noi in passato, nonostante le difficoltà, che il nostro

amore è più forte di tutti gli ostacoli che l'hanno intralciato.

Divenne tutto nero e non restò altro che un cursore verde vecchio stile, che lampeggiava sullo sfondo nero con solo il simbolo: un punto interrogativo.

Mi accinsi a scrivere, chiedendomi dove mi avrebbe portato. Avrebbe mandato un messaggio o un qualche altro tipo di allarme? Avrebbe innescato un altro folle effetto in questo strano piccolo gioco nel quale mi stava guidando?

Respirai a fondo e poi scrissi:

Io scelgo noi. Per sempre.

Il mio computer tornò alla schermata di desktop. Aspettai, senza sapere veramente dov'era andato il mio messaggio o se avrei ricevuto una risposta. Pensai al viaggio strano e fantastico che avevo appena compiuto, particolarmente commossa dall'immagine della principessa, immobilizzata dalle sue catene, che mi guardava con la tristezza nei suoi brillanti occhi verdi. Era proprio come me, in una prigione che si era costruita da sola.

Avevo gli occhi semichiusi, persa nei miei pensieri quando si aprirono di colpo ed io mi sedetti diritta per lo shock di quella scoperta. La principessa era esattamente come me!

«Quattro catene. Quattro alleati» borbottai tra me e me, immettendo furiosamente comandi sul mio computer. Avevo il cuore che correva. Prima di lasciare Anza, ero rimasta bloccata per settimane in quello che ero sicura fosse il passo finale della missione segreta.

Premetti i tasti per collegarmi al gioco e si aprì la finestra di login, con la grafica e la musica elegante dell'introduzione. Frenetica, schiacciai il tasto "esc" per saltarla e poi scelsi il mio personaggio dalla schermata.

L'ultima volta in cui mi ero collegata al gioco con i miei amici, eravamo arrivati proprio fuori dalla cella. Vedevamo la principessa all'interno e allora mi ero chiesta perché avesse quattro catene che la tenevano ferma nonostante fosse chiusa in una cella.

Eloisa è entrata nel mondo di Yondareth

Il mio personaggio era nello stesso punto di quando mi ero scollegata, davanti alle sbarre della cella. In passato, il nostro gruppo aveva cercato di penetrare nella cella con l'aiuto degli alleati che avevamo raccolto, ma ogni volta enormi nugoli di troll entravano nella stanza e ci sopraffacevano in pochi secondi. Dopo innumerevoli tentativi avevamo dedotto che il modo di aiutare la principessa non si basava sull'abbattere la porta. Poi però eravamo rimasti completamente bloccati. Nel frattempo ero partita e avevo rinunciato al gioco per un po'.

Spostai in avanti Eloisa per parlare con la principessa ancora una volta e vedere se ricordavo esattamente le parole che lei aveva pronunciato l'ultima volta che le avevo parlato. Lei diceva sempre la stessa cosa, un'unica cosa, quando la salutavamo.

Eloisa dice: "Salve principessa Alloreah'ala."

La principessa Alloreah'ala dice: "Sono incatenata dalla disperazione."

Quattro catene. Quattro alleati. Disperazione. Gli alleati dovevano aiutare la principessa a liberarsi da sola. In qualche modo dovevo convincerli a farlo.

Dopo aver scoperto che il sergente GriffonShield aspettava che gli chiedessimo aiuto per poi dirci di raccogliere i suoi alleati, avevamo riunito i quattro alleati più vicini alla principessa e li avevamo portati con noi.

Mi avvicinai alla fidata cameriera della principessa, Maiden Liliannl'a.

*Eloisa dice: "Salve, Maiden Liliannl'a."
*Maiden Liliannl'a dice: "Che cosa devo fare?"
*Eloisa dice: "Usa il tuo amore per liberare la principessa dalla disperazione."
*Maiden Liliannl'a dice: "Tenterò."

Poi guardai la cameriera avvicinarsi alla principessa, fare la riverenza e dire. "Mia carissima principessa. Io vi voglio bene e desidero usare il mio amore per liberarvi."

Trattenni il fiato, aspettando che succedesse qualcosa.

All'improvviso, la catena che teneva il piede destro della principessa brillò di una luce dorata e svanì.

Soffiai fuori il fiato. Quasi strillai vittoriosa finché ricordai che erano le tre del mattino e che mia madre stava dormendo dall'altra parte della parete.

Respirai in fretta, sentendomi stordita per l'eccitazione. Speravo che il mio gruppo non mi odiasse per averlo fatto senza di loro, ma non potevo svegliarli a quell'ora. Speravo che avrebbero capito perché dovevo finirlo prima di rivedere Adam.

Avvicinai gli altri tre alleati della principessa, uno per volta. Prima la guardia del corpo, che fece esattamente la stessa cosa che aveva fatto la ragazza, liberandole l'altra gamba. Poi la miglior amica della principessa, che le liberò il braccio destro.

L'ultimo che avvicinai era il perduto amore della principessa, il generale Sylvan Wood, l'uomo derelitto della primissima missione che veniva assegnata nel gioco. Era il personaggio non-giocatore che l'anno prima avevo intuito essere quello che innescava la missione segreta.

Quando gli chiesi di fare la stessa cosa, di usare il suo amore per liberare la principessa dalla disperazione, si voltò a guardarmi con gli occhi tristi.

Il generale Sylvan Wood dice: "Ahimè, Eloisa, una volta il nostro era un grande amore. Ma ho fatto degli errori terribili e anche lei. Il nostro amore non è bastato a salvarci dal dolore che la vita ha messo sulla nostra strada. Ci siamo separati e il male ha usato la nostra separazione per portarmi via il mio amore. Da quando lei non c'è più, io sono un uomo spezzato, prigioniero della mia stessa disperazione."

Eloisa dice: "Il tuo amore la libererà."

Il generale Sylvan Wood abbassa la testa e sospira.

* Il generale Sylvan Wood dice: "Tenterò."*

Il generale si avvicinò alla cella e, con parole simili, professò il suo amore. Ma la catena non brillò e non svanì e invece la principessa alzò gli occhi, lo guardò e disse: «Sylvan Wood, mio vero amore. Pensavo mi avessi abbandonato. In tutti questi anni, non ti ho mai dimenticato. Ma pensavo tu avessi dimenticato me.»

Il generale tese le mani in avanti, come per implorarla. «Mio unico vero amore. Ho sofferto ogni giorno in cui sei rimasta lontana da me. Non ti ho mai abbandonato. Solo non avevo idea di cosa fare per aiutarti. Ti amo con tutto il cuore.»

Di colpo, l'ultima catena svanì e la principessa si alzò lentamente. A ogni movimento, appariva più forte, più potente, finché arrivò alla porta della cella e la spalancò con la sua stessa potente magia.

Gli alleati si radunarono intorno a lei, abbracciandola e baciandola. Ma come ricordandosene per caso, la principessa si voltò e si avvicinò a me.

*La principessa Alloreah'ala dice: "Salve, Eloisa."
*Eloisa s'inchina.
*La principessa Alloreah'ala dice: "Grazie per aver radunato i miei alleati. Grazie per aver trovato il mio vero amore. La tua gentilezza sarà ricompensata. E scoprirai che il tuo vero amore sta aspettando che tu lo trovi, Emilia."

Ansimai per lo shock e ricaddi contro la porta del bagno, sbalordita. Adam l'aveva scritto solo per me?

Capitolo Quarantadue
Adam

Era quasi mezzanotte quando ricaddi sul cuscino nel mio letto e aprii il diario di Emilia per leggere quello che mi aveva scritto. Dovevo ammettere che ero curioso e insieme un po' spaventato da quello che avrei visto. E mi chiedevo anche se, in quel preciso momento, lei stesse leggendo i messaggi che le avevo lasciato...

Caro Adam.

Questa sera sono furiosa con te. Non lo nego. Sto scrivendo con la mano che trema per la rabbia e lacrime di collera negli occhi. Perché oggi mi hai mandato via. Ti sei arreso. E lascia che ti dica che in questo momento la cosa mi fa incazzare tantissimo. Era il tuo modo di vendicarti per quello che ti avevo fatto l'anno scorso? Perché sono stata in un inferno tutto mio e non avevi bisogno di crearne uno nuovo per me...

Mi chinai in avanti, teso. Non avevo una bella sensazione. Feci scorrere alcune pagine, sperando che il diario non fosse tutto pieno dello stesso dolore e della stessa rabbia. Non sapevo come avrei fatto a leggerlo. Non senza un bel po' di paura, tornai alla prima pagina e mi obbligai a leggere ogni parola che aveva scritto. Non era quello che avevo voluto? Che avevamo voluto entrambi? Comunicazione aperta e sincera?

Presi gli occhiali da lettura dal comodino, perché sentivo i prodromi di un mal di testa e avevo cominciato a usare quei dannati affari sperando che lo avrebbero scongiurato. Ma avevo la sensazione che il dolore vero che sarebbe arrivato leggendo quelle pagine non sarebbe stato nella mia testa.

... Come faccio a non sentirmi in colpa per quello che ho fatto? Ogni respiro, ogni giorno che vivo è il frutto della vita che ho rubato alla persona che sarebbe diventata nostro figlio. E non avevo altra scelta. Il diritto di scegliere mi era stato tolto.

Chiusi gli occhi e li strofinai attraverso le palpebre con il pollice e l'indice. Mi costrinsi a continuare a leggere.

... Stanotte, mentre mi svestivo, ho deciso di esaminare le cicatrici e i tatuaggi sul mio corpo. Li ho studiati come se li vedessi per la prima volta, attraverso i tuoi occhi. Mi fanno ribrezzo, ma non per una questione di vanità. Non solo per quel segno permanente d'imperfezione, ma per ciò che rappresentano. Non sono solo cicatrici nella mia carne, ma un promemoria del modo in cui ho ferito noi. E come quelle sul mio corpo, so che quella ferita non sparirà mai. Sono stata io. Sono stata io a spezzarci.

... Una parte di me teme... no, cancellalo... la maggior parte di me teme che un giorno, quando per te diventerà importante, quando ti renderai conto che potrei non essere in grado di darti un figlio, io ti perderò.

Caro Adam,

Una volta mi hai detto di mettere quel peso sulle tue spalle. Ma non mi ero mai resa conto che lo avevi già preso, e molto altro. E che era diventato un peso impossibile da portare. Come può una coppia, anche con tutto l'amore di questo mondo, sopravvivere a una cosa simile? Siamo spezzati, è vero, e non tutto ciò che è rotto si può rimettere insieme.

Caro Adam,

Oggi, nella stalla, ho avuto una lunga conversazione con Heath. Voleva sapere che cosa stava succedendo tra te e me. E, in realtà, dato che lo avevo trascinato in questa storia, suo malgrado, ho sentito di dovergli una spiegazione. Quindi ero lì, a cercare di spiegarmi, con la bocca che si apriva e si chiudeva come un pesce. Non avevo spiegazioni da dargli. Avevamo sbagliato delle cose. Avevamo fatto degli errori. Errori grossi. Io. Tu. Noi. E stasera sono qui a chiedermi se riusciremo mai a superarli. Tu lo vuoi?

... E poi ho cominciato a pensare a quella maledetta lista dei desideri e a quella notte in cui ti avevo obbligato a sederti e a scriverla mentre eri fuori di testa per la preoccupazione per me. Ma l'hai fatto, hai scritto tutto quello che ti chiedevo di scrivere. Non ricordo assolutamente nulla di quella notte. Ma non riesco a smettere di pensare a quanto fosse ingiusto...

... E mentre sono qui a scrivere questa nuova lista, la cosa che mi sconvolge è che desidero fare ognuna di queste cose con te. Perché, se non è con te, allora non vale la pena di farla. Che cose ne pensi? Hai qualcosa da aggiungere?

La mia nuova lista dei desideri

• *Trovare qualcosa di cui ridere, ogni giorno*
• *Ricordare le cose per cui sono grata, ogni giorno*
• *Ricordare tutte le persone che amo*
• *Ricordare tutte le persone che mi amano*
• *Sapere in cuor mio di non poterlo fare da sola.*

Caro Adam,

Stasera mi mancavi tanto che ho quasi preso il telefono per chiamarti, anche se significava solo ascoltare la tua voce alla segreteria telefonica. Dio, soffro tanto da star male. Ho solo bisogno di sentire la tua voce. Voglio solo sentire le tue braccia intorno a me. Strette. Abbracci stretti stretti.

... Quando ci siamo incontrati la prima volta, mi intimidivi terribilmente. Non sapevo che cosa pensare di te, ma mi affascinavi comunque. Tu vedevi delle cose. Conoscevi delle cose. Le notavi e te ne curavi. Io non riuscivo a smettere di pensare a te, e volevo saperne di più. Tutto era così emozionante e nuovo allora. L'entusiasmo di un amore fresco e nuovo. Era come una droga di cui non potevo fare a meno.

... Ma non è niente a paragone di quello che provo adesso. Penso ancora a te. Ogni giorno. E mi chiedo che cosa stai facendo. Mi chiedo se hai buttato giù a calci le coperte dalla tua parte del letto, per poi svegliarti gelato. Mi chiedo se sei così assorbito dal tuo lavoro da dimenticare ancora di mangiare. Mi preoccupo che tornino i tuoi mal di testa o che ti addormenti ancora con la faccia sul laptop. Guardo la luna tutte le sere, e le stelle. E mi chiedo se anche tu le stai guardando.

Caro Adam,

Tra meno di due giorni ti guarderò di nuovo negli occhi e sto scrivendo con la mano che trema, chiedendomi che cosa vedrò. Quei begli occhi scuri saranno finestre, o specchi, o porte chiuse e serrate davanti a me?

Ho paura. Ho guardato il cielo stasera e ho visto una stella cadente attraversare la costellazione del Dragone. È un segno, giusto? Un buon presagio? Ho espresso un desiderio, ma ovviamente non ti posso dire qual era. Ma quel desiderio è quello che spero. Tutte le mie speranze racchiuse in quel piccolo istante, in una meteora che bruciava. Mi ha ricordato la citazione:

"I cieli sono dipinti di innumerevoli faville, che sono tutte quante fuoco, e ognuna risplende."

—Giulio Cesare, atto III, scena I

(Non lasciarti impressionare troppo, ho dovuto cercarla su Google...)

Quelle faville sono come la mia speranza. Innumerevoli, tutte di fuoco. E prego che anche tu speri ancora.

Lessi per ore, senza riuscire a staccarmi dal diario e, quando finii, tornai indietro, sfogliando le pagine, tornando allo schizzo in cui Emilia aveva ricreato la stella cadente che sfrecciava attraverso la costellazione del Dragone. Tornai ai collage, agli articoli stampati, ritagliati e incollati alle pagine, alla sua lista di citazioni dai suoi film e telefilm preferiti. Alla sua nuova lista dei desideri.

E poi alle ultime righe dell'ultima annotazione, scritta solo qualche ora prima di incartare il diario e consegnarlo a me.

... E quindi mi sono perdonata per quello che una volta pensavo fosse imperdonabile, ma mi sono anche concessa il permesso di rattristarmi per quella perdita, ogni tanto...

Chiusi gli occhi e dormii. E, per la prima volta, non sognai Emilia. O almeno non ricordai di averlo fatto. Lei non era più uno spettro, il fantasma della colpa che mi tormentava la coscienza. Era carne e sangue e vera. Ed era il mio futuro.

Al mattino, quando mi svegliai e controllai il telefono, trovai un messaggio che mi aspettava, un allarme speciale che avevo inserito nel gioco. Cinque semplici parole e sapevo da chi venivano.

Io scelgo noi. Per sempre.

***

Proprio poco prima del tramonto, accanto alle rocce che costeggiavano le pozze di marea nella storica Crystal Cove Beach, mio zio Peter sposò la mamma di Emilia, Kim. Si tennero per mano e pronunciarono i loro voti informali, ma la cerimonia durò solo qualche minuto. Ci congratulammo in fretta con loro e li mandammo a passare la loro prima sera da soli da coppia sposata.

Ma durante tutta la cerimonia, quasi non riuscii a concentrarmi sulla buona sorte di mio zio perché non riuscivo a distogliere lo sguardo dalla bella donna accanto alla sposa. Il vento arruffava i suoi capelli corti e scuri. La sua pelle era luminosa, radiosa alla luce dorata del sole. Non smetteva di sorridere e in quell'abito bianco bordato di pizzo sembrava un angelo.

Non era solo un angelo. Vibrante, piena di vita e di forza grazie a tutto quello che aveva superato. Era una dea.

E credo che, come me, fosse poco concentrata sul matrimonio perché aveva in mano il piccolo bouquet della sposa, lo annusava spesso e mi lanciava sguardi furtivi come una scolaretta timida in fondo alla classe.

Sono sicuro che fosse contentissima per la felicità di sua madre, come lo ero io per Peter. Ma era difficile concentrarsi su di loro quando non avevamo ancora avuto l'opportunità di parlare. Noi due. Da soli. E avevamo tante cose importanti da dire.

Capitolo Quarantatré
Mia

MI ATTARDAI SULLE ROCCE DOPO LA BREVE, SEMPLICE cerimonia. La famiglia aveva passato un po' di tempo insieme sulla spiaggia e ora stava seguendo la felice coppia verso il parcheggio. Ma avendo abbracciato e baciato mia madre ed essendomi già congratulata con lei, restai indietro e mi abbassai a guardare gli anemoni di mare e i paguri nelle pozze di marea, felice di avere un po' di tempo per me e sperando che Adam tornasse indietro per parlare con me.

Non dovetti sperare a lungo perché mi accorsi quasi subito che non si era mai allontanato più di qualche passo da me. Era lì vicino, con le mani in tasca, che guardava l'oceano e incombeva su di me come una sentinella. Alzai gli occhi per guardarlo, schermandoli contro il sole morente. «Ehi.»

Lui distolse lo sguardo dall'acqua e mi guardò, sorridendo. «Ehi, cugina.»

Feci una smorfia. «Non chiamarmi *mai più* in quel modo. Mi fa rabbrividire.»

Adam ridacchiò, facendo qualche passo verso di me finché mi fu accanto. Mi rimisi in piedi e mi arrampicai in cima al gruppo di rocce vicino a noi. «Qualcuno ha detto che c'era un branco di balene che nuotava qui intorno qualche ora fa. Continuo a guardare ma non vedo niente.»

Lui salì sulle rocce accanto a me, ispezionando l'oceano con lo sguardo. Restammo in silenzio e anche se stavo ancora cercando quelle balene, ogni centimetro del mio corpo era conscio di quanto mi stesse vicino Adam. Era a pochi centimetri, ma sembravano chilometri. Come se ogni cellula del mio corpo stesse chiamando ogni cellula del suo. Avevo la gola stretta e faticavo a deglutire.

«Là!» gridai, puntando con forza una mano nella direzione in cui avevo visto il soffio di uno sfiatatoio. Nella mia eccitazione avevo perso l'equilibrio. Adam mi afferrò le spalle, impedendomi di cadere. Le sue mani sembravano pesi. Che mi ancoravano, mi elettrizzavano.

Non sentivo il suo tocco da tanto, tanto tempo e ora avevo le sue mani calde sulle mie spalle nude. Tremai leggermente per l'eccitazione, l'energia soppressa. Avevo dormito molto poco la notte prima, giostrandomi tra i rompicapi del gioco, risolvendo la missione che aveva riscritto per me. Era stato come viaggiare attraverso un labirinto tortuoso e trovare il suo cuore nudo al centro.

Nonostante tutto quello che mi frullava in mente, tenni gli occhi fissi sul punto in cui avevo visto lo spruzzo, e un altro salì proprio subito dopo. Ma Adam non guardò dove indicavo. Invece, tenne gli occhi fissi su di me. Ne sentivo il peso, greve come le mani. E ora i suoi pollici si stavano muovendo sulla mia pelle e mi si seccò la bocca. Riuscii a malapena a contenere il gemito che mi salì in gola.

Adam abbassò la testa e la sua bocca atterrò sul punto dove il collo si univa alle spalle. Sentii il calore invadermi e a quel punto emisi un lieve gemito, reagendo immediatamente. Adam non staccò la bocca, intensificò quel tocco leggero con la lingua, passandomela sulla nuca e sulla spalla, mentre con le mani mi stringeva un po' più forte le spalle. Chiusi forte gli occhi e alzai la mano sinistra verso i suoi capelli, infilandoci le dita, premendo la sua testa contro di me. Non volevo che si allontanasse, mai più.

Sentivo la pelle viva, sensibile, tanto da essere quasi doloroso. Ogni volta che le sue labbra si muovevano, dovevo lottare per impedirmi di sobbalzare. Voltai la testa e lui tolse la bocca. Ci fissammo negli occhi per un lungo momento. Adam fece scivolare le mani dalle spalle fino alla vita e poi mi strinse, abbracciandomi. Ricaddi contro di lui con un sospiro e la sua bocca atterrò sulla mia.

Aprii la bocca per lui ma non aspettai che la sua lingua entrasse. Invece, spinsi la mia, esplorandolo. Adam risucchiò il fiato, probabilmente sorpreso dalla mia audacia. Mi voltai tra le sue braccia e premetti il petto contro il suo, mettendogli le braccia intorno al collo. Il bacio divenne più profondo e ne fui presa, vorticando mentre tutto girava, come se fossimo l'asse di un mondo tutto nostro che ruotasse intorno a noi.

Dicono che l'amore faccia girare il mondo, e quel piccolo mondo che avevamo creato ruotava intorno a noi e al nostro centro, a quell'asse: *l'amore*. Il mio cuore premeva contro il suo. Il mondo si stava oscurando piano col sole che calava sotto l'orizzonte, ma nessuno dei due sembrò rendersene conto. L'oceano continuava a frangersi rumorosamente sulla riva nel suo ritmo eterno, ma non era niente a paragone dei nostri cuori che battevano l'uno contro l'altro.

Quando Adam staccò la bocca dalla mia, la realtà simile al sogno che avevamo creato intorno a noi continuò. Lui premette la fronte contro la mia e ci fissammo negli occhi. Io avevo le mani sulle sue guance e gli accarezzavo le splendide mascelle con i pollici. Se possibile, Adam era ancora più bello nella luce viola del crepuscolo di quanto lo fosse alla luce del sole.

«Emilia» sussurrò, chiudendo gli occhi e poi mi mise il mento sopra la testa, mentre mi tirava più vicina. «Mi sei mancata.»

Dire che mi era mancato sembrava un modo così inefficace di descrivere quello che avevo fatto negli ultimi due mesi. Esistere senza di lui mi aveva fatto sentire carente, incompleta, come se una grossa parte di me fosse sparita.

«Mi sei mancato anche tu, nel modo in cui a un atomo ionizzato manca il suo ultimo elettrone» dissi con una risata sulle labbra.

«Sei una tale nerd» disse Adam ridendo e baciandomi il naso. «Ma questa è la cosa più romantica che qualcuno mi abbia mai detto.»

Due atomi con un legame covalente, che fusi insieme formano una molecola, migliore delle due parti separate. E non potevo fare a meno di pensare che fosse come noi. Separati eravamo persone speciali, uniche; insieme, formavamo un insieme raro e prezioso e molto più grande dei nostri io separati.

«Allora, potrei aver controllato le prenotazioni questa mattina, e aver affittato uno dei cottage per la notte... se te la senti di passare la notte qui alla spiaggia» mi disse Adam.

Staccai la testa e guardai la fila di cottage lungo la riva. Erano monumenti storici quei cottage, erano lì fin dalla depressione ed erano stati abitati fino a una decina di anni prima, quando lo stato aveva ripreso possesso delle case, le aveva ristrutturate e le affittava al pubblico per la notte.

Annuii entusiasticamente. Passare la notte in uno di quegli adorabili cottage con Adam? Sì, grazie.

«Hai la valigia in macchina?»

«Sì. Avevo intenzione di tornare in albergo per questa notte, se… se tu non avessi voluto che restassi con te.»

Adam sembrò stupito per un momento e mi guardò come se fossi pazza, poi mise la mano in tasca e ne tolse una chiave attaccata a un grosso portachiavi. «Ho affittato quello bianco in fondo.» Lo indicò. «Dammi le chiavi dell'auto e vado a prendere la tua roba.»

Ci scambiammo le chiavi e lui mi baciò prima di risalire la collina fino al parcheggio.

Capitolo Quarantaquattro
Adam

RISALII LA COLLINA CORRENDO PIÙ IN FRETTA CHE potevo, una volta lasciata la sabbia. Il parcheggio era piuttosto lontano, ma speravo che in quel modo Emilia avesse un po' di tempo per sistemarsi nel cottage mentre prendevo la sua roba. Mi sentivo ancora piuttosto euforico dopo averla tenuta tra le braccia sulla spiaggia, dopo averla baciata, aver sentito il suo corpo contro il mio.

Sembrava più solida adesso… più forte. Più come la vecchia Emilia ma con dei cambiamenti essenziali che la rendevano solo più bella, matura, meravigliosa. O forse era sempre stata così e il tempo passato separati mi aveva fatto apprezzare ancora di più quelle qualità.

Quando raggiunsi il parcheggio, vidi che alcuni degli ospiti del matrimonio erano ancora lì. Gli sposi se n'erano andati, ma Heath era appoggiato alla sua auto e stava parlando con Connor. Quando mi vide, si raddrizzò immediatamente, guardando dietro di me. Aveva aspettato di vedere se Emilia fosse okay.

«Ehi, amico» dissi quando si avvicinò.

«Sta bene? Dov'è?»

Gli sorrisi. «Sta bene, verrà a casa con me.»

Heath sorrise. «Bene. Ottima notizia.»

Gli diedi una manata sulla spalla. «So che siamo stati entrambi dei grossi rompiballe negli ultimi mesi. Ma ti ringrazio per essere stato un grande amico.»

Heath sembrò un po' imbarazzato. «Non è niente, amico.»

«Ecco. Voglio che tu abbia qualcosa.» Misi la mano in tasca, presi le chiavi e le misi nella sua, richiudendola.

Lui aprì la mano, senza capire. Erano le chiavi di scorta della Porsche.

«Ehi amico, devi essere fatto» disse con una risata e poi mi guardò in faccia e vide che ero maledettamente serio. «Davvero?» Restò a bocca aperta.

«Sì. Puoi lasciarla al mio solito garage quando hai bisogno di un tagliando. Pagherò io. Ma sarà meglio che la tratti bene, altrimenti ti prenderò a calci in culo.»

Heath tese la mano verso di me. «Adam. Non posso prenderle. Quell'auto è il tuo bene più prezioso.»

Scossi la testa. «Adoro quell'auto, non lo nego. Ma tu ti sei preso cura di Emilia quando io non potevo… e io amo lei mille volte di più di quell'auto. Grazie.»

Heath restò immobile per un momento, con una smorfia confusa che si trasformò lentamente in un sorriso impacciato. «Bene. Sarà meglio che *tu* ti prenda cura di *lei*. Altrimenti ti prenderò io a calci in culo.»

Scoppiai a ridere. «Non ho dubbi.»

Salutai Connor con un gesto della mano, andai alla Tesla che Emilia aveva usato negli ultimi mesi e l'aprii per prendere le sue cose prima di tornare a scendere la collina.

Capitolo Quarantacinque
Mia

CAMMINAI FATICOSAMENTE NELLA SABBIA ED ENTRAI NEL cottage. Non era l'ambiente lussuoso dove eravamo stati a Parigi, ma non mancai di notare l'eleganza senza tempo di quel posto, e la sua posizione stellare. Ci volle un minuto per esplorare quell'ambiente semplice. C'era una stanza da letto con un letto matrimoniale e, sopra, un soppalco. La cucina aveva un forno a microonde, un frigorifero e una vecchia stufa a legna che non funzionava più e che apparentemente era lì solo per bellezza. I pavimenti erano di semplici tavole di legno. E l'arredamento era sul tema della spiaggia, con tanto di dipinto che incorporava pezzetti di scintillanti vetrini trovati sull'arenile.

Quando Adam arrivò dalla camminata fino al parcheggio e ritorno, con la mia borsa appesa al braccio muscoloso, io ero sdraiata sul letto e sfogliavo il libro fotografico che avevo trovato sul tavolino. Raccontava la storia completa di Crystal Cove, dai tempi della preistoria fino al presente. «Sapevi che avevano usato questi cottage come scuola di giapponese durante gli anni Venti?»

Adam lasciò cadere la mia borsa sulla piccola panca ai piedi del letto e mi guardò sorridendo, «Ah sì? Affascinante.» Ma si capiva che quello che lo affascinava non era l'informazione che gli stavo dando ma quello che vedeva sul letto davanti a lui. Gli sorrisi maliziosa. I suoi occhi avevano quell'inconfondibile scintillio... quel calore.

Sbattei le palpebre, deglutendo.

Diedi un colpetto alla copertina del libro. «Posso leggertene qualche parte, se vuoi.»

Adam sorrise, e apparve la fossetta di lato alla bocca. Era così attraente da togliermi il fiato. Si allentò la cravatta senza togliermi gli occhi di dosso. Io mi ero già tolta le scarpe, ma chiusi il libro e lo misi sul pavimento accanto al letto. Mi appoggiai alla testata e indicai il letto accanto a me mentre Adam toglieva i gemelli dai polsini della camicia.

«Come vuoi» disse con una risata, venendo a sdraiarsi accanto a me. Ci muovemmo allo stesso momento e i nostri nasi si scontrarono per la fretta di baciarci. Ci tirammo indietro entrambi, ridendo.

Io mi strofinai il naso. «Oh. È solo una ferita superficiale» citai da uno dei nostri film preferiti: *Monty Python e il sacro Graal*.

«Mi ha trasformato in salamandra» disse Adam, nella sua migliore imitazione di John Cleese, l'attore di quel film.

«Una salamandra?»

Adam sorrise. «Sono migliorato.»

«Vieni qua, dio sexy dei geek» gli dissi ridendo.

Adam mi baciò e poi si tirò indietro. «Mhmm. Sì, sei veramente una strega. E mi hai stregato completamente. Incantesimo del rospo e tutto.»

«Ti sei trasformato in un rospo mentre ero via?»

«Ero triste come un rospo senza di te.»

Lo fissai per un attimo e poi cominciai a ridere così forte che grugnii. «È assolutamente non-sexy.»

«Diversamente da quel grugnito. Quello era completamente, assolutamente sexy.»

Gli mostrai la lingua e lui mi mise il braccio intorno alla vita, tirandomi contro di lui. Gli misi una mano sul petto, allargando le dita sui muscoli duri. «Parlando di assolutamente sexy…» dissi e procedetti a slacciargli in fretta i bottoni della camicia. «Oops. Si è aperta la tua camicia.»

Adam si chinò in avanti e catturò le mie labbra, la sua bocca si sigillò sulla mia con più insistenza, più passione di prima. Il mio cuore stava facendo una gara di corsa dentro il mio petto, a volte galoppando e a volte inciampando.

«Oops» mormorò Adam, tra un bacio e l'altro. «Mi è caduta la bocca sulla tua.»

«Wow, siamo così goffi» respirai contro le sue labbra.

Adam continuò a baciarmi, premendomi la testa contro il cuscino. Mi tenne la mascella con la mano prima di tracciare con un dito il percorso fino al mio orecchio e poi giù lungo il lato del collo. Scostò la catena della collana e la bussola ricadde sul letto accanto al mio collo. Il suo tocco era bruciante come il sole e gelido allo stesso tempo. Risucchiai il fiato.

Il dito proseguì lungo la clavicola e finì sul primo bottone del mio vestito. Lentamente, le nostre bocche si separarono e lui mi fissò negli occhi. Rimasi per un momento senza fiato quando fece scivolare il bottone nell'asola. Ero al contempo ipnotizzata dal suo tocco e assolutamente spaventata perché avrebbe visto quello che c'era sotto. E lui chiaramente lo sapeva. Tirandosi indietro e appoggiandosi sul gomito, non si fermò. Il dito scivolò lentamente sulla pelle fino al secondo bottone. Prima che potessi reagire o protestare, anche quello si aprì.

Ma Adam non stava guardando quello che faceva. I suoi occhi erano fissi nei miei. Qualche momento dopo, il vestito era aperto fin oltre la vita. Adam appoggiò il dito nell'incavo alla base del mio collo e lo fece scivolare lentamente lungo il petto, sopra il reggiseno, tra i miei seni e fino allo stomaco, finché atterrò sul mio ombelico. Lì, disegnò un cerchio intorno e il fuoco mi scaldò la pancia. Il mio corpo stava bruciando per lui. Mi uscì sibilando il fiato tra i denti mentre mi concentravo su quell'unico, semplice tocco.

La sua mano risalì alla mia spalla. E nonostante l'eccitazione bruciante, sentii la paura chiudermi la gola, gelida, quando fece lentamente scivolare la spallina del mio abito estivo, e del reggiseno, dalla spalla. Mi si bloccò il respiro e misi la mano sopra la sua, fermandolo prima che potesse abbassare le spalline abbastanza da mettere in mostra le mie cicatrici.

Adam si fermò e ci fissammo negli occhi per minuti eterni. Ero sicura che nei miei lui potesse vedere la mia paura, l'incertezza. Nei suoi io vedevo passione e decisione. Lentamente, dolcemente, Adam tolse la mano da sotto la mia, mi prese il polso e staccò la mano da dove lo avevo fermato. Io non resistetti quando mi spostò la mano lungo il fianco, infilandola sotto la mia anca e tenendola lì in modo che non fossi tentata di usarla di nuovo per fermarlo.

Sentii il battito gelido in gola quando la sua mano tornò a quello che stava facendo. L'altra mano, per precauzione, afferrò la mia. Tutto quello che potevo fare era fissare quegli occhi scuri, con il respiro che arrivava sempre più in fretta, quando riuscì a far scivolare le spalline sopra il braccio sinistro. La vergogna mi scaldava il viso ma Adam non aveva ancora guardato lì. Mi stava ancora studiando il viso, tenendo i miei occhi inchiodati nei suoi scuri. Poi si spostò in modo che la sua gamba bloccasse le mie e con un altro strattone sull'altra metà del reggiseno, fui nuda dalla vita in su.

Adam abbassò gli occhi e mi guardò, e una parte di me avrebbe voluto raggomitolarsi e morire. Nonostante avessi ripreso un po' del peso che avevo perso per la chemio, ero ancora troppo magra. I miei seni, di conseguenza, erano più piccoli di prima e il sinistro era ancora mutilato e brutto, con le cicatrici rosso vivo che zigzagavano sulla pelle, e i punti neri del tatuaggio che lo attraversavano. Lentamente, come se temesse che potessi scappare, anche se lui mi stava tenendo ferma, Adam alzò una mano e con un tocco leggero come una farfalla, mi tracciò la cicatrice in rilievo con un dito. Io rabbrividii sotto di lui.

Adam mi zittì, guardandomi di nuovo negli occhi anche se io cercavo di evitare il suo sguardo. «Emilia, guardami.» E lo guardai. Vidi sincerità e ammirazione nei suoi occhi. «Sei bella. E queste» disse tracciando di nuovo le cicatrici, premendo un po' più di prima, «sono la tua forza.»

Sbattei le palpebre, con gli occhi che bruciavano. Volevo che mi toccasse di nuovo. E Adam mi toccò. Il fiato mi tremava in petto. Adam appoggiò il palmo sul mio seno deturpato dalle cicatrici, e passò la mano con un tocco progressivamente più fermo, finché il capezzolo si contrasse, eretto, a chiedere la sua attenzione. Lui abbassò la bocca e lo baciò, lieve come una piuma.

Ansimai e arcuai la schiena per andargli incontro. Lui lo baciò di nuovo, una lieve beccatina. E poi ancora, un po' più forte. Poi aprì la bocca e la lingua assaggiò, sempre così lieve. E ancora, la lingua passò sopra e intorno al capezzolo finché cominciai a bruciare e a dimenarmi sotto di lui, senza riuscire a essere soddisfatta dalla sensazione della sua bocca. Succhiò e tirò, assaggiando finché mi sfuggì un piccolo singhiozzo dal fondo della gola. La prima volta che i denti di Adam toccarono il mio capezzolo, sobbalzai come se avessi ricevuto una scossa. La mano che aveva infilato sotto di me si liberò e intrecciai le dita nei suoi capelli, tenendolo contro il mio seno, avido di attenzioni.

Adam si voltò e mentre continuava a massaggiare con il pollice il mio seno, una volta ferito, si mise all'opera nello stesso modo su quello sano. Il tempo passò, forse mezz'ora o più, non stavo tenendo il conto, e lui non fece altro che adorare il mio petto con le sue attenzioni attente e appassionate. Fui stupita da quanto fossi prossima a un orgasmo solo per quello che stava facendo al mio seno.

Lo notò anche lui. Una mano scivolò dal seno, passando sullo stomaco e dentro le mutandine. La sua bocca stava ancora facendo cose meravigliose al mio seno quando le dita trovarono il nodo rigonfio di nervi e lo strofinarono in cerchi delicati. Chiusi gli occhi e mi arcuai verso di lui, con il corpo intero in fiamme per il suo tocco. Ero così vicina…

Adam tolse la bocca dal mio seno e si tirò indietro. Tolse le mie mani dai suoi capelli con la mano libera. «Toccali» sussurrò, con gli occhi che risplendevano e tenevano i miei prigionieri. Esitai e lui smise di accarezzarmi il clitoride. Quasi piagnucolai. «Voglio che li tocchi. Voglio che anche tu sappia quello che io so già, com'è sexy e bello il tuo corpo.»

Fremetti sotto di lui e portai lentamente la punta delle dita sui miei capezzoli eretti, tirandoli leggermente, e gemendo quando la sua mano ricominciò a muoversi sul mio sesso.

«Sei così bella» continuò a ripetere Adam mentre mi guardava toccare i miei stessi capezzoli. Chiusi stretti gli occhi e ansimai quando mi portò quasi sull'orlo, rallentò e si fermò di nuovo. Quasi urlai per la frustrazione.

«Apri gli occhi.»

E li aprii.

Ci fissammo negli occhi e i suoi non erano specchi, o porte, ma corridoi che portavano in profondità dentro di lui. Ansimai e lui mi baciò le labbra mentre accarezzava lentamente il mio sesso. Io pizzicai i miei capezzoli e poi arcuai la schiena quando tutto si contrasse dentro di me.

Adam mi guardò mentre mi portava oltre il precipizio. Urlai il suo nome e ansimai contro la sua bocca, con le sue labbra che tiravano dolcemente le mie. Era passato tanto tempo da quando avevo avuto un orgasmo altrettanto soddisfacente, altrettanto intenso. Mi si rovesciarono gli occhi mentre il piacere si protraeva, gridando roca il suo nome. Adam mi strinse e mi sembrò che quelle ondate di piacere continuassero per sempre.

Scesi lentamente da quella vetta, con il corpo che bruciava e fremeva per l'intensità dell'orgasmo, ma Adam non si fermò. «Ti farò venire di nuovo» disse fieramente, con la bocca contro il mio collo.

Ma io mi staccai, cercando di chiudere le gambe. «Ti voglio dentro di me la prossima volta che vengo.»

Pensai che potesse obiettare, ma non fu così. Tolse la mano dalle mie mutandine e mi tolse in fretta il vestito, il reggiseno e le mutandine. Non provavo più imbarazzo a essere nuda davanti a lui ed ero ansiosa di vedere nudo anche lui. Slacciai il resto della sua camicia e gli tolsi la maglietta mentre lui slacciava i pantaloni. In un attimo, rimase solo con i boxer, tesi sulla sua erezione. Prima di toglierseli, allungò una mano verso la tasca dei pantaloni ed estrasse un preservativo.

Si tolse le mutande e mi fece rotolare sulla schiena. Dalla rigidità dei suoi bei lineamenti capii che non stava più scherzando.

Deglutii quando mi aprì lentamente le gambe, sistemandosi prima di tirarsi indietro e mettersi il preservativo con una mano. Io mi appoggiai ai gomiti e lo guardai, anche se ci vollero solo due secondi. Aveva fatto pratica, a quanto pareva.

Speravo che non si sarebbe fermato, com'era successo le altre volte. Ci saremmo fermati? Sarebbe tornata la stessa paura?

Trattenni il fiato come se respirare potesse in qualche modo spezzare l'incantesimo del momento. Fissai il suo sguardo feroce e lui si sdraiò su di me, spingendomi gentilmente finché raddrizzai le braccia e fui piatta sotto di lui. Il suo corpo era sopra il mio e mi bruciava con il suo calore. La sua erezione premeva contro di me mentre ricominciava a baciarmi, la lingua e i denti che reclamavano la mia bocca, obbligandola ad aprirsi, facendola sua. Non ci fu quasi il tempo di un respiro e poi la sua erezione premette contro di me, spingendosi dentro.

Poi Adam spinse più forte, finché i nostri fianchi e i nostri bacini furono a contatto. Ansimai alla meravigliosa, familiare sensazione di Adam che mi completava. Feci un respiro profondo e Adam staccò la bocca dalla mia per guardarmi negli occhi, respirando pesantemente, gli occhi ubriachi di desiderio. «Avevo quasi dimenticato quanto fosse bello» mormorò con la voce roca. Premendo la fronte umida sulla mia, mosse i fianchi, uscendo da me prima di spingersi nuovamente a casa. Io gemetti.

«Io non ho mai dimenticato quanto era bello» mormorai. «Ho desiderato di averti dentro di me ogni giorno, per mesi.»

Adam ansimò ma non ruppe il ritmo. Mi chiesi, brevemente, se il sesso con un preservativo sarebbe stato altrettanto piacevole per lui com'era stato in passato, ma la mia mente non si soffermò a lungo su quel pensiero dato che era più che evidente che gli piaceva, e molto. Presto si alzò sulle braccia, con le mie gambe lunghe sopra le spalle, gli occhi semi chiusi, diretto alla sua estasi mentre si spingeva incessantemente dentro di me e poi tornava fuori, con un ritmo brusco e breve.

Si fermò di nuovo, tirandomi verso di lui e chinandosi all'indietro in modo che fossimo entrambi seduti. Appoggiò le mie cosce sulle sue e ci guardammo in faccia. Lui mi penetrò di nuovo con un gemito aspro. Mentre ci muovevamo insieme, le sue braccia forti mi tenevano stretta al suo petto e lui mi baciò la faccia, la fronte, le tempie, le guance, dappertutto. Poi s'impadronì della mia bocca, con la lingua che entrava e usciva con lo stesso ritmo incessante dei nostri corpi che si muovevano uno contro l'altro.

E la mia intera esistenza, per quei momenti, divenne Adam. L'odore di Adam, il sudore di Adam che si mischiava al mio, il fiato caldo di Adam sulla mia pelle, il corpo di Adam che si muoveva contro il mio, le mani di Adam che mi tenevano stretta, la lingua di Adam nella mia bocca, il sesso di Adam che scivolava dentro di me, rivendicandomi. *Sì*. Ero sua per sempre.

Il suo respiro divenne più affannoso, le mani fisse sui miei fianchi che tiravano il mio bacino contro il suo, sempre più in fretta, finché stavo venendo di nuovo, con il mondo che si frantumava intorno a me, il corpo intero contratto. Gettai indietro la testa, urlando per l'estasi, ma Adam non si fermò, continuando a scivolare dentro me. Con un'ultima forte spinta, s'irrigidì contro di me, tenendomi ferma. Sentii il suo orgasmo pulsarmi dentro come se stessi venendo di nuovo. Lui rabbrividì e premette la fronte contro la mia. Trattenendo il fiato restammo immobili nel tempo: un corpo, un'anima.

Con un sospiro, Adam ricadde sul materasso, fissandomi con occhi soddisfatti.

In quel momento, con i corpi ancora uniti, le mie mani allargate sul suo torace scolpito e umido, mi sentii potente, femminile, sexy. La donna più desiderata al mondo. Ed era stato Adam. E in un attimo le lacrime superarono la solita barriera e cominciarono a traboccare dalle palpebre inferiori e a scendere lungo le guance.

Adam mi guardò sorpreso e preoccupato. Seguì con un dito il percorso delle lacrime. «Che cosa c'è che non va, Mia, tesoro?»

Scossi la testa, senza riuscire a parlare. Mi chinai in avanti e gli baciai la guancia, il collo e gli appoggiai la guancia sulla spalla. «Non c'è niente che non va. Sono solo felice. Tanto, tanto felice.»

Le sue braccia si strinsero intorno a me e restammo così, senza dire niente, solo felici di stare insieme, i corpi nudi premuti l'uno contro l'altro.

Avrei voluto passare il resto della mia vita in quel modo. Senza mai sentire altro che quella bolla protettiva piena d'amore intorno a noi per tenere a bada la tristezza e il dolore.

«È così bello. Potrei restare sdraiato così per una settimana» mormorò Adam, echeggiando i miei pensieri.

«Potrei farti da coperta.»

«Sembra perfetto. A volte potrei essere io la tua.»

«Mhmm. Dici che qualcuno ci porterebbe da mangiare se li chiamassimo e glielo chiedessimo?»

Adam sfiorò la mia schiena nuda con le dita, tracciando il disegno della mia spina dorsale. Voltò la testa e affondò il naso tra i miei capelli, inalando. «Sei una donna meravigliosa, inebriante, Emilia Strong.»

«E tu sei un uomo meraviglioso e mozzafiato, Adam Drake. E mi tieni sveglia tutta la notte, o con il sesso da paura o con il tuo maledetto gioco.»

«Cosa?» disse Adam. Sembrava sorpreso.

«Dopo aver finito il programma sulla chiavetta, ho capito come risolvere la missione.»

Le sue mani sulla mia schiena si fermarono di colpo. «L'hai risolta?»

Lo guardai e stava sorridendo. «Sì, la principessa era tenuta incatenata dalla sua stessa disperazione e i suoi alleati dovevano usare il loro amore per aiutarla a liberarsi da sola. E poi la principessa mi ha dato lo stesso consiglio. Mi ha detto di andare a cercare il mio vero amore, perché lui mi stava aspettando.»

Adam intrecciò le dita alle mie. «Beh, la principessa aveva ragione, allora, non credi? Il tuo vero amore ti aspetta da tutta la sua vita. Ed è contento che tu ce l'abbia finalmente fatta.»

Tornai seria per un minuto, poi piegai la testa per guardarlo in volto. «Adam… andrà tutto bene tra di noi? Voglio dire, sono passati mesi e non potevamo parlarci e so che abbiamo imparato molto su noi stessi, ma… su di noi come coppia?»

Adam mi strinse la mano. «Beh, abbiamo imparato parecchio negli ultimi due mesi, ma credo che la cosa più importante che *io* ho imparato, comunque, è che è un lavoro in evoluzione, che dobbiamo continuare a lavorarci e non dobbiamo permettere che i problemi ristagnino e suppurino. Non dobbiamo aver paura di parlarne.»

«E non possiamo rinunciare, anche quando le cose sembrano impossibili.»

Adam espirò a lungo. «Beh, non troppo tempo fa anche questo sembrava impossibile. E sono sicuro che non sarà facile. Ma, diavolo, sono anche sicuro che ne varrà la pena.»

Ci vestimmo e andammo a cena nel ristorante Beachcomber, proprio nell'insenatura tra i cottage e illuminato da piccole luci. Eravamo come due innamoratini, ci tenevamo per mano sopra il tavolo mentre parlavamo di banalità. Adam mi ragguagliò su quello che era successo ai nostri amici comuni mentre ero ad Anza. Parlò quasi sempre lui. Io ascoltai, annuii e tenni il mio piccolo, nuovo, eccitante segreto per me ancora per qualche minuto.

Dopo il caffè, gli dissi che volevo andare a fare una passeggiata al chiaro di luna lungo la spiaggia, pensando che avrei dovuto insistere. Invece Adam s'illuminò. Dopo aver pagato il conto, andammo dove le onde si frangevano sulla riva, dove la sabbia era dura ora che c'era la bassa marea e una luna piena, d'argento, appesa in alto gettava un bagliore ultraterreno sulla sabbia e sull'acqua.

Quando arrivammo alle pozze di marea, non lontano dal punto in cui i nostri parenti si erano sposati qualche ora prima, Adam si voltò a guardarmi. «Abbiamo ancora parecchio di cui parlare, sai. Non volevo fare il guastafeste, ma…»

Mi fermai e annuii. «Lo so. Sono d'accordo.» Adam mi abbracciò ed io gli baciai la guancia. «Ma prima ho qualcosa da chiederti.»

«Certo, parla pure» mi disse Adam.

«Beh, ha a che fare con i respawn.»

«Uh?»

Mi schiarii la voce. «Le rinascite. La mia rinascita.»

Chiaramente, Adam non aveva ancora capito. «Mhmm.»

Raccogliendo tutto il mio coraggio, ringoiai la paura, gli presi entrambe le mani e m'inginocchiai sulla sabbia davanti a lui.

Lui rise per un momento, senza capire, e poi la sua risata morì quando alzai gli occhi e, stringendogli le mani, gli chiesi: «Adam Drake... io ti amo più di qualunque altra cosa. Permettimi di restare al tuo fianco fino alla fine, quando verrà. Vuoi prendermi in moglie?»

Adam restò di sasso, e il volto divenne serio. Io trattenni il fiato. Non riuscivo a capire che cosa stesse passandogli per la mente. E immagino che fosse questo il motivo di quella domanda. Tremavo, invasa da una gelida paura, col terrore che la sua risposta fosse un "no".

Capitolo Quarantasei
Adam

EMILIA MI AVEVA MESSO QUALCOSA IN MANO. STACCAI GLI occhi da lei per aprire il pugno e guardare. Alla luce fioca della luna brillava come una piccola stella e, senza nemmeno dare un'occhiata più da vicino, capii esattamente che cos'era. Avevo cercato di metterle al dito un anello come quello l'autunno prima.

Strinsi le labbra. «Alzati, Emilia.»

Lei non disse niente, ma distolse in fretta gli occhi dai miei, con il volto che diventava scuro. Le tirai le braccia e lei si alzò lentamente, con una smorfia sul viso, raddrizzando le spalle. Restammo faccia a faccia ed io fissai i suoi begli occhi dorati. Si stava mordendo il labbro, convinta che l'avessi respinta.

«Perché lo stai facendo? Perché stai pensando al matrimonio adesso?»

Emilia aggrottò le sopracciglia. «Perché so che cosa voglio e non voglio aspettare, e se ho imparato qualcosa quest'anno è che non voglio rimandare la mia felicità.»

Annuii, lieto che non lo stesse facendo perché si sentiva obbligata a farsi perdonare per l'anno prima. Presi l'anello dal palmo della mia mano, afferrai la sua sinistra, e mi misi su un ginocchio. Emilia ansimò e dovetti tenerle ferma la mano, altrimenti l'avrebbe tolta per la sorpresa.

«No, lasciala lì» dissi. Trovando il dito giusto, le infilai l'anello, spingendolo oltre la nocca. Era perfetto. Ed era, in effetti, lo stesso anello che avevo comprato per lei. Mi aveva detto di averlo venduto ma eccolo lì, che brillava al quarto dito della sua mano sinistra.

«Emilia Kimberley Strong, vuoi farmi l'onore di permettermi di diventare tuo marito?»

Lei rimase assolutamente immobile e mi resi conto che ero stato troppo spaventato per guardarla in volto mentre glielo chiedevo. Oddio, non sarebbe stato ancora più umiliante farlo due volte e ottenere lo stesso silenzio entrambe le volte?

Alzai gli occhi e vidi che stava piangendo, lacrime scintillanti che le scendevano sulle guance. S'inginocchiò sulla sabbia davanti a me e ora ci guardavamo negli occhi. Le asciugai le lacrime con la mano e lei sorrise. «Non sono mai stata più sicura di niente prima d'ora, mai. Ti amo. E una cosa che ho imparato durante quest'ultimo anno è che la vita può essere veramente dura. Può scaricarti addosso un sacco di merda. Ti può fare delle cose veramente folli. Ho cercato di essere forte, ma ciò che ho imparato più di tutto è che non posso farcela da sola. E non posso farcela con nessuno oltre a te... per favore.»

Mi misi a ridere. «Te l'ho chiesto io, stupidina. Ma posso prenderlo per un "sì"?»

Scoppiò a ridere anche lei e premette la fronte contro la mia. «Sì. È un grande, enorme sì.»

La presi tra le braccia e la baciai, tenendola stretta contro di me. Il suo cuore batteva forte contro il mio torace e le sue braccia si chiusero intorno al mio collo. Mi sentii invadere dall'amore e anche se era stata lei a cominciare, ero completamente sicuro che lei fosse il mio futuro. Volevo questa donna meravigliosa, forte e bella accanto a me per il resto della mia vita.

Quando le nostre labbra si divisero, presi la sua mano sinistra nella mia, voltandola e guardando l'anello. «Pensavo avessi detto di averlo venduto per pagare le spese mediche.»

Annuì. «L'avevo impegnato. Fortunatamente era ancora in negozio la settimana scorsa quando l'ho ricomprato.»

Alzai le sopracciglia guardandola. «Probabilmente è una domanda poco delicata, ma…»

Lei si mise diritta. «Ho venduto il blog, Adam. È così che ho avuto il denaro.»

Feci una smorfia, senza riuscire a trovare le parole. Ero più irritato perché aveva venduto il blog di quanto lo fossi stato quando aveva venduto l'anello.

Emilia mi mise una mano sulla guancia. «Per favore non arrabbiarti. Era una cosa che dovevo fare. Ho messo tanto di me in quel blog e Girl Geek sarà sempre una parte di me… ma a un certo punto non sarei più stata in grado di continuare a parlare di parecchie cose. Il fatto che tu ed io fossimo insieme avrebbe creato un serio conflitto d'interessi su quello di cui parlavo. Avrei dovuto cambiare l'angolazione di quello che facevo, quindi ho visto la vendita del blog come l'impegno finale, decisivo, a crescere e a lasciarmi indietro la mia vecchia vita.»

«Non ti avrei mai chiesto di farlo.»

«Lo so. L'ho chiesto io a me stessa. È una cosa che dovevo fare. Inoltre, con l'università, non avrei avuto il tempo che avevo prima.»

Quella era l'altra grande questione in sospeso tra di noi, quindi ero lieto che ne avesse parlato. «Allora hai deciso di frequentarla?» Fui invaso dal sollievo. «Sono così contento. Il mio agente immobiliare ha trovato delle belle proprietà nel Maryland…»

Smisi di parlare quando Emilia scosse la testa. «Ho inviato il mio educato rifiuto alla Hopkins.»

«*Cosa?*» Mi staccai da lei, appoggiandomi ai talloni.

«Non andrò nel Maryland.»

«Ma…»

«Resterò qui. Frequenterò la UC Irvine.»

Rimasi a bocca aperta. Lei mi guardò preoccupata.

«Adam, va tutto bene? Mi stai facendo preoccupare.»

Scossi la testa. «Non capisco. La UCI non era nemmeno nelle prime cinque che avevi scelto.»

Emilia si sedette sulla sabbia accanto a me. «Hai ragione. È così. Finché non ho cominciato ad andarci tutte le settimane per la chemio. Finché non ho incontrato il personale e alcuni dei medici che insegnano lì e sono rimasta così impressionata da come interagiscono con i pazienti. Come si concentrano sul loro comfort, la loro salute emotiva, il metterli a loro agio. A essere sincera, non sono nemmeno sicura se mi specializzerò in oncologia. Non so se ho ancora il fegato per farlo. Ma se è così, voglio che siano loro i miei insegnanti.»

La guardai, senza riuscire ancora a capire fino in fondo. «Ne sei sicura?»

Emilia sorrise e annuì. «Ci ho pensato parecchio. Ho avuto un mucchio di tempo per pensare, là nel deserto.»

Scossi la testa. «Sei *assolutamente* sicura? Perché non voglio che lo rimpianga.»

Emilia guardò il cielo, toccando la bussola che aveva al collo. «Vediamo… l'ultimo anno è stato, mhmm, difficile e ho tentato di fare una cosa stupida e cercare di farcela da sola, perché è quello che ho sempre fatto, in tutta la mia vita. Per me era più facile fare così che rischiare di soffrire appoggiandomi a gente che poi non sarebbe risultata all'altezza. Era un modo idiota di pensare. Tu ed io avevamo cominciato qualcosa di speciale, ma io ero ancora bloccata nel vecchio modo di pensare.»

Abbassò gli occhi e trovò i miei. Io mi appoggiai sulle braccia, osservandola. «Quindi ho imparato quella durissima lezione. In ogni momento, la tua vita più cambiare in peggio o in meglio. E quando succede, hai bisogno dei tuoi alleati. La mia gente è qui. Mia madre, i miei amici… e tu. Anche se mi trasferissi con te, non avrei nessun altro. E ho bisogno di tutti.» Si chinò in avanti e mi mise la mano fredda sulla guancia. «Alcuni più di altri, ovviamente. Ma ho bisogno di Alex e Jenna e Kat e William e Britt. Della mamma, di Peter e Connor, e, ovviamente, di Heath.»

«Mhmm.» Scossi la testa. «Sapevo che avresti menzionato quel brutto marcantonio.»

Emilia rise e poi si chinò in avanti, mettendomi le braccia intorno al collo. «Ho bisogno di tutti voi. E non voglio lasciarvi per così tanto tempo. Essere malata… aver passato tutto quello che ci è successo, mi ha insegnato molto. Mi ha insegnato ciò che è veramente importante. Quindi è meglio che quel posto alla Johns Hopkins University vada a qualcuno che lo vuole veramente. Per quanto riguarda me, voglio ancora diventare un medico e penso che imparerò da medici veramente brillanti qui a Irvine.»

La afferrai e me la tirai sulle gambe. Lei venne volentieri e si tenne stretta al mio collo, premendomi la testa sulla spalla. «Adam…»

«Sì?»

«Io… io volevo solo dirti che anche se non ho idea di che cosa ci riserverà il futuro, o se abbiamo veramente finito di passare momenti difficili, volevo solo dirti che qualunque cosa succeda, nel bene e nel male, sono incredibilmente fortunata di condividere questi giorni e queste notti con te.»

Chiusi gli occhi, mi voltai e le baciai il volto. Le sue labbra trovarono le mie e ci baciammo appassionatamente… un bacio con abbastanza fuoco da attizzare le fiamme per qualcosa di più. Ordinai alla mia libido di calmarsi perché non avevo intenzione di stancarla quella notte. Emilia si stava ancora riprendendo, probabilmente era ancora debole e dovevamo prenderla con calma, per il suo bene.

Prima che me ne accorgessi, però, Emilia mi aveva tirato giù nella sabbia sopra di lei e aveva infilato le mani sotto la mia maglia per toccarmi il torace. «Allora, parlando di quella vecchia lista dei desideri…» disse.

«Sesso in pubblico?» esclamai, fingendo sorpresa.

«La spiaggia è pubblica. E guarda… ho portato i miei.» Estrasse un preservativo, di una marca che non riconoscevo. Lo guardai alla luce fioca.

«Non riesci a leggerlo, ma fidati, ho fatto delle ricerche sui test che devono superare questi affari e questa marca è la migliore per la resistenza alla rottura.»

Scoppiai a ridere. Poi mi alzai e quando lei tentò di tirarmi giù di nuovo, la presi in braccio. «Vieni. Ho intenzione di fare l'amore, lentamente e dolcemente con la mia fidanzata, ma nell'intimità del mio cottage, grazie tante. Dove non c'è pericolo che la sabbia s'infili dove non deve.»

Rise anche lei e continuò a ridere fino a quando raggiungemmo la porta d'ingresso. Ma quando la rimisi a terra,

lasciandola scivolare lentamente contro il mio corpo, non stava
più ridendo.

Capitolo Quarantasette
Jordan

Sei settimane dopo

NON FU FACILE ALZARMI DAL LETTO IL PRIMO GIORNO DI lavoro dopo la Comic-Con e, accidenti, che settimana era stata: feste, donne e, ah sì, le riunioni. Credo di essere riuscito a inserire un po' di lavoro serio nelle crepe di tutto quel divertimento. È bello essere giovane, single e ricco.

Ma perfino io dovevo andare a lavorare, e dopo aver vissuto una settimana come se non avessi nessuna preoccupazione al mondo, al primo giorno di lavoro alla Draco stavo battendo la fiacca. Meno male che avevo passato la maggior parte del tempo da solo nel mio ufficio, bevendo il mio rimedio preferito contro i postumi della sbronza e spostando un po' di carte, anche se lo facevo virtualmente, sul mio laptop. In tutta sincerità non avevo niente di cui lamentarmi. Avevo un lavoro favoloso in una società in crescita che mi aveva fatto guadagnare una montagna di soldi da giovane. Potevo anche non essere una rockstar, ma ero felicissimo di vivere come se lo fossi. Le feste, le donne, la casa da sogno sulla spiaggia. E il grande ufficio d'angolo, aperto e spazioso, con la sua vista sul cortile interno. Avevo un bell'ufficio. Non avevo intenzione di lamentarmi, anche in una giornata in cui mi sentivo di merda, con la testa appoggiata alla scrivania per quasi tutta la mattina, chiedendomi se non fosse il caso di andare a casa presto per recuperare il sonno perso.

Appena prima di pranzo, cominciavo finalmente a sentire i primi morsi della fame quando quell'idiota del nostro direttore della pubblicità, Weston, infilò la testa nel mio ufficio, senza bussare, ovviamente.

«Fawkes... nell'ufficio di Adam, ASAP» disse, come se fosse una parola sola invece di pronunciare tutte le lettere, come se quello potesse farlo sembrare fico. Era uno scribacchino e la sua abitudine di chiamarmi solo per cognome mi irritava da morire. E sembrava che lo sapesse.

«Okay, Preston» dissi, nascondendo il sogghigno per aver deliberatamente sbagliato il suo nome. Lui sbuffò e si voltò di colpo, lasciando la porta socchiusa mentre andava nell'ufficio dell'AD.

Qualche minuto dopo, abbastanza da dimostrare che non mi mettevo sull'attenti per eseguire i suoi ordini appena schioccava le dita, andai nell'ufficio di Adam, dove l'illustre AD stava camminando avanti e indietro davanti al muro di finestre dietro la sua scrivania, con le mani infilate nelle tasche dei pantaloni.

Era nervoso da qualche mese. Mentre si occupava della sua ragazza malata stava anche lavorando con me a un progetto segreto, un progetto che ci avrebbe fatto guadagnare un mucchio di soldi in più e che lo avrebbe innalzato al rango di miliardario, se tutto fosse andato come previsto.

E, ovviamente, si era appena fidanzato. Se qualcosa poteva stressare un uomo, sono sicuro che fosse l'idea del matrimonio. Povero pazzo.

Repressi uno sbadiglio e mi calai nella sedia davanti alla scrivania di Adam. Adesso avevo una fame boia. Controllai l'orologio, le dodici e trenta, cercando di non pensare al pranzo che stava per arrivare a minuti tramite la mia nuova, sensuale, stagista.

«Allora, che cosa c'è di così importante da non poter aspettare dopo pranzo?» chiesi quando Adam si sistemò nella sedia accanto a me.

Weston aprì il suo laptop, che aveva messo sulla scrivania, rivolto verso noi. «Una situazione di relazioni pubbliche negativa, e prima che tu apra bocca per dire che non ti riguarda, *ti riguarda*.» Alzò una mano per frenare la mia protesta. Chiusi la bocca e alzai le spalle. «Riguarda *tutti* noi per via del piano di quotare in borsa la società.»

Mi misi diritto. Adesso aveva tutta la mia attenzione. Qualunque cosa potesse minacciare il mio prezioso progetto doveva essere immediatamente stroncata. Mi grattai il mento. «Okay. Di che cosa si tratta?»

Weston si chinò in avanti per far partire un video. «Viene dalla Comic-Con. Il video è diventato virale durante il fine settimana.»

Un *video*? Il tizio se la stava facendo sotto per un video? Che diavolo? Avevo una società da gestire. Che cosa diavolo ci poteva essere in un video da minacciare la quotazione in borsa? Weston probabilmente aveva fumato qualcosa, roba buona apparentemente. Lo adocchiai per un minuto finché cominciò il video in streaming. Poi fui distratto dai suoni inconfondibili di una scena di sesso.

Alzai di colpo gli occhi sullo schermo. Una ragazza, con la schiena rivolta verso la telecamera, senza mutande. Si vedeva chiaramente uno strano tatuaggio sul fondoschiena: un teschio e le ossa incrociate. Era cavalcioni su un tizio seduto su una sedia.

Le mani di lui le tenevano i fianchi così forte che la pelle sotto le dita era bianca. Lei si strusciava sopra di lui ed entrambi stavano gemendo e respirando forte.

Mi spostai sulla sedia, allentandomi la cravatta. Era più di un'ordinaria scena di sesso, però, perché entrambi i partecipanti erano in costume dalla testa ai piedi, eccetto, ovviamente, per il sederino nudo della ragazza. Erano irriconoscibili con le maschere, ma i loro costumi rappresentavano chiaramente personaggi di Dragon Epoch. La principessa prigioniera, Alloreah'ala e Falco, il famoso cacciatore di taglie che il re elfico aveva assunto per andare a cercarla, senza successo. La principessa aveva perfino delle catene viola scintillanti che le pendevano dai polsi e dalle caviglie. *Porca puttana.*

Fui distratto da un sibilo alla mia destra. Adam si era chinato in avanti con il volto congestionato. La vena che gli sporgeva dalla fronte quando era incazzato, in quel momento stava ballando la lambada tra le sopracciglia scure.

Con un movimento brusco, schiacciò il tasto pausa. «Questa merda è *virale?*» disse con la voce strangolata.

Weston annuì, dando una cauta occhiata al capo. «È dappertutto, Facebook, Reddit, YouTube, siti porno, dinne uno e c'è.»

Adam balzò in piedi, passandosi una mano tra i capelli. Io accavallai le gambe, poi le raddrizzai, senza riuscire a mettermi comodo. Alla fine mi accontentai di unire le mani e fissarle. «Dai, amico» dissi alla fine, dopo essermi schiarito la voce. «Non è niente di grave. Sono un paio di idioti che si divertono… probabilmente ubriachi fradici.»

«Dipendenti» borbottò Adam, diventando ancora più rosso. «I *miei* dipendenti che scopano davanti a una telecamera, vestiti come i personaggi di un gioco che dovrebbe essere *un gioco per famiglie!*»

Oh. Merda. Dovevo riuscire a calmarlo.

Tesi la mano. «Non puoi essere sicuro che...»

Ma Adam mi interruppe, puntando un lungo dito verso la schermata, indicando qualcosa in primo piano, una cosa che sembrava il cartellino di un impiegato della Draco, del tipo che indossavamo tutti. Ne avevo uno attaccato alla tasca della camicia.

Porca puttana.

«Il nome non si vede» disse Weston, chinandosi vicino ad Adam per vedere meglio quello che era innegabilmente il logo della Draco Multimedia. «Che cos'è quella cosa che lo blocca?»

«Il perizoma di pizzo della ragazza» dissi in tono asciutto.

Adam chiuse il pugno e lo picchiò sulla scrivania accanto al laptop, facendo un gran rumore. «Dannazione!» sibilò. «Lascio la dannata Comic-Con un giorno prima per passare un po' di tempo con la mia fidanzata e succede il finimondo.» Si voltò a guardarmi con gli occhi stretti ed io deglutii nervosamente.

«Non sei...»

«Devi scoprire chi cazzo era e assicurarti che si cerchi un altro lavoro prima della fine della settimana. Questa ditta non si può permettere altra pubblicità negativa dopo la denuncia dell'anno scorso e il patteggiamento. Questa cosa deve essere stroncata sul nascere, altrimenti possiamo dire addio al programma di quotarci in borsa.»

Alzai una mano per tranquillizzarlo. «Adam, calmati. Arrabbiarti ti farà alzare la pressione. Ci penso io, okay. Mi occuperò io di tutto. Non influirà sul nostro progetto, te lo prometto.»

Adam strinse le labbra. «Conto su di te...»

Deglutii e gli rivolsi un sorriso pieno di una fiducia che assolutamente non provavo e annuii, rassicurante. Anch'io contavo su di me. Perché dovevano succedere tre cose: numero uno, *niente* poteva minacciare il nostro progetto; numero due, dovevo scoprire come *e* perché quel video era stato postato sui social media; e, numero tre, Adam non doveva *mai* venire a sapere che il tizio nel video ero io.

EPILOGO
MIA

Cinque anni dopo

QUANDO ARRIVAI A CASA DOPO IL TURNO SERALE all'ospedale, lui era a letto e dormiva. Ero solo un pochino delusa quando mi sedetti sul letto a guardarlo. Non lo vedevo da quasi due settimane e lui era arrivato a casa mentre lavoravo. Ma era l'una di notte ed ero sicura che fosse esausto e fosse ancora sintonizzato sul fuso europeo.

Avrei voluto svegliarlo e baciarlo dappertutto per dargli il benvenuto a casa. Ma com'era possibile, quando sembrava dormire così pacificamente? Ed era ancora così maledettamente favoloso. Trentadue anni ed era ancora più bello di prima. Quasi mi lasciai sfuggire un sospiro da ragazzina. Dio, quanto mi era mancato. Mi massaggiai i muscoli rigidi sulla nuca. Avevo un milione di cose da fare, la più importante di tutte togliermi il camice e andare a letto, ma non volevo farlo... non ancora.

«Hai intenzione di restare lì seduta a fissarmi come una pervertita o vuoi venire qua e baciarmi?» borbottò Adam, aprendo appena un occhio nella luce fioca.

Avrei dovuto saperlo... «Ti ho svegliato?» Mi alzai, andando dalla sua parte del letto.

«No. Ero qui ad aspettare che arrivassi a casa. E te la sei anche presa comoda.»

Alzai le spalle. «Scusa. Ho dovuto occuparmi di un paio di emergenze.»

Adam si mise sulla schiena, mettendomi il braccio intorno alla vita. «Mhmm. Hai un'altra "emergenza" di cui occuparti proprio qui, dottoressa.» Mi mise la mano sulla schiena e mi tirò giù per baciarlo. Non ci volle molta fatica da parte sua perché ero più che vogliosa di succhiare quella bocca deliziosa. M'infilò le mani tra i capelli, e la sua fede nuziale scintillò nella luce tenue. Poi tolse l'elastico con cui mi ero legata i capelli in una coda.

Mossi la bocca affamata sulla sua, assaporando ogni centimetro, ogni angolo. Riuscii a chiacchierare un po', tra un bacio frenetico e l'altro, mentre intanto lui mi toglieva il camice. «Com'era Londra?»

«Mi sei mancata» disse a mo' di risposta. Alzò le mani per slacciarmi il reggiseno.

«Mi sei mancato anche tu.» Mi tolse la maglia passandola dalla testa e il reggiseno la seguì in un attimo. Gli passai le mani sul petto nudo e giù, sotto le lenzuola, notando che mi aveva risparmiato la fatica di svestirlo andando a letto nudo.

«Terribilmente presuntuoso da parte tua, no?» gli feci notare passando la bocca sui rilievi del suo torace favoloso, assaggiando ogni valle. Lui emise un lungo, lento gemito.

«Premonizione» mormorò, tirandomi la testa verso la sua per baciarmi di nuovo. Poi le sue labbra scesero lungo la mia mascella, contro il collo, evocando sensazioni deliziose, da vertigini. «Sapevo che mi saresti saltata addosso appena fossi arrivato a casa.»

«Così sicuro di te...» dissi, risucchiando il fiato quando la sua bocca mi lasciò una scia di fuoco lungo il collo, sulle clavicole e sul petto per fermarsi su un capezzolo, mentre accarezzava il suo gemello con la mano libera. Arcuai la schiena, ansimando di piacere.

«No... a dire il vero è di te che ero sicuro.»

Quando pensai che stesse per rotolare, mi tirai indietro, ridendo, e mi misi a cavalcioni, pronta a dimostrargli che aveva ragione. «Questa cowgirl è pronta per cavalcare. In sella!»

Mi piegai, presi un preservativo dal cassetto del comodino e strappai abilmente l'involucro con i denti, infilandoglielo con un movimento abile. Adam rise, con quella sua risata ansimante che faceva sempre quando era eccitato. «Non perdi tempo, eh?»

«Non quando ho un manzo sexy tra le gambe.»

«Ehi, mi sento un uomo oggetto.» Sorridendo, mi afferrò i fianchi e scivolò dentro di me. Grugnimmo all'unisono. Era stata una giornata lunga, un turno lungo. Avrei dovuto essere pronta a crollare, invece ero euforica, sentivo il sangue scorrere frenetico ed eccitato nelle vene, solo perché ero di nuovo tra le braccia di quest'uomo.

«A te piace» mormorai.

«Decisamente.»

Lo cavalcai lentamente, godendo della sensazione di averlo dentro di me, con le sue mani sul seno, le dita che tracciavano il tatuaggio che ora copriva la cicatrice: stelle che disegnavano la forma serpentina della costellazione del Dragone.

Poi con più urgenza, mi mossi in fretta, facendo scivolare i miei fianchi sopra i suoi, spingendo entrambi verso l'orgasmo. Adam mi mise una mano dietro il collo, spingendomi la bocca sulla sua e ci muovemmo uno contro l'altro, come un cielo nuvoloso che sfiorasse montagne frastagliate, lui solido e duro, io fluida mentre mi spostavo sopra di lui. Le nostre bocche si sigillarono in un lungo bacio appassionato. Io venni così, con i suoi pollici che accarezzavano i miei capezzoli, i nostri corpi uniti. Mi spinsi contro di lui e sentii il mio mondo andare in pezzi intorno a me, in ondate estatiche di piacere.

In un attimo, Adam ci fece rotolare insieme, ora muovendosi sopra di me per finire, penetrandomi con colpi forti e veloci, prima di bloccarsi mentre gli accarezzavo la schiena e le spalle. Emise un lungo, lento respiro e poi si chinò per tempestarmi dolcemente il volto di baci.

Quando rotolò via, io mi appoggiai al cuscino, sentendomi rinfrescata come se mi fossi svegliata dopo un'intera notte di sonno. Con un sospiro sognante, lo guardai alzarsi, andare in bagno e tornare, sistemandosi di fianco a me.

«Okay, adesso possiamo parlare...» disse Adam con un sorriso.

Mi voltai sul fianco, agganciandolo con un braccio. «Per ora...»

Adam rise e mi baciò. «Allora dimmi tutto quello che mi sono perso.»

«Oggi ho ricevuto il risultato della scansione a cinque anni» gli dissi. «Va tutto bene.»

Le sue braccia si strinsero intorno a me e lui respirò nei miei capelli. «Ne ero sicuro.» La sua voce era tranquilla, rilassata, ma sapevo quanto era teso tutti gli anni quando andavo a fare la scansione. E ora che avevamo raggiunto il traguardo dei cinque anni, la possibilità di una ricaduta era drasticamente diminuita.

Grazie al cielo...

Parlammo ancora un po', lui del suo viaggio a Londra e degli ultimi sviluppi della sua società, io raccontandogli cose successe al lavoro, le ultime notizie dei nostri amici e dei membri della nostra famiglia.

Adam mi tenne abbracciata a lungo, con le mani che si muovevano sul mio corpo come se non mi avesse mai toccato prima. Come sempre, il suo tocco si soffermò sulla cicatrice della nodulectomia, ora diventata una sottile linea bianca, nascosta dalla chirurgia ricostruttiva e dal tatuaggio. Poi una mano scivolò dolcemente sulla pancia, verso un'altra cicatrice, più recente, parallela all'osso pubico, prima di scendere più in basso. Sorrisi. Ero pronta per il secondo round...

E all'improvviso uno strillo acuto bucò l'aria e ci bloccammo. Adam s'irrigidì contro di me ed io mi voltai per abbassare il volume del monitor che c'era sul comodino. Adam fece per alzarsi, ma lo fermai. «Aspetta... la maggior parte delle volte si limita a voltarsi e torna a dormire.»

Adam si staccò e mi diede un'occhiata come per chiedermi, stai scherzando? E scese in fretta dal letto, andando nel suo spogliatoio per mettersi i pantaloni del pigiama. Sospirando, mi misi seduta quando uscì dalla stanza. Allungai il braccio e spensi il monitor, mi alzai, presi una camicia da notte e me la misi. Addio secondo round. Comunque era un dono raro in quei giorni.

Un minuto dopo, Adam tornò nella stanza con l'altro amore della sua vita tra le braccia, mentre le tempestava di baci le guance rigate dalle lacrime. Lei aveva un pugno grassottello in bocca. I suoi capelli scuri, dello stesso colore di quelli di Adam, si arricciavamo come un'aureola intorno al suo visino angelico.

«Ehi, bambolina» dissi, tenendole le mani, ma lei voltò la testa, infilandola sotto il mento di Adam. Tipico. «Ah, adesso che papà è a casa, sono tornata a non essere nessuno.»

Adam si sedette sul letto, poi si sdraiò, appoggiando sua figlia sul torace muscoloso. Io presi un succhiotto dal comodino e lo avvicinai alla bocca di mia figlia. Lei lo prese e in meno di due secondi le sue lunghe ciglia scure si appoggiarono alle guance. «La stai viziando» sussurrai.

«Prerogativa del papà» rispose Adam, sorridendomi e prendendomi la mano mentre baciava la cima della testa della bambina. Il mio cuore mancò un battito come faceva sempre quando li vedevo insieme. Anche adesso, piccola com'era, riconoscevo un rapporto speciale quando lo vedevo. «Non la vedevo da due settimane, ed è cresciuta.»

Sorrisi pigramente, stringendogli la mano. «È quello che fanno i bambini.»

Non avevo bisogno di chiedergli se fosse contento, adesso, di aver tentato di avere un figlio nonostante i rischi, gli avvertimenti da parte dei medici che gli ormoni della gravidanza avrebbero potuto causare il ritorno del cancro. C'era voluto un po' per convincerlo. Non voleva avere niente a che fare con qualunque cosa potesse mettermi a rischio. Ma alla fine aveva capito quanto fosse importante per me. Quindi aveva ceduto, dichiarando con assoluta convinzione che ci sarebbe stato un solo figlio. E dato che era stato un fascio di nervi durante tutta la gravidanza, avevo giurato di non fargli mai più passare un periodo simile. Se avessimo deciso di avere altri figli, sarebbero arrivati in un altro modo. E li avremmo amati tutti allo stesso modo.

Ero talmente grata per tutto quello che avevo. Lui… e lei… e la nostra meravigliosa vita insieme.

Allungai la mano e tracciai con il dito il tatuaggio sul suo petto, ripetendo il nome di sua sorella, e ora quello di nostra figlia, in bella grafia color giada. E l'altro nome, il tatuaggio più recente appena sotto, "più vicino al mio cuore" mi aveva spiegato quando era arrivato a casa, sorprendendomi: Emilia.

Perché ero la dottoressa Strong per qualcuno, Mia per tutti gli altri. Ma ero, e sarei sempre stata la sua Emilia.

Brenna Aubrey è un'autrice bestseller di USA TODAY di romanzi contemporanei centrati sulla cultura geek.

Ha sempre cercato conforto in un buon libro e nelle storie lunghe e convolute che intesse nella sua testa. Brenna è una ragazza di città con un grande amore per la natura nel cuore. Quindi, appena può, cerca i grandi spazi verdi e aperti. È anche una mamma, un'insegnante e una geek, una francofila, un'indomita dipendente dai videogiochi, nonché un'accumulatrice compulsiva di libri.

Attualmente risiede sulla costa occidentale degli Stati Uniti con suo marito, due bambini e due adorabili golden retriever.

Ulteriori informazioni sul sito www.BrennaAubrey.it.

www.ingramcontent.com/pod-product-compliance
Lightning Source LLC
Chambersburg PA
CBHW031607180726
48284CB00005B/1434